The American Trap《アメリカン・トラップ》

アメリカが仕掛ける巧妙な経済戦争を暴く

フレデリック・ピエルッチ
Frédéric Pierucci
マチュー・アロン
Matthieu Aron

荷見明子◉監訳
浦崎直樹／小金輝彦／宮嶋聡◉訳

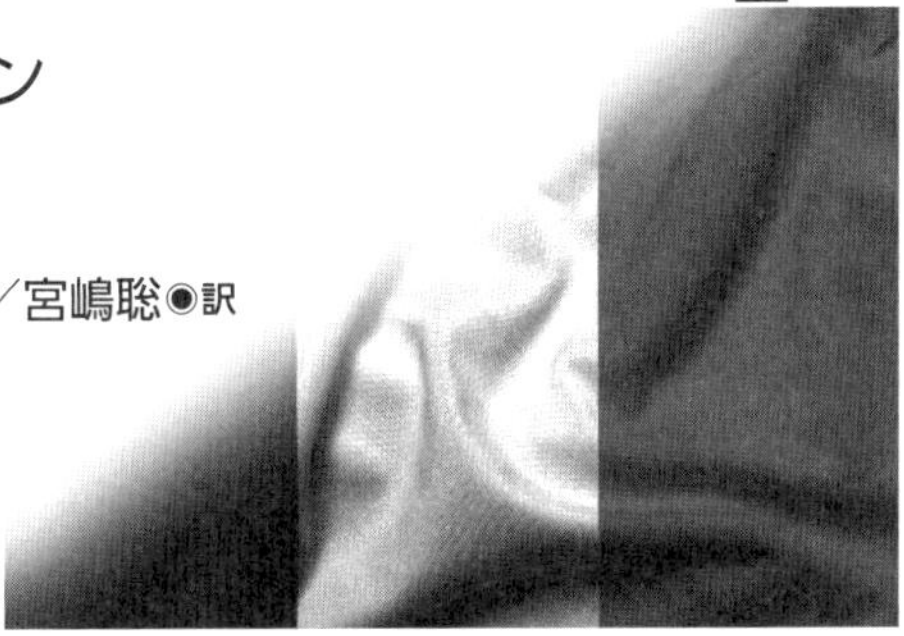

ビジネス教育出版社

妻と子どもたちに捧げる

プライバシーを守るため、フレデリック・ピエルッチの家族および近しい人々の名前は仮名とした。

The American Trap

アメリカン・トラップ

アメリカが仕掛ける巧妙な経済戦争を暴く――

目次

付　録

〈主な登場人物〉

フレデリック・ピエルッチ……本書の著者。アルストム・パワーの元役員。米国の海外腐敗行為防止法違反の容疑で逮捕され、２年以上米国の刑務所に留置される。

パトリック・クロン……当時のアルストム最高経営責任者

スタン・トワーディ……米国弁護士。アルストムの委託を受け、ピエルッチの弁護を担当

リズ・ラティフ……米国弁護士。トワーディの部下

デヴィッド・ノヴィック……米国司法省検事

ウィリアム・ポンポーニ……アルストム・パワーの元地域販売担当役員

ローレンス・ホスキンス……アルストム・ホールディングスの元アジア地域担当常務

デヴィッド・ロスチャイルド……アルストム・パワーの元地域販売担当役員

ジェフ・イメルト……当時のゼネラル・エレクトリック（GE）の最高経営責任者

クララ……ピエルッチの妻

アルストムが消滅しようとしている今、私はかつての同僚たちに敬意を表したい。アルストムの工場労働者やエンジニア、技術者、営業担当者、プロジェクト・リーダー……みなが数十年にわたって力を尽くし、素晴らしい製品を生みだしてきた。アルストムの仕事は他社からは羨望の的となり、フランスのエネルギー面での独立性を確保してきたのである。

誤解しないでいただきたい。本書が一部の人間の行いが今日まで続く災いをもたらしたことを明るみに出そうとも、二二年間をともにした仕事仲間への思いはなんら変わることはない。私が今あるのは彼らのおかげである。

プロローグ

これは水面下で進行している経済戦争の話である。

一〇年以上前から、アメリカ合衆国は贈収賄撲滅の名のもとに、ヨーロッパ、とりわけフランスの巨大多国籍企業に揺さぶりを掛けてきた。アメリカ司法省は海外腐敗行為防止法（FCPA）を適用して、そうした企業の経営幹部を訴追し、ときには投獄した。そして、企業に巨額の罰金を支払わせ、有罪を認めさせたのである。つまり、FCPAはアメリカの法律でありながら、ごくささいな関わりがあるというだけで、外国籍の企業や人間を摘発する道具ともなっているのである。

二〇〇八年以降、一億ドル以上の罰金をアメリカ国庫に納めたのは二六社。うち一四社がヨーロッパ企業であり、さらにそのうちの五社がフランス企業である。対してアメリカ企業は五社にすぎない。

ヨーロッパ企業が支払う罰金は総額では六〇億ドル以上になる。アメリカ企業の罰金総額はその三分の一である。

フランス企業は、すでに二〇億ドル近くの罰金を支払っている。そして、経営幹部六人がアメリカ司法当局によって起訴された。

そのひとりが私である。

もう黙っていることはできない。

1　衝撃――JFK空港で逮捕！

私は突如として、獣にでもなったような気がしていた。身に着けているのはオレンジ色の囚人服。胴に鎖を巻きつけられ、両手には手錠、足には足枷をはめられた。歩くのも、息するのもままならない。まるで、罠にかかって縛りあげられた獣ではないか。

前夜、私は独房に放りこまれた。房にはめまいがするほどの悪臭が立ちこめ、窓と呼べるものはなく、わずかな開口部から薄暗い中庭が見えるだけだ。そのうえ騒音がやかましく、絶えず言い争う声や叫び声が聞こえてくる。悪夢としか思えない。しかも、私は空腹で、喉はカラカラに渇いていた。八時間前からなにも飲んでいなかった。機内で声を掛けられたときから……。あのとき突然、私の人生は変わってしまったのだ。

そう、すべての始まりは機内で声を掛けられたあのときだ。

どうということもない、ごくありふれた伝言だった。キャセイパシフィック航空の客室乗務員の英語は完璧なアクセントで、口調は優しかった。ところがその優しさとは裏腹に、それが災いの始まりだったのである。「ピエルッチさま、お降りの際にスタッフまでお声掛けください」

搭乗していたボーイング777はニューヨークのジョン・F・ケネディ空港に着陸したところだった。

夜明けごろシンガポールを発ってから、香港経由の二四時間を超える長旅で、私は疲れてへとへとだった。

二〇一三年四月一四日、午後八時。定刻どおりの到着。機体がアメリカに着いたとたん、私は客室乗務員に声を掛けられたのである。

警戒すべきだったのだろうか？　長距離の移動には慣れていたが、それでもそのときは時差でぼーっとしていた。当時、私は四五歳。アルジェ、マンチェスター、香港、北京、コネチカット州ウィンザー、パリ、チューリッヒで勤務したのち、シンガポールに駐在していた。二〇年間、出張で世界中を飛びまわっており、こんなふうに伝言を受けたことも三、四回ある。仕事の約束の変更とか携帯電話の置き忘れとかを伝えてくれるものだ。

そのため、とくに不安を感じることもなくパーサーに名乗り出た。だが、若いパーサーは困惑した様子で、開いたばかりの扉の向こうをぎこちなく指さした。そこには、数人の集団が待っていた。女性がひとり、制服姿が二、三人、私服がふたり。女性が礼儀正しく私の身元を確かめると、飛行機から降りるように命じた。答える間もなく、制服のひとりが私の片腕を掴んで腰に押しつけ、もう一方の腕も素早く背中に回して両手に手錠をかけた。「フレデリック・ピエルッチ、あなたを逮捕する」

私はあまりのことに茫然自失して、なすがままだった。後になって、何度もこう自問した。もし、飛行機から降りていなかったら、どうなっていただろうか？　そして、降りるのを拒んでいたら？　まだアメリカの地に足を踏みいれていなくとも、ああもたやすく逮捕できたのだろうか？　だが、私は文句も言わずに従った。知らず識らずのうちに相手に手を貸してしまった……。理論上、搭乗橋《ボーディングブリッジ》にいた私はまだアメリカに入国しておらず、議論の余地はあっただろう。

話を戻そう。手錠を掛けられた私は、ショックが治まるとすぐ説明を求めた。私服のふたりが名乗った。ふたりはＦＢＩの捜査官だった。

「われわれが受けた命令はただひとつ、あなたを飛行機の出口で逮捕し、マンハッタン支局まで連行することだ。容疑については、そこで検事が説明する」

明らかに、ふたりはそれ以上知らないようだった。さしあたってはその言葉でがまんして、ついていくしかなかった。後ろ手錠で制服姿の連邦保安官に挟まれた姿はギャングのようだったろう。衆人環視のなか空港を進みながら、ほかの乗客の視線をいやというほど感じた。

数メートル進むと、バランスを保つには小股で歩くしかないとわかった。私は身長一八三センチで体重は一〇〇キロ近い。なんとまあ滑稽なことだ。滑稽すぎて現実のことと思えない。映画のなかでドミニク・ストロス＝カーンの役でも演じているかのようだ。二年前、ＩＭＦ専務理事だったカーンは私と同じように、手錠を掛けられＦＢＩに挟まれてニューヨークの通りをどうにかこうにか進んでいた……。じっさい、そのときまでは、不安よりも逮捕のショックが勝っていたし、こう信じていた。これは間違いか誤解に決まっている。この警官たちは誰かほかの人間と取り違えたのだ、少し調べれば、間違いか誤解が明らかになり、すべて元に戻るだろう（ＪＦＫ空港ではここ数年、この手のミスが多発していた）。

捜査官たちがまず私を連れていったのはとある小部屋だった。そこがどんな場所かはよくわかっていた。アメリカ当局が危険人物とみなした外国人のパスポートを詳細に調べるところだ。二〇〇三年に始まったイラク戦争のあいだ、フランスがとった立場――シラク大統領はアメリカ軍に加担して参戦するのを頑強に拒否した――のために、フランス人のビジネスパーソンはしばしばＪＦＫ空港のこの別室に呼ばれ、アメリカ当局の入国許可が下りるまで長時間待たされたのだ。

今回は、すべてが速く進んだ。ふたりの捜査官は私の身分証を確認するなり、私を空港から連れだして覆面パトカーに乗せた。こうなれば認めざるを得ない。間違いなく、ふたりが待っていたのは私なのだ。取り違えられたのではない。潜在的テロリストや逃亡犯と間違えられたという笑い話にはなりそうもない。それはよくわかった。だが、それならどうして？連中の望みは何だ？　私がいったい何をした？

私の人生は至極単純だ。プライベートではやましいことは一切ない。あとはアルストムでの仕事だ。だが、この突然の逮捕が職業上の活動に関係しているとはまったく考えられなかった。大急ぎで進行中の案件に思いを巡らす。私は一〇か月前にボイラー部門の世界責任者としてシンガポールに赴任した。それ以来扱ってきた事案のうち、最近の案件には些細な嫌疑すら掛けられるようなものはひとつもない。少なくとも、その点では安心していられる。

しかし、アルストムは折に触れ贈収賄に関する捜査の対象になっており、数年前からアメリカ当局による捜査が始まっていた。アルストム・グループは多くの契約を勝ちとるために賄賂を贈ったと疑われていて、そのうちのひとつがインドネシアの発電所に関わるものだった。当時、私はこの案件に携わっており、アルストムはこの取引をまとめるべく外部のコンサルタントに委託した。だが、これは二〇〇三年と二〇〇四年のことで、インドネシアの契約は二〇〇五年に締結された。もう一〇年近くも前のことなのだ。大昔の話ではないか！それに私は内部監査で問題なしとされていた。内部監査はこうした問題が発生したときに実施されるもので、二〇一〇年か二〇一一年の初めに行われた。日付は不確かだが、内容ははっきり覚えている。マンハッタンへ向かう車のなか、いや増す不安にとらわれながら、自分の記憶を探った。あのときは、アルストムが雇ったふたりの弁護士に短い聞き取り調査をされた。たった一回、一時間ほどの聞き取りだった。知るかぎりでは、私はすべてグループの規定に則っていたとみなされた。なんの落ち度もないということだ。したがって、なんの咎めも受けていない。それどころか、その後、二〇一二年には、私は目覚ましい昇進をし、現在の地位に就いた。総売上高一四億ユーロ、全世界の従業員数四〇〇〇名のボイラー部門のトップである。さらに言えば、アルストムの社長パトリック・クロンは二〇一一年から、中国・上海電気集団と五〇対五〇の出資比率で合弁会社を設立して、両社のボイラー事業を統合しようと目論んでおり、シンガポールに拠点を置く、この将来の世界的規模のジョイント・ベンチャーの統括責任者として私を選んでいたのだ。

世界のトップだ！　それが今や、車に押しこまれ、手錠を掛けられている。手錠は手首に食いこんで痛みだしている。二〇〇三年から二〇〇五年にかけてのインドネシアの案件がこんな仕打ちを受ける理由になるとは考えられない。しかも、私はその案件でたいした役割を果たしていない。まったく、アル・カポネでもあるまいに！　ギャングでさえない！　どうして逮捕されたのか、これからどうなるのか、あれこれ考えていると、車が止まった。

ＦＢＩ捜査官のロンとロス——ふたりのファーストネームは後に知った——は、私が「協力的」と思ったようだ。単に抵抗することに考えが及ばなかっただけなのだが。

「ピエルッチさん、あんたはおとなしくて、叫びもしなければ、抵抗もしない。おまけに行儀がいい。あんたのような人はめったにいない。ごほうびだ」

そう言うと、ふたりは私の手錠をはずして、しびれた両腕を背中から膝の上に動かした。そして、身体の前で手錠を掛け直してくれた。たいしたことではないと思えるだろうが、手錠を掛けられた経験があればわかる。後ろ手に手錠を掛けられるのと比べたら、この姿勢は快適と言ってもいいほどだ。この夜は交通渋滞はなく、四〇分足らずでマンハッタンのＦＢＩ支局に到着すると、車は地下へ入り、エレベーターの前で止まった。それに乗るように命じられたが、「後ろを向いてろ」と強い口調で指示され、私は戸惑って捜査官を見た。私は一九九九年から二〇〇六年までの七年間、アメリカで働いており、自分では完璧な英語を話すと思っていた。ところが突然、わけがわからなくなったのだ。私は本当にこのエレベーターに後ろ向きで乗らなくてはならないのだろうか？

「セキュリティ上の規則だ、ピエルッチさん」ロンが説明した。「われわれがどの階のボタンを押すのか、あんたは見てはいけない。ＦＢＩでは、どの階に連行されるか、どの部屋で尋問されるか、知ることはできない」

だから、私は自分が何階に連れていかれたのか知らない。エレベーターを降りると強化ドアをいくつか通りぬけ、ある部屋に入った。飾り気のない部屋は真ん中に机がひとつと椅子が三脚あるだけで、壁に長い鉄のバーが取りつけられている。捜査官はそこに私の手錠をつなぐと出ていき、私はひとり取り残された。しばらくすると突然、ドアが開いて、新たな人物が姿を現した。

「こんにちは、ピエルッチさん。私はセス・ブラム。ＦＢＩで、アルストム、なかでもインドネシアのタラハン案件を対象にした贈収賄事件の捜査を担当している。これ以上はなにも言えないが、数分後に捜査を担当する検事が来て、その検事があんたを尋問する」

セス・ブラムは冷静で礼儀正しく、それだけ告げると出ていった。

2　米国司法省検事

やはり、その件だったのか。車のなかではそうとは思いたくなかった。あまりに遠く、あまりに昔の出来事で、今現在ではなんのつながりもない。だが、こうなった以上は現実を受けいれざるを得ない。あのインドネシアの案件に引き戻されたのだ。それは、スマトラ島にあるタラハン発電所の案件だ。二〇〇三年、その建設に関する取引が始まったとき、私はまだシンガポールに移っておらず、アメリカから仕事に加わっていた。当時はアルストム・パワーの一部門で営業部長を務めていた。アルストムは、インドネシアで入札が始まるとすぐに日本企業の丸紅とコンソーシアムを組んだ。当時、アルストムは深刻な財政難に見舞われていて、倒産のおそれすらあった。それゆえ、この契約は比較的少額のものにもかかわらず(総額一億一八〇〇万ドルのうち六〇〇〇万ドルがアルストム分)、大きな意味を持っていた。タラハン発電所は、地球規模ではごく小さな仕事だったが、会社の評判を立て直す期待を担っていたのだ。

ＦＢＩの取調室で、セス・ブラムに逮捕理由を教えられ、それ以上の説明を聞くために検事を待ちながら、この二〇〇三年のことを思いかえし、どれほど苦労してタラハンの契約を獲得したのか思いだそうとした。恥じいることはなにもない。当時、いくつかの国では、表だって認められてはいなくても、賄賂は日常茶飯事だった。アルストムがふたりの〈コンサルタント〉に依頼したことも知っている。私がふたりを雇ったのではないが、その存在を知っていたことは確かだ。

詳しく思いだそうとしたが、その前にドアが開いて、セス・ブラムを従えて、また別の男が入ってきた。男は三五歳くらい、背が低く痩せていて、偉そうな態度を隠そうともしない。かなりの野心家なのだろう。男は機関銃のような速さで話しはじめた。

「ピエルッチさん、私はデヴィッド・E・ノヴィック。コネチカット州の連邦検事で、あなたの会社、アルストムの件を担当している。アルストムを対象にした贈収賄事件の捜査の一環で、あなたは逮捕された。あなたは、タラハンの契約に関し、インドネシアの国会議員に対する贈賄に加担した容疑で告発されている。これは外国公務員に対する贈賄であり、海外腐敗行為防止法（ＦＣＰＡ）に抵触する。われわれは三年前から、多くの国でのアルストムの行為に関して捜査を行ってきた。アメリカの法律に則って、アルストム・グループには通告済みだ。にもかかわらず、アルストムは約束を違えて、二〇一〇年以降、司法省に十分な協力をしようとしない。アルストムはまったく約束を守ろうとしない。これっぽっちもだ！」

ノヴィックは憤懣やるかたない様子だった。私はアルストムの社長でもなければ、法務部長でもないと言いかえしたかった。たしかに、経営幹部のひとりではあるが、取締役会あるいは経営委員会のメンバーではない。私は……。だが、ノヴィックはそれ以上考える暇を与えなかった。

「ピエルッチさん、会社には電話しないことを強く勧める。われわれに協力したほうがいいぞ……」

この瞬間、頭のなかが混乱した。この検事はなにを言わんとしているのだ?

「われわれに協力したほうがいい……アルストムや経営陣とは手を切れ。あなたの現在のアルストムでの地位も、タラハン事件の際に就いていた地位もよくわかっている。このインドネシアの件で、あなたが決定権のある立場になかったこともよくわかっているが、それでも、あなたはなにが起きているかすべて知っていた。われわれが本当に訴追したいのは、アルストムの取締役連中、なかでもクロン社長だ。そこで、あなたには逮捕されたことを会社に知らせないでもらいたいのだ。つまり会社には連絡せず、当面、弁護士をつけるのも諦めるんだ。わかったか?」

まったくもって、わからない。いや、正直に言えば、うっすらとはわかっていた。取引だ。ノヴィックは会社の内情を密告しろと暗に提案している……。だが、このときの私はひどい時差ぼけで、二四時間寝ておらず、されるがままに手錠を掛けられ、鉄のバーに繋がれていたのだ。そんな状態で、いったいなにをきちんと理解できるのか？　ノヴィックは詳しく説明せず、言葉を濁したまま明確な要求は一切しない。ただ、誰にも知らせるな！　と繰りかえすだけだ。そんなことを言われても無理というものだ。

　ノヴィックに追いつめられながら、私はアルストムが行った幹部向けの研修セミナーを思いだしていた。なんたる皮肉か、それは逮捕の少し前に開かれたもので、テーマは「私たちの職業上の法的リスク」……。その際、名刺大のカードを渡された。そこには、逮捕された場合に掛けるべき電話番号、すなわちアルストム・グループの現在の法務部長キース・カーの番号が記されていた。そして、つねにこのカードを携行するように、不運にも裁判官や警察官と対峙するはめになっても、このセミナーで教えられたふたつのルールを絶対に守るようにと念を押された。ルールその一、なにも言わないこと。ルールその二、アルストムの法務部長に電話すること。そうすれば、近くにいる弁護士をすぐに差し向ける。私はこのルールを覚えていた。検事の仕掛けた罠になどはまるものか――少なくとも、そのときはそう思ったのだ。うまく立ちまわったつもりで、それがどれだけ高くつくか少しも考えず、会社の法務の方針にただ従った。会社に知らせるしかない。

　だから、私はノヴィックに説明した。

「いいですか、私は逮捕されたこともなく、なにをおっしゃりたいのかもわかりません。ですから、会社と領事館に連絡させてください」

ノヴィックは険しい表情で、ブラムに合図して、逮捕の際に没収した私のブラックベリー（ビジネス向けスマホ）を持ってこさせた。私はすぐに、キース・カーに連絡を取ろうとした。だが、パリは午前五時で、電話には誰も出ない。かわりに、ティム・カランに連絡がついた。カランはアルストムの米国ボイラー部門の責任者で、翌日、コネチカット州ウィンザーで会う約束をしていた。状況を手短に説明すると、カランはびっくり仰天した。

「きみがそんな目にあうなんて、信じられない。なにかの間違いだ。すぐに出してやる。大急ぎで本社に連絡するよ」

カランは私を安心させてくれた……少しだが。検事は出ていき、ふたりの捜査官が私のスーツケースを検査して、リストを作成した。電話はもう一本掛けられる。妻のクララに連絡しようか。迷った末、やめることにした。心配させてもしかたがない。このとき、私は固く信じこんでいたのだ。これは数時間のことだ、すぐに釈放される、と。ノヴィックがどんなに不機嫌になろうとかまわなかった。アルストムが三年近く前から贈収賄容疑の捜査を受けているとか、司法省の指示に一切従わないとか、聞かれた質問にまったく答えようとせず、知らんぷりを決めこんでいるとか、ノヴィックがいくら喚こうと、私は信じなかった。いや、信じたくなかったというべきか。頑ななまでに信じていたのだ。会社はすぐに手を打って、この危機から私を救いだしてくれるに違いない。なんといっても私は社長からも信任を得ているのだから。

社長のパトリック・クロンとは、ニューヨークへ発つ数週間前に夕食をともにした。アジアで働く幹部数名とともに、シンガポールでの豪華な食事会に招かれたのだ。レストランはシンガポールで一番人気の店で、神秘的なホテル、マリーナベイ・サンズのなかにあった。マリーナベイ・サンズの映像や画像は世界を席捲した。かなり変わった建物で、五七階の巨大な屋上テラスが船の舳先のように海の上へ突きだしている。その場には、アルストム・グループの法務部長キース・カーも同席していた。特別なことはなにもなかった。すでに数年前から、アルストムはエネルギー事業の大部分をアジアで展開していて、クロンはグループの本社の一部をシンガポールに移転することまで検討していたほどだった。二〇一二年末には、オフィスをもう一フロア借りて、本社の人員の一部を受けいれていたうえ、クロンも頻繁にシンガポールを訪れていた。そのため社内では噂が飛びかっていた。社長は合法的に節税するためにシンガポールに住居を移そうと考えているのだろうと。シンガポールの所得税率が非常に魅力的なのは本当だし（最大二〇パーセント）、じっさい、アルストムのシンガポール事務所の責任者ヴァウター・ヴァン・ヴェルシュが二〇一三年初めから、クロンの住まいを探して、シンガポールじゅうの邸宅を見てまわっていた。

実を言えば、そういったことは私にはさして重要ではなかった。クロンとは親しく口をきく間柄ではあっても、側近というほどではなく、一定の距離を保った関係だった。ニューヨーク出張の一週間前には、クロンに同行してインドへ赴き、リライアンス・インダストリーズの経営陣と面会した。リライアンス・インダストリーズは創業家アンバニ一族が所有するインドの民間最大のコングロマリットである。クロンはなによりもまずセールスマンであり、抜きんでた交渉者だ。ひとりで世界を飛びまわるのを厭わずに相手方と直接交渉する。一歩も譲らず、無礼とも言える態度をとるかと思えば、愛想よく振る舞い、相手を丸めこみ、口説き落とすこともできる。本社の社長室に座っているのではなく、わざわざ自ら現場に出ることで、部下たちに自分の力を見せつけているのだ。

さて、くだんの食事会のあいだに法務部長キース・カーが私に近寄ってきた。キースはクロンの側近中の側近で、以前、私がずっと所属していたパワー部門の法務責任者だったため、何年も前から顔見知りだった。キースはグラスを傾けながら、そっと言葉を掛けてきた。

「フレッド、タラハンの案件を覚えているか？　アメリカの捜査があって、わが社も独自の調査をした件だが」

「ええ、もちろん。なにかあったんですか？」

「とくにないよ。きみは心配することはなにひとつない。内部監査で、きみはまったく問題がないとわかっている。だが、ほかに少しばかり気がかりな者がいてね」

今思えば妙な話だと思うが、そのときは、酒席の最中にキースがこの件を持ちだしたことを気に留めなかった。だが、それ以前にはその話をしたことは一度もなく、内部監査を受けていた二〇一〇年から二〇一一年でさえ、ふたりのあいだで話題にしたことはなかったのだ。ＦＢＩの取調室にいる今になって、この会話が頭の中に甦ってきた。たぶん、キースの電話番号に掛けなおしているせいだ。

今回はようやくのことで、電話がつながった。やっとキースが受話器を取ったのだ。会話はごく短いものだったが、私はその一言一句を覚えている。

「わからない、わからないよ……まったく理解できない」キースはそう繰りかえすばかりで、私と同様にショックを受けたようだった。「司法省とは合意に達するところだったんだ。きみがそんな目にあうなんて信じられない」

「そうかもしれないが、検事はその取引のことを知らないようです。さもなければ、合意すると思っていないか……。検事は、私がここにいるのはひとえにアルストムのせいだと言いつづけているんですよ。アルストムが三年前から協力を拒みつづけ、検察側がしびれをきらしたからだと。それに、このあいだ、あなたは私に心配することはなにひとつないと請けあってくれた。だったら、どうして私は逮捕されたんです？」

「だから、まったく理解できないと言っているんだ。合意できそうだから、私は数時間後には飛行機に乗ることになっていた！　今日、ワシントンで司法省と取引をまとめる手筈だったんだ！　だが、こうなると、アメリカに行っていいものかどうか……。まずは弁護士に相談しよう……。とにかく落ち着け。冷静になるんだ。弁護士事務所に連絡して、すぐに誰かを派遣する。それまでは、検事にも、ＦＢＩにも、なにも言うな。今夜は間に合わないだろうが、明日にでも保釈させる。後のことはそれから考えよう」

そう言って、キースは電話を切った。私はその言葉を少しも疑わなかった。翌朝早くにはキースから連絡があるだろう、キースは私を見放したりしない、最後まで味方でいてくれる。長年働いてきた会社が私を見捨てるはずがない。一瞬でもそれを疑うのは、愚か者か偏執狂だ。だが、私はそのどちらでもない。

キースの励ましの言葉がまだ耳に残っているうちに、ノヴィック検事が取調室に戻ってきた。

「われわれに話したくないんだな。けっこうだ。あなたが決めることだ」

「いえ、この件に関して私が果たした役割は説明できます。問題になるようなことはしていませんから。ただ、話すには弁護士に同席してもらわないと。だって、私はアメリカの法律を全然知らないし、自分の権利もまったくわからないんです。外国人ならだれでもこうすると思います」

ノヴィックは私の言葉を聞き流し、動じる様子もなかった。

「それではマンハッタンの拘置所に移送する。今夜はそこで過ごし、明日、コネチカット州裁判所に出頭するんだ。その審理の前に弁護士に接見する権利があり、裁判官があなたの勾留を続けるか否か判断する。お望みなら、家族に電話して知らせることもできる」

冷静になるんだ。キース・カーはそう忠告してくれた。取り乱すんじゃない。いずれにせよ、選択の余地はない。妻のクララに電話すべきだろうか？　検事はそうさせたいみたいだ。だが、私を動揺させようとしているのかもしれない。もちろん、クララはひどく心配するだろう。妻が怯えれば、私も耐えきれなくなる。心理的に圧力をかける古典的な手法だ。懐柔策のひとつだろう。私はすばやく考えを巡らせた。遅くとも、明日の晩には釈放される。この国は、殺人罪で起訴されたO・J・シンプソンの保釈を認めたくらいだから、私を勾留し続けることはないだろう。だって私はフランス国民で、企業の最高幹部という立場であり、アメリカ司法当局が目をつけたタラハンの契約においては、検事ですら「決定権のある立場になかった」と言っているのだから。やはり、妻に電話をするのはやめよう。この災難については、釈放されてから話せばいい。わたしはノヴィックに丁寧に断った。そのかわり、ニューヨークのフランス領事館への連絡を要求した。ノヴィックはすぐさま要求に応じ、自分の電話にあらかじめ登録してあった番号に掛けた。どうやら、すべてお見通しだったようだ！　こんな遅い時間、しかも日曜日の真夜中に、領事館の誰に電話すべきかしっかり把握している。

ノヴィックは私に受話器を渡したが、電話に出ていたのは明らかに当直の人間だった。その人物は私の身元を尋ね、きちんとメモしたと告げた。すると、ノヴィックが受話器を取りあげ、私が明日の月曜日、ニューヘイブンの裁判所に喚問されると領事館に教えた。これで、今夜はもう私に用はないというわけだ。

ロンとロスがまた現れた。私の所持品（パソコンと携帯電話、キャスター付き小型スーツケースに入っていた下着類）を確認し、強化ドアをまたいくつか通りぬけ、一〇本の指の指紋採取と写真撮影をすませるのに、三〇分はかかっただろうか。それから、またもや後ろ向きでエレベーターに乗り、車に乗せられた。行き先のマンハッタンの拘置所はすぐ近くにあった。

入所手続きのあいだ、ふたりの捜査官は私にぴったり張りついていた。そして、立ち去り際に、ロンが耳打ちした。

「じゃ、おやすみ、ピエルッチさん。こんなことを言うとおかしく聞こえるだろうが、明日の朝、われわれの顔を見たら本当にうれしくなるよ」

その言葉が少しばかりサディスティックな気持ちから発せられたのか、親切心からの警告だったのか、私にはわからなかった。それまで刑務所に足を踏みいれたことなど、ただの一度もなかったのだから。それからまず、ふたりの看守に服を脱ぐように命じられた。そこで、すべてを取りあげられた。腕時計、結婚指輪、靴にいたるまで……丸裸だ！　私は心底うろたえて、わかっているはずの英語にまごついてしまった。

「後ろを向いて、スクワットして咳《コフ》をしろ」看守が命じたが、聞きとりにくいアクセントだったのだ。

コフはわかった。咳のことだ。だが、スクワットとは？　私はこの言葉の意味を忘れていた。

「スクワットして咳をしろ」看守はいらだった。「スクワット、咳！」

呆然としている私を見て、看守はすべきことを身ぶりで示した。私がすべきなのは、しゃがんで（スクワット）、両脚を開き、咳をすることだった。指示どおりにすると、看守が私の後ろに来た。肛門からなにも出てこないことを確認しているのだ！「スクワットして咳をしろ」というフレーズは、これ以降忘れたことはない。勾留中、幾度となくこの屈辱的な手続きに従わねばならなかったのだ。しかし、この夜、初めて目にしたアメリカの刑務所の世界は、尋常ならざる場所そのものだった。看守はオレンジ色のつなぎを着るように命じ、そのあと二時間以上、後ろ手に手錠を掛けられて立ったままで待たされた。拘置所に英語で書かれた入所書類がなかったのだ！　スペイン語版や中国語版はあるのに、英語版を切らしているとは……。ようやく必要な書類が揃い、それに記入すると、私は独房に連れていかれた。あとになって知ったが、そこは「穴」と呼ばれる懲罰用の房だった。もっとも凶悪な囚人を隔離して収容する場所だ。時刻は午前三時に近い。看守が私を房のなかに押しこんだ。暗がりに包まれる。真っ暗……ではない。薄暗い程度だ。ごく小さい蛍光灯が青白い光を投げかけている。と、看守が扉を閉めた。そのとき、私はまだ背中で手錠を掛けられたままなのに気づいた。そこで初めて、私はパニックに陥った。どっと不安がこみあげてくる。ひと晩じゅう、手錠を掛けられたまま放っておかれてしまう！　不意に、カタカタいう乾いた音が聞こえた。扉に小さい開口部があり、そこの戸が開いたのだ。看守が叫んで、後ろ向きのまま来いと命じられた。指示どおり扉まで後ずさりすると、その開口部越しに、ようやく手錠が外された。

ロスとロンの言ったとおりだった。勾留されたこの最初の夜、私は怯えまくって過ごした。独房の悪臭、窒息しそうな狭さ……。なにも見えないが、いろいろ聞こえてくる。あちらこちらから罵声や悲鳴が上がる。フロアじゅうで殴りあったり、殺しあったりしているかのようだ。私は逮捕されてから飲まず食わずだった。眠ることもできない。だが、この勾留はちょっとしたハプニングというだけだ。そこで、夜をやり過ごすために、一〇年前のタラハンの契約をめぐるあれこれを思いだそうとした……。それからスケジュールを組みなおすことも考えた。しかたない、朝一番のコネチカットでの約束には間に合わない。だが、たいしたことではない。仕切りなおせばいい。スケジュール帳を思い浮かべてみる。その約束は昼前にずらして、そこの分は午後一番にすればいい。うまくやれば、四八時間の予定を二四時間でこなすこともできるはずだ。三日後にはシンガポールに戻り、予定どおり金曜日に家に帰る。今度の週末は、小さいほうの双子（七歳のラファエラとガブリエラ）を友だちの誕生会に連れていくことも、大きいほうの双子（一五歳のピエールとレア）をサッカーの試合に連れていくこともできるだろう。あとになってみれば、じつに愚かに思えるが、そのときはそう考えると、安心して気が楽になった。そして、私はつかの間、まどろんだ。

3　初めての審理

信じられるだろうか？　早朝、ふたりのＦＢＩ捜査官の顔を見ると、本当にうれしくなった。また裸になる検査をされてから、私は手錠を掛けられ、ニューヘイブンの裁判所に移送された。ニューヨークから車で二時間の道のりである。移動中は、ほとんど普通の生活に戻ったような気がした。ロンとロスはコーヒーとベーグルを買ってきてくれ、気楽に雑談をした。ふたりとも三五歳。ロンは三人の子持ち、縦にも横にも大きなたくましい男で、スキューバダイビングに熱中している。ロスのほうはひとり娘がいる。ふたりともフランスに興味津々で、私たちは昔からの知り合いのようにおしゃべりをした。

裁判所に到着すると、ロンとロスは外に車を止めて、審理の時間を待った。予定より早く着いたからだが、一時間あまり車内に座ったまま待っていると、審理はニューヘイブンではなく、ブリッジポートで開かれると告げられた。車で三〇分ほど逆戻りである。かくしてふたたび車を走らせてブリッジポートに着くと、連邦保安官に引き渡す前に、ロンが車を止めた。そして、ロスが私の電話を手渡して、審理の結果次第では、これが近親者に電話をするラストチャンスになると教えてくれた。いまは正午なので、シンガポールは真夜中だ。私は、アルストムの米国ボイラー部門責任者ティム・カランに電話することにした。前夜のキース・カーとの会話の内容を伝えておきたかったのだ。カーは今日にもワシントンに来る予定だと言っていたし、カランがカーとともに、事態の把握に努めるのは間違いないだろう。とにかく、そういったことをカランに頼んだ。

それから、私はロンとロスの手から連邦保安官に引き渡され、裁判所内にある独房に入れられた。保釈請求の審理がまもなく始まる。その前に、ようやくアルストムから委任された弁護士と話すことが許された。小さな面会室に入り、デイ・ピットニー法律事務所のリズ・ラティフと初めて顔を合わせたのだ。

リズは三五歳から四〇歳くらいの若い女性だった。最初に驚かされたのは、刑事事件に関する経験の少なさとプロらしからぬ、やる気の感じられない態度だった。おまけに、アルストムの事件のことはなにも知らなかった。さらに言えば、私が咎められている犯罪、FCPA違反に関しても、まったく扱ったことはなかった。FCPAは司法省にだれであろうと勾留できる権利を与えている。その人物の国籍がなんであろうと、外国公務員に対する贈収賄違反を犯したという嫌疑をかけられ、なんらかの理由でアメリカ合衆国と関連づけられればよいのである（22章参照）。リズはいくらかの情報を教えてくれた。

「ピエルッチさん、今朝、アルストムの弁護士から、うちの事務所に連絡があり、あなたの弁護に当たるように要請されました。というのは、アルストムの弁護士はあなたの弁護をできないからです」

「なぜだ？　アルストムの弁護士が私の件を引き受けてしかるべきじゃないか？」

「もちろん、そうです。ただ、利益相反のおそれがあって……」

「わからないな。アルストムがインドネシアの件で司法省とやろうとしている取引に私を含めるだけだ。簡単なことじゃないか。いったいどこに、アルストムと私のあいだの利益相反があるんだ？」

「そんな簡単な話じゃないんです、ピエルッチさん。それでも、アルストムはあなたの弁護費用を負担するって言うんですから……。運がいいですよ！」

なんとまあ、ありがたいことだ！　とにかく、私は自分に対する告発の詳細をリズから聞こうとした。だが、会話はしづらかった。弁護士の接見用の面会室では双方のあいだが金網で仕切られていたからだ。リズは何枚かの書類を見せようと金網に押しあてた。当然、ちゃんと読むことはできない。しかも、リズ自身が起訴状をろくに読んでもいないようだった。

私はいいかげんなリズに次第にいらだってきた。

「いったい、私は正確にはなんの罪で起訴されているんだ？　いくらなんでも、それくらいは確かめられただろう？」

「贈賄とマネー・ローンダリングの容疑です」

マネー・ローンダリング？　ふつう、武器や麻薬の密売人が起訴される罪状だ！　いったいぜんたい、どこからそんな容疑を引っぱりだしてきたんだ？

私が青ざめたのを見て、リズは落ちつかせようとした。

「いずれにしても、今日は、事件そのものは問題にならないでしょう。私はあなたの保釈を請求するだけです。保釈金一〇万ドルを提案するつもりですが、判事を説得するにはそれで十分なはずです。いいですか、あなたの起訴が大陪審によって決められたこと、捜査は逮捕までは秘密裏に行われたことを理解してください。もう、捜査は秘密ではなくなったので、司法省はきっと、今日にでもマスコミに発表するでしょう。それから、あなたの前にも、アルストム関係者で起訴された人がいるんです。あなたがアメリカ駐在だったときの同僚、デヴィッド・ロスチャイルドです。ロスチャイルドはすでに捜査をされ、尋問を受けています。それで、ロスチャイルドは有罪を認めて、五年以下の刑になるよう取引しました」

ロスチャイルドが有罪を認め、五年以下の刑になった！　それを聞いて、私は血の気が引いた。起訴されたという事実の重みに急に気がついて愕然としたのだ。結果によっては、私や家族の人生にとんでもない影響があるかもしれない。だが、それについてじっくり考える間もなく、法廷に呼びだされた。審理が始まる。裁判長は女性のガーフィンケル判事だ。判事は私に英語が十分に理解できるか尋ねてから、弁護士のリズに発言を許した。リズは予定どおり、保釈金一〇万ドルと（追跡装置付き）電子ブレスレット着用を条件に私の保釈を請求した。その間一分足らず。発言権はアメリカ政府を代理する検事に移った。FBIで会ったノヴィックだ。そして、そこからはノヴィックの独壇場だった。ノヴィックは強硬に私の保釈に反対し、怒りもあらわに熱弁をふるった。あろうことか、FBIの取調室で話したこととは正反対のことさえ主張した。

「ピエルッチ氏はアルストムで非常に高い地位にあります。氏が関係した贈収賄事件は非常に深刻なものです。アルストムは便宜を図ってもらうべく、インドネシアの国会議員に賄賂を支払いました。われわれは起訴に確固たる自信を持っております。われわれには多くの証拠があり、FCPAに違反する行為に関与したと証明する証言も得ております」

なんともわかりやすい話だ。ノヴィックは取調べで私がなにも話さなかった代償を払わせようとしている。さらにノヴィックは個人攻撃を仕掛けた。

「ピエルッチ氏はアメリカ合衆国に係累がありません。氏はアメリカ勤務のとき、グリーンカード（永住許可）を取得していました。しかるに、いかなるわけか、二〇一二年、グリーンカードを当局に返上しました。当時の担当職員に聴取しましたが、あまり類のない行為でとても驚いたそうです」

悪い冗談としか思えない。二〇一二年には何度もアメリカ出張していて、たまたまそのうちの一回を利用して、もう必要のなくなったグリーンカードを返しただけだ。というのも、そのころの私は、数年間の予定でシンガポールに異動になったばかりだったのだ！　そのなにがいけないと言うのだ？　だが、それで終わりではなかった。

「釈放されれば、ピエルッチ氏は間違いなく、逃亡を図るでしょう。そして、裁判長もよくご存じのように、フランスは自国民の引き渡しに応じません。しかも、氏は捜査され、逮捕状が出されていたにもかかわらず、当局に出頭しなかったのです！」

ノヴィックの欺瞞に唖然とした。自分に対して逮捕状が出ているなんてまったく知らなかったのに、どうしたら自首できたのだ？　そもそも、私がフランスに逃げることを恐れて、司法省がそういう情報を今日まで隠していたのではないか。だいたい、そんなことを知っていたら、アメリカに出張する前に、弁護士に相談しただろう。ただただ、ばかげている。それにもかかわらず、ガーフィンケル判事は気持ちを動かされたようだった。判事はこう言った。

「検察側が提出した書類はきわめてしっかりしたものと認められます。保釈を認めさせたいなら、弁護側はもっと筋の通った書類を整えるべきです。ラティフ弁護人、新たな書類を準備するための猶予を与えます。いつなら準備できますか？」

「夕方には。裁判長」

「おっと、それは無理ですね。あいにく、一時間後に病院の予約がありましてね。では、二日後にしましょう」

審理は終わった。そうなってようやく判事は私のほうを向いて尋ねた。

「ピエルッチさん、あなたの申し立ては？　有罪ですか？　無罪ですか？」

「無罪です」

それだけだ。私本人に尋ねられたのはこの一つの質問だけ。そして、私が口にできたのもこのひと言だけ。かろうじて理解できたのは、さらに四八時間、拘置所で過ごすことになるということだ。私はまた後ろ手に手錠を掛けられて、裁判所内の独房に連れもどされ、そこで、弁護士のリズと数分間、話をすることができた。私はリズに、雲行きがかなり怪しいとキース・カーに伝えるように念を押した。カーは状況を把握しようとしているはずだ。

二時間後、看守が私を独房から出し、鎖でつないだ……獣のように。


そうだ、私は獣になった。自分の姿を説明するのに、ほかに言いようがない。手錠に足枷、胴に太い鎖を巻かれているのだから。手錠と足枷、鎖はすべてつなげられ、腹の上の大きな南京錠に留められていた。こんなふうにつながれた人たちを目にしたのは一度だけだ。あれはグアンタナモ収容所を取りあげたテレビのドキュメンタリー番組だった。私は、両足をつなぐ足枷のせいで、まともに歩くこともままならず、ぴょこぴょこと跳ねるようにしながら、裁判所の地下駐車場に待機していた四人護送車まで連れていかれた。護送車は黒いバンで、窓には防弾ガラスに太い鉄格子がはまっており、特殊部隊の装甲車のようだった。

ほかにふたりの囚人が私の両脇に座った。アジア系と大柄な黒人だ。「行先を知っているかい?」。ふたりにそう話しかけてみたが、答えは全然理解できなかった。ふたりが使う言葉は逆さ言葉や符丁を使った囚人同士の隠語だらけだったのだ。疲労困憊のあまり、そんなことはどうでもよくなった。もう二日間近く、満足に眠っていなかったのだ。いろんなことが次から次へと起こって頭が働かなくなり、くたくたになっていた。だから、走る護送車のなかで、自分のことを罠にかかって首根っこを掴まれたウサギのように感じながらも、私は疲れ果てて、眠りこけてしまった。五時間後、目が覚めると、そこはロードアイランド州にあるワイアット拘置所だった。

4　ワイアット拘置所――監房内のルール

ワイアット拘置所をどう説明したらいいだろうか？　遠くから、あるいは上空から見れば、よくある役所の建物のようだろう。五階建てで、周囲の建物となんら変わったところはない。だが、近づいていくと、徐々にそこがじっさいには正真正銘の要塞であることがわかってくる。外観はコンクリートの四角い箱のようで、外壁に窓はなく、かわりに幅一五センチ、高さ八〇センチの細い開口部が設けられている。この細い穴を見たら、誰でもぞっとする。どう考えても、内部に日の光が射すはずがないからだ。こうも考える。ひとたび中に入れば、なにが起こってもおかしくないのではないか。ワイアットは外界から遮断されているのだ。二重の塀と鉄条網に囲まれ、監視カメラが一〇メートルおきに設置されている。ここに入ってくる車両はすべて装甲車だ。ワイアットはそんじょそこらの刑務所や拘置所とは違う。厳重警備の拘置所だ。

アメリカでは、刑務所などの施設をセキュリティの程度によって、1から4のレベルに分けている。レベル1の施設は「収容所《キャンプ》」と呼ばれ、通常、金融犯罪で有罪となったホワイトカラーの犯罪者用だ。こうした収容所には、運動ルームや、ときにはテニスコートがあり、看守の数は少なく、監視は最低限に抑えられている。レベル2は、短期刑の者、あるいは凶暴性のない者を収容する。さらに、レベル3、いわゆる中程度の施設があり、そのうえにレベル4の厳重警備の施設がある。ワイアット拘置所はこのカテゴリーに属している。収容されているのは、コネチカット州とその周辺のマサチューセッツ州、ロードアイランド州、メイン州、ヴァーモント州の凶悪犯ばかりで、裁判が終わるまでここに勾留される。ワイアット拘置所は連邦刑務所局の所管ではない。連邦刑務所局の監督下で、民間会社が運営している。平均して六〇〇名を収容、アメリカの拘置所ではどこでもそうやっているように、さまざまな基準（ギャングかどうか、年齢、危険性、民族など）によって、勾留する区画を振りわける。ワイアット拘置所運営の年次報告書によると、二〇一三年における内訳は、ヒスパニック三九％、アフリカ系三六％、白人二五％である。同報告書は、同年に収容者のなかで何件かの性的虐待が通報されたとしているが、今に至るまで真相は明らかになっていない。だが、その時期にふたりの収容者が死亡、その状況があまりにも不審なものだったので、遺族は告訴している。

そういう厳重警備の拘置所に、司法省は私を勾留したのだ。しかし、私は累犯者でもなければ、凶悪犯でもない。私をここに入れることは、刑務所が収容者を分類する基準に反するものだ。だが、そういったことは誰もなにも教えてくれなかった。

かくして二〇一三年四月一五日、私を乗せた車は拘置所の門をくぐった。車はセキュリティ・ゲートで一旦停止、ゲートの鉄柵が上がるのを待ち、次のセキュリティ・ゲートへ進んだ。そこで、例のふたりの同乗者とともに護送車から降ろされた。ふたりの言葉は相変わらずちんぷんかんぷんだ。だが、そんなことより、前に進まなければならなかった。またもや、ぴょこぴょこと跳ねながら――まだ鎖でつながれていたからだ――私たちは強化ドアを三つ通りぬけ、ようやく建物の受付エリアにたどり着いた。ここでは入所者の出入りを管理している。室内では、カウンターの奥に座った係官が新しい入所者の受け入れを担当しており、空港で目にするような金属探知機や身体検査用の二つの小部屋、暴れる囚人をつないでおくための特殊な椅子が設置されている。そこで手錠が外された。そして、またもや丸裸にならねばならなかった。逮捕されてから四度目の身体検査だ。シンガポールを出発してから身体を洗っていない――二日間も！――ので、間違いなく私はひどくくさいはずだ。だが、おかしなことに、どんなに自分がくさくても、羞恥心はかけらもなかった。二日もあれば、人としての最低ラインと思っていたことすら感じなくなるのだ。なにもかもが曖昧になった。ふわふわと、異次元の世界をさまよっているようだった。

私はぼんやりしたまま、看守から支給品一式を受けとった。ワイアットでは、新入りの囚人服はカーキ色だ。これはアメリカの連邦刑務所で採用されている色で、例外的に、懲罰房などに入れられるときオレンジ色になる。そのほかには、パンツ四枚、靴下四足、Tシャツ四枚、ズボン二本、スニーカー一足、サンダル一足が与えられる。靴以外はさんざん着古したものばかりで、くたくたになってすり切れていた。看守は顔写真入りの名札も寄こした。その写真は先ほど、映画『ユージュアル・サスペクツ』で見たような身長を示すラインの前で撮られたものだ。そこには「２１６１３」という番号も書かれていた。

つぎは入所時の質問表の記入だった。そこには連絡先のリストもあり、電話番号が必要だった。私はハッとした。身近な人間の電話番号を一つも覚えていないのだ。妻の番号すらも。最近、シンガポールで変更したばかりだったのだ。自分の弁護士に連絡する手段もない。パニックを起こしそうだった。リズ・ラティフはまったくプロらしくなく、連絡先を残しもしなかった。ただひとり、電話できるのは当局の人間だった。ＦＢＩの取調室で会った捜査官セス・ブラムだ。この男だけが名刺を残してくれたのだ。なんとしてもブラムに連絡を取らなくてはならない。ブラムに電話して、私の居場所を知らせねば。ヒスパニックでやせこけた顔をした看守は「論外だ」と取りあってくれなかったが、私は粘った。事情を説明しようとすると、看守はよけいにいらついたようだった。小部屋に私と護送車の同乗者ふたりを閉じこめ、どこかへ行ってしまった。戻ってきたのは一時間後だった。どういうわけか、看守は考えを変えており、要求が通って私は電話を掛けられることになった。ただし、手短に一本だけだ。私はブラムが電話に出ることを祈り、ブラムは出た。だが、私の運はそこで尽きた。ブラムはニューヨークからワシントンに向かう列車で移動中で、リズの連絡先を私に伝える前に電話は切れてしまった。そんな短い時間では、自分が今困っている事態を説明するのがやっとだった。当然ながら、私は電話を掛けなおさせてほしいと頼んだ。

「ばか野郎、ここはホテルじゃないぞ！　言ったとおり、電話は一本だけだ。二本じゃない。さあ、行くんだ！」

私は説明し、必死で頼んだが……どうにもならなかった。

「電話は一本だけだ！　いつまでも騒いでいると、懲罰房にぶちこむぞ！」看守が怒鳴った。怒りが爆発しそうだった。だが、看守の口調は意地が悪く、異議はいっさい認めなかった。電話はあきらめるしかなかった。

それから、歯ブラシ一本と小さな歯みがき、石けん一個、シャンプーの小ボトル一本、タオル二枚、厚さ五センチのビニール製マットレス一枚、シーツ一組、栗色の毛布一枚を受けとると、受け入れエリアを出て、割り当てられた区画に向かった。私が拘置されるのはD区画、所内でも最も老朽化の進んでいる区画だ。ワイアットでは、共用スペースを中心に各区画が配置され、そこに房が並んでいる。D区画には二〇の房があり、収容定員は各四名だ。さしあたり、私は一緒に移送されてきたふたりとともに一九番の房に入ることになった。お互い仲よくやったほうが身のためだった。というのは、拘置所の内部規則で、最初の七二時間は自分の房から出られないからだ。例外は、七時五〇分の朝食、一二時二〇分の昼食、一七時二〇分の夕食のときだけ。つまり、食堂として使われる共用スペースに行くときを除いて、この最初の期間は、三人で閉じこめられることになるのだ。一日のうち二二時間近くを、一一平方メートルの房内に……。

房内には、鉄製の小さなテーブルが一つ、洗面台とトイレ、床に固定されたスツールが二つ、二段ベッドが備えつけられている。もともと定員二名の造りだったのだが、収容者数が過剰になり、四名を収容するようになった。トイレを仕切るドアの類いはいっさいない。用を足すために多少なりともプライバシーを確保するには、食事の時間に房の扉が開くのを待つしかない。同房者がしばらく外の通路で待っていてくれれば、ひとりで落ちついて用を足せる……。

アジア系の男は私の真上のベッドを取り、大柄な黒人は私の向かい側に寝床を広げた。ありがたいことに、ふたりは同房者として付きあいやすいほうだった。問いかけても私がろくに答えられないことに気づくと、ふたりはゆっくりと話すようになり、使う言葉にも気をつけてくれた。私たちは暇つぶしにおのおの身の上話をした。アジア系のチョーは数奇な運命の持ち主だった。チョーはベトナムからの政治的亡命者で、マレーシアの生き地獄のような難民キャンプで辛酸をなめたのち、一九九一年にサンフランシスコにたどり着いて、アメリカに亡命した。そして、わずかな蓄えを元手に最初のレストランを開き、さらに二店目へと拡大、ついにはレストラン業でひと財産を築いた。

「二〇〇万ドル貯めたんだぜ！」チョーは打ち明けた。「ところが、それから羽目を外してしまった。カジノにはまっちまったんだ。すべてを失って、なんとか挽回しようとして、クレジットカードの偽造に手を染めた」

チョーは最初の逮捕で二年の刑になり、カリフォルニアで服役した。出所しても、またギャンブルに溺れた。だが、負けが込み、借金が一二〇〇万ドルという天文学的な金額に達してしまったのだ！　今度は巨額の詐欺容疑で逮捕され、現在、一〇年の刑を受けるおそれがあるという。

それに比べると、黒人のメイソンの経歴はありきたりだ。メイソンはコネチカット州の州都ハートフォードの黒人街で育った。父親はわからず、母親は麻薬常習者……。メイソンはたった一四歳で、ギャングに加わり、テキサスから仕入れたコカインの密売を始めた。最初の服役は六年で、出所すると、黒人イスラム教徒の一派〈666〉のメンバーになった。〈666〉は白人に対する人種差別を標榜し、刑務所のなかでさえ自分たちの掟がまかり通ると豪語している。その後、メイソンはふたたび八年の刑を受けた。だが、二度目の刑に服す前には、二年間で、四人の女性とのあいだに四人の子どもをもうけるという偉業をやってのけた。メイソンは得意げに、その四人の女性は「最高だ」と説明した。

「ひとりなんかは看守だぜ！　ふたり目は美術館の警備員で、三人目はマクドナルドのウェイトレス、四人目はハートフォードのナイトクラブのストリッパーだ」そして、ご満悦の体で付け加えた。「驚くなよ、誰ひとりとして、おれに養育費を要求しないんだ！」

ワイアットでの初日、ふたりは刑務所内で守るべきルールについても教えてくれた。私が歯を磨いて洗面台に屈みこみ、唾を吐こうとしたとき、メイソンが怒鳴ったのだ。メイソンは私を罵りさえした。

「そこに唾を吐くな。ダメなんだ。やるなら、便所でやれ。手や顔を洗う場所に唾を吐くんじゃない！」

すぐにわかってくるのだが、囚人たちは衛生問題に関しては非常にうるさい。メイソンは私に説教した。

「小便するときも同じだ。座って、女のように用を足すんだ。わかるか、そこらに撒きちらすんじゃない。ぜったいに立ったままでするなよ。屁をこきたくなったときもだ。便所に屈んで、水を流せ。そうすりゃ、臭いは水と流れる。わかったか？」

言いたいことはよくわかった。それに、こうしたルールはそれなりに筋が通っている。私は徐々に学んでいった。ふたりは経験則から、房のなかのひとりが病気になれば、感染するリスクが非常に高いと知っていた。医療サービスなどワイアットには存在しないか、ないに等しい。それは、自分自身の苦い経験を通じて、すぐに思い知ることになった。私はニューヨークへ発つ直前、テニスの試合をしていて、右くるぶしの外側と内側の靱帯を切断する大けがをした。そのため、飛行機に乗ったときは歩くのがやっとだった（鎖をつけられて歩くためにぴょこぴょこと跳ねなければならなかったときに、私がどんな思いをしたか想像してみてほしい)。それなのに、ワイアットに到着したとき何度も頼んだにもかかわらず、治療らしい治療は受けられず、アスピリンをもらえただけだったのだ。

チョーやメイソンがどちらかと言えば気さくな質《たち》だったとしても、勾留されたこの最初の時間は永遠に続くように思われた。音楽もなければ、もちろんテレビもない。ノートも、万年筆も、本もない。唯一、持ちこむことができた書類は、裁判所でリズに手渡された起訴状の要約だ。それを読んで、二〇〇〇年代初頭のことを思いかえした。あのインドネシアのいまいましい契約の交渉が進められていたころのことだ。あの契約のせいで、私はこの一一平方メートルの監房に閉じこめられているのだ。

5　回想――アルストム退社を考えていた頃

皮肉な話だが、その二〇〇〇年前後には会社を辞めようかと考えていた。当時、私は三一歳で、四年間（一九九五年～一九九九年）、北京でアルストム・パワーの中国営業部長を務めたところで、自分のキャリアを再構築したいと望んでいた。たしかに入社以来、順調に昇進してきたが、国立力学航空工学高等学校（ＥＮＳＭＡ）という中程度の理工系グランゼコール（訳注：エリート養成を目的にしたフランスの高等教育機関）の卒業だったので、じきにガラスの天井にぶち当たるのではないかと恐れていたのだ。巨大企業の中枢で昇進を続けるには欠けているものがあると思い、アルストムを退社し、インシアード・ビジネススクール（ＩＮＳＥＡＤ）でＭＢＡを取るつもりだった。じっさい、インシアードに出願もしていた。

一九九九年、私とクララは長いこと話しあった。クララは自分のキャリアをいったんあきらめて私と一緒に北京に移り、一九九八年一月、私たちの初めての子ども、双子のピエールとレアを出産した。クララは神経生物学の博士号を取っており、また働きたいと強く望んでいた。そういうわけで、私たちはフランスへ戻りたかったのだ。

今になってみると、その選択をしなかったことがひどく悔やまれる。どんな未来が待ち受けていたか知るよしもないし、幸福に暮らしていたかどうかさえわからない。だが、一つ確かなのは、ここにいることは絶対なかった、ワイアット拘置所に囚われることはなかった、ということだ！

しかし、当時のアルストムは私の引きとめ方を心得ていた。おそらく、有能な人材とみなされていたのだろう。中国の次には、アメリカでの重要なポストを提示された。ボイラー事業の営業兼グローバルマーケティング部長だ。さらに、自由時間（隔週金曜日と年に数週間）を認めるので、コロンビア大学のＭＢＡコースを受講すればよいと提案され、私は受けいれた。コロンビア大学はニューヨークにある名門大学で、有名なアイビー・リーグの一つである。しかも会社は授業料一〇万ドルの全額負担も引き受けたのだ。こんな申し出を断れるわけはないだろう。

こうして私は、一九九九年九月、コネチカット州ウィンザーに向け出発し、二か月後、クララと子どもたちも合流した。だが、赴任してすぐ、私の仕事が予想よりはるかに難しいものだとわかった。

二〇〇〇年代初め、アルストムは深刻な財政危機に直面していた。まさに破綻に瀕していたのである。その一年前、アルストム経営陣は、競合相手であったスイス・スウェーデン資本のＡＢＢ社との提携関係を強化した。アルストムは、めったにない好条件の取引をし、世界各地で販売、設置されるＡＢＢ社のガスタービンの技術を掌握したつもりであった。しかし、瞬く間に、この提携がとんでもない大失策であったことが明らかになり、これまでで最悪の取引だったと認めざるを得なくなったのである。ＡＢＢ社のガスタービンは開発途上で、技術的な故障が数多くあった。そのためにアルストムは顧客に対する賠償責任を負い、その額は二〇億ユーロ以上になった。アルストム・グループの負債は大幅に膨れあがった（二〇〇〇％増）。その結果、五三億ユーロという記録的な欠損を計上、銀行の信用も失墜した。

　このとき、取締役会はピエール・ビルジェを解任し、パトリック・クロンにグループの経営を委ね、立て直しを図った。この選択は社内でも好意的に受けとめられた。クロンはいわゆるエリートである。それもエリート中のエリートで、〈Ｘ－ミンヌ〉の一員である。〈Ｘ－ミンヌ〉は、グランゼコールのなかでも最高レベルのエコール・ポリテクニーク（通称Ｘ）とパリ国立高等鉱業学校《ミンヌ》の卒業生の、しかも各年のトップ二〇名が集められている集団である。このごく少数のエリートたちが二世紀にわたって、フランスの大企業と経済を牛耳ってきたのである。クロンはフランスの金属素材メーカー、ペシネー社で最初のキャリアを積んだのち、二〇〇一年にアルストムの取締役に就任。二〇〇三年一月一日に代表取締役社長、ついで代表取締役会長兼社長となった。クロンは権力を掌握すると即座に、会社の立て直しに取りかかった。破産申立てを避けるため、パリ商事裁判所やブリュッセルにあるＥＵの欧州委員会にみずから出向いて証言することもいとわず、政府にアルストムの救済を認めさせたのである。その代償は、事業の見直しと管理職の大リストラだった。二〇〇名以上の〈トップ・マネジャー〉が肩たたきにあった。会社の存続をかけたリストラを続けるあいだ、クロンには強力な後ろ盾があった。ニコラ・サルコジである。未来の共和国大統領は、当時は経済大臣で、フランス人が自国の大企業に寄せる愛着を知っており、フランスにある数少ない多国籍企業の一つが解体するのを手をこまぬいて見ていたと受けとめられたくなかった。そして、サルコジはアルストムの一部再国有化にこぎつける。フランス政府が株式の二〇%強を買いとったのだ。サルコジは高らかに勝利を宣言した。「パトリック・クロンの協力を得て、自分がアルストムを救った！」と。

ただ、そのころの私はアルストム本社や政権のなかで繰り広げられている抗争とはまるで縁がなかった。

アメリカに赴任してみると、そこに味方はいなかった。コネチカット州ウィンザーの管理職クラスは一九九九年に経営統合したＡＢＢ社の出身者で占められていた。ことに、ともに仕事をするジェリー・バーシコウスキーは私に反感を抱いていた。

というのも、その一年前の一九九八年、両社がまだ競合していたとき、バーシコウスキーはＡＢＢ社の、私はアルストムの代表として、当時中国最大だった発電所の受注をめぐって激しく争ったからだ。この契約は、世界じゅうのボイラー事業者が欲しがっていた。最終的にＡＢＢ社とアルストムの二社の争いになり、結局、アルストムが契約を勝ちとった。バーシコウスキーはこの失敗によってボイラー部門のグローバル責任者のポストへの道を閉ざされたこともあり、私に対していい感情を持っていなかった。そのポストにはＡＢＢ社の元幹部、トム・パジョナが就いた……のだが、パジョナはバーシコウスキーの義理の兄弟だったのだ。そのパジョナが私の上司になるのだ！

バーシコウスキーとの関係が改善しないまま、私たちの部門が契約している世界じゅうの〈コンサルタント〉の全リスト（と契約書のコピー）を提出するように本社から指示された。ご承知いただきたいが、フランスでは、経済協力開発機構（ＯＥＣＤ）の腐敗行為防止に関する条約を二〇〇〇年九月に批准するまで、国際取引をするうえで、現地の仲介者、つまりコンサルタントの助けを借りることは全面的に許容された慣行だったのである。フランス国内では贈賄が禁止されていたが、国外では仲介者やコンサルタントに助けを借りることが認められていたのだ。そういうわけで、毎年、フランス企業の幹部は財務省に行き、〈特別経費〉のリストを作成していた。はっきり言えば、賄賂の額であり、たいていはコンサルタントなどを経由して、国際入札で勝つために支払われていた。これらの金額は正式にリストアップされ、企業の税金から控除される。違法行為を正当化するのを政府が公認しているようなものだったのだ。

しかし、二〇〇〇年九月以降、状況は変わった。フランスも、先行した他国と同様、海外腐敗行為防止対策に乗りだしたのである。そのため、アルストムも新しいフランスの法律に対応しなければならなくなり、経営陣はＡＢＢ社が結んだコンサルタントとの契約の全体像を掴もうとした。トム・パジョナはこの厄介な仕事を私に任せた。アルストムのボイラー事業部門で雇ったコンサルタントの名前や契約書はあっさり手に入ったが、旧ＡＢＢの部署（バーシコウスキーが率いるウィンザーのアメリカ拠点を含む）に関しては、そう簡単に行かなかった。経営統合していても、それらの部署は非協力的で、自分たちのコンサルタントのネットワークを明かすのを嫌がった。そのうえ、各国にあるＡＢＢ社の現地法人はそれぞれ現地ではかなりの会社で、本社との関係は薄くなっていた。それでも、私は最初のリストを作りあげた。その結果、私のデスクには契約書の山ができた。契約書は、それぞれ文面もばらばらで、なかにはびっくりするような条項が盛りこまれているものも少なからずあった。何人かのコンサルタントなど、毎月コンサルタント料を受けとる契約に終了期限を設けていないものまであった。つまり、生涯にわたって支払われる、ということだ！

同時期に、コンプライアンス（倫理法令遵守）強化の意思を示そうと、アルストムの経営陣は新しい規則を定めた。以降、コンサルタントの承認には非常に厳格な手順を踏むことが求められた。まず最初に、コンサルタントの採用には一三人以上のサインが必要である。つぎに、〈プロジェクトのカード〉を作成し、契約ごとに手数料の総額と支払い条件（期日と支払い方法）を必ずそこに記載する。このカードは三名によって確認され、サインされる。三名とは、１　そのプロジェクトの入札を担当する部門の担当役員、２　アルストムの国際ネットワーク部門の担当役員、3プロジェクトのある地域担当役員である。

最後に、五〇〇〇万ドル以上の取引、つまり、ボイラー事業の入札のほとんどすべては、〈リスク管理委員会〉によって承認されなければならない。リスク管理委員会は社長直轄で、メンバーには財務担当部長が必ず含まれる。

そのうえ、グループの中枢に、新しい会社〈アルストム・プロム〉が設立された。アルストム・プロムはスイスを拠点にし、業務は、コンサルタントとのほとんどすべての契約について、交渉し、書類を作成、サインすることである。したがって、トップにはアルストムのコンプライアンスの責任者が就き、アルストムに法律と倫理を遵守させる責任も負っている。

だが、ごまかされてはならない。二〇〇二年〜二〇〇三年から始まったこの手順は、うわべを取り繕うだけのものであった。グループが本気で贈賄から手を引くなんてことはあるわけがなかった。贈賄に終止符を打つには、取るべき道は一つだった。コンサルタントを雇うのをきっぱりと止めることである。決められたことは無意味だった。むしろ逆に作用した。厳格だという〈プロジェクトのカード〉や承認手順を隠れ蓑にして、コンサルタントの利用はパトリック・クロンの指揮下、広範囲で続けられていたのである。唯一、変わったのは、贈賄がさらに隠密裏に行われるようになったことだ。

しかし、表立っては、アルストムはすべての規則を忠実に守った。たとえば、すべての契約書に二つの条項が記載された。一つは、海外腐敗行為防止法について説明する条項であり、もう一つは、賄賂を支払わないようにコンサルタントに念押しする条項である。弁護士は、こういう条項は訴訟沙汰になった場合の保険とみなしていた。こうして、表面を立派に取り繕う一方、陰ではコンサルタントに報酬を払いつづけ、多くの国で内閣や政党、技術顧問、専門家、評価委員会などに働きかけつづけた。あるいは、リスクが高すぎると判断すれば、コンサルタントの力は直接借りず、その地域の下請け会社を使うこともあった。土木会社や部品組立会社など下請け会社は海外腐敗行為防止法の縛りが緩いからだ。そして、アルストムだけがそういうことをしていたわけではなかった。当時は多くの多国籍企業が、大手国際法律事務所の同じようなアドバイスを受けて、この手の隠蔽の手立てを講じていたのだ。

コンプライアンス担当部門はもちろん、グループの経営陣もこの仕組みを知っていた。当たり前である。経営陣がそうさせたのだ。

6　弁護士との通話

ワイアット拘置所での初めての夜。不安でたまらず、私はほとんど眠れなかった。メイソンのいびきは機関車並みだった。朝食のベルが鳴ったときはやっと解放されるとほっとした。やっと監房から出られる。まずはシャワーを浴びたい。私は共同浴室に一番乗りした。服を脱いで、身体を洗いはじめる。まもなく入ってきた男は、いきなり私に罵声を浴びせた。「裸でシャワーを浴びるな！　パンツとサンダルを履け！」。感染予防のためだという。まったく、なにもかも初めてのことばかり。早く慣れなければ。ワイアットにいるのはほとんどが再犯者だ。みな、刑務所のルールやマナーを知っている。私だけが〈新入り〉だ。ぼやぼやしていると、いじめの対象になってしまうかもしれない。

喫緊の問題がもう一つ、弁護士のリズと連絡を取ることだ。もちろん、向こうからの連絡もない。見回りにきた看守に、あらためてセス・ブラムに電話する許可をもらおうとした。返事は、「それはソーシャルワーカーに聞け。昼飯のあとに来る」だった。待つしかない。忍耐が鉄格子のなかの基本的なマナーなのだと、また一つ学んだ。果たせるかな、昼食が終わるとすぐ、ソーシャルワーカーがやってきた。だが、みなが殺到する。押しあいへしあいして、話そうとしている。待つしかない。ひたすら待つ。刑務所ではとにかく、待つ。ようやく私の番になり、ソーシャルワーカーが対応してくれると、奇跡が起こった。前夜、必死の思いで電話したブラムは、通信状態がよくなかったにもかかわらず、私の頼みを理解してくれ、しかも、なんともありがたいことに、ワイアットに電話して頼みこんでくれて、ソーシャルワーカーを通じて、私にリズの電話番号が伝わるようにしてくれていた。どうやら、律儀なセスのほうが私の弁護士よりも私の身を案じてくれるようだ！

リズに連絡を取るには、新たな障害があった。電話は四台あり、共用スペースの壁に固定されているが、それを使う前に、細々とした手続きを踏まなければならない。まず、新入りの私は、ソーシャルワーカーを通じて、連絡先のリストを提出しなければならない。ここに収容されているあいだに電話する全員のリストだ。リストは刑務所当局に正式に承認され、登録される。第一の問題は、今ソーシャルワーカーが教えてくれたリズの電話番号以外、誰の電話番号も覚えていなかったことだ。第二の問題は、電話するには金が必要だったことだ！　拘置所のなかでは拘置所内専用の口座が必要で、通話料（法外な料金だ）もそこから引き落とされる。ところが、私の財布やクレジットカードは、ほかの所持品と一緒に取りあげられ、リズに預けられていたのだ！　カフカの描く不条理の世界のようだ。ソーシャルワーカーは事情を理解してくれ、弁護士に連絡するために、「特別に」オフィスの電話を使わせてくれた。

こうして、私はようやくリズと話すことができた。この電話まで、リズは私がどこに拘置されているのかわからなかったのだ。

「いったい、どこにいらっしゃるんですか？」リズはさも心配していたかのように尋ねた。そのじつ、私の居場所について問い合わせる労すら惜しんだのだ！　ひどい無能なのか、それとも、私の事件に無関心なのか？　そのあとのやりとりは、私をいっそう不安にさせた。

「えーと、ピエルッチさん、あまりよくないニュースなんですが……。保釈金として一〇万ドルを法廷で提示しましたが、それではまったく足りないようなんです。明らかに、司法省はあなたの勾留を続けたがっています。検事は保釈金の額を釣りあげてくるでしょう。すみません、預金はどのくらいありますか？」

頭のなかで、素早く計算した。

「かき集めて、ざっと四〇万ドルくらいかな」

「うーん……それだと本当にぎりぎりかもしれません。もっと、なんとかできませんか？」

「無理だ。いくら上級管理職でも、金持ちではないんだ。パリの郊外に一〇〇％ローンで買った家があるが、それだけだ。こういうのは私だけじゃないだろう？　アルストムはどうなんだ？　これは会社の問題でもあるだろう。なんとかしてくれるんじゃないか？」

「たぶん……。それより、つぎの保釈の審理をどうにか設定できました。明朝です。すぐに片がつきますから、あまり心配なさらないように。大丈夫ですよ」

「そう願いたい。それから、アルストムの法務部長キース・カーに伝えてくれ。ワシントンで司法省との打ち合わせが済んだら、ワイアットまで面会に来てほしいと」

これで会話は終わった。そのあいだに、リズは私のブラックベリーを調べて、妻クララと姉、両親の電話番号を教えてくれた。私はクレジットカードの暗証番号を伝え、できるだけ早くワイアットの所内専用口座に五〇ドル入金するように頼んだ。万が一、必要になった場合に備えて……。常日頃、とくに厳しい状況のときにそうしているように、私はできるだけ冷静に考えようとした。私が理系だったり、数学好きだったりするからだろうか？　どんなに複雑な状況でも、計算式のように考えて取り組む。つまり、ことのプラスとマイナスを数えあげ、足したり、引いたりするのである。

よいニュースは、あと数時間だけ、この地獄のような拘置所に耐えればいいということだ。明日の朝になれば、判事は私の保釈を認めるだろう。そのために自宅を担保に入れるとしてもだ。それ以外の裁決は考えられない。殺人事件の容疑者だって保釈する国なのだから。よくないニュースは、保釈の条件として、裁判までのあいだ、アメリカを離れることを禁じられるかもしれないことだ。その状況は、家庭の面でも、仕事の面でも、もちろん理想的とは言えない。といって、壊滅的というほどでもない。私は以前、二〇〇六年にフランスに帰国するまでの七年間、コネチカット州で仕事をしており、アメリカの子会社のことはよく知っている。したがって、さしたる問題もなく、シンガポールではなくアメリカからボイラー事業の指揮を執りつづけられるだろう。ほんの数か月のことだ。もちろん、会社がそういうやり方を認めてくれればだが。しかし、こんなことになっているのは会社のせいなのだから、会社は妥協すべきだろうし、せめてそのくらいは期待してもいいだろう！

その反面、家庭の面では、まずい問題を抱えることになるかもしれない。私は、クララと四人の子どもたちとシンガポールに引っ越したばかりだった。二〇一二年八月からシンガポールに住みはじめたのだが、このアジアへの引っ越しは家族全員にとっていいものだった。妻と私にとっては、この引っ越しが夫婦の危機を乗りこえたあとの新しいスタートの象徴になった。引っ越しという賭けはうまくいった。子どもたちはシンガポールで幸せそうだった。入学したインターナショナルスクールが気に入り、友だちもたくさんできて、すっかり現地の生活に溶けこんでいた。今でも思いだすのは、引っ越して一週間のころ、ガブリエラがおじいちゃんに家を見せようとヴァーチャル訪問をやったことだ。ガブリエラはｉＰａｄを持って広い家のなかを歩きまわった。ガブリエラも、ほかの子たちも、誇らしげで嬉しそうだった。それから、クララと私の関係も少しずつ修復していった。

すでに逮捕されてかれこれ七二時間になるが、まだクララに連絡していなかった。たしかに、私が出張中に電話することはめったにない。だが、今回は連絡しなければならないだろう。明日、審理が終わり次第、連絡しよう。弁護士のリズと話しあったとおりだ。そのころは釈放されているから、妻の受けるショックも少なくてすむだろう。だが、私の身に起こったことをどう説明したらいいのだ？　それにもし、裁判を待って、何か月もアメリカに留まらねばならなくなったら、どのように準備したらいい？　また家族で引っ越さなければならないのか？　クララは神経生物学の博士号と仕事のキャリアのおかげで、シンガポールのフランス系大企業に採用されたところだ。クララは新しい仕事を気に入っている。しばらく私がひとりでボストンに住むほうがいいのだろうか？　でも、クララがそんな別居に耐えられるだろうか？　そして、子どもたちは？

監房のベッドに横になり、考えを巡らせた。答えのない疑問が堂々巡りする。起訴状の要約を読みかえし、タラハン事件の前後の出来事を正確に思いだそうとしたが、あまりにも時が経っていた……。審理の予定は明朝一一時だ。ということは、移送にかかる時間を考えたら、看守は夜明け前、四時には起こしにくるだろう。眠ったほうがいいのだろうが、ベッドがひどく狭かった。幅が五〇センチもないのだ。しかも、ビニール製マットレスがあまりに薄くて、寝ているあいだに落ちそうで怖い。すると、同房者が落ちないためのテクニックを教えてくれた。マットレスと毛布とシーツをしっかり縛りつけるというのだ。この方法はたしかに落ちないという効果はあったが、とんでもなく息苦しかった。自分がひもで縛られたロースト肉にでもなったみたいに感じる。目を閉じることもできないまま、身動きせず、じっと黙って、朝を待った。

7　移送されるはずなのに……忘れられた！

　ワイアット拘置所に着いてすぐ、所持品はすべて取りあげられた。結婚指輪も、腕時計も。だから、時間もわからない。どうやら夜が明けたようで、監房の窓代わりの小さな開口部からゆっくりと光が射してきた。時間は遅々として進まず、私はひたすらじっと待っていた。どんな音も聞きのがすまいとして、なにか音がするたび、裁判所に移送するため看守が私を迎えにきたのではないかと耳をそばだてた。だが、誰も現れない。もう六時を過ぎただろう。忘れられていたら、どうしよう？　私は監房の扉をたたいた。なにも起こらない。何度も、何度もたたく。さらに強くたたく。そこまでしてやっと、看守がやってきた。その顔はやる気がないとかではなく、ただ驚いている。そして、ニューヘイブンの裁判所へ移送する指示はいっさい受けていないと言うのだ。それでも、確認しようと言ってくれた。

　だが、戻ってきた看守は、私の移送はやはり今日の予定にないと言いきった。私は呆然とした。自分がおかしくなったのだろうか。ばかな考えが次々と浮かんでくるのを打ち消そうとした。でも、もし弁護士が嘘をついていたら？　検事とぐるだったら？　つまるところ、私はリズのことをなにも知らない。アルストムが選任したのだ。どうしてリズを信用できる？　いまだかつてないほど追いつめられた気持ちだった。私はまた扉をたたいた。がんがんたたいた。看守が房内をのぞいたが、その顔はもう冷ややかだった。看守はいらだっていたが、私は気がくるったかのようにまくしたてた。こんなことを訴えたのだ。「生き死ににかかわるくらいの大事なんだ。弁護士に電話させてくれ。すべてが大きな誤解だ。行かなきゃならないんだ。判事に召喚されていて、釈放されるはずなんだ。なにもかもばかげている。助けてくれ……」。看守は背を向けて去っていったかと思うと、すぐに戻ってきた。手にしていたのは鎮静薬……ではなく、冊子だった。

ワイアット拘置所の内部規則集だ！　規則集は五〇ページもあり、とくに、どういう条件ならば、収容者が拘置所当局に苦情申立てができるかが明記されていた。私は叫びたくなった。私をどうしたいのだ？　頭がおかしくなったと拘束衣でも着せたいのか？　やがて、徐々に落ちついてきた。いずれにしても選択肢はなく、黙って、待つよりない。そして、私は待った。ずっと……。午後もなかばになってようやく、私はリズ・ラティフに電話することができた。

「ワイアット拘置所はとんでもないミスを犯しました。ただ単に、あなたの移送を忘れてしまったんですよ！　あなたの保釈申請を裁定する審理は予定どおり開かれましたが、判事は、あなたが欠席しているとわかると、審理をさらに二日間延期しました！」リズが言った。

めげてはならない。しっかり息をして、落ちついて現実に対処しなければ。

「リズ、こうなったからには、きみが妻に連絡してくれ。ぜひとも頼む。クララは心配しはじめているはずだから」

「すぐに連絡しますから、安心してください、ピエルッチさん。それから、明日、上司と一緒に面会に伺います。起訴状の主要書類も持参します。一緒に検討しましょう」

そうなればやっと、どういう罪に問われているのかはっきりわかるだろう。四八時間前にリズから渡された起訴状の要約を読んでも、さっぱりわけがわからず、疑問ばかりが膨らんで答えはいっこうに出なかったのだ！　話は終わり、私は監房に戻された。見通しは暗く、まだ延々とここに閉じこめられるのだ。私のような超活動的な人間にとっては耐えがたいことだ。まったくすることがない。そこで、暇つぶしに『拘置所規則集』を何度も読みかえした。そこには拘置所生活が非常に事細かに説明されていた。〈外部との連絡〉と題された章は数ページに及んでいる。そこを読んで、ソーシャルワーカーが「特別に」オフィスの電話を使わせてくれたとき、それがとてつもない特別待遇であるかのように言っていたわけがよくわかった。外部に電話する際の手続きの規則は、CIAの人間が作成したかのようだった。まず、拘置所当局に電話番号のリストを提出する。拘置所側がそのリストを認めるか認めないか決定するが、それでことはすまない。通話を許可された相手は、インターネットのフォームに従って登録しなければならず、そこにはアメリカで開設している銀行口座も含まれる。

外国人にとっては相当な難問ということだ。ありていに言えば、この手続きには最低でも二週間かかるうえ……金がかかるのだ。

ほかのことも同じだ！　拘置所のなかではなにもかも有料なのだ。ごくごく基本的な生活必需品でさえ有料で、たとえば、石けんや歯みがき、歯ブラシ、シャワー用のサンダルもそうだし、プラスチックのコップだってただではない！　コップはワイアットでいちばん高価なものの一つで、というのは、その理由は今もって謎なのだが、飲料水は氷でしか手に入らないのだ。水を飲むには、まず監房を出て（許された時間に）共用スペースに行く。そこで、一つしかない容器から氷（無料）を取りだして、自分のプラスチックのコップ（有料）に入れる。コップはあらかじめ所内の売店に注文しておいたもので、それ以外は認められていないし、入手できない。コップに氷を入れたら、これまた一つしかない給湯機まで行って、コップに湯を満たす。氷がなくなれば（年がら年じゅう氷はなくなる）、新しい氷の容器が配られるのを待つしかないが、それは一日一回だ。喉が渇いたときに監房に飲料水を持ちかえれたら、ラッキーと言うしかない。氷にお目にかかれるのは一日のうちのわずかな時間だけだからだ！

共用スペースは食堂の役割も兼ねている。すぐにわかったのだが、ここがD区画の中心であり、唯一の生活の場なのである。食事は、食事というのもはばかられる代物だが、四つに仕切られた栗色のプラスチックのトレーで提供される。一つ目の仕切りには二切れのパン、二つ目には生野菜（しょっちゅう空だ）が入り、三つ目がメインディッシュだ。お粥のようなものだが、日によって色が変わり、中身はほとんど謎だ。味がまったくなく、さらに不可解なことに匂いもない。だから、自分がなにを食べているのかわからない。最後の仕切りは当然、デザート用だが、種類は一つしかなく、いつもリンゴのコンポートだ。ワイアット拘置所は民営である。食事のコストは端数まで細かく計算されており、一食当たり一ドルを超えてはならない。民営拘置所・刑務所は早い話、民間企業である。したがって、利益を追求する。収容者や受刑者は公共団体の経済的な負担にならないだけでなく、施設を運営する会社に利益をもたらす。いいかげんにすまされることはなにもない。たとえば、テレビはただで見られても、音を聞くには金を払わなければならない！　売店でラジオ受信機とイヤホンを買うのだ。金を払う、とにもかくにも払う、アメリカの刑務所の生活とはそういうものだ。

テレビは三台あり、共用スペースの壁に掛かっている。各コーナーに一台ずつで、一台はもっぱら黒人が見ている。見るのは『ラブ・アンド・ヒップ・ホップ・イン・マイアミ』のようなどうしようもないリアリティ・ショーばかりで、一日じゅう、シリコンを入れたセクシー美女を垂れ流している。ヒスパニックが群がっているのは、スペイン語テレビ局テレムンドのチャンネルのメキシコ製ソープ・オペラで、時々はサッカーが放送されている。もう一台には白人が集まり、のべつまくなしにバスケットボールかアメリカンフットボールのゲーム、あるいはマーシャルアーツ〈ノーリミット〉の試合を流している。例外は朝の初めの一時間で、ＣＮＮのニュース番組が映される。理屈のうえではもちろん、どのテレビの前に座ろうと勝手だが、〈いい席〉、つまり画面の正面は、そのテレビの〈所有者〉たる人種の人間のものであって、違う人種の人間は座れない。自分の属するグループ以外のテレビで、チャンネルを変えるように頼むことはできない。そもそも看守がリモコンの操作を監視している。というのは、チャンネル争いが原因でしょっちゅう喧嘩になり、ときには暴力沙汰になるからだ。そういう喧嘩や暴力を防止するために、共用スペースは四六時中、三台の監視カメラで見張られている。共用スペースには電話機も四台設置されているが、いつも順番待ちの長い行列ができている。プライバシーはいっさいない。全員が全員の会話を聞いている。通話は二〇分がリミットで、すべての会話は拘置所当局によって、傍受、録音され、それから、検事やＦＢＩ捜査官に送られる。共用スペースに隣接して共用のシャワーがあるが、うち二台は使用できない。シャワーを浴びるのにサンダルとパンツを着けたままなのは、衛生上の配慮であるばかりでなく、性的暴行を避けるためでもあるのだ。

ワイアット拘置所はこんなところなのだ！

8　傲岸不遜な弁護士スタン

「初めまして、スタン・トワーディです。以前は、コネチカット州地方検事でした」

新しくやってきた弁護士はそう自己紹介した。背が高く、白髪混じりの髪の六二歳のこの男はハリウッドスターのような笑顔を浮かべ、いくつもの肩書きを並べた。この弁護士はよさそうだ。アルストムがようやくタフで信頼できる有能な人間を送ってくれた。ことの重大さに見あう大物だ。スタン・トワーディはアメリカの上位五〇〇社に数えられる大企業数社の顧問弁護士を務めているほか、法律書を何冊も執筆しており、全米ベスト・ロイヤー（法律家）のひとりに選ばれている。スタンはこう切り出した。

「お伝えしておきますが、わがデイ・ピットニー法律事務所は、この贈収賄事件でアルストムを弁護するパットン・ボグス法律事務所から委任されました。アルストムは当方の報酬を全額負担するそうです」

私はこの言葉をかみしめた。リズとはなんたる違いだろう。当のリズはスタンの脇に控え、口をつぐんだまま、うっとりスタンを見ている。スタンはどこからどう見ても落ちついていた。声色は自信に満ち、言葉は明快だった。頭脳明晰なのだろう。さらに、スタンは続けた。

「つまり、アルストムがあなたの弁護費用を支払うと約束しました。ただし、あなたが有罪となったら、アルストムはその費用の返済を求めるかもしれません」

聞き間違いだろうか？　夢でも見ているのか？　スタンは平然と話しつづけ、リズは相変わらず黙ったまま、横にいる。

「じっさい、返済しなければならなくなる可能性はかなりあります。裁判に持ちこんで負けたら、そうなりますし、裁判をあきらめて有罪を認めても、そうなります」

聞き間違いではなかった。はっきり目も覚めている。もはや、頬をつまむまでもない。私は激怒した。

「それはあまりにもひどい話で、受けいれられない！　私がしたことはすべて、会社を代表してしたことで、内部規程をしっかり守っている」

「受けいれようと受けいれまいと、それがこの弁護に当たって、アルストムが提示した条件なのです！」

なにをどうしたら、そういう話になるのか。もしかしたら、私がなにか勘違いをしているのかもしれない。

「今の話の意味がわかってますか？　会社は目下、アメリカ当局と交渉中なんだ。たぶん、非を認めて、罰金の額を交渉することになるだろう。なのに、私が会社と同じように取引したら、会社は私を見捨て、孤立無援になる、ってことだぞ！　そんなばかな話が……」

「ピエルッチさん、まじめな話、アメリカの企業に勤めていたら、あなたはもう解雇されていたでしょう！」

あろうことか、この弁護士は私を犯罪者扱いして、説教しようとしている……。しかし、私をワイアット拘置所から出せるのは、このスタンだけなのだ。だから、私は自制心を働かせてトーンダウンした。すると、スタンはアルストムの条件を書面化した書類を取りだし、私に万年筆を差しだしてサインするよう求めた。私はきっぱりと断った。

「とにかく、キース・カーと話がしたい。キースはまだアメリカにいるはずだ。ワイアットに面会に来てほしい」

スタンはメッセージは伝えると約束したが、私が書類へのサインを拒否したにもかかわらず、話を続けた。そして、話題は私にとって最も気がかりな問題になった。保釈のことだ。

「はっきりさせましょう、ピエルッチさん。逮捕以来、保釈金の額はどんどん上がっていきます。今日、ラティフ弁護士と見積もったところでは、非常に高額な保釈金が必要です」

私は唾を飲みこむと、避けられない質問をした。日々実感している、ここアメリカで意味のある唯一の質問だ。

「いくら？」

「アルストムは一五〇万ドル出すことを了承しています。あなた自身は四〇万ドル出せば、それで十分でしょう。さらに、アルストムの負担で、住まいを借り、警備員をふたり雇って、あなたがフランスに逃亡しないように監視させます」

「警備員？　私や家族を二四時間、監視するのか？」

「そのとおりです。これは、ドミニク・ストロス＝カーンがニューヨークでの刑事事件の裁判のあいだ、課されていた条件です。とは言っても、甘く見ないでください。判事がこの提案を認めても、保釈金を用意したり、住まいを借りたり、警備員を雇ったりするには、いくらか時間がかかるでしょう。したがって、あと二、三週間は出られません。万事うまく行けば……」

万事うまく行けばとは！　私が今、どんな苦しい思いをしているか、こいつはわかっているのか？　私は囚われているんだ、ばか野郎。それも、アメリカでも最悪の部類の拘置所に。軽々しく「二、三週間」という口ぶりは、単なる事務的な問題か、よくあるトラブル、ちょっとしたハプニングのように聞こえた。では、アルストムの経営陣は？　この弁護士は、アルストムが手をこまぬいて幹部のひとりが勾留されたままにしておくと本気で思っているのか？　だが、会社はわけもなくスタンを雇わない。となれば、おそらくスタンはしっかりと監視されているだろう。圧力を掛けられているかもしれない。会社は……。スタンが私の思考を遮った。

「いいですか、ピエルッチさん。われわれはアルストムと直接連絡をとることはいっさいありません。できないんですよ。あなたの上司と話すこともできません。司法省は、アルストムがあなたに圧力を掛けるかもしれないと危惧しているんです。われわれが接触できるのはパットン・ボグス法律事務所だけで、この事務所が会社側の代理人であり、あなたの弁護をわれわれに依頼してきたのです」

果てしなく滑りおちていく自分の姿が頭に浮かんだ。スタンが口を開くたびに、私の足下の地面が崩れていく。スタンがアルストムと接触できないなら、どうやって弁護してもらえばいいのか？　私の無実を証明する会社の内部資料をどうやって手に入れる？　この贈収賄事件のなかで、私が関与したこと、関与しなかったことを、どうやって判事に判断してもらう？　おそらくスタンは状況の複雑さを飲みこめていないのだ。いくら肩書きが立派でも、この事件のことはまるでわかっていない。私はできるだけ冷静に言った。

「スタン、私が罪に問われているのは、アルストムが契約を勝ちとるためにコンサルタントを使ったことを知っていたからだ。ところが、私には外部コンサルタントを雇う決定権はなかった。アルストムのなかでは、とても厳密な手続きを踏まねばならないし、指示は会社のトップから下りるんだ……」

「ピエルッチさん」スタンが素っ気なく私の話を遮った。「そういう細かい話をするには時期尚早です。今、肝心なのは、保釈請求に万全の準備をすることです」

「でも、どうやって弁護するんだ？　判事に説明しないのか？　私はたいした関与をしていないとか、指示する立場にないとか、コンサルタントを選んでもいなければ、承認もしていないとか。アルストムでは、どんなコンサルタントを雇うにしても一三人のサインが必要だったんだ。しかも、サインする最後の三人のうちふたりは、クロン社長の直属だ。そういう書類、とくにタラハン案件のコンサルタント選任の書類は、どうしたって会社から渡してもらう必要がある。今日にでも、会社に請求してくれ……」

私はスタン相手に話しつづけた。パトリック・クロン社長の直属の数人の幹部たちが主導的な役割を果たしていることを細かく説明したのだ。だが、ふと気づくと、スタンはメモも取っていなかった。ただ私の顔を見ているだけで、しだいに表情を曇らせている。私のことをなにもわかっていない愚かな人間だと思っているみたいだ！

どうしていいかわからなくなり、私は口をつぐんだ。しばらく、誰も口をきかなかった。お互いの顔をじっと見あって……ようやく私は気づいた。スタンが私を愚かだと思うのも道理だ。贈賄が頻繁に行われていた手口を明かす証拠になるものをアルストムがアメリカ司法当局に提出するはずがない。たしかに、そうした書類は私の責任が軽いことを証明するだろう。だが、それと同時に、会社側、とりわけ最高幹部数名の罪をみずから暴き、告発することになってしまう。そして、取締役会が定めたコンプライアンス規程が単なる目くらましに過ぎないことを認めざるを得なくなってしまうのだ！　アルストムが私を助けるためにそんなリスクを冒すだろうか？　考えるまでもない。当然、会社はそういうことはいっさいしないだろう。そもそも、あまたいる管理職のひとりを救うために、みずからの過ちと刑事責任を認める会社がどこにある？　この瞬間まで、私はそういう観点から物事を考えていなかった。おめでたいというか、お人好しというか、最悪の事態を考えようとしなかったのだ。だが、こうなっては自分がきわめて難しい立場にいることを認めねばならない。それこそ孤立無援だ。

私はスタンにぼそぼそと尋ねた。

「起訴状を読んでくれたか？　検察からはほかに証拠を見せられたか？　最悪、どのくらいの刑になるんだ？」

「この段階では、お答えしかねます。あなたと同じく、われわれも起訴状の要約を読んだだけですから」

「あのなかには、私の有罪の証拠は一つもなかった」

「まあ、そうですね。直接証拠はありません。あなたのEメールにも、贈賄について多少なりとも言及したものはありませんでした。しかし、検察は一五〇〇万件の証拠を開示するようです」

「一五〇〇万件も？」

「そうです。そのうえ、検察によると、証人をふたり押さえていて、あなたが事件に関与していることを証言させるそうで……」

とうとう私はアルストムの用意した書類にサインした。アルストムの押しつけた条件は言語道断だったが、弁護士の助けを借りるためには、ほかにどうしようもなかった。

9　妻クララ

傲岸不遜なスタンにあしらわれたあとでは、リズのつたない仕事ぶりが俄然、心地よく感じられた。リズにはまだ少しばかりは人間味がある気がする。リズは事務所に戻りしだい、シンガポールにいるクララとワイアットにいる私が電話で話せるよう段取りしようと言ってくれた（普通はそういうことは禁じられている）。そうなれば、ようやく妻と話ができる。妻の声が聞ける。その時が来るのを待ちわびると同時に怖くもあった。リズの説明によれば、前日、保釈審理が四八時間延期されたあとで、私が勾留されていることを妻に伝えてあるという。

「時差の関係で、私がシンガポールにお電話したとき、奥様はちょうどオフィスに着いたところでした。当たり前ですが、相当ショックを受けていらっしゃいました。でも、できるだけ早く知らせてくれとおっしゃったので……」

「妻はなんて言ってた？」

「電話に出られたときは、とても心配なさってました。あなたが事故にでも巻きこまれたのか、心臓発作に襲われたのかと案じてらしたようです。今朝も、何回かお電話をいただきました。私のほうからは、あなたと電話で話せるようにワイアット拘置所に許可を受けてリストに登録する方法を説明しましたが、少し時間がかかりそうです」

「手続きを早められないか?」

「いいえ、無理ですね」

「じゃあ、妻に電話できるのはいつだ?」

「それはなんとも言えません。たいていは三日後くらいですが、海外からの申請の場合、もっと長くかかるかもしれません。一週間か、二週間か。それまでは私を通してもらうほかありません。しかたありません、そういう手順《プロセス》なんです。決められた手順《プロセス》を踏まなければなりません」


アメリカ人は自分たちのプロセスを誇りにしている。私はコネチカットで働いていたとき、この英単語の意味するところを理解するようになった。アメリカ人はプロセスが大好きなのだ。仕事のなかでも、アメリカ人が独創性を発揮することは少ない。そのかわり、多くのエネルギーと時間を費やして、プロセスを大切にする。まあ、好きにすればいいが……。

スタンとリズが帰ってから四時間後、私はあらためて房から出してもらって共用スペースの電話に向かうと、リズの携帯に電話した。リズはすぐにクララとつないでくれた。

「もしもし、フレッド！　あなたなのね……」

クララの声はとても優しかったが、疲労と不安がにじみでていた。二四時間前から、クララは繰りかえし繰りかえし、ワイアットのインターネットのフォームからアクセスしたり、直接、拘置所に電話したりしているという。それなのに、いまだに私の口座に入金できなかった。どうしてもこうしてもキャッシュカードがはねられてしまうと言うのだ！　クララはそれで落ちこんでいた。私にはこの数日のクララの気持ちが手に取るようにわかった。職場では何事もなかったように仕事をこなさなければならないし、私の母が二週間の予定でシンガポールに来ていて、その母や四人の子どもたちの世話もある。クララはさしあたって、母や子どもたちにはなにも話していないと言う。無用な心配をかけまいとしてくれたのだ。私は逮捕されてからの状況を説明し、なんとか妻を安心させようと、自分自身あまり信じていない見通しを伝えた。

「逮捕されてすぐ、アルストム・パワーのアメリカ法人社長ティム・カランと、本社の法務部長キース・カーに電話できた。ふたりとも、アルストムが司法省と取引を交渉している最中だと言っていた。きっと、その交渉のなかに私の件も含まれるだろう。明日、釈放されたら、もっといろいろはっきりわかると思う。だから、今はまだ黙っておいてくれ」

「黙っているのは難しいかも」クララが言った。「ウォール・ストリート・ジャーナルがJFK空港であなたが逮捕されたことを記事にしたの。ル・モンドも短い記事を載せた。でも、心配しないで。ぜんぜん気づかれてないから。お義父さんも、お義母さんも記事は読んでない。アルストムの人からも連絡は来てない……」

「わかった。それなら、これ以上の騒ぎにはならないだろう。重苦しい雰囲気のなかで仕事に戻るのは願い下げだ！　それで、子どもたちは元気かい？」

「元気よ、なにも気づいてない。ガブリエラとラファエラったら、おばあちゃんを歓迎するのにお姫さまの扮装をしたの。ラファエラは眠れる森の美女、ガブリエラはシンデレラよ。レアとピエールはギターの演奏。お義母さんはとても喜んでくださった。だから、なにも言わないほうがいいと思って。あなたのアメリカ出張は予定より少し延びそうとだけ言っておいた」

「それじゃ、今日はこれくらいで……」

「フレデリック……」

「なにか？」

「インターネットでＦＣＰＡが適用された例を調べてみたの。どの事例もとても深刻なのよ。アメリカはこの法律によって、どんな企業の従業員でも、地球上のどこでも、いつでも、逮捕できるし、長いこと勾留できるの」

「少し大げさに言ってないか？」

「そんなことないわよ、フレッド。不安にさせたくないけど、アメリカ当局の見解では、ほんの少しでもアメリカとつながりがあれば、そうできるの。たとえば、株式の上場とかドル建ての決済とか、アメリカにある電子メールボックスを使っただけでもいいのよ。そんなばかなと思うでしょうけど、そういう例がいくらでもある。それに、フランス企業が贈賄で追及されるのは、アルストムが初めてじゃない。調べたら、トタル社、アルカテル社、テクニップ社が摘発されている。それどころか、ヨーロッパの大企業が何十社も起訴されている」

「私のように逮捕された幹部社員はいるのか?」

「ええ、アルカテル社の事件だったかな。それから、シーメンス社への捜査では、FBIはドイツ人幹部を国際手配までした。私の印象では……」

クララは事例を読んで心配しているようだった。その一方で、私にすべて話すのをためらってもいる。たぶん、私をこれ以上不安にさせたくないのだろう。

「どういう印象?」

「アメリカ人を知っているでしょう。自分たちの利益が危ういとなれば、手加減しない……。それに……」

「言ってくれ、本当のことを言ってくれたほうがいい」

「そうね。もし、保釈が認められても、アメリカにとどまることが条件になるんじゃないかと思うの」

なんと答えたらいいのかわからなかった。妻に、君の生活にも影響があるかもしれないなんて、どうして言えよう？　この事態がどういうふうに収束するのか、皆目見当がつかないのだ。私は問題が起きたら、状況のすべてを把握してから、判断を下したい人間なのに、今は五里霧中という状態なのだ。だが、クララが先に口を開いた。

「フレッド、必要なら、すぐにでもアメリカに会いにいく。引っ越しは慣れっこだから、もう一回くらい……。心配しないで。必要なら、子どもたちも連れていく。子どもたちだって、引っ越しなんかへっちゃらよ。そんなことは心配しないで。私はあなたの味方よ」

　そんな決心をしているとは驚いた。クララは先を見越して考えてくれている。だが、当面の問題は明日開かれる予定の二回目の保釈審理だ。それまでは、まったくなにも決められない。アメリカの司法と例の手順《プロセス》とやらには文句を言っても始まらないのだ。

10　第二回保釈審理

今度は忘れられなかったようで、四時ちょうどにふたりの看守が監房にやってきて、私はたたき起こされた。それから、またしても身体検査を受け、ワイアットに移送されてきたときと同様、手足を鎖につながれ、護送車に乗せられた。ニューヘイブンの裁判所まで三時間。審理が始まる前に数分間、弁護士のスタンとリズと話ができた。

見ると、ふたりはげっそりした顔をしている。検事のデヴィッド・ノヴィックと少し話をしてきたところだと言って、スタンが話しだした。

「検事は譲る気はなさそうです。われわれが提示する保釈金の額にかかわらず、保釈に反対すると決めているようです。アルストムが協力を拒んだことをまだ根に持っているんでしょうな。数年来、アルストムに虚仮《こけ》にされていると思っているんですよ」

またもや足下の地面が崩れて、滑りおちていく気がした。底なし沼に落ちたみたいだ。スタンの言葉の端々から読みとって、このとき初めてわかったのだが、司法省が捜査を始めたのは三年以上も前なのだ。つまり、二〇〇九年末から捜査されていたのだ！　キース・カーはこういう経過を一つも教えてくれなかった。とたんに、司法省が私ごときに、どうしてこんなに躍起になっているのか腑に落ちた。アルストムがはぐらかしてきたことの高いツケを私に払わせようというのだ。

というのは、司法省は捜査を開始するとすぐ、アルストムに通告し、協力するよう持ちかけた。捜査対象とした企業に対する司法省の常套手段だ。このとき企業側は、DPA（訴追延期合意）にサインするよう求められる。そのためには企業はみずからの罪を認め、行ったことをすべて明らかにしなければならず、場合によっては自社の従業員を告発しなければならないことさえあった。また、社内で贈収賄対策プログラムを実施し、〈モニター〉という監視役を置くことも必須であった。〈モニター〉は三年間にわたって、司法省に報告するのである。これらの条件がすべて守られて初めて、判事は司法取引の成立を認め、企業は罰金を支払って事件を終わらせることになる。原則として、そのあと企業の幹部が逮捕されることはない（理論上はこの種の取引と個人の訴追は無関係であるが）。そして、アルストムの前にフランス企業二社がまさにこの取引に応じている。トタル社とテクニップ社で、トタル社は二〇一三年に三億九八〇〇万ドル、テクニップ社は二〇一〇年に三億三八〇〇万ドルの罰金を支払っている。だが、後になってわかったのだが、アルストムは（より正確に言えば、パトリック・クロンは）、司法省を出しぬこうとした。つまり、協力すると見せかけて、そのじつ、なんとか言い逃れようとしたのである。司法省はだまされたと気づくと激怒し、戦略を変更して、攻撃に転じた。

だからこそ、私は突然、逮捕されたのだ！　司法省はアルストムにどちらが優位にあるのか教え、有罪を認めさせようとしている。私はクロンが巡らした策略の犠牲になって、卑劣な罠にかけられ、アメリカ司法の掌中の操り人形のごとく扱われる羽目になっている。そのことは、このあとの審理でノヴィック検事の発する言葉で裏づけられることになる。保釈審理を裁定するジョアン・マーゴリス判事が検察側に発言を許すと、ノヴィックはアルストムに対する闘いの実情を赤裸々に語ったのだ。

「アルストムは協力すると約束してから、幾度となく司法省の信頼を裏切りました！　この会社はわれわれの捜査に協力するべきだったのに、じっさいにはのらりくらりと引きのばしました。控えめに言っても、その姿勢は理解しがたいものです。経済協力開発機構（ＯＥＣＤ）が最近、フランスの姿勢を問題視していることも指摘したいと思います。アルストムが何年も前から、多くの国において贈賄容疑で告発されているのに、なんの措置も講じてこなかったからです。多くの国のなかにはスイス、イギリス、イタリア、そして、アメリカも含まれます」

ノヴィックは執拗に続けた。

「証拠はすべて揃っています。ある証拠では、インドネシア高官を買収するべく共謀した際の会話が明らかにされております。銀行の証明書もありますし、いつでも証言できる証人もおります」

もう一度考えてみる。司法省はどうやって、これらの証拠を手に入れたのか？　開廷前のやりとりで、スタンとリズからアルストムと司法省の確執については聞かされていた。最初は信じられなかった。そんな見え見えの権謀術数、映画のシナリオじゃあるまいし。そう思ったのだ。だが、私が間違っていた。これは現実だ……。アルストムに対抗する証拠を入手するため、司法省は〈内部通報者〉を利用した。会社の中枢にいたスパイが捜査に全面的に協力したのだ。数年間にわたって、この男は上着の下にマイクロホンを装着し、同僚との会話を隠し録りした。ＦＢＩに〈モグラ〉と呼ばれる社内のスパイとして使われたのだ。会社の幹部であるこの男は、六五歳近くになって、どうしてそんな役割を引き受けたのか？　ＦＢＩや司法省はどんな圧力をかけて、この男を〈裏切り者〉に仕立てたのか？　何年も刑務所にぶちこむと脅したのか？　それ以上考える時間はなかった。ノヴィックが私の名を口にしたからだ。ノヴィックは手加減しなかった。これはノヴィックが摘発してきたなかでも大きな贈収賄事件の一つで、私が中心的役割を果たしていると主張したのだ。

「フレデリック・ピエルッチはアルストムのなかで非常に高い地位にある幹部です。アルストムの経営陣はこの数年間ずっと、重要で責任ある仕事をピエルッチに任せてきました。本日、アルストムはピエルッチの保釈金に一五〇〇万ドルを用意すると申し出ています。しかし、アルストムは本件に深く関わっております。正式に起訴はされていませんが、共犯であります。それゆえ疑問が生じます。はたして、共犯とされる者が法規上、保釈の保証人たりうるのか？　しかも、本件がどう推移するか、まだ判然としておりません。ある瞬間、アルストムとピエルッチのあいだに利益相反が起こったら、どうなるでしょう？　ピエルッチが有罪を認めたら？　そのとき、アルストムはどう対応するでしょうか？　そうなれば、だれが保釈の責任を持つのでしょう？　電子ブレスレットの着用も十分な保証にならないことも忘れてはなりません。ピエルッチはいつ何時でもブレスレットを外して、逃亡するかもしれません。また、アルストムは警備員を雇って、ピエルッチを監視させるとしていますが、突然、その雇用を打ち切ったら、どうなるのでしょうか？　司法省は二年前、ド《D》ミニク・ス《S》トロス＝カ《K》ーンの住まいに監視をつけることに同意しました。しかし、それと本件とは大きな違いがあります。ＤＳＫ事件では、この措置が認められたときには起訴そのものが危うくなっていました。検察側の主要な証人の信用性が失われていたのです。それとは違い、本件の証拠は信用性が高く、しっかりしたものです。最後に、裁判長、ご存じのように、フランスは自国民の引き渡しには応じません。したがって、釈放してしまったら、フレデリック・ピエルッチの姿を二度と目にすることはできなくなるでしょう！　ピエルッチはアメリカで非常に重い刑を受ける可能性があることを十分に承知しています……。終身刑です」

終身刑！　びっくりして、すぐに弁護士のほうを振りかえると、スタンは顔を背けた。リズも私の目を見る勇気がないようで、メモをとることに没頭していた。終身刑になるかもしれないなんて。私は四五歳だから、三〇年か四〇年、刑務所で過ごすことになる計算だ……。ワイアットにぶちこまれて五日だが、すでに精魂尽きはてている。あと数時間と言われても耐えられるかわからないのに、人生が終わるまで閉じこめられると言うのだろうか？　いったい、どうしてだ？　一〇年前に、アルストムの中堅幹部として、コンサルタントの選任に関わったからだ。どこの誰とも知らないそのコンサルタントがおそらく賄賂を支払い、アルストムが契約を勝ちとったからだ。だが、私は盗みを働いたわけでも、誰かを傷つけたり殺したりしたわけでもなく、バックマージンだってびた一文、受けとっていない。断じて私服を肥やしてなどいない。それに、すべて、アルストムの内部規定に厳密に則っていた。それなのに終身刑とは！　まったく信じられない。これは脅しだ。ノヴィックは私を動揺させたがっている。わざと私を怖がらせている。しかし、ノヴィックは話しおえて着席すると、ふたりの弁護士とは対照的に私の目をまっすぐ見た。面白がったり、はったりを利かせたりしている様子はみじんもない。もし、ノヴィックの言ったことが本当だったら？　本当に終身刑になる可能性があったら？

あまりのショックに、私はリズが保釈請求するのをほとんど聞いていなかった。靄でもかかっているように遠くかすかに、リズが起訴手続きの瑕疵を論証しようとする声が聞こえる。リズによれば、私が罪に問われている事実は時効が成立しているという。というのは、事が起きたのは二〇〇三年から二〇〇四年にかけてであったのに、私が捜査対象になったのは二〇一二年一一月だったからだ。ＦＣＰＡ違反に関しては五年で時効が成立するのだ。だがそれより、リズはどうして、こんな法的な論点でもたもたしているのだろう？　どうして、ずばっと本当のことを言わないのか？　私がどうみても不当な扱いを受けていると法廷で説明するのは、それほど難しいことなのか？　だが、デヴィッド・ロスチャイルドはすでに有罪を認めているのに、収監されていない。それに、ロスチャイルドの保釈金は五万ドルで、私の保釈金とは比べものにならない少額だ。なにより、ノヴィックがクロンと対決するなかで圧力をかけるための道具として私を利用することは容認されるのか？　ノヴィックの思惑は見え透いている。私は人質なのだ！　ノヴィックがアルストムに仕掛けたチェスのゲームの駒なのだ。それが正義を語る司法のすることなのか？

マーゴリス判事は裁定を言いわたす前に一度退廷した。戻ってきた判事の顔を見て、結論が出たことがわかった。判事はもったいぶって話しだした。

「本件は当法廷においては異例の案件であります。たいていは、つましい家庭の請求を扱っています。保釈金は一五〇〇ドル以下ですが、多くの場合、貯金をはたいて支払われます。翻って本件では、弁護側は一〇〇〇万ドル以上の保釈金の用意があると申し出ています。しかしながら、それで十分とは思われません。そこで、アルストムが提示している一五〇〇万ドルと被告人の四〇〇万ドルに加えて、アメリカ国民が所有する家を保釈の担保に入れるように要求します。その用意を調えて出直してください。そのとき、保釈請求を再検討しましょう」

はっきり言ってしまえば、マーゴリス判事はアルストムに不信感を抱いていて、私のこともあまり信用していないということだ。その判断を変えさせるには、別の人間……アメリカ国民の保証が必要となる。反対に、ノヴィック検事のほうは、なんの造作もなく判事を説得したわけだ。ノヴィックはさも満足げな表情を浮かべ、背筋を伸ばしたまま大股で法廷を出ていった。

私はただがっくりしていた。ふたりの弁護士への怒りを抑えることができなかった。アルストムが提示した巨額の保釈金は戦略的に誤りだった。この解決策は私に不利に働いたのだ。ほかにどうしようもなかったとはいえ、私はふたりを信頼して任せた。だが、間違っていた。スタンのように経験豊富で、元検事でもあった弁護士が、私とアルストムの利益相反という重大なリスクを見おとし、ノヴィックや判事の反応を予測しなかったのは、いったいどうしてなのか？　私はスタンに大きな不信感を抱きはじめていた。本当のところ、スタンは誰のために働いているのか？　審理が終了するころに気づいたのだが、アルストムの弁護を担当するパットン・ボグス法律事務所の弁護士がひとり、傍聴人として法廷にいた。その弁護士は私の一挙手一投足を見張っていたのだ。アルストムはほっとしているだろう。なぜなら、私はなにもしゃべらなかったのだから。しかし、私に送られたメッセージは明白である。すなわち、私は監視されているということだ。しかも、アルストムと司法省の板挟みになって身動きがとれず、自分で選んだわけでもない弁護士にコントロールされているのだ。

11　懲役一二五年！

この壁をまた見ることになるとは……。しかし、あきらめるしかなかった。ワイアット拘置所の監房に戻っているのだから。まだ何日も、いや何週間も、ここに閉じこめられるのだ。もう一度、そう、三回目の保釈申請ができるまで……。

拘置所では、一刻一刻がとても長く感じられるが、アルストムからはまったく連絡がないままだ。スタンから聞いたところでは、法務部長キース・カーはたしかにワシントンに赴き、司法省と交渉したという。カーは私の逮捕から二四時間そこそこで到着していたが、ＦＢＩから狙われているふしはいっさいない。そのことがずっと気になっていた。カーはもともと弁護士で、一〇年ほど前から、アルストムの要となる地位に就いていた。組織の隅々まで熟知しているのである。カーは二〇〇四年には、パワー部門の法務副部長だった。一年後には訴訟部門の最高責任者に就任、二〇一一年にはアルストム・グループ全体を統括する法務部長に抜擢された。それゆえ、会社が営業活動上行ったことをすべて把握している。アルストムがどのように〈コンサルタント〉を雇い、報酬を支払ったか、カーは誰よりもよく知っている。それなのに、なぜ逮捕されなかったのか？　まず間違いなく、私などからよりはるかに多くの情報を引きだせるだろうに。どうして、私が狙われたのか？　どうしても理解できない。

カーがアメリカに来ているなら、ワイアットに面会に来てくれるものと期待していたが、カーは連絡一つ寄こさなかった。ほかの幹部たちもだんまりを決めこんでいる。ビジネスの世界が仲よしクラブではないことくらい私もよくわかってはいるが、これほど冷たいとはあんまりではないか。私はあっという間に会社の厄介者になってしまった。もう付きあわないほうがいいと、疫病神のように避けられているのだ。同僚たちとは、幹部同士として二〇年近く付きあってきて、もう少し連帯感があるものと思っていた。だが、泣き言を言っても始まらない。さしあたって、私にはほかにやるべきことがある。

スタンとリズは、週のなかばにふたたび接見に来た。アメリカにいる友人や仕事上の知り合いのなかに、私の保釈のために家を担保に入れてくれそうな人物を見つけるためだ。

「ご提案どおり、アルストム・パワーのアメリカ社長ティム・カラン氏と、販売部長エリアス・ジェデオン氏にも当たってみましたが、どちらにも断られました。おふたりの返事はまったく同じで、保釈条件の要求に応えるべきなのはアルストムであって、自分ではない、ということでした」スタンがそう報告した。

「正直に言えば、ふたりの言い分はよくわかる」私はスタンに答えた。「私がその立場でも、そんなリスクは冒したくないと思うだろう」

「アメリカにご友人かご親戚は？」

「ほとんどいない。アメリカを離れたのは七年も前だし、親族もいない。知人は何人かいるが、それほど親しいわけじゃない。それでも、クララはその全員に連絡をしている。いちばん希望が持てそうなのは、クララの親友のひとりのリンダだ。このリンダを含め、返事を待っているところだ。それより、私のフランスの持ち家を担保にしたらどうだろう？」

「だめですね、判事が認めないでしょう。アメリカの司法当局は以前、フランス国内の不動産を差し押さえるのに大変な苦労をしたことがあるので」

またもや底なし沼だ。あるいは、出口のないトンネルか。その壁はつるつるしていて、しがみつく手がかりもない。解決策が見えたと思ったら、するりするりとこの手を抜けていってしまう。続いてスタンが口にすることもわかりきっている。そして、スタンは言葉を選ぼうともしなかった。

「当面、拘置所暮らしですね」スタンは私の現状をこう要約し、続けた。「今朝、事務所に裁判の日程に関する最初の提案が届きました。二か月後の二〇一三年六月二六日です」

私はなおも解決の手がかりを探そうとしていた。

「しかし、アルストムが司法省との取引に私の件を含めたら、状況が変わるんじゃないだろうか？」

スタンにあっさり否定された。

「それはないでしょうね。その二つは別々の案件なのですよ。検察が法人を起訴し、その法人と取引しても、個人としてのあなたの起訴とは無関係です」

「それはわかるが、それでも取引に私の件を含めることはできるだろう」

「理論的にはそうですが、あなた自身が捜査対象になり立件されてしまったので、ちょっと難しいでしょうな。会社側もそういう取引をするとは思えませんよ。なぜなら、弁護士がその逆の方向で会社を説得して、支払うべき罰金を最小限に抑え、なおかつ、まだ捜査対象になっていないほかの幹部たちを守ろうとするからです」

「じゃあ、私は私で取引できるのか？」

「ええ、有罪を認めることはできますよ」

「私が言ってるのは、取引したら、罰金を払って釈放されるか、という意味だ」

「いいえ。有罪を認めたら、判事が実刑を科すかどうか決めるんです」

「それなら、デヴィッド・ロスチャイルドと同じように有罪を認めた場合、五年の実刑になるかもしれないのか……」

それがトンネルの出口か。長いトンネルだ。だが、少なくともどこかで終わる。それで辛抱すべきなのか……。ところがである。スタンはそれではまだまだ見通しが甘いというのだ。

「残念ながら」スタンが説明した。「あなたの立場はロスチャイルド氏より微妙です。おわかりでしょうが、ロスチャイルド氏はＦＢＩが最初に接触した人物で、即座に協力することに応じたため、有利な条件で取引できたのです。あなたは二番手ですから、おそらく捜査への貢献度を低く見られるでしょう。それに、あなたは、ノヴィック検事が取引を持ちかけたとき、すぐに応じませんでした」

取引、取引、取引！　接見を始めてから、スタンとリズはその話しかしない。事件の事実や証拠のことはなにも口にしないのだ。まるで値切り交渉の話でもしているみたいだが、売り買いされるのはほかでもない、私なのだ！　まあいい、お望みなら、そうしよう。ここは一つ、現実的になろう。正義や真実などくそくらえだ。値切り交渉をしてやろうじゃないか。涌きあがる怒りやら、ひとり負けしているような癪に障る気持ちやらは、脇へ追いやるんだ。ふたりの話に乗ってみよう。ものは試しだ。私は深呼吸した。

「わかった、スタン、話を続けよう。どれくらいの刑になるんだ？　ノヴィックは終身刑だと脅してきた。あれは私を動揺させようとしたんだと思うが、まさか本当じゃないだろう？」

「えーと……。理論的には、それほど現実離れしているわけではなくて……。あなたは一〇の容疑で起訴されています。第一に、〈ＦＣＰＡに関する共謀〉の容疑です。簡単に言うと、タラハン発電所の契約を勝ちとるため、インドネシアの国会でエネルギー委員会に属している議員を買収する目的で、ほかの幹部たちと共謀した嫌疑です。この罪は、懲役五年に相当します。それに、この国会議員の近親者に四回にわたって金銭が支払われたことを証明する証拠を検察が入手しているので、最初の共謀容疑に四回の金銭授受が付け加わります。これは一回ごとに一つの罪とみなされます。つまり、五年の刑が五回で、計二五年の刑になります。さらに、第二の主要な容疑があります。〈マネー・ローンダリングに関する共謀〉、つまり資金洗浄の嫌疑です。こちらは二〇年の刑ですが、やはり証明された金銭授受の回数が勘定され、五倍になります。したがって、贈賄で二五年、マネー・ローンダリングで一〇〇年という可能性があるのです。あくまで理論上ですが、最終的に合計で一二五年の刑ですね」

もうトンネルどころではない。どん底もいいところだ。私はもう少しで笑いだしそうだった。だが、もう少しよく考えてみようとした。

「ちょっと待ってくれ、スタン。そんなのは、まったくばかげている。たった一つの同じコンサルタント契約の話だ！　同一の事件から、どうやったらFCPA違反やマネー・ローンダリングで一〇回も起訴できるんだ？」

「わが国の司法制度では、そうなるんですよ、ピエルッチさん。資金洗浄の定義がアメリカとヨーロッパでは異なるのです。アメリカでは金銭の授受が違法に行われた瞬間から、資金洗浄もあったとみなされます」

「そんな話、聞いてないぞ！　FCPAのことや判例について、もっとちゃんと教えてくれないと困る」

私が個人攻撃をしたかのように、スタンは身体をこわばらせると、素っ気ない口調で話を打ち切ろうとした。

「今はそんな話をしている場合だとは思いませんね。あなたの件を交渉して、いちばんいい条件で取引をまとめるのが先じゃないですか？」

話が元に戻った。交渉して、取引する。アメリカの司法は取引で成り立っている。そのことは知っていたし、読んでもいたし、話にも聞いていた。だが、体験して初めて、それがなにを意味するのか本当に理解できる。とうとう、私は弁護士と判事と検事が「商売仲間」なのではないかと疑いたくなってきた。どうして、私がこんなわけのわからないリスクを抱えこまなければいけないのだ？　一二五年の刑だと！　スタンも私を屈服させようとしているのか？　私はスタンに言った。

「あなたの言うように取引するには、まず私が起訴された内容をもう少し詳しく知りたい。検察はどんな証拠を提示しているんだ？　私個人が関与しているというのはどんなことだ？　勾留されて一週間以上になるのに、具体的なことはまだなにも教えてくれていないじゃないか！」

今度はリズがカッとしたようだった。

「起訴状にはあなたにかけられた容疑が詳細に記載されています。六二ページありますから、それを読んでください。そして、さっさと片をつけましょう！」

12 六二ページにおよぶ起訴状

私に対する起訴状は、簡潔にこう題されていた。〈アメリカ合衆国対フレデリック・ピエルッチ〉。アメリカ合衆国と戦うということか！　その文字を見ただけで、胃がきりきりと痛んだ。起訴状は九一の節からなり、ほかに約四〇ページの参考資料が添付されている。そのほとんどがEメールの写しで、私がコネチカット州ウィンザーに駐在しているあいだに送受信したものだ。起訴状にはそのうち二〇通あまりが引用されている。いちばん古いものは一一年以上前のもので、日付は二〇〇二年二月である。二〇〇〇年代初頭と言えば、そのころ幹部たちにかけられていたプレッシャーは相当なものだったと記憶している。私たちに課された使命はただ一つ、アルストムの破綻を回避することであった。社長からは、ありとあらゆる入札に全力投球するようにきつく言い渡されていた。「結果を出せ！」が当時のスローガンだったのだ。そういう状況下で、私たちはインドネシアのタラハンの入札に臨んだ。一〇〇メガワットのボイラー二基の建設を想定した、総額一億一八〇〇万ドルの案件だ。アルストムのレベルではかなり低額の契約だが、あの厳しい時期においては、勝つ見込みのある数少ない案件の一つだった。そのため、すぐにきわめて重要な案件となり、社長直々に〈最重要課題〉と位置付けられたのである。

しかし、不安材料の一つは、この契約がインドネシアのものだということだった。当時、インドネシアは世界でも腐敗している国の一つだった。独裁者だったスハルトが一九九八年に大統領を辞任してから、状況はわずかばかり改善してはいた。アメリカの絶大な支援を受けた独裁体制下では、企業が契約金額の一五％、ときには二〇％を手数料として、スハルト一族に近しいコンサルタントに支払うのは珍しいことではなかったのだ。いずれにせよ、スハルトがいようといまいと、ジャカルタではどんな契約交渉でも賄賂なしでは進まないことは周知の事実だった。

その反面、私たちに十分、勝算があることもわかっていた。つまり、スハルトの時代には、契約を獲得するのは、おもにアメリカあるいは日本の企業に決まっていた。ボイラーに関しては、アメリカの二つの企業による寡占状態であり、一社はバブコック・アンド・ウィルコックス社で、もう一社がコンバッション・エンジニアリング社だった。そのコンバッション・エンジニアリング社はＡＢＢ社のアメリカ子会社であり、アルストムはちょうどＡＢＢ社を買収したばかりだったのである。

というわけで、アルストムはタラハンの入札を競ううえで有利な立場にいた。そのうえ、インドネシア国有電力会社（ＰＬＮ）が指定した技術はアルストムの製品ラインアップに適合していた。すなわち〈循環流動層〉ボイラーである。これは、〈クリーンコール・テクノロジー〉と言われ、難燃焼性の石炭を燃焼しながら、汚染物質の大部分を除去するものだ。アルストムはライバルのアメリカ企業フォスター・ウィラー社とともに、この最先端分野において世界を牽引していた。要するに、なにもかもうまく行きそうだったのである。そして、それからどうなったかと言うと……。

二〇〇二年八月のある日、ウィンザーの営業チームにいたデヴィッド・ロスチャイルドから連絡があった。契約の獲得に必要なコンサルタントの採用の承認を求めてきたのだ。インドネシアは長年、現地の仲介者の暗躍する地域の一つで、ウィンザーのチームはこの注意を要する地域でどう立ちまわればいいかをわかっているように思われた。私は八月二八日に、メールで回答している。起訴状にはそのメールが一言一句引用されている（起訴状第四三号証）。〝前に進めてくれ。主要な情報を送ってくれたら、正式に承認できる〟このメールのことはよく覚えている。このメールを書いた直後、ふと疑念にとらわれて、ロスチャイルドをオフィスに呼び、採用しようとしているそのコンサルタントについて詳細を問いただしたのだ。そこで、ロスチャイルドがまるで当然のことのように、そのコンサルタントはインドネシアの国会議員で、エネルギー委員会に属するエミール・モイスという人物の息子だと明かしたのだ！　外国公務員に対する贈賄を禁じるＦＣＰＡはアメリカで一九七七年に施行されていたが、そのころ、アメリカの同僚たちはさほど気にしていないようだった。そもそも気にする理由がなかったのだ。というのは、二〇〇二年時点で、この法律はアメリカで適用されたことはほとんどなく（年に一度あるかないか）、エネルギー製品分野においても、コンバッション・エンジニアリング社にしろ、ほかのアメリカのライバル社にしろ、その二五年間、目をつけられたことはなかったからだ。

私自身は、当時はこの法律をよく知らなかったものの、国会議員の息子に手数料を支払うのは、やはり愚かな策に思えた。そこで、即座に、そのコンサルタントの採用を中止するようにロスチャイルドに命じた。そう命じながらも、私はいささか及び腰だった。このコンサルタントがレザ・モエナフによって選ばれていたからだ。モエナフはジャカルタのボイラー部門を率いており、インドネシアにおけるアルストムの国際ネットワークを仕切っていた重要人物だった。だが、ロスチャイルドは私の忠告に従い、言われたとおりにした。

さらに起訴状には、その後にロスチャイルドが発信したメールも記載されている（起訴状第四四号証）。〝なにも決まっていない。この件についてピエルッチと話をした。この政治家に関しては気がかりな点がある〟　このコンサルタント契約を止めることで、何人か敵を作るかもしれないことは十分わかっていたが、それがどの程度かはまったく予想できなかった。のちにわかったが、そのとき私が承認しなかったことで、ある人たちへのバックマージンの支払いがぴったり止まり、私はその人たちのうらみを買ったのだ。

数日後の二〇〇二年九月初め、ロスチャイルドは、モエナフが新しいコンサルタントを見つけたと知らせてきた。ピルース・シャラフィという人物で、ワシントン在住のイラン系アメリカ人だが、何年も前から一年の大半をインドネシアで過ごし、そこで事業をしているという。シャラフィは広い人脈を誇っていた。ロスチャイルドが言うには、シャラフィはインドネシアの別件でABB社のコンサルタントを務めたことがあり、契約をまとめた実績があるということだった。いわば大物ロビイストとして紹介されたわけで、賄賂を使うとは思えなかった。それでもやはり疑念は拭いきれなかったが、元ABB社員であるロスチャイルドにもう一度反対するのは難しかった。いずれにせよ、コンサルタントの品行を調査するのはパリのコンプライアンスチームの仕事だ。私の仕事は、このコンサルタントらにかかる費用を販売価格に組みいれることなのだ。それ以外は私には関わりのないことだ。

数か月後、コンサルタント候補ピルース・シャラフィがパリのアルストム本社に招かれたのだが、同伴したのは……例のインドネシアの国会議員エミール・モイスだったのである。このとき、シャラフィはアルストム・インターナショナル・ネットワーク（アルストムの営業ネットワーク）アジア地域社長ローレンス・ホスキンスにも会っている。その後には、コンプライアンス部門の幹部たちにも面会した。その際、インドネシアにおける別件でもシャラフィを使うことが検討された。とにかく、このパリでの面談のあと、コンプライアンス部門もローレンス・ホスキンス（パトリック・クロンの右腕）も、タラハンの契約のためにシャラフィをコンサルタントとして採用することを承認した。上層部はシャラフィが契約を確約したことで満足したようだった。契約獲得がなにより重要というわけだ。

シャラフィの任務は単純なものだった。取引先、政治家、財界人、技術顧問との面談をセッティングし、アルストムのオファーの優れている点を売りこむことだ。要するに、ロビイストの典型的な仕事だ。報酬は総売上高の三％に決められた。これも、この種の報酬として、ごく一般的な歩合だ。

それから数か月にわたって、シャラフィは仕事に取り組んだ。この契約に関しては、アルストムは日本の丸紅（丸紅もシャラフィのコンサルタント採用を承認していた）と五〇対五〇のコンソーシアムを組んで、アメリカの巨大企業と競争していた。当初は、万事順調に推移しているように思われた。わが社のオファーが最も低価格であり、技術面では最も高く評価されていると聞いたのである。つまり、はっきり言って、アルストムは最有力で、契約を逃すはずがなかった。だが、アメリカ企業に勝つのはとにかく難しかった。とくにインドネシアという、アメリカの勢力圏にある国では。だから、私はシャラフィとモエナフとともにジャカルタにあるアメリカ大使館を訪ね、アルストムの事情を説明し、アメリカ側の理解を求めた。

だが、私の説明は説得力に欠けていたようで、二〇〇三年夏、情勢は芳しくなかった。まったく意外なことに、ライバルのアメリカ企業が優勢になっていたのだ。明らかに、アメリカ企業側のコンサルタントがキーパーソンに賄賂を支払ったか、その約束をしたかして、P

LNの評価委員会の意見を変えさせたのだ。アルストムはこの入札に失敗するかもしれなかった。パートナーの丸紅も同様の分析をしていた。そこで、丸紅の社長は直接パトリック・クロンに連絡をとり、タラハンに関する懸念を伝えてきた。パリでは、この交渉に失敗するかもしれないという見通しに衝撃が走った。すぐに、私は上司のトム・パジョナから、インドネシアに赴いて状況を立てなおすように命じられた。クロンも、アジア地域の統括責任者であるローレンス・ホスキンス本人を現地に派遣した。私の両肩にはずしりと重圧がかかった。とは言っても、私にできるのは、なんとしても状況を覆せと部下たちに発破をかけることくらいだった。このころのパニックの様子は、検察が引用した私の多数のメールの一つからはっきりみてとれる（起訴状第五五号証）。二〇〇三年九月一六日付けのビル・ポンポーニ宛てのものだ。ポンポーニはロスチャイルドの後任で、ジャカルタにいた。メールの内容はこうだ。

〝金曜日に話をしたときには、すべて把握していると言っていたじゃないか。それなのに、今は二番手とはどういうことだ！　明日までに挽回策を出してくれ。このプロジェクトに失敗は許されない！〟

対策会議が二〇〇三年九月末にジャカルタのホテル・ボロブドゥールで開かれた。この席で、丸紅が私の疑念を裏づけた。ライバルのアメリカ企業がPLNの評価委員会のメンバーや経営陣の何人かに賄賂の支払いを約束したのだ。アルストム・インターナショナル・ネットワークのチームも独自に同じ情報をつかんでおり、新しいコンサルタントを雇うことで丸紅側と合意した。アズミンというそのコンサルタントを私自身は知らなかったし、会ったこともなかったが、アルストムは〈ムアラタワラ発電所第二期〉というインドネシアの別の案件で、すでにアズミンと仕事をしたことがあった。私の仕事は、新たなコンサルタントの採用がプロジェクトの収支に響かないようにすることだった。結局、最初のコンサルタント、シャラフィの手数料を見直すことになり、歩合を引き下げることにした。シャラフィの手数料は一%のみ、すなわち約六〇万ドルに抑え、残りの二%をアズミンに支払うことにした。言うは易く行うは難し、だが、時間がなかった。ホスキンスが急いでパリの本社に伺いを立てると、二四時間でゴーサインが出た。こうして、二〇〇三年九月、アズミンがプロジェクトに加わった。これは文句のつけようのない成功をもたらした。アルストムが二〇〇四年、この契約を勝ちとったのだ。しかし、ふたりのコンサルタントを使ったことで、アルストムの経営陣は資金の闇ルートを二つ設けなければならなくなった。アメリカ・ウィンザーのチームがシャラフィの報酬を受けもち、アルストムのスイス子会社（アルストム・プロム社）がアズミンの報酬を受けもった。アズミンは報酬を正当化するため、虚偽の業務証明を提出するのだが、その書類作成を手助けしたのは、アルストム・プロムのコンプライアンス部門の社員たちだった。

タラハンの契約が最終的に締結される直前の二〇〇四年五月二四日、ＰＬＮ社長エディー・ウィディオノがアルストム本社に丁重に迎えられた。歓迎の意を表して、パトリック・クロンは幹部全員を招集した。私もそのレセプションのあとの昼食会にグループのお偉方とともに出席した。このとき、その場にいた誰もが、この契約を獲得できるものと完全に理解していた。そのとおり、二〇〇四年六月二六日、ついに契約が結ばれた。

私自身はその後、この案件にはほとんど関わらなかった。私が知っていたのは、シャラフィが手数料の最後の支払いを受けたのがずっと後……二〇〇九年になってからということだけだ。私のほうは二〇〇六年半ばに異動になり、フランスに帰国していた。

今になって、検察は私がこの贈収賄事件を共謀したひとりだと告発した。しかし、私は弁護士のスタンとリズに何度も繰りかえし、こう力説した。

「この件で、個人的な利益供与はいっさい受けていないし、バックマージンだって一ドルたりとも受けとっていない。起訴状でも、その点ははっきりしている。少しでも疑われていたら、そう書かれていただろう。私は自分の仕事をした。それだけだ！　当時、パトリック・クロンをはじめとする上司たちにそうするように命じられたのだ！　それなのに、どうして私は拘置所にいるんだ？　どうして、ほかのだれかでなく、私なんだ？」

「おっしゃることはわかります」スタンが答えた。「ですが、ご自分が不法行為に関わっていたことには気づいてらしたでしょう。あるいは、少なくともグレーゾーンにいることはしっかり自覚されてたんじゃないですか？」

「たしかに、それは否定しない。だが、二〇〇〇年代初めにフランスの大企業で私と同じような立場にいれば、こういう行為は見て見ぬふりをしていたのだ」

私がいくら悔しがっても、ふたりの弁護士はあきらめ顔をするばかりだった。明らかに、そこまでは私に同意する気がないのだ。ふたりは聞こえないふりをしたり、よくわからないという顔をしたりした。それから、スタンが私に残されていたわずかな希望を打ち砕く情報を伝えた。

「あなたが知っておくべき最新情報があります。メールや会話のほかに、検察は証言も手に入れました」

「わかってるよ、スタン。デヴィッド・ロスチャイルドの証言だろう」

「それだけではありません。ピルース・シャラフィも多くを語っています。いや、むしろシャラフィが最初に、なにもかも密告したに違いありません。FBIが脱税事件絡みで尋問したのです。懲役刑を逃れるために、シャラフィは取引しました。完全な免責と引き換えに、タラハン事件について洗いざらい情報を提供したのです。つまり、あなたがたを売ったわけです。あなたやほかの人たちをね」

13　人はなんにでも慣れる――刑務所にさえ

その朝は逮捕されてから初めて、目が覚めたときにほんの少しリフレッシュした気分だった。ようやく眠れたのだ。同房のチョーとメイソンには、ひと晩じゅう、いびきをかいていたとまで言われた！

「ほら見ろ、フランス野郎」ふたりはにやにやしながら言った。「言ったとおりだろ。なんにでも慣れるもんなんだ、刑務所にだってさ」

その言葉に異議を唱えるように、看守が扉をたたいた。まるで、いや、刑務所に慣れるなんてありえない、とくにワイアットでは無理だ、と言おうとするかのように。だが、看守が命じたのは、即刻、通路に出ろということだった。所内の一斉検査だ。

たちまち、黒ずくめの男たちが一〇人ほど監房になだれこんできた。男たちはヘルメットをかぶって武装しており、テレビの連続ドラマで見たSWATのようだ。部下ふたりを引き連れた所長もいる。検査が始まった。徹底的だ。マットレスから毛布、シーツ、枕カバーまでひきはがす。隅々まで余すところなく探られ、すべてひっくり返して調べられた。それから、私たちはひとりずつシャワー室へ行って、裸になって検査を受けてから、ようやく房に戻された。続いて、カウンセラー（ソーシャルワーカーと同じようなもの）に呼ばれ、個別面談を受けた。

「ピエルッチさんですね」女性のカウンセラーが重々しい口調で言った。「ここに来て日が浅いのはわかっていますが、なにも異常なことはありませんか？」

私はヒクヒクと笑いそうになった。真面目に言ってるんだろうか？　ワイアットでは、なにもかもが異常じゃないか！　めちゃくちゃにしているのは看守たちだが、今は苦情を申したてるべきときではないだろう。黙っているほうがいい。カウンセラーは機械的に質問を続けた。

「暴力を受けたことはありますか？　麻薬や薬物の密売を目撃したことは？　なにか噂を耳にしたことはないですか？　喧嘩や争いを見たことは？」

私のことを頭が弱いとでも思っているのか？　私はここでは非力なフランス野郎で、タフな犯罪者の群れに放りこまれたホワイトカラーの軽犯罪者に過ぎないのに、刑務所の〈沈黙の掟〉を破るなどと本気で考えているのか？　私が死ねばいいとでも思っているのか？　だが、なんにせよ、このときはなにも見ていなかった。私が黙りこんでいても、カウンセラーはこれっぽっちも気にしていなかった。自分の仕事をしているだけで、型どおりの質問をすませると、さっさと私との面談を終えた。次はトイレだった。看守に手渡される小さなガラス瓶に尿をとるのだが、採尿は看守の監視下で行う。隠れて麻薬をやっていないか調べる検査だ。〈陰性だ！〉そう判定されると、房へ戻される。かちゃりと扉が閉まる。この扉はその日は一日じゅう、閉まったままになる。困ったことに、房の洗面所もトイレも使えない。収容者が麻薬やほかのなにかを流して処分してしまわないように、一斉検査のあいだは断水になるのだ。夜になって、この一斉検査のあと、三人が懲罰房送りになったと知った。

翌日、チョーが去った。カリフォルニアの刑務所に移送されて残りの刑期を務めるのだ。これは、あまり喜ばしいことではなかった。チョーに替わって入ってきた若いドミニカ人は、ずっとぼんやりしたままベッドに横たわり、生気を失った目を大きく見開いている。かと思うと、突然、わけのわからない言葉をわめいたりする。明らかに、この男の脳はクラックの過剰摂取でいかれていた。房内の雰囲気は息苦しいものになった。

助かったのは、ようやくクララがシンガポールから所内専用口座に入金できたことだ。おかげで、それ以降は電話で話ができるようになった。〈売店〉に注文もできるようになり、さっそく、歯ブラシと歯みがき、かみそり、シェービングフォーム、綿棒、着替えの服、パンツを購入した。

時が過ぎ、勾留が続いて唯一よかった点は、隔離期間が終わったことだ。私は房を出て、共用スペースに行けるようになったのだ。そこでは電話をかけることもできたし、ほかの収容者と顔を合わせ、ワイアットという小さい世界を知り、そこにつきまとう残虐な行為を垣間見たり、その一方で人情の片鱗に触れたりもした。たとえばクリスだ。クリスは本物のギャングだ。その経歴は華々しい。二〇回銀行強盗して、二〇回有罪判決を受け、五七歳にして、すでに二六年を獄中で過ごしている！　子どもはふたり。ひとりは一度も会ったことのない二六歳の息子で、もうひとりは刑務所の面会室でもうけた娘だ。孫も三人いるが、どんな顔をしているのかも知らない。子や孫の顔は知らなくとも、クリスはアメリカの刑務所制度は熟知している。過去に一二もの連邦刑務所に入ったことがあるのだ。そのクリスの頭にとりついて離れないものがある。弁護士だ。クリスは何度も私に言った。

「なあ、フランス野郎、弁護士なんぞ絶対信用するんじゃねえぞ。だいたいが、裏じゃ政府のために働いてやがる。いいか、弁護士だからってなにも認めちゃだめだ。さもないと、取引させられちまう。あっちの条件でな。それで、言うとおりにしないと、弁護士は検察に全部しゃべっちまう。それから、中にいるやつらにも気をつけろ。たれこみ屋がうじゃうじゃいるからな。そういうやつらは刑を軽くしてもらおうとして、なにか耳にしたとたん、いそいそとご注進に及ぶんだ」

クリスはありとあらゆることに、それも年がら年じゅう、陰謀を見つけだすのだ！　クリスにかかれば、元地方検事のスタンもいい弁護士ではないということになる。なぜなら、司法省に対して物わかりがよすぎて、関係も強いからだというのだ。そして、クリスは私に弁護士を替えるように勧めた。推薦されたのはクリス自身の弁護士だ。

「これ以上の弁護士はいないぞ。ヘルズ・エンジェルス〈訳注：アメリカのバイカーギャング〉の弁護士だったんだからな！」

危なかったのは、私自身がクリスの強迫観念に引きずりこまれて、そのアドバイスに従おうとしかけたことだ。丸一日さんざん考えたあげく、最後の最後に正気に戻って思いなおしたが。とにかく、そんなことを私は信じかけたのだ。とはいえ、そのあと起こったことを考えると、クリスはあながち間違ってはいなかった。私はどんな地獄に落ちてしまったのか？ほんの数日で、どうしてこんなになにもかもが変わってしまったのか？

私は家族以外のすべての人間から見捨てられてしまったような気持ちになっていた。それでも、前日の午後、予想外の異例の面会があった。看守には「ピエルッチ、弁護士の接見だ！」と呼ばれた。ワイアットでは、弁護士との接見や検察の尋問などは別室で行われる。通常の面会と区別して〈直接面会〉と呼ばれるものだ。通常の面会は〈間接面会〉で、収容者と面会人のあいだはガラスの仕切りで隔てられる。私は強化ドアを一三か所通りぬけ、全裸になる検査を受けてから、弁護士との接見用の部屋に入った。そこにはひとりの若い女性が待っていた。

「ボストンのフランス領事館から参りました。領事本人が面会に伺うつもりでおりましたが、土壇場で都合が悪くなってしまいまして」

名前は仮にLとしておこう。Lは四〇歳くらいのほっそりした上品そうな女性で、刑務所を訪ねる役目に居心地が悪そうだった。無理もないが、明らかに慣れない場所でどぎまぎしているし、たぶん心配性なのだろう。それにしても、最も重要なことを忘れていた。私の状況を尋ねたり、領事館ができる援助を話しあったりはせず、自分語りを始めたのだ。その内容たるや、自分がインドネシアにいたこと、そこで経験した大恋愛、息子についての愚痴、最近行ったはやりのレストランのメニューなどなど！　私は話を聞きながら唖然としていた。怒るべきなのか、それとも、この状況にそぐわないおしゃべりを黙って聞きつづけるべきなのか。そもそも、どうして私に会いに来たのだろうか？　面会が終わる段になって、ようやくそれがわかった。Ｌは帰り支度を始めると、いきなり職業的な態度になって、こう言ったのだ。

「ピエルッチさん、最後に一つだけ。フランスの刑務所への移送の申請などはお考えになりませんように。アメリカは自国の判決が出るまでは、あなたを手放さないでしょうから。アメリカは、フランスの司法が贈収賄に対して甘すぎると考えているんです」

Ｌが面会に来た理由はこれだったのだ。言いたいことはよくわかった。自分ひとりでなんとかするしかないのだ。フランス当局はなにもしてくれない。数週間後、Ｌの後任にジェロー厶・アンリが就いた。アンリはボストンのフランス領事館の副領事で、Ｌとは違って、非常に高い柔軟性を発揮してくれた。良識があり、実際的でありながら熱意もある外交官だ。アンリは私が勾留されているあいだ、何度も面会に来てくれ、家族にも欠かさず連絡をとってくれた。できることは限られていたものの、アンリはこの時期を通じて、数少ない頼りになる味方のひとりだった。

さて、Lとの奇妙な面会のあと、私は監房へ戻った。銃眼のような形をした、ただ一つの細い〈窓〉を通して、まず鉄格子が見える。その数メートル先には鉄条網が張りめぐらされ、さらにまた鉄格子がある。そのずっと向こうに丘があり、その頂上にはマーモットがいるように見えた。私はマーモットの姿を追った。春を告げるというマーモットが現れるようになったせいか、青空が出ていたせいか、その朝は看守が特別に許可してくれ、初めて中庭に出た。気温は摂氏一五度、さわやかな気候で、空が果てしなく広がっている。私が好きなアメリカ東海岸の春の朝だ。ひとりきりだったので、何回かバスケットのシュートをやってみた。ふと自分が自由であるような気持ちになった。さまざまな疑問が頭のなかにつぎつぎと浮かんでくる。父さんは今、なにをしているだろう？　末娘のラファエラは、抜け毛予防のいい薬が見つかっただろうか？　母さんはシンガポールでどう過ごしたんだろう？　クララは？　四人の子どもたちとうまくやっているだろうか？　納税申告をちゃんと記入できるだろうか？　それから……。

14　家族だけが味方

クララはよくやってくれた。見事だった。シンガポールにいながら、事態を把握しようとしてくれた。一週間前からは、八方手を尽くして、家を担保に差しだしてくれるアメリカ人を探そうとしていた。その保証がなければ、私の保釈を認めてくれる判事はいないだろう。クララはアルストムとも連絡を取った。その結果、マティアス・シュバインフェストと長時間の面会を果たした。マティアスは、七年前から私の上司であるアンドレアス・リュッシュが統括する火力発電部門の法務部長だ。マティアスの上司がグループ全体の法務部長であるキース・カーになる。

「ショックだったわ」クララは電話で言った。「最初はとても感じがよかったのよ。会社もあなたを支援するって言ってくれた。でも、具体的な話に移ったとたん、それは空約束だってわかった……」

「どういうことだ？　マティアスはなんて言ったんだ？　正確に教えてくれ」

「えーとね、アルストムは、家を担保に入れてくれる人を見つける手助けはできないって。

アメリカの司法で認められないとか。検察は、それはごまかしだ、隠れて支援する一つの方法だと考えるだろうって」

「それは、もうわかっているよ」

「ええ、でも、もっとひどいことがある。あなたの保証人になるリスクを冒してくれるアメリカ人を自力で見つけて、あなたが保釈されても、もうアルストムでは働けないだろうって！」

「なんだって？　でも、そんなことはありえない、いくらなんでも私にそんな仕打ちはしないさ！」

「でもないのよ、フレッド。マティアスがそう断言したの。アルストムも司法省の捜査対象になっているので、あなたがウィンザーの同僚と会うことは絶対に禁じられるだろう、少なくとも捜査が続いているあいだはそうなるって。私でさえ、連絡を取ってはいけないって言われた。社長と直接話すようなことはするなって釘を刺されたのよ」

　頭をこん棒で殴られたような気がした。将来について考えていた計画がすべて崩れさってしまった。私はこのときまで、裁判が終わるまでアメリカに留まらなければならないとしても、保釈されたら、ウィンザーにあるアメリカ支社に復職し、ボイラー事業に戻れるものと思いこんでいたのだ。だが、クララから話を聞くと、すべてが危うく思われる。それに、私ひとりの問題ではない。アルストムの支援なくして、家族はどう対処できるのだ？　クララが私の疑問を察知したかのように言った。

「少なくとも、あなたが有罪を認めないかぎり、会社は給料を払いつづけてくれる。でも、事と次第によっては、どこかの時点で、アルストムを労働裁判所に訴えなくちゃならなくなるかもしれない。こんなふうにあなたを見捨てるなんて許せない！　私もちょっと戸惑ってはいるけど、心配しないで、あなたの家族と連絡を取りあっているから。とくに、お姉さんはすごく力になってくれている。それから、インターネットでＦＣＰＡについて興味深い情報を見つけたの。この問題に詳しい弁護士事務所がまとめたレポートよ。あなたにも送るわね」

姉のジュリエットが助けてくれればどれだけ助かることか。ジュリエットは法律を学んで確かな知識があり、すでに私に対する起訴状も詳しく分析して（起訴状は、私の逮捕の翌日から、司法省のサイトにほぼ全文が公開されていた）、手紙に書いて寄こしていた。

ジュリエットの手紙にはこう書かれていた。

〝フレッドへ。ＦＢＩに逮捕されたとクララから聞いて、本当にびっくりしました。震えが止まらなくて、市場の広場の石段に座りこんでしまったくらいです。クララは泣きだしそうでした。帰宅してすぐ、グーグルであなたの名前を検索しただけで、〈ピエルッチ対合衆国〉という起訴状のページがヒットして、アメリカ当局から起訴されていることがわかりました。司法省がアップロードしたファイルをクリックしてみたら、驚いたことにすぐに開いて、七〇ページ近くある内容を閲覧できました！　まだ判決も出ていないのに起訴内容が一般に公開されるなんて、私たちフランス人から見れば、ただただ驚くばかり！　とにかく、起訴状は隅々まで読みました。どうして勾留できるのか？　どんな証拠に基づいているのか？　アメリカの司法のやり方にはじつに腹が立ち、頭に来ます。かりに起訴状に書かれていることがすべて本当だったとしても、フランスやヨーロッパだったら、贈収賄の事実が明らかになった場合、まず罪に問われるのは企業であって、従業員ではありません。幹部が独断で行動したり、私腹を肥やしたりしたのでないかぎりですが。明らかに、そういうことはあなたの起訴状には言及されていません。フレッド、くじけないで、頑張って。きっと、すぐに釈放されます。この件で動いてくれるように、外務省にも働きかけます〟

外務省に働きかける！　逮捕されたJFK空港はニューヨークの領事館の管轄で、移送されたワイアット拘置所はロードアイランド州にあり、ボストンの領事館の管轄だ。ごく単純な話で、そのせいで外務省は私の消息を掴むこともなく、気にかけていなかったのだ。だが、ジュリエットが知らせてくれた。

ジュリエットの連絡を受けて、ボストンの領事館から拘置所に派遣されたのがLだったのだ。あの面会の内容を知ったら、外務省の人間が、要するに国としてはなにもする気がないと説明するのを聞いたなら、ジュリエットは呆然として、わずかばかりの希望を打ち砕かれたように感じるだろう……。

電話では、逮捕以来初めて、子どもたちとも話ができたが、自分が拘置所にいることは話さなかった。ピエールは数学のテストで平均点を下回ったと報告し、私が叱らなかったので、びっくりしていた。

クララに協力してもらっても、いつまで子どもたちに本当のことを隠しておけるだろうか？　なんとしても釈放されなくてはならない。妻のため、子どもたちのため、そして、私自身の精神の安定のためにも。ワイアットに長くいたら、どうにかなってしまいそうだった。これ以上、囚人同士が喧嘩するけたたましい物音には耐えられない。連中の金や車、麻薬、女にまつわる与太話にもうんざりだ……。

15　ワイアットで知ったアメリカの司法

周囲の連中とはもう関わりたくなかった。だが、そのなかで生き延びる術は身につけねばならない。そこで、いやというほど聞かされたギャングのクリスの忠告には反するが、二、三人に自分が勾留されている理由を打ち明けることにした。拘置所のなかで私はいささか浮いた存在だと言わざるを得なかったからだ。私はまったく麻薬の売人には見えないし、ましてや強盗犯にも見えない。このまま黙っていれば、小児性愛者だと思われかねない。ぞっとする……。それでもやはり、密告者を警戒して、すべてをしゃべるのではなく、かいつまんで話した。反応はみな同じで、検察は私が有罪を認めないかぎり、保釈を認めないだろうと言われた。つまり、判事が起訴状のなにを認め、なにを却下するかもわからないまま、とにかく判断しなければならないとしても、あるいは、非常に不公平で、根本的に不当な条件を提示されたとしても、私は司法省との取引に応じるしかない、ということだ。さもなければ、釈放される希望を捨てて、ここにずっと留まることも覚悟しなければなるまい。何か月も、いや何年もだ。

なぜなら、ワイアットで聞き知ったアメリカの司法は、映画で見るそれとはまるで違っていたのだ。あまたあるアメリカの映画やテレビドラマではアメリカの司法制度の素晴らしさを謳っている。よくあるのは、華々しい法廷場面で、ベテラン弁護士が被告人のために声も高らかに弁論を繰りひろげるシーンだ。あたかも、どんな些細な事件でも法廷が開かれ、弁護されるような印象を与えているのだが、現実はまったく違う。というのは、刑事事件ではほとんど裁判は開かれないのだ。九〇％の被疑者が裁判をあきらめる。理由は一つ。裁判になれば、とほうもない額の弁護費用を負担しなければならず、金のある者、それもかなりの富裕層だけがそういう高額の弁護費用を賄えるのだ。

制度上、フランスでは予審判事が証拠を調べて起訴、不起訴を決めるのだが、アメリカでは検事がもっぱら起訴を決める。そのため、被疑者は、証拠の分析や再鑑定の費用、あるいは自分に有利に働く証言を探す費用を自腹を切って払わねばならない。経済事件ともなれば、たいていの場合、何万、何十万もの証拠の分析が必要となる。だから、何か月も何年も続くかもしれない裁判が開かれることはめったにないのだ。そのあいだ、まっとうな弁護士を雇うなら数十万ドルにも及ぶ費用を払わなければならないし、裏付け捜査をさせるために私立探偵を使えば、さらに費用がかさむ。対して、検察はあらゆる手段を利用できるし、十分な数の検事がそろっている。周知のとおり、フランスとは違って、アメリカの司法当局には資金が潤沢にあるからだ。つまり、被疑者と検察では端から勝負がついているようなものなのだ。まして、被疑者が勾留されて、弁護士との接触が制限されていれば、自分の言い分を通すことは現実には無理なのだ。そのうえ、ワイアットのような厳重警備の拘置所に勾留されていればなおさらである。

たしかに、連邦レベルの刑事事件では、検事は大陪審（抽選で選ばれた一六～二三名の一般市民で構成される）の合意なしには訴追できない。理論上、この制度は訴追の濫用を防止するためにあるとされている。しかしながら、現実では、そのようにはなっていない。アメリカの司法省の統計によると、二〇一〇年、大陪審が訴追に反対したのは一六万二三五一件のうち、わずか一一件である。それで被告が裁判を受けることを望んでも、待ち受けるのはフランスよりはるかに裁量範囲の少ない判事である。というのは、アメリカには最低限の刑を規定する制度があるからであり、なかでも〈量刑ガイドライン〉と呼ばれる刑罰を決める基準は非常に拘束力が強く、こうしたシステムが裁判官の裁量権を大きく狭めているのである（量刑ガイドラインは文字どおり刑罰の基準となるもので、私もすぐにこの制度を知ることになる）。

こういうわけで、検察は圧倒的な優位に立ち、その意のままに有罪を認めるように迫るのだ。その結果、司法省の刑事事件での勝率は九八・五％である！　つまり、司法省の捜査対象になった人間の九八・五％が結局は有罪になるということである！

そして、検察は目的を達成するため、必要なだけ時間をかけてゆっくりと獲物を料理する。

ワイアットでは、二年とか五年とか取引を待たされている者もいた。そういう人たちは検察の提示した最初の取引を刑期が長いと拒否、さらに二度目の提示でも取引に応じず、三度目の取引を待っているのだが、将来になんの保証もない。それは精神的に耐えがたく、多くの者が心や身体を病む。ワイアットで知りあったひとり、〈運び屋〉というあだ名の男は、ニューヨークでマフィアから金を預かってラスベガスまで自家用ジェットで運び、マネー・ローンダリングに手を貸していたのだが、最初の取引では二七年の刑を提示された。それを拒否すると、一年勾留されたのち、新たに一四年の刑を提示された。それも拒否し、さらに一年勾留されてから、結局、七年以上の求刑をしないという条件で有罪を認めた。最終的には〈運び屋〉には懲役五年という判決が下った。多くの場合、判事は検察の求刑どおりの判決を出すので、これは異例のことだった。だが、そういう幸運はめったになく、自殺も珍しくない。それほど精神的にきついのだ。どれだけ耐えられるのか、我慢比べのようなものだ。

敗訴を避けるため、検察はあらゆる手段を講じる。被疑者に共犯者を密告するように促し、検察に協力するよう仕向ける。物的証拠がいっさいなくてもである。こんなやり方はまったく常軌を逸しているし、完全にゆがんでいる。それは極端な行動を引きおこすことにもなる。誰だって、自分の身がいちばん大事だ。カード詐欺で捕まった男は自分の妻を密告した。その結果、男は二年の刑ですんだのに対し、妻は八年の刑を科されたのである。このような事例が知られるようになって、密告者を忌み嫌う受刑者たちの報復を懸念して、隔離して拘禁される者も少なくない。

　アメリカでは、弁護士もこうした制度に順応している。弁護士の大多数はそのキャリアを検察から始める。検事補や副検事として経験を積んでから、大手の弁護士事務所に移るのだ。その多くは、刑事裁判の弁護をしない。アメリカの弁護士は現実には、フランスで思われているような弁護人ではなく、なによりもまず交渉人である。おもな仕事は、依頼人に有罪を認めさせることである。そのうえで、できるだけ刑が軽くなるように検事と取引する。この取引の交渉で、この弁護士たちが拠り所にするのがある点数表、すなわち、例の〈量刑ガイドライン〉なのである。不条理極まりないシステムだが、私自身、そのシステムに妥協せざるを得なくなっていくのだ。

16　私の〈量刑ガイドライン〉

自分の身は自分で守らねばならない。気持ちを強く持ち、悪魔のようなアメリカの司法システムに押しつぶされないようにしなければならない。つぎの審理で、できるだけ平常心でいられるように……。そう、私にはアメリカの法廷がポーカー・ゲームの大きなテーブルのように思えてきた。各自が手を明かし、掛け金を分捕ろうとするのだ。だが、自信をもってゲームに臨むにはどうしたらいいのか。逮捕時に取りあげられた仕事道具（携帯電話、パソコン、ｉＰａｄなど）はリズが保管してくれているが、前回の接見の際、リズからアルストムの情報ネットワークから私が排除されていると聞かされた。つまり、金輪際、会社からのＥメールは届かないし、ｉＰａｄを接続することもできない。仕事用携帯の料金支払いも止められたということだ。アルストムは私との関係を断とうとしていた。会社側にすれば、選択の余地のない当然の帰結だろう。有罪、無罪にかかわらず、会社にとって、私はもはや枯れ枝も同然、速やかに取りのぞくほかないのだ。

こういう事態は覚悟しておくべきだったが、ダメージは大きかった。突然、自分が存在しなくなったような気がした。あるいは、自分の一部を切り取られたような気分というか……。会社に忠誠を尽くし真面目に仕事をした二二年が無に帰したのだ。だが、感傷に浸っている暇はない。立ちなおらなければならない。なぜなら、まもなく重大な決断をしなければならないからだ。検察と取引するか、しないか、決めねばならない。検察は、五月五日に会うことを提案してきた。その日は逮捕から三週間後にあたる。それだけ勾留すれば十分こたえて、分別もつくとでも考えたに違いない。それに先だって、スタンがこの裁判の争点を説明してくれた。私はスタンの一言一句をA4のメモパッドに書きとめた。逮捕されてから、私は日々の細々したことを紙に鉛筆で書きつけていた。食事のメニューから看守の罵声、ほかの収容者から聞かされた話まで全部だ。もちろん裁判の過程もすべて記録した。そして、その日、スタンはこう言った。

「検察が言ってきたのは〈リバース・プロファー〉というものです。具体的に言うと、取引の前段階となる非公式の面談です。検事は集めた証拠をいくつか提示して、あなたに有罪を認めさせようとします。そうできれば、検察は裁判を回避できます。さらには、アルストムの経営陣にますます圧力をかけて、有罪を認めさせ、真摯に捜査に協力させるのが狙いです。そうなれば、アルストムは巨額の罰金を払わねばならないでしょうな」

「それで、私にはなにかメリットがあるのか？」

「あなたが有罪を認めれば、検察は起訴事由のいくつかを取りさげ、それによって刑が軽くなります。現在、あなたは一〇の嫌疑をかけられています。交渉がうまく行けば、それが一つだけになるやもしれません。贈賄の共謀のただ一件です。その場合、ロスチャイルドと同じように、最高でも五年の刑です。もちろん、すべて支障なくいって、判事があなたの有罪答弁を認めればの話ですが……」

「もし、私が拒否したら？」

「うーん、それはお勧めできませんね。検察は切り札を二枚持っています。ふたりの証人です。最初のコンサルタント、シャラフィはすべてを自供して、インドネシアの国会議員E・モイスに賄賂を送ったのをあなたが知っていたと証言しています。それから、もうひとり、デヴィッド・ロスチャイルドもほぼ同じことを証言しています。おまけに、シャラフィもロスチャイルドもすでに検察と取引しています」

「検察と取引したふたりの証言にどれだけの価値があるんだ？」

「陪審を納得させるには十分でしょう。裁判になれば、勝つ見こみはほとんどありませんよ」

「そうかもしれないが、その〈証人〉以外には、まともな証拠はない。起訴状に引用されているEメールだって、私が明らかに疑われるようなものはなかった。裁判になったら、無罪放免になるんじゃないかと思う」

「不安材料は、まさにそのEメールなんですよ。昨日、検察から証拠一式の写しが届きました。ＣＤにして一一枚、低く見積もっても一五〇万件あるでしょう。その大半が、一四年間にわたるアルストムの多数の幹部のあいだで交わされたＥメールです。ＦＢＩによって送りこまれた〈スパイ〉による録音もあります。検事はあなたの声は録音されていないと言っていましたが、なにが入っているのか、はっきりとはわかりません」

「だったら、調べるしかないじゃないか！　それがわからないうちは、なにも決められない。当たり前じゃないか」

スタンはムッとしたようだった。

「それがどれだけの仕事になるのかお考えになりましたかね。膨大な量なんですよ！　一五〇万件です！　少なくとも三年はかかるだろうし、費用も数百万ドルになりますよ」

つまり、こういうふうにしっかり罠が仕掛けられ、その罠に獲物がはまるのだ。恐るべき仕掛けである。そして、裏で糸を引く者が勝つと決まっている。簡単に言ってしまえば、釈放されたいと思うなら、有罪を認めるしかないのだ。そうしない場合は、判決まで長期に及ぶ勾留を覚悟しなければならない。同房者たちの言っていたとおりだ。初めのうちにどう考えていようと、結局は検察との取引に応じるはめになるのだ……。

であれば、なにができるのだ？　五月五日が迫り、私は頭のなかでいろいろな予想をしてみたり、計算してみたり、メリット、デメリットを数えあげたりしたが、答えが出るはずもなく、堂々巡りするばかりだった。

ついにその日が来た。私は拘置所の規則で現実に引きもどされた。またしても徒刑囚のごとく鎖に繋がれ、ほかの一一人と一緒に護送車に押しこまれ、ニューヘイブンの裁判所へ移送される。そこで、検察が〈リバース・プロファー〉をしようと待ちかまえているのだ。

裁判所に到着すると、スタンとリズのほかにデヴィッド・ノヴィックがいた。私の保釈請求に二度にわたって強硬に反対した検事だ。その横にもうひとり検事がいた。見たことがない顔で、できることなら出会いたくないタイプに見えた。ダニエル・カーンというその検事はワシントンからわざわざ出張してきていた。司法省の贈収賄対策局所属の連邦検事だ。カーンはハーバード出身で、若くて野心にあふれ、優秀だった。ＦＣＰＡに関するスペシャリストとして、ホワイトカラーに対する捜査の分野で確固たる名声を博しており、のちには最優秀検事補として表彰されている。

ニューヘイブンの裁判所の一室で早速、カーンは主導権を握って、証拠をプロジェクターで映しだした。主なものは四枚の領収書だった。私は初めて見るものだったが、それは二〇〇五年から二〇〇九年にかけて、アルストムのロビイストだったシャラフィの口座から、インドネシアの国会議員エミール・モイスの親族の口座に振りこまれた、総計およそ二八万ドルの領収書だった。カーンによれば、それは贈収賄の証拠であり、裁判になった場合、シャラフィが証言する内容でもあった。シャラフィとモイスが長年にわたって合法的に仕事をともにしてきたことを考えると（シャラフィによれば、ふたりはインドネシアのいくつかの会社の共同投資家でもあった)、こうした振込は私には驚くようなことではなかった。これのどこがタラハン発電所の契約に当然のように結びつくのだろう? 仮にそうだったとしても、シャラフィからもほかのだれからもこの振込の話は聞いたことがないし、その金額などなおさら知るよしもない。だが、私は口をつぐんでいた。表情も変えなかった。直前に、リズからきつくこう言われていたからだ。

「フレッド、なにがあろうと、絶対になにも言わないでください。検事があなたを動揺させようとしてもです。眉一つ動かさないでください」

だから、私はじっとしていた。しかし、カーンの発するひと言ひと言が私をみじめな気持ちにした。言うなれば、ハエ取り紙に絡めとられたハエのような気分だ。いくらもがいても逃れることはできない。カーンとノヴィックは説明のなかで、私のことを単なる〈鎖の環〉だと形容した。検察にとって重要なのは、事件の頂上にいるアルストム社長、つまりパトリック・クロンを追いつめることだと断言したのだ。ミーティングは三〇分足らずで終わり、検事たちは私になんの質問もしなかった。検察にすれば、今日のところは自分たちの強さを誇示すれば十分なのだろう。今、ボールは私の側にある。投げかえすかどうか、決めるのは私だ。とはいえ、ゆっくり考えるわけにはいかない。ミーティングのあとで、時間の猶予はあまりないとスタンから告げられたのだ。

「検事が言わなかったことがいくつかあるんですが、あなたの立場はますます微妙になってきています。検察は、アルストムの三人目の容疑者として、ビル・ポンポーニを起訴しました（ポンポーニはロスチャイルドの後任だが、何年も前に退職している）。だから、時間の勝負です」

「さっぱりわからないね、スタン。ポンポーニの逮捕がどうして私の立場に影響するんだ？」

「いいですか、検察はまず間違いなく、ポンポーニにも取引を持ちかけます。もし、ポンポーニが先に有罪を認めて、新しい情報を提供したら、検事にすればあなたの値うちは下がって、今と同じ条件では取引できなくなるんですよ。下手すれば、検察はあなたへの興味を失うかもしれない。いつ始まるかわからない裁判まで、勾留されたまま、ほったらかしにされる可能性もあります。ですから、できるだけ早く決めていただかないとなりません。二日か三日以内です！」

「でも、なにを根拠にして決めればいいんだ？　八方ふさがりだ。有罪を認めたら、アルストムはあなたたちの弁護費用の支払いを止め、私は放りだされる。有罪を認めなければ、裁判になって一二五年の刑を下されるかもしれない。しかも、二日間でそのどちらかを選べ、そうしないと、ポンポーニに出し抜かれるだろうと言うのか。それなのに、私は証拠や書類を見ることもままならない。なぜなら、量が多すぎて、一五〇万件もの証拠があって、おたくの事務所では分析しきれないからだって？　そんなこと、本気で言っているのか？」

「大まじめですよ、フレデリック。とはいえ、一二五年というのはまあ、理屈のうえではということなので、あまりこだわらないでください」

「だったら、本当は何年なんだ？　もったいぶらずに言ってくれ。拘置所で聞いたんだが、〈量刑ガイドライン〉とかいうものがあるそうじゃないか？」

リズが駄々をこねる子どもをなだめるような仕草をした。

「落ちついて、ピエルッチさん。よく聞いてください」

リズの説明は不条理極まりないものだった。

「私どもでも検討しました。ＦＣＰＡ違反が一二点になります。次に、訴追対象の契約におけるアルストムの粗利益つまり六〇〇〇万ドルを加味すると、一八点がそこに加算されます。もう一つ、国会議員への賄賂というので罪が重くなり、プラス四点。さらに、支払い、すなわち司法省に言わせると賄賂が複数回あるので、プラス二点。合計で三六点になります。そのほか、検察に主犯とみなされれば、四点が加算されますが、今回は違いますので、三六点のままということです」

「その点数でどうなるって言うんだ、リズ？　私が知りたいのは、どれだけの刑になるかってことだ！」

「今から言います！　三六点を相関表に当てはめるんです。水平軸は過去に有罪判決を受けた回数で、垂直軸が今回訴追された案件の点数です。あなたの場合なら、一八八か月から二三五か月のあいだの刑になりますね。つまり、裁判になって有罪判決を受ければ、たいていの場合、判事はこの表に従うので、あなたの刑は一五年八か月から一九年七か月の範囲になります」

「だけど、リズ、どうして、そういう計算になるんだ？　まず、なぜ、アルストムの利益が私の刑の計算に影響するんだ？　その金は私の懐に入ったわけじゃない。会社の、ひいては株主のもうけだ。私は一ドルももらってないし、バックマージンもいっさい受けとっていない。会社のために行動して見返りを受けとっていない者と、私腹を肥やした者とを同列に扱うのか？」

「そうなんです。司法省の見方では、会社のためと言っても、自分の職を守るため、昇進するため、ボーナスを得るために行動したことになります。つまり、利益を得ているというわけです」

「それなら、その個人の得た利益とやらを数値化するべきだろう」

「いいですか、ここでそんな議論をしても、どうにもなりません。アメリカの法律を書き換えようとしているわけじゃないんですから。計算のルールはこうなっています、ただそれだけです！」

「じゃあ、支払いの回数は？　コンサルタントの契約は一件だけだ。シャラフィの手数料が何回かに分けて支払われたにしても、どうしてそれで二点加算されるんだ？」

リズの顔が真っ赤になって、爆発しそうになった。スタンが割って入り、冷静な口調で、リズの言葉を繰りかえすようにＦＣＰＡはこういうものだと説明し、「議論をしても、どうにもならない」と念押しした。私は黙るしかなかった。

三時間かけてワイアット拘置所に戻されたあとも、私はショックのあまり、なにも考えることができなかった。ふらふらと共用スペースにさまよいでると、チェスに興じている一群がいた。ひとり、群を抜いて強いのがいた。厳しい手を指し、相手を追いつめている。ゲームに勝つと、その男は私に近づいてきて、話しかけてきた。少し前に、自宅にマリファナ五〇〇キロを隠していて逮捕されたという。一三歳のとき、売春婦だった母親が家を出ていき、そのあと、父親に森に捨てられたとか……。まるでペローの童話『親指小僧』みたいだ。親指小僧は知恵を絞って生き延びたけれど、この男も盗みをして生き延びた。そして、少しずつはいあがっていった。まあ、はいあがった先が問題だが。大麻の栽培を始めたのだ……。

私は頭のなかで、マリファナ五〇〇キロを点数化し、さらにその点を刑の年数に換算しはじめた。この男はきっと以前にも有罪判決を受けているから、累犯の加算をして……。そこで考えるのを止めた。めまいのような感覚に囚われたからだ。「刑務所で生き延びるには、目を閉じて、息をしつづけるんだ」。同房のメイソンの口癖だ。息をしつづける。そして、生きていく。ただそれだけだ。二〇一三年五月五日、この夜、私はワイアット拘置所で初めて、共用スペースでみなに混じってテレビを見た。この日は特別に、ヨーロッパのサッカーの試合の録画を放送していた。チャンピオンズリーグの準決勝だ。大方の予想に反して、ミュンヘン・バイエルンがバルセロナに三対〇で勝利した。

17　A区画——所内のボスとの対面

その翌日、監房が変更され、私はA区画に移された。すると、はげ頭で、歯も半分くらい抜けた七五歳には見える小柄な男がうれしそうに話しかけてきた。私は自分の耳を疑った。元気のいい声で「ボンジュール、ムッシュー！」と声を掛けられたのだが、そのフランス語がほとんど完璧だったからだ。

「よう、フランス野郎、おれはジャッキーだ。ここじゃ、〈じいさん〉と呼ばれてるけどな。待ってたぜ！」

あっけにとられていると、ジャッキーは、拘置所当局に〈ちょっとしたコネ〉があって、それを使って私をA区画に移したと説明した。

「あんたがここに来てから、ずっと頼んでたんだ。あんたがいれば、少なくともフランス語をしゃべれるからね」

ジャッキーはワイアットで出会ったなかでも、とくに異色の存在だった。組織犯罪の伝説的人物、あの有名な〈フレンチコネクション〉の数少ない生き残りなのだ。フレンチコネクションは一九三〇年代から七〇年代にかけて、マルセイユからアメリカのマフィアにヘロインを密輸していたシンジケートだ。ジャッキーはニューヨークのブロンクスでその道に入った。一九六六年に逮捕されて、五年間服役。一九七四年にまた逮捕されたが、逃亡して、フランス・マルセイユに渡った。しかし、一九七八年に麻薬捜査班に逮捕され、アメリカに引き渡されて一二年の刑に服する。しょうこりもなく、出所するとまた、ヘロインの密売を再開、一九九七年に四回目、さらに五回目の有罪判決を受けた。獄中生活は三六年に及び、そのうち四年間をフランスの刑務所で過ごした。かくして、現在のワイアットに至るわけだが、こういう前歴があれば、塀のなかであれこれコネがあるのは当然と言えば当然だった。じっさい、ジャッキーは収容者全員のことを知っているし、それよりなにより皆がジャッキーのことを知っていて、敬意を払っていた。まさに所内のボスである。その反面、その前歴にもかかわらず、ジャッキーは人好きのする、温かみのある人物だった。フランスが大好きで、フランス語を話すふたりを身近に置いていた。ギリシャ人のアレックスは、マルセイユの商業学校卒業で、元BNPパリバ銀行勤務、もうひとりは前述した〈運び屋〉で、こちらはギリシャ系カナダ人だった。三人は私を歓迎してくれて、いろいろなプレゼントをくれた。コーヒー、砂糖、パウダーミルク、ラジオ、アルミ箔でこしらえた鏡などだが、私自身が売店に注文したスニーカーが届くまで、間に合わせのスニーカーも調達してくれたし、なによりありがたかったのは、いい枕と二枚目のマットレスだった。

A区画は、それまでいたD区画とは違って、小さな監房はなく、五六人収容の大部屋だった。大部屋は高さ一・三メートルの仕切りで小さなボックスに分けられているが、一つのボックスは九平方メートル以下で、そこに二台の二段ベッドが置かれ、四人が収容される。雑居生活も耐えがたかったが、それにもまして自然光が入らないことがつらかった。外からの光はごく小さな、それも不透明なフィルムを貼った小窓を通して、かすかに射しこむだけだったのだ。それゆえ、つねに蛍光灯が点灯されている。その明かりは、喧嘩騒ぎの場合に誰が始めたかわかるように、夜間でも二本に一本が点いたままにされる。私のように二段ベッドの上段を使う者は、頭上わずか五〇センチのところに蛍光灯が点いていても眠れるように慣れるしかなかった。私は三晩かけて、ようやく眠れるようになった。ところどころはげ落ちたけばけばしい黄色の壁に目をやって、明かりから気をそらすようにしたのだ。A区画は一〇年近く、補修工事らしきことをしていなかった。基本方針は終始一貫している。収益性を考慮して拘置所の運営費用をできるかぎり切りつめることである。

とても困ったのは、この区画では、シャワーばかりかトイレも共用だったことだ！　壁際に五個の便器が並んでいて、そのあいだに高さ一メートルの仕切りがあるだけで、前にはなにもなかったのだ！

拘置所に勾留された者は数週間のあいだに規定に従って区分けされ、正式な居住区画が決められる。基準は、年齢や危険性などで、〈ギャング〉の区画、〈労働者〉の区画、といった具合である。A区画は、四〇歳以上、比較的おとなしいと思われる者が収容されるとみなされている。じっさいには、まずラテンアメリカ系（ドミニカ人、ジャマイカ人、メキシコ人）が断然多く、ほかに数人のアジア系、そして、不思議なことに九人のギリシャ人あるいはギリシャ系アメリカ人がいた。フランス人は私ひとりだった。大多数は、殺人や強盗、麻薬密売で逮捕されており、多くはないが、単なるカード詐欺（ベトナム系が多い）もいた。さまざまな罪状があったが、言ってしまえば、どれもこれもよくある犯罪だった。類がないのはFCPA違反、つまり私の問われている罪だ。FCPA違反なんてものは、私がA区画に来るまで、そこの誰も聞いたことすらなかったのである。

A区画にいるのは、拘置所のなかでは穏和な性格の者だとされている。だとすれば、ほかの区画がどんなだか、考えたくもない。A区画でも、喧嘩や盗み、麻薬や薬の密売が日常的だったからだ。毎週、誰かが懲罰房送りになり、数週間から数か月、戻ってこなくなる。トラブルを回避する基本ルールはほかの収容者をじっと見たり、うっかり触れたりしないことだ。肩をたたくのも、握手をするのもなしだ。ことに食事の列に並んでいるときは、誰にも触れないように用心する。ほんの少しかすっただけでも、すぐに食事を狙った攻撃と受けとられるからだ。

A区画から出られる中庭はバスケットコートの半分くらいと狭いが、憩いの場所になっていた。そこには暗黙のルールがあって、厳格に守られている。朝八時から一一時までは体操とか散歩とかの時間だ。そのあと午後いっぱいは、素手で打ちあうハイアライ（訳注：壁を利用してボールを打ちあう競技）のコートになる。夜になって二〇時から二一時のあいだは、またそぞろ歩きの時間だ。

ボックスに落ちつくと、A区画独自のルールを教わった。教えてくれた同房者によれば、食事のときは、いつも同じテーブルの同じ席に着かねばならないという。理由は定かではないが、食事時間以外はどこに座ってもいい。だが、ルールは厳然とあって、食事になれば元の席に戻る。新入りはこのルールを覚えなければならず、とくに最初のうちはまごつくが、じきにこの暗黙のルールを守って動けるようになる。

A区画に移ってから、子どもたちの写真が初めて届いた。クララがいい写真を選んで送ってくれた。そこに写っている子どもたちは心から楽しそうに笑っていて、私はぐっと気分がよくなった。アレックスと〈運び屋〉は逮捕以来、妻子の顔を見ていなかった。アレックスは一五か月、〈運び屋〉は二一か月にもなる。ふたりの言葉を信じるなら、どちらも逮捕前には夫婦仲がよかったが、だんだんとこじれてきたのだという……。

クララと姉のジュリエットとは電話でも話した。ふたりによれば、父が私に面会するために渡米する準備をしているという。私は父にそんなつらい旅をさせたくなかった。強化ガラス越しに一時間、父と顔を合わせ、受話器を通して話すのかと思うと、悲しくなった。七四歳になる父にそんな屈辱を味わわせたくなかった。私自身、恥ずかしくてどうしようもなくなりそうだった。そうやって自分の身を守ろうとし、そういう自分の身勝手さに気が咎めた。もし、自分が父の立場だったら、もちろんすぐに飛行機に飛び乗って、拘置所にいる息子を励ましにいき、自分自身の不安を少しでも解消しようとするだろう。それとて十分な不安解消にならないのに、その機会すら父から奪おうとしているのだ。父は私を助けるためになにができるか考えて身もだえせんばかりになっているはずなのだから。だが、なにが私を待ち受けているか知ったら、父もわかってくれるだろう。

翌日にも私は非常に重要な決断をしなければならなかった。とにかく有罪を認めてしまうか、認めないか。私はクララに電話して、このジレンマを説明した。いずれにせよ、クララや子どもたちに重大な影響を及ぼすからだ。クララは唯一大切なのは、私が釈放されることで、その結果、家族や仕事がどうなるかはさほど重要ではない、自由はなににものにも代えがたい、と言ってくれた。

まだひと晩、考える時間がある。少しだけ心が軽くなるニュースが一つあった。コネチカット州ウィンザーに駐在していたときに知りあったアメリカ人の友人、リンダが私の保釈のために自宅を担保に入れていいと同意してくれたのだ。希望がふくらむ。だが、それで足りるのだろうか？

18　アルストムに見放される

A区画での最初の夜はつらかった。五六人が眠る大部屋で、いびきをかく者、おならをする者、こっそり、あるいはおおっぴらにマスターベーションする者、トイレに行く者などいろいろいて、看守の巡回も騒々しい。

朝食後、スタンに電話した。じつのところ、まだなにも決めてなかった。すべて、これからスタンに聞く量刑しだいだ。

「フレッド、いいニュースと悪いニュースがあります」スタンが話しはじめた。

その話ですべてが決まるのだ。

「悪いほうから教えてくれ」

「あなたの逮捕以降、アルストムの方針が変わったようです。それまでアルストムは捜査に非協力的な姿勢でした。ところが、今では司法省に証拠を提出しています。検察は何万件もの証拠を受けとり、そのうち三〇〇〇件があなたに関するものです。私の印象では、その……」

「どんな印象なんだ、スタン？」

「はっきりとはわかりませんが……アルストムのなかに、この際、タラハン案件以外の契約の問題もあなたのせいにして、保身を図ろうとしている人たちがいるのではないかと」

「そんなことをして、どんなメリットがあるんだ？　そんなことをする理由がわからない。私を追いこんだら、自分たちにも不利に働くだろうに」

「いいですか、フレデリック。あなたが逮捕されて、アルストムは事態が相当深刻なことを認識したんですよ。罰金を払わなければならない、それも巨額の罰金を払うことになると悟ったんでしょう。なかでも、今いちばん恐れているのは、追及の手がさらに伸び、とりわけ経営陣や社長に及ぶことです。ですから、アルストムとしては、すでに逮捕された者に責任を負わせて、損害を最小限に抑えたほうがいいと思っているのでしょう」

「だが、会社がそんなことをするなら、私だって何十人もの幹部を告発できる！　取締役全員だって告発できる」

「わかっています、フレデリック。しかし、アルストムが全面的に協力して、罰金を支払ったら、司法省のアルストム経営陣に対する姿勢はきっと軟化するでしょう。私が申しあげたいのはそれなんです。そうなれば、勾留期間が延びるかもしれないのです。というのは、検察は、アルストムから押収した資料のうち、あなたが関与しているものについて、あなたを尋問したがっているからです」

「それには時間がかかるのか？」

「そんなにはかからないでしょう。三〇〇〇件のうち、重要なのは数百でしょうから。あなたが同意すれば、ワイアットにCDが送られてきます。CDは拘置所のパソコンで見ることができます。その後に、ニューヘイブンの裁判所で、その証拠について尋問を受け、検察があなたの回答に満足すれば、そのとき初めて、検察は起訴事由の取りさげに応じます」

「さもなければ？」

「その選択肢はありません！　応じなければ、裁判が開かれるまで、ワイアットに勾留されることになります」

「確認させてくれ。保釈請求はいつでもできるんだよね？　リンダという友人が家を担保に入れていいと言ってくれたんだ」

「できますよ。ただ、アルストムが方針転換した今でも、警備員や住居の費用を払う気があるのか判断しかねます。その費用があなたの負担になったら、住居の二四時間監視の費用は目の玉が飛びでるような金額になりますよ。それに、証拠をすべて検討してしまうまでは、検察は保釈に反対するでしょう」

「いいニュースもあると言っていたよね？」

「ええ、いいニュースというのは、あなたが証拠を確認し、尋問に答えることに同意すれば、検察の求刑は六か月になります」

その数字を聞くなり、私はほっとした。そして、これこそまさに期待されたとおりの反応だったのだ。裁判になれば何年もの刑になると言って震えあがらせ、最後には軽い刑と引き換えに有罪を認めさせるのだ。みごとなものだ。ほとんど誰も逃れられないシステムに、こうして私も絡めとられたのだ！

スタンとの通話が一五分を超えた。一回の通話は二〇分に制限されており、いつ切られるかわからない。聞きたいことは山ほどあった。有罪答弁の方法や検察の尋問について知りたかったし、六か月の刑期の保証や取りさげられる起訴事由についても確かめたかった。だが、スタンに急かされた。

「決断してください。検察はまず間違いなく、ポンポーニにも同じ提案をしているので、ポンポーニが先に同意すれば、あなたの六か月の刑というのは消えてなくなり、もっと長い刑期になるか、起訴事由すべてについて有罪を認める以外、なんの取引もできなくなってしまうかもしれません」

私はもう一つだけ質問してみた。

「判事が六か月の求刑どおりの判決を下す保証はあるのか？」

「ありません。でも、ほとんどの場合、判事は求刑どおりの判決を出します。とくに、ここコネチカット州ではそうです」

「検察が六か月の求刑をするという確証があるなら。スタン、それでいい」

気分が軽くなるはずだった。やっと、こう決心できたのだ！　ところが、つぎつぎと疑問が浮かんできて頭から離れなかった。私が有罪を認めたと知ったら、アルストムはどう反応するだろうか？　給料の支払いが停止されたら、妻と子どもたちはどうなるのだろう？　シンガポールにとどまることができなくなり、フランスに戻らざるを得ないだろう。私自身は保釈されるだろうが、アメリカにひとりで残らなければならないだろう。仕事することもできず、判決が下りるのを待つしかないのだ。離婚したほうがいいのだろうか？　フランスの家はクララに譲ろう。少なくとも、なにかの助けになるだろう。

19 ふたたびニューヘイブンの裁判所へ

ことはうまく運ばなかった。最悪と言ってもいい。検事のカーンとノヴィックの怒った顔からみて、私の答えはふたりが期待していたものではなかったのだ。尋問は中断され、「時間をやるから、よく考えろ」と言われた。スタンは私を責めたて、叱りとばした。

「いったい、どうしたんですか？　どうして、否認したんですか？」

「なにも否認などしてない！　本当のことを言っただけなんだ！　もちろん、アルストムはロビイストのシャラフィに一％の手数料を支払った。だが、インドネシアの国会議員エミール・モイスに賄賂を払うというような話をシャラフィとしたことはない。そもそも、モイスはタラハンの入札では、いかなる公的な立場にもないんだ」

「そうは言っても、賄賂が配られるだろうと薄々感づいていたんじゃないですか？　そういうこともあるって、わかってたでしょう！　しかも、シャラフィはもう証言している。アルストムの全員のことを密告しているんですよ……。ですから、回りくどい言い方は止めて、アル検事の聞きたい答えをしてください。そうしないと、いいですか、なにもかも台なしになって、あなたは拘置所に逆戻り、懲役六か月の話もおしまいです！」

「だったら、私は嘘をつくことになる。そんなばかな話があるか。自白が望みなら、その覚悟はできている。そうだ、アルストムがふたり目のコンサルタント、アズミンを雇ったときは、経営陣も私も、賄賂の要求があることは十分承知していた。だから、アズミンを採用した理由についてはほとんど疑いの余地がない。だが、最初にシャラフィを採用したときは、賄賂を支払うという話はなかった。少なくとも、シャラフィからは聞いていない」

「そうかもしれませんが、フレデリック、アズミンは検事の目下の関心事ではありません！検事はシャラフィの証言に基づいて、あなたの起訴を組みたてています。今のところ、その戦略は変わらないでしょう」

「だったら、私はどうすればいいのか？」

「それでは……。これから言うことをよく聞いてください」

そう言うと、スタンは奥の手を出してきた。これなら、私が嘘をつかないで供述を変えられ、検事との取引も反故にならないという。〈ウィルフル・ブラインドネス〉つまり、故意に目をつぶること、である。要するに、私は危険を察知しつつ目をそらしていた、ということらしい。メールが私の関与を証明しなくても、あるいは、シャラフィへの支払いの一部が誰に流れるか知らなかったとしても、知ろうとしなかったことで、どちらにせよ私は有罪なのだ！　私は〝故意に目をつぶっていた〟司法省にすれば、結論は変わらない。

結局、私はスタンに耳打ちされた供述内容を暗記し、尋問の場に戻って、検事の前でそのまま繰りかえした。ほかになにができただろう？　ノヴィックとカーンは私が態度を変えたことに満足そうだった。

アズミンのほうが贈収賄の事実が明白なのにもかかわらず、検察がアズミンではなく、シャラフィに関心を示した理由はあとからわかった。アズミンへの支払いは、契約成立の一二か月後、遅くとも二〇〇六年にはすべて完了しており、時効が成立していた（ＦＣＰＡでは五年と規定されている）。一方、シャラフィへの最後の支払いは二〇〇九年であり、私に対する捜査が始まった時点で時効が成立していなかったのだ。

この過酷な一日を終えてワイアットに戻ると、私はクララに電話をした。クララは姉ジュリエットと手分けして、私を助けようとしていた。ジュリエットはバイリンガルである夫の助けを借りて、私の弁護士と連絡を取り、クララはアルストムとの連絡を担当していた。というか、連絡を取ろうとしていた。だが、もはや望み薄だった。会社にとって、私は厄介者以外の何者でもなくなっていた。クララはアルストム内部で流れている情報（あるいは噂）を風の便りで知った。クララからその噂を聞いて、私はしばらく驚きが収まらなかった。会社の弁護士たちは、私に連絡を寄こそうともせず、勝手に結論を出していた。私が最初にどう思おうと、有罪を認めざるを得なくなると思われたのだ（この点では弁護士たちの思ったとおりだった〉。その根拠はロスチャイルドとシャラフィが当局に協力したということだった。ふたりが協力したことはすでに会社側も知っていたのだ。ふたりは〈内部告発者〉として認められ、ドッド・フランク法というアメリカの法律に規定されているとおり、〈裏切り〉の対価を受けとるだろうと噂されていた。ふたりが告発した会社に科される罰金の一〇～三〇%が支払われるだろうというのだ。じっさい、スイス最大の銀行UBSの元行員がそれで一億四〇〇〇万ドルの大金を手にした例があった。

しかし、ロスチャイルドに関するそういう噂はすべて不正確だ。私の知るかぎり、ロスチャイルドは金を受けとることはないはずで、刑の軽減と引き換えに司法省に協力したのだ。だが、私が逮捕されてから、会社はすっかりパニック状態に陥っていた。同僚たちはみな、過去に社内や社外でやりとりした会話を思いだそうと必死になった。その場に〈スパイ〉はいなかったか、隠しマイクはなかったか、なにより、問題になるようなことを自分が話さなかったか？　誰もかれも、ＦＢＩがやってくるのを恐れた。退職した人間まで、自分が捜査対象になりそうだったら、弁護士をつけてくれと会社に要求するほどだった。多くの者は社長のパトリック・クロンは崖っぷちに追いこまれていて、起訴されるかもしれないと考えていた。パリの本社は上を下への大騒ぎになっていた。

あとで知ったことだが、私の逮捕直後、法務部門は五〇人ほどの管理職にEメールを送っていた。対象は捜査の開始以来、司法省から照会のあった者だった。メールの内容は、アルストムでは異例とも言える警告だった。

〝ご存じのように、ある海外案件における贈収賄の容疑で、現在アメリカで司法捜査が行われています。社内調査によれば、貴殿は当該案件に関与しておりました。アメリカに渡航されると、アメリカ当局より尋問される可能性があります。アルストムの業務でアメリカ出張する際は、事前にキース・カーに確認してください〟そして、弁護士リストを添えて、こうも忠告している。〝逮捕された場合、捜査官に話す権利も話さない権利もあります。それは貴殿が決めることであり、アメリカ政府は尋問を強制できません〟

アメリカ当局から狙われていることをずっと以前から知っていたのに、アルストムはどうして、私が逮捕されるまで、従業員に警告をしなかったのか？　キース・カーは私の逮捕直前に、どうして、なにも心配ないと言ったのか？　そもそも、私の名前はこの警告メールの送付リストに含まれていなかったに違いない。そのことは、メール作成にかかわった人物に後日、確かめた。それならば、どうして私は逮捕されたのか？　どうして私が？　長いあいだ、この疑問の答えを考えあぐね、今も考えつづけている。私が就こうとしていた地位（アルストムと上海電気集団のジョイントベンチャーの社長になるはずだった）がなにか関係しているのか？　この合弁会社は、もし実現していたら、火力発電の分野で世界的リーダー企業となれただろう。経済アナリストは、このジョイントベンチャーをきっかけにアルストムと上海電気集団がより包括的な提携に進むと見ており、そうなれば、ライバル企業である最大手ゼネラル・エレクトリック（GE）社に取って代わることも考えられた。当然のことながら、それはアメリカにとって脅威だったのだ……。

私は検察からの答えを待つあいだ、パリ近郊ルヴァロワ＝ペレにあるアルストムの本社や海外拠点の様子を思いうかべてみた。不信や不安が渦巻いているだろうことが容易に想像できる。すぐにでも経営委員会内部でトップの交代が起きて、危機に瀕している経営陣を隠す動きがあっても驚くには当たらない。残念ながら、私のほうは万事休すだ。

20 〈証拠〉

頑張らなければ。精神的にも、肉体的にも、耐えぬかねばならない。それには、自分をコントロールして、身体を動かすようにしなければ。少なくとも、時間はある。三日前からは、中庭で毎朝、体操に励む三人のグループに混じって、運動を始めた。ひどいものだった。腕立て伏せが三回も続かないのだ。だが、止めたりはしなかった。私は自分に一日のスケジュールを課した。午前中は身体を鍛える。午後は〈証拠《エビデンス》ルーム〉で作業する。ここは小さい部屋で、年代物のコンピュータが六台備えつけられている。収容者はこのコンピュータを使って、自分の事件の資料、とくに検察の集めた証拠を閲覧できる。

部屋の入り口で、看守から自分の名前が記入された封筒を受けとる。弁護士から届けられたもので、リズは四枚のCDを送ってきていた。資料はコンピュータ画面で見て、メモを取ることはできるが、プリントアウトすることは許されていない。CDには、アルストムから提出された三〇〇〇件の証拠が収められていたが、検察がほかの方法で収集した証拠も足されているようだった。多くの書類にスイス警察の検印が押されていたからだ（すでに二〇一〇年に、アルストムはスイスで贈収賄容疑で捜査され、有罪になっていた)。
証拠のEメールは、二〇〇二年から二〇一一年のあいだに、私が送受信したもので、単に私の名前が〈CC〉にあるものも含まれていた。当然、最も古いものは、そのプロジェクトの詳細を思いだすのも難しかった。頭のなかで、さっと計算してみた。検察が集めた一五〇万件の証拠を読むには、一件当たり一分として、この部屋にいられるのは一日に一時間だけなので、全部読みおえるには六八年かかる! ばかげているし、むちゃくちゃだ。アメリカの司法では最も基本的な権利が踏みにじられている。検事たちは、時間が自分たちだけに有利に働くとわかっている。だから、故意に膨大な量の証拠をそろえ、被告を追いこむ。その目的はつねに一つで、そのためには容赦しない。つまり、被疑者(富裕層は除く)から身を守る実質的な手段を奪い、有罪を認めさせるのだ。しかし、私は毎日、CDを調べた。どんなに頑張ってみたところで、おそらくなんの役にも立たないとはわかっていたが、万が一ということもある。運がよければ、金塊が見つかるかもしれない。検察を黙らせる、なにか決め手となるものが。なによりも、CDを見ることで目標ができた。それに知的能力を維持するのにも役立ちそうだった、
ほんの何週間か拘置所にいただけで、私の頭は働かなくなっていた。腕時計も、パソコンも、iPadもない。出張もなければ、会議もない。オフィスも、仕事の予定もない。なにもないのだ! 目下の最大の関心事は、鶏もも肉を食べられるか(月に三回なのだ)とか、

つぎの日曜日にはアイスクリームが出るかとか、そんなことなのだ！

Ａ区画では、雰囲気が急に悪くなっていた。言い争いや喧嘩が増えた。二日前には、太った黒人が私の鏡を盗もうとし、トルコ人がそれを見て、止めようとした。私はふたりをなだめようとしたが、ふたりは大声で罵りあった。Ａ区画の全員が見ているなか、ふたりはシャワー室に場所を移して殴りあいを始めた。そこが唯一、監視カメラのない場所だったからだ。武装した看守が駆けつけたときは殺しあい寸前だった。ふたりは懲罰房送りになったが、最近の懲罰房は満員状態が続いていた。私は報復に怯えて過ごすはめになった。私の鏡がもとで、殴りあいが始まったと思ったからだ。ここでは、いつ暴力に見舞われるかわからない。その少しあと、看守が新入りを連れてきた。その男が入れられたボックスには、みながよく知る小柄な老人がいた。この新入りはひどい乱暴者で、そのうえ強姦の累犯者だった。看守たちは、この男でも八〇歳を超えた老人に危害を及ぼすことはないと思ったのだろう。あるいは、なにも考えなかったのかもしれない。とにかく空いているボックスの、空いているベッドを新入りにあてがうことでよしとした。夜中に悲鳴が響き、なにが起こったのかわかった。もう手遅れだった。朝になり、老人は医務室に運ばれた。

私は一週間前からミサにも出席していた。Ａ区画からはラテンアメリカ系全員とギリシャ系が出席していた。教会に足を踏みいれるのは四年ぶりだった。四年前は甥の初聖体拝領のときだった。そのときの司祭の説教は赦しについてだった。他人を赦しなさい、そして、自分自身を赦しなさい、と。私は神を信じていないが、イエス・キリストの教えは普遍的だ。私がここにいるのにも、なにか深い理由があるのだろう。ここを出たら、もっと深みのある、安定した、正しい人間になれるのだろうか？　もっといい父親になれるだろうか？　よき息子に、よき兄弟に、よき夫になれるだろうか？　クララにこんなにたいへんな思いをさせているのに……。

少なくとも、逮捕されてからの先行きの見えなかった状態に比べれば、多少は見通しがついてきた。私は保釈されたとしても、アメリカにとどまらなければならないだろうから、そうなれば、クララは子どもたちを連れて、私に会いにくることになるだろう。クララはすでに準備を整えていた。シンガポールからの引っ越し、自分の仕事探し、子どもたちの転校手続き。ボストンでの住居も見つけていた。そんなにも奔走してくれたのに、実を結ばなかった。勾留が延長されて、クララの立てた計画はすべて水泡に帰したのだ。九月の新学期にどうするかも決めなければならなかった。というのも、子どもたちが通うシンガポールのインターナショナルスクールは人気が高く、五月の初めには次年度の予約をして、授業料を前払いしなければならないからだ。そこで、つぎの学年の申しこみをして、家族は少なくとも当面、シンガポールに残ることにした。それがおそらく家族全員にとって、最善の策だった。

その週は、友人のトムも面会に来てくれた。トムはフランス系アメリカ人で、私が一九九九年にアメリカに来て知りあった。私たちはワイアットの面会室で、強化ガラス越しに、電話で会話した。面会に訪れるのは家族連れも多く、小さな子どもがかなりいて、室内は騒然としており、互いの声がほとんど聞こえなかった。でも、そんなことはどうでもよかった。親しい顔を見られて、本当にうれしかった。トムはクララと連絡を取りあってくれていて、あとで電話して、私が心身ともに元気にしていたと伝えると約束してくれた。面会時間は一時間と決められており、時間になると、自動的に電話が切れる。すべての会話が録音されるので、裁判について、突っこんだ話はできない。みなによろしく伝えてくれるようにトムに頼んだ。あっという間に時間は過ぎ、私はまたA区画に戻った。トムは拘置所まで面会に来てくれた数少ない友人のひとりだ。一九九九年から二〇〇六年までアメリカに住んでいたときに親しくしていたほかの人たちは、ワイアットに来てくれることはなかった。私に面会したことで、アメリカ当局のブラックリストに載ることを恐れたのだ。その気持ちはよくわかる。その数日後には、リンダも面会に来てくれた。リンダにはいくら感謝しても足りない。私の保釈のために自宅を担保に提供してくれたのだから。そんなことは並みの人間にはできない。本当に寛大な行為だ。

21　検事の取調べ

検察にひっきりなしに呼ばれるようになった。五月半ばから六月初めにかけて、三回ほどニューヘイブンに呼ばれて、カーンとノヴィックから尋問を受けた。長時間にわたって尋問されたのは、二〇〇二年から二〇一一年にかけて社内でやりとりしたメールに関してだった。そのメールは、アルストムが交わした、あるいは交わしたいと期待している数々の契約交渉にまつわるもので、契約はインドのものもあれば、中国、サウジアラビア、ポーランドのものもあったので、尋問の焦点は世界のあちこちに飛んだ。ふたりは微に入り細に入り質問してきた。「これらの頭文字はなにを意味するのか?」「なぜ、この人は取引先のことを〈友人〉と呼んでいるのか?」「この人たちに会ったことはあるか? あるなら、それはいつ? 誰が同席していたか?」「この案件にはコンサルタントを使ったか? 使ったなら、誰を? 報酬はいくら? 支払い期日は?」

提示された山のような証拠のなかに、インドのシパット火力発電所プロジェクトとバル火力発電所第一期プロジェクトに関するものがあった。どういうわけか検事たちはとくにこの二つに関心を示していた。この二件は二〇〇二年から二〇〇五年のあいだに続けざまにあったプロジェクトで、アルストム社内にいくつかの対立を引きおこしたものだった。入札をめぐって、製造部門と営業部門が丁々発止のやりとりを演じていたのだ。かたや製造部門は、ボイラー事業を所管するパワー・エンバイロンメントとタービン事業を担うパワー・ターボ・システム。かたや営業部門は、インターナショナル・ネットワークとグローバル・パワー・セールス。どのコンサルタントに頼むかで意見が大きく対立し、ABB社とアルストムがそれまで使ってきたコンサルタントのどちらを選ぶか、互いに譲らなかったのである。私自身に関して言えば、最終的に選ばれたコンサルタントたちとは会ったこともなければ、連絡を取ったこともなかった。しかも、アルストムはこれらの案件では大惨敗を喫したのだ。シパット火力発電所については、アルストムは入札に参加することもできなかったし、バル火力発電所第一期のほうは、アルストムの入札価格が高すぎて勝負にならなかった。結局、二件とも契約はとれず、アルストムにとっては、この話はおしまいのはずであった。いや、誰にとってもおしまいだろう。ところが、司法省は……。二〇一三年になって、二〇〇四年、二〇〇五年に失敗したこの案件を蒸しかえそうとしている。どうしてなのだ？

毎回毎回、検事たちは私を質問攻めにした。私はできるだけうまく答えて、よけいなことを言わないようにしようとした。しかし、現実はそんなに甘いものではなかった。私の望みはただ一つだけ、延々と続くこの取調べを終わらせ、自由の身となることだ。四回目の、そして最後になるはずの聴取は、六月第一週の末に予定されていた。通常ならば、これは形式的なものである。検察は私に自供内容を反復させる。それが終われば、私は保釈請求ができるようになり、反対されることもなくなる。それというのも、クララがなんとか保釈金四〇万ドルをかき集め、友人のリンダが自宅を担保にしてくれたからだ。リズによれば、それで十分なはずだった。順調にいけば、六月一五日ごろには釈放されるだろう。

同房のジャッキーは私の釈放が近いとわかり、名残惜しそうだった。そして、外に出たら、ニコル・クロワジールのCDを送るように頼まれた。ニコル・クロワジールはジャッキーのお気に入りの歌手で、フランスに逃亡中の一九七六年に、パリのオランピア劇場で歌うのを聞いたそうだ。そのとき聞いた「あの人のことを話して」を思いだすと、今でも打ち震えるほどだと言う。その話を聞いた夜、私は蛍光灯の下で赤ん坊のように眠り、パリの夢を見た。

翌日は、検事たちの最後の尋問の日だった。

最後だと信じていた聴取が始まった。アルストムから提出された証拠はすべて検討済みだったし、スタンもいたが、ことは遅々として進まなかった。事細かに証言を繰りかえしても、ダニエル・カーンとデヴィッド・ノヴィックの検察二人組は頑固で、なかなか満足してくれない。ダン&デイヴ、デイヴ&ダン——ベルギーの人気漫画『タンタンの冒険』に出てくる二人組の警官デュポン&デュボンのようなものだが、デュポン&デュボンに比べたら、お世辞にも感じがいいとはいえない。そして、聴取が終わると突然、ダン・カーンがスタンと非公式に話がしたいと言いだした。

検事たちと弁護士は隣の部屋に移った。なぜ、その話し合いから私は排除されたのだろうか？　最初の聴取のときのように、検事の気に入らない答えをしてしまったのか？　ポンポーニがなにか新しい供述をしたのか？　それとも、アルストムが新しい証拠を提出したのか？　それで、検察が私を新たな罪状で起訴しようとしているのか？　三人の密談はなかなか終わらなかった。

ようやくドアが開くと、スタンがひとりで戻ってきて、私の前に腰を下ろした。

「えーと、状況を簡単に説明すると、あなたが保釈請求を続けても、検察は反対するそうだ」

「検察は今度はなにを思いついたんだ、スタン？」

「問題はずっと同じですよ。検察は見せしめを欲しがっているんです。最初に逮捕されたシャラフィは全面的な免責となり、つぎに逮捕されたロスチャイルドは減刑の取引ができましたが、残念ながら、あなたは三番手で、しかもアルストムでは高い地位にいた。検察の論理では、あなたはより多くの代償を払わなければならないんです。司法取引して有罪答弁したとしても、とにかく、検察としては、あなたを六か月勾留して、外部、とりわけアルストムと連絡をとらせないようにしたがっています！」

「そんなばかな。ロスチャイルドが先に逮捕されたのは、ただ単に、ロスチャイルドがアメリカ国民で、アメリカで暮らしていたからだ。そのとき、私はアメリカにいなかったんだ」

「おっしゃるとおりだとは思いますよ、フレデリック。ですが、どうにもならんのです。罪を認めて六か月服役するか。あるいは、明日の保釈審理を予定どおり要求するか。でも、そうしたところで、期待どおり保釈される可能性はほとんどありません」

「ちょっと待ってくれ、せめてクララに相談したい」

「申し訳ないが、フレデリック、それはできません。すぐに決めてください。明日の審理に賭けるか、検察の言うことを聞いて、審理を延期するか。検察は、一〇分で決めろと言ってます」

一〇分。私はD区画にいたときにメイソンに勧められたことを思いだし、やってみた。「目を閉じて、息をしつづけるんだ」。じたばたしたところで、結果は同じだ。検察が六か月刑務所に入れたいのなら、こちらがなにをしようと逃れることはできない。私はすでに二か月近く勾留されているので、あと四か月の辛抱だ。今、検察の言い分を飲むか、あるいは、判決を受けてから服役することになるかだ。後者の場合は間違いなく、ワイアットより警備の緩い刑務所での服役になるだろうが、長引かせるより、さっさとけりをつけてしまったほうがいい！　スタンの言うとおりにしよう。

私はワイアットに戻った。これからまた四か月、ここで過ごすのだ。しかたがない、ダン&デイヴがそう決めたのだ。しかし、理解しがたいのは、検察がここまで執拗に食いさがる理由だ。私に有罪を認めさせたいというだけで、そうしているとは到底思えない。なにか目的があるのだ。私がまだ知らない目的が……。そして、それがわかったのは、もうしばらくのちのことだった。

22 ＦＣＰＡ（海外腐敗行為防止法）

ＦＣＰＡ。このアルファベット四文字が私を苛んだ。ＦＣＰＡすなわち海外腐敗行為防止法（Foreign Corrupt Practices Act）のせいで、ワイアット拘置所に勾留されるはめになったのだ（さらに四か月延びた）。しかるに、このＦＣＰＡなる法律について、私はほとんど知識がない。スタンとリズはたしかに多少のことは教えてくれたが、再三頼んだのにもかかわらず、寄こした資料はごくごく簡単なものだった。幸い、クララがアメリカのある法律事務所の作成したレポートを見つけてくれた。これまでの贈収賄事件を調査してまとめたもので、八〇〇ページもある。そのレポートを受けとるや、私はそのレポートに没頭して過去の事件を隅々まで調べ、自分の事件とも比較してみた。しばらくはその作業に明け暮れたので、しまいにはＦＣＰＡの専門家と言っていいくらいになった。ただ、二〇一三年春の時点では、まだ勉強を始めたばかりで、その域に達していなかった。

私がこの独学でＦＣＰＡについて知りえたことは……。この法律は一九七七年、かのウォーターゲート事件を受けて制定された。当時のアメリカ大統領リチャード・ニクソンを辞任に追いこんだ、この政界スキャンダルの捜査過程で、大規模な闇資金ルートと外国公務員への贈収賄も明るみに出たのである。アメリカ企業四〇〇社がつぎつぎと調査対象とされた。調査に当たった上院委員会の報告書では、アメリカの防衛産業大手ロッキード社の取締役が数千万ドルの賄賂を支払ったことが明らかにされた。賄賂の支払い先は、イタリアや西ドイツ、オランダ、日本、サウジアラビアの有力政治家や公的企業の幹部で、自社の戦闘機の売りこみが目的である。ロッキード社は、オランダのユリアナ女王の王配ベルンハルトに一〇〇万ドルあまりを支払い、フランス・ダッソー社のミラージュ5と競合していた自社の戦闘機F－104の売りこみを図ったことを認めた。こうした事件を踏まえ、ジミー・カーター政権下で、アメリカ企業に〈外国公務員（公務員、政治家、公共事業の受託者）〉に対して金品の支払いを禁じる法律、つまりFCPAが制定されたのである。FCPAを所管するのは二つの政府機関で、刑事面は司法省が、民事面は証券取引委員会（SEC）が担当する。司法省は、法律に違反した企業や個人を訴追し、SECは、賄賂の支払いを隠蔽するため決算報告書を改ざんした（すなわち、投資家を欺いた）疑いのある企業を摘発するのである。なお、SECは原則として、アメリカの証券取引所（ニューヨーク証券取引所、ナスダック）に上場されている企業を対象とする。

このように制定されたFCPAだったが、アメリカの大手企業は猛反発した。この法律によって、輸出市場（エネルギー、軍需、通信、薬品など）において不利な状況に追いやられるかもしれないという、企業なりの理屈ゆえだ。というのも、ほかの経済大国、とりわけヨーロッパ諸国（フランス、ドイツ、イギリス、イタリアなど）はＦＣＰＡのような贈収賄対策を講じるに至っていなかったからである。それどころか、こうした国の企業は、腐敗が蔓延している国の多くで、〈コンサルタント〉に頼りつづけていた。フランスなど数か国では、財務省に届け出れば、賄賂の支出が認められ、法人税から控除されるという公的制度すらあったのだ！　この措置は、フランスでは二〇〇〇年まで続いた。時移り事去る。アメリカにも変化があり、アメリカ当局は国力の低下を避け、自国の輸出産業が不利益を被らないように考慮するようになり、ＦＣＰＡの適用に消極的になった。一九七七年から二〇〇一年のあいだ、司法省が摘発したのは二一社にとどまり、その多くがマイナーな企業であった。一年に一社にもならない数である！

法律が有名無実の状態になっても、アメリカの大企業の経営者たちはそれだけでよしとしなかった。運用次第では、ＦＣＰＡにもメリットがあることも理解していたのである。つまり、国際市場におけるライバル企業も同じ土俵に上がらせればいい。そして、一九九八年、アメリカ企業の望みはかなえられた。連邦議会がＦＣＰＡを修正し、外国企業や外国人への適用を拡大したのである。アメリカは、外国企業も起訴できる法律上の根拠を手にした。その企業がドル建てで契約を結んだり、Ｅメールがアメリカに関連づけられたりしていれば、ＦＣＰＡの対象たりうる。つまり、国際商取引に不可欠のツールとなったＥメールが、アメリカにあるサーバー（グーグル社のGメールやマイクロソフト社のホットメールなど）を経由してやりとりされたり、保存されたりしただけで法を適用する対象たりうるとしたのである。アメリカは法律の修正という名目で、新しい武器を手に入れたようなものだ。FCPAは、自国の産業を弱体化させうる法律から一変して、外国企業に介入できる、経済戦争を勝ちぬくためのこのうえない手段になったのだ。二〇〇〇年代半ばから、司法省とSECはしきりに外国企業や外国人を摘発するようになる。どこまでできるか試しているかのごとくで、たとえば、外国人の医師を〈公務員〉として裁判にかけることを厭わず――医師は公共のサービスに従事するから、公務員と見なすという理屈だ――国際的製薬会社の起訴につなげるという具合だ。

二〇〇四年には、FCPA違反で企業が支払った罰金の総額は一〇〇〇万ドルに過ぎなかったのに対し、二〇一六年には二七億ドルまで急増している。この爆発的な増加は、米国愛国者法の成立によってもたらされた。米国愛国者法は、二〇〇一年九月一一日の同時多発テロの直後に成立、テロとの戦いの名目で、アメリカの各政府機関――国家安全保障局（NSA）、中央情報局（CIA）、連邦捜査局（FBI）――に、外国企業やその従業員に対する諜報活動を行う権限を大幅に認めた。だが、テロとの戦いという名目は、FCPAで問題となる公共事業の入札のような分野においてはほとんどの場合、どう見ても、まるでいわれのないものである。なぜなら、賄賂を受けとるのは言うまでもなく、腐敗した公務員か政党であって、IS（イスラム国）やアルカイダのようなテロ組織ではないからだ。アメリカ当局による諜報活動は、二〇一三年、エドワード・スノーデンによって暴露され、NSAの極秘通信監視プログラムPRISMが白日の下にさらされた。グーグル、フェイスブック、ユーチューブ、マイクロソフト、ヤフー、スカイプ、AOL、アップルといったアメリカのデジタル産業の大手が、アメリカ当局の諜報機関に情報を提供していたことが世界じゅうに知れわたったのである。

アメリカはこのような度を超した諜報活動を行うのみならず、さらにそのうえ、OECDに対し、加盟各国が反贈収賄の国内法を整備するよう働きかけつづけた。結果、フランスは二〇〇〇年五月から法整備に取り組んだ。ただ、ヨーロッパ各国はおおむね海外腐敗行為防止法のような法律を制定するだけの力もなければ、その意思もなかった。それがつまり、アメリカの罠だったのである。各国は、OECDの〈国際商取引における外国公務員に対する贈賄の防止に関する条約〉に加盟し、それにより事実上、アメリカが自国の企業を訴追するのを認めることになった。しかも、報復としてアメリカ企業を訴えるなどの法的手段はない！　なんとも悪辣な罠だ。そして、世界じゅうの国がその罠にはまった……。ただし、数は少ないが、例外もある。中国やロシア、インドはOECDに未加盟で、自国の輸出企業に適用される反贈収賄法も整備していないからだ。

私は、贈収賄対策が必要ではないとは言っていない。むしろ、しっかり取り組むべきだと考えている。腐敗した高級官僚や有力者、支配階級のファミリーなどの懐に入っている巨額の金。その金があれば、貧しい国々、発展途上国の発展にはるかに役に立つだろう。まさに、贈収賄は撲滅すべき害毒なのだ。世界銀行の推計では、二〇〇一年から二〇〇二年のあいだに一兆ドルが賄賂に流用されている。その金額は、同時期の世界の商取引の三％に相当する。それだけの金があれば、多くの国で学校や病院、診療所、あるいは大学をつくることができるし、そうすべきなのだ。だから、言うまでもなく、世界にはびこるこの悪弊は撲滅しなければならない。ただし、その目的を間違えてはならない。おのれの欲のために法を利用するようなことはあってはならないのである。

ＦＣＰＡは、倫理規範のごとく装いながら、その実、アメリカの経済的支配を進めるとほうもなく強力な手段となっている。そもそも、二〇〇〇年から二〇〇七年にかけて、贈収賄はそんなに減少しただろうか？　はなはだ疑わしい。その反面、一つ確かなことがある。ＦＣＰＡはアメリカの国庫にとっては金のなる木、文字どおりドル箱になったのだ。ＦＣＰＡ違反の罰金は長いあいだ抑制された金額で推移していたが、二〇〇八年から急増した。それには外国企業がおおいに貢献している。一九七七年から二〇一四年のあいだに捜査された四七四件のうち、アメリカ以外の企業が対象になったのは三〇％に過ぎないのに対し、それらの企業が支払ったのは罰金総額の六七％にもなるのである！　一億ドル以上の罰金を支払った企業は二六社に上り、そのうち二一社はアメリカ以外の企業だ（付録3参照）。例を示そう。ドイツの企業＝シーメンス社八億ドル、ダイムラー社一億八五〇〇万ドル。フランスの企業＝トタル社三億九八〇〇万ドル、テクニップ社三億三八〇〇万ドル、アルカテル社一億三八〇〇万ドル、ソシエテ・ジェネラル銀行二億九三〇〇万ドル。イタリアの企業＝スナムプロジェッティ社三億六五〇〇万ドル。イギリスの企業＝BAEシステムズ社四億ドル。日本の企業＝パナソニック二億八〇〇〇万ドル、日揮二億一九〇〇万ドル……。じつに赫々たる戦果ではないか。これがただ一つの法律から発生した罰金であり、くどいようだが、アメリカの法律により、外国企業がアメリカ国庫に納めた金額なのだ。

もちろん、アメリカの企業も摘発されてはいるが、驚くことに、FCPA施行以来四〇年近くのあいだに、指一本触れられなかった大企業がある。石油関連企業のエクソン社、シェブロン社などと、防衛関連企業のレイセオン社、ユナイテッド・テクノロジーズ社、ジェネラル・ダイナミクス社などである。その二つの分野はきわめて競争の厳しい業界であり、これらアメリカの企業だけが、相当額の賄賂を使うことなく契約にこぎつけられたなどと考えられるだろうか？　私の二二年の経験から言えば、そんなことは信じられない。不可能だ。もうおわかりだろうが、司法省は独立した組織などではない。ずっと以前から、アメリカの巨大多国籍企業の影響下にあるのだ。深く掘りさげていって、さらに気がついたのだが、アメリカの大企業が起訴されるとき（もちろん、そういうこともある）は、たいていの場合、外国の主導で事件化したもので、アメリカが捜査するのは、出遅れを取りもどして事件を手中に収め、自国の都合のいいように料理するためなのだ。

ケロッグ・ブラウン&ルート（KBR）社と、その親会社ハリバートン社の事件はたいへんわかりやすい例だ。ハリバートン社は一九九〇年代後半、のちにジョージ・W・ブッシュ政権で副大統領となるディック・チェイニーが最高経営責任者CEOに就いている。子会社であるKBR社は、ナイジェリアのボニー島の液化天然ガスの施設建設のため、フランスのテクニップ社と日本の日揮、丸紅とコンソーシアムを組んだ。二〇億ドル規模の受注を獲得するため、KBR社は一億八八〇〇万ドルの賄賂をイギリス人弁護士を通してナイジェリアの有力者に支払った。ことは漏れて、フランスの予審判事の知るところとなり、二〇〇四年五月、仲介役のイギリス人弁護士に対し捜査が始まった。そうなれば、アメリカとしても捜査に着手せざるを得なくなる。結局、フランスとアメリカが合意し、フランス側はハリバートン社とKBR社の起訴を断念、そのかわりにアメリカ側が捜査を進めることになったのである。捜査の結果、アメリカの検察はKBR社の経営陣が巨額のバックマージンを受けとっていたことを突きとめ、起訴は不可避となった。ところが、起訴容疑に比べて、判決はきわめて軽いものだった。KBR社のCEO、アルバート・ジャック・スタンリーは、一億八八〇〇万ドルの賄賂を支払う工作をし、自らも一〇〇〇万ドルのバックマージンを受けとっていたのにもかかわらず、言い渡された刑期はわずか三〇か月に過ぎなかったのだ。KBR社は総額五億七九〇〇万ドルの罰金を支払い、テクニップ社も三億三八〇〇万ドルの罰金を支払った。かくして、フランスの予審判事の暴いた事件でありながら、フランス企業は、フランスではなく、アメリカの国庫に三億三八〇〇万ドルを支払うように命じられたのである！ 愚にもつかない話だ！

ひるがえって、私の事件の場合、タラハンの案件はKBR社の事件に比べれば契約の規模はずっと小さく、私自身はタラハンの契約締結時の幹部だったというだけで、バックマージンはいっさい受けとっていない。にもかかわらず、私は一五年の刑を科されるかもしれないのだ。それというのも、パトリック・クロンが捜査の開始以来、司法省に協力するのを渋ったからだという。刑事裁判の判決で、どうして、こんな不公平がまかり通るのか？ 資料を読めば読むほど、私の不満は募り、嫌気がさした。

とどのつまり、わかったことは、FCPA違反が問われた事件は、アメリカの司法制度においては、私の事件に限らず、すべて取引で決着しているのである。司法省は賄賂が支払われたと疑いを持ったら、関与した会社の社長のもとに直行して接触を図り、いくつかの可能性を提示する。一つ目は、企業が罪を認め、捜査に協力する道だ。そうなれば、捜査協力に応じて罰金などを交渉することになるが、九九％がこの道を選んでいる。別の選択としては、企業が抵抗して、裁判を受けることも考えられる。私が調べた数百件の事案のうち、こうなったのは二件だけである。残る道は、司法省に従うふりをしながら、のらりくらりと言いのがれようというものである。まさにアルストムはこの道に踏みこんだのだ。だが、この場合、なにがあろうと自己責任だ。

だからこそ、企業側はこぞって司法省やSECと交渉し、取引したがる。それに、アルカテル社やテクニップ社、トタル社が相次いで取引に合意したことなど、誰が気にしているだろう？　つまり、企業にすれば裁判で争って評判を落とすより、取引で済ませてしまったほうが実害が少ないのだ。

残念ながら、私の場合、ことはそう簡単に運ばなかった。クロンは社内の再編をしていると司法省に信じこませようとしたらしい。だが、これは愚かで危ない手だった。FBIには潤沢な資金があり、絶大な捜査能力を誇っていたが、当時、その関心は贈収賄事件に多く向けられていたからである。というのも、アメリカは、麻薬撲滅に次いで、贈収賄撲滅を国家の最優先課題の二つ目に掲げていたのだ。六〇〇人を超える連邦捜査官がその捜査の専従になり、なかでも、国際腐敗対策特捜班は対象を外国企業に特化して捜査に当たっていた。捜査の過程では、FBIはおとり捜査をして、企業を罠にかけることもあった。おとり捜査は、フランスでは麻薬捜査以外では禁止されている。FBIの捜査の一例を挙げよう。二〇〇九年に、FBIは数人の覆面捜査官（そのなかにはフランス人ポール・ラトゥールもいた）をガボン共和国に潜入させ、国防大臣に影響力を持つ現地の仲介者を装わせた。そして、仲介者に扮した潜入捜査官は二〇を超える企業に働きかけ、契約をほのめかしながら、それと引き換えに手数料の支払いを求めた。もちろん、すべての会話が録音された。その企業内部の情報提供者も積極的に勧誘した。私の事件であったことと同じで、そうやって証拠を集めるのである。要するに、ＦＢＩはありとあらゆる手を使って、狙いをつけた企業に犯罪をそそのかし、どんなに逆らおうとも屈服させるのだ。抵抗するだけむだだ。

それにしても、アメリカの司法制度がどんなにひどい代物であったとしても、調べれば調べるほど、自分の陥っている状況が非常に特異なものであると思えてきた。クロンの冒した戦略上のミスのせいで私が勾留されたことを差し引いても、このような扱いを受けている者はほかにいない。ＦＣＰＡが適用されたほかの事件では、私のような事例は起こっていないのだ。

23 有罪答弁

ＦＣＰＡのことを調べるなかで私がとくに興味を持ったのは、フランス人のクリスチャン・サプシジアンの事例である。サプシジアンはアルカテル・ラテンアメリカ社の元副社長補佐で、二〇〇八年、フロリダで逮捕された。アルカテル社はコスタリカにおいて、コスタリカ国営電力会社（ＩＣＥ）とフランス・テレコム社の現地法人との契約を目論んでコンサルタントを採用し、そこからＦＣＰＡ違反の容疑をかけられたのだ。アルカテル社は一九九八年までアルストムと同じ企業グループに属しており、私自身、アルカテル社の子会社、アルカテル・ケーブル社に在籍したことがある。同社に在籍時、私は国民役務ＶＳＮＥの海外ボランティア（訳注：一八歳以上二九歳未満を対象に、兵役に就くかわりにフランス企業の国内外の拠点でボランティアとして働く制度）として、一九九〇年から一九九二年にかけての一六か月間、アルジェリアに滞在した。そうした経験から知っているのだが、アルカテル社とアルストムの両社が一九九八年に袂を分かつまで、二社のコンサルタントの選定における内部手続きはおおむね同一であった。そして、アルカテル社でも、アルストムと同様に、コンサルタントへの報酬は数回に分けて支払われる。つまり、サプシジアンの事件の概要は、今回の私の事件とよく似ていた。ただ一つ、サプシジアンと私には大きな違いがあった。サプシジアンはついでに自分もひともうけした。三〇万ドルのバックマージンを受けとったのだ。ところがである。事件を詳細に調べてみると、サプシジアンが受けた刑は一〇年、私に予想されているものよりかなり軽いのである。私の刑は二五年にもなると言われているのに、どうして、私腹を肥やした男が一〇年の刑で済んだのか？　スタンにこの疑問をぶつけてみると、スタンは物知り顔でこう説明した。つまり、連邦レベルでは同一基準で法が適用されても、私が起訴されたコネチカット州とサプシジアンのフロリダ州とでは、〈微妙な違い〉があるというのだ！　だからこそ、基準となるべき〈量刑ガイドライン〉というものが用意されているのであり、このガイドラインを使うことで、その〈微妙な違い〉を均す、というのがスタンの説明である。

明らかに、スタンは私が狙い撃ちされたかもしれないということを認めようとしないし、司法省と対決するつもりもないのだ。自分の弁護士にやる気がないのがわかって、私はワイアットのなかに助言者を求めるようになり、なかでもジャッキーに頼るようになった。

フレンチコネクションの生き残りのジャッキーは、海千山千の強者だ。なんといっても、かれこれ半世紀、裁判を繰りかえし、三六年間獄中にいる男なのだ。そんじょそこらの弁護士より裁判のことはよく知っていると豪語しており、それもあながち間違いとは言えない。

ジャッキーは何年も前から自分自身で訴訟書類を書いていて、弁護士に目を通してもらったり、裁判所への送付を依頼したりすることもない。そのジャッキーがこう言った。

「判事や検事相手に、油断しちゃいかん。〈バインディング・プリー〉という法的拘束力のある有罪答弁をして、やつらを抜き差しならなくするんだ。前もって、検事と刑期を決めて取引をしてから、サインする。そうすりゃ、もう誰もひっくり返せない。判事でもだ。あんたの弁護士が検事とそういう取引をしてりゃいいけどな！」

「そういうことはなにも聞いてない。弁護士から聞いたのは、検察が求めているのは六か月の刑ということで、だから、そうなるものだと思っていたんだが」

「思ってるだけじゃだめだ、確かだと言えるようにしないと。とくに、〈オープン・プリー〉って刑期がちゃんと書かれてないやつにはサインするなよ。それだと、検事は判決の段になって、あんたをだますかもしれない。やつらは刑期を約束してなかったんだから、好き放題にやれるんだ。わかるか？　それこそ、おかまを掘らせるようなもんだ」

言い方はともかく、ジャッキーの見方はおそらく正しいのだろう。私は自分がだまされているような気がしてきた。だが、スタンとリズはふたりとも弁護士になる前は検事として働いた経験がある。この手のだましあいのことは熟知しているはずだ。だとしたら、どうして、有罪を認めるにしてもいろいろやり方があると教えてくれなかったのか？　ジャッキーのアドバイスがなければ、私はそういうことを知らずに過ごしてしまっただろう。

翌日、私はスタンにまた電話し、詳しく尋ねた。

「いや、バインディング・プリーじゃありませんよ。そういう司法取引は、コネチカット州ではやってないんです。たしかに、よその州、とくにマサチューセッツ州やニューヨークでは採用されている方法ですよ。あなたに話した連中は、自分がそういった州で裁判を受けたときの話をしたんですな」

「もちろん、コネチカット州のことが問題だ。それなら、どういう司法取引にサインさせるつもりなんだ？」

「オープン・プリーです」

「刑期が書かれていなければ、自分の刑が六か月だけだと、どうやって確かめればいいんだ？」

「コネチカット州ならではの機微というものがあるんです。法律家というものは、なにかを無理強いされるのを好みません。しかし、お互いを信頼しています。判事、弁護士、検事、みな、何十年も一緒に仕事をしている。約束を違える者はいません。ノヴィックが六か月と言ったら、六か月です。本当ですよ、心配いりません。それより、べつの問題が起こりました」

「えっ、それはなんだ？」

「一〇の訴因のうち、二つについて有罪を認めねばならないようです。当初の予定の一つだけではなく」

「なんだって？　一か月前に言ってたことと違うじゃないか？」

「じっさいに、ノヴィックと話したときはそういうことだったんです。ただ、ノヴィックには決定権がなくて、ニューヨークの司法省のカーンの上司から指示があったようです」

「いったいどうして、検察の見解は変わったんだ？」

「アルカテル社の前例と比べたようです。サプシジアンが二つの訴因で有罪を認めているから、あなたの場合も同様だろうというのが検察の言い分です」

「だって、サプシジアンは三〇万ドルのバックマージンを受けとっているんだぞ。私の事件とはまるで話が違う。私の印象では、スタン、あなたは司法省の言うことになんの反論もしないで、唯々諾々として従っているように見える。個人的利益を得なかった社員の例を探してくれ！　弁護士らしい仕事をしてくれ！」

「おっしゃるとおりにしますよ。だが、そういう例を見つけても、なんの役にも立たないかもしれませんよ。思いだしてください、フレデリック。ポンポーニより先に有罪を認めなければならないんです。さもないと、取引どころじゃなくなります……」

　どんなに不公平でひどいものであっても、司法省の提案は丸飲みするか、うっちゃるか、そのどちらかしかない。私はまたもや窮地に追いこまれて、解決策を見いだせないでいた。

目の前にあるのは最悪の選択か、せいぜい多少マシかもしれないという方策しかないからだ。ペストとコレラとどちらがマシかというようなもので、どう転んでもろくなことはない。あてでもない、こうでもないと考えぬいた末……。例によって計算式を立てて、出した答えはこうだ。

考えられる選択の一つは、起訴事実の二つの訴因で有罪を認めることだ。この選択をすれば、当然、懲役一〇年となるかもしれない（ただし、スタンの言葉を信じれば、じっさいには六か月になる）。もう一つの選択は、司法取引を断固拒否すること。こちらを選べば、裁判になり、一五年から一九年の刑を科されるおそれがある。わかっているのは、検察が新たに繰りだしてきたこの卑劣な攻撃は、私だけでなく、アルストムにも向けられているということだ。つまり、私との取引と見せかけて、アルストムの経営陣にメッセージを送っている。〝われわれにどんなことができるかわかるだろう！　全面的に協力しなければ、どんな報いを受けることになるか、よく考えろ！〟　じつに巧妙なやり口だ。この事件全体のなかで、私は結局、単なる駒の一つに過ぎなかった。私の手の及ばないアルストムと検察の対立のはざまで囚われて、人質になってしまったのだ。だが、私はまだこの時点では、こうした全体図はほとんど理解できていなかった。

スタンとリズは自分たちもがっかりしていると言いながら（本心かどうか疑わしいが）、それでもやはり、司法取引に応じるよう私に迫った。やむを得ず、私はしぶしぶ、二つの訴因で有罪を認めることに同意した。選択の余地はまったくなかった。だが、前もって、私がサインすることになる書類を見せるように頼んだ。

それを見て、私はまたアメリカ流の司法取引に独特の条件があることを知ることになった。司法取引をしたら、私は有罪を認めた内容に今後いっさい公には異を唱えることはしないと誓約しなければならない。判決を不服として控訴することもできない。判決前に私自身が意見陳述するとしても、タラハン案件に言及することすらできないというのだ！　というのも、弁護側の最終弁論で許されるのは、家族や教育、宗教などの個人的背景にまつわる情状を訴えることだけだからだ。つまり、私は自分の目から見た事件の話をすることもできないし、アルストムという組織のなかでの自分の立ち位置を説明することもできないのだ。それなら、判事は私の果たした役割がどんなものだったか、ほかの起訴された、あるいは起訴されなかった人たちの役割と比べて判断することができないのではないか？　「事件の話は検事が説明しますから」とスタンはなだめすかすように言った。もっとわけがわからなかったのは、スタンとリズが〈量刑ガイドライン〉から導きだした罪状の点数やら理論上の量刑やらが消えてなくなっていることだった。これは私が調べた司法取引とはあまりに違う。驚いてスタンに問いただしたが、返ってきた答えはまたも、こうだった。「コネチカット州では、普通のことです」。こうも言われた。「仕方ないんです……丸飲みするか、うっちゃるか、どちらかですよ！」

結局、私は弁護士に同意した。ほかにどうすればよかったのだろう？　二〇一三年七月二九日、私はニューヘイブンの裁判所に呼びだされ、有罪を認める司法取引にサインした。

審理の裁判長は、三か月前の四月一九日に保釈申請を却下したのと同じ、ジョアン・G・マーゴリス判事だった。あれから一〇〇日、私は勾留されつづけている。それは一〇〇年とも思える時間だった。

「フレデリック・ピエルッチ被告」マーゴリス裁判長が言った。「あなたの有罪答弁を認める前に、宣誓をするよう求めたいと思います。書記官、被告に宣誓させてください」

書記官は私に立ちあがるように言い、右手を挙げさせた。こうして審理が始まった。

「ピエルッチ被告、真実のみを述べると宣誓されたので、虚偽の発言をすれば、偽証罪などに問われる可能性があります。わかりましたか？」

「はい、裁判長」

「まず人定質問を行います。姓名と年齢を述べてください。学位はお持ちですか？」

「フレデリック・ミッシェル・ピエルッチ、四五歳です。フランスで工学士の学位を取り、その後、ニューヨークのコロンビア大学でＭＢＡを取得しました」

「英語は理解できますか？」

「はい」

「弁護士とのあいだに問題はありませんか？」

「裁判長、私はワイアット拘置所に勾留されておりますので、そうそう簡単には……」

と、スタンが立ちあがって、私の言葉を遮った。

「裁判長、ピエルッチ氏の通話が制限されて、なかなか話せなかったのは確かですが、同僚のリズ・ラティフと私は三回にわたり面会し、今では問題なく氏と話をしております」

なるほど、そういうことか……。私がここにいるのは、有罪答弁を暗唱し、スタンが耳打ちする言葉を復唱するためなのだ。不満を訴えるときでもなければ、ましてやアメリカの司法を批判する場でもないのだ。裁判長は落ちつきはらって続けた。

「ピエルッチ被告、医師の治療は受けていますか？」

「はい。精神安定剤を服用しています。勾留によるストレスを和らげ、眠るためです」

「その薬の影響で、この審理のあいだに頭がぼーっとするようなことはありませんか？」

「ありません、裁判長」

「四八時間以内に、麻薬やアルコールを摂取していませんか？」

「していません、裁判長」

「あなたが受けるおそれのある最高刑について、弁護士から聞いていますか？　また、それについて、弁護士と話しあいましたか？」

「はい、裁判長」

「それでは、これから合意しようとしている内容を十分に理解していますね？」

「はい、裁判長」

「脅迫を受けていますか？」

この質問にはなんと答えたらいいのか？　肉体的な脅迫のことか？　もちろん、それはない。しかし……厳重警備の拘置所に勾留され、起訴状も満足に見られないことは……。これは脅迫ではないのか？　だが、そんなことを言いだしたら、有罪答弁ができなくなる。だから、私は「いいえ」と答えた。そして、審理は続けられ、裁判長がゆっくりと言葉を発した。

「ピエルッチ被告、あなたが自分の決めたことの重大さを理解しているか確かめたいので、あなたがしたことと、なんの罪を認めたかを簡潔に述べてください」

いよいよ本題だ。とうとう、スタンと用意したスピーチを披露するときだ。そのなかで、私は罪を認める言葉を述べねばならないのだ。私は口を開いた。

「裁判長、私は一九九九年から二〇〇六年まで、アルストム・グループのボイラー販売部門の取締役でした。当時の私の拠点はコネチカット州ウィンザーです。二〇〇二年から二〇〇九年にかけて、アルストム・パワーとほかのアルストム関連会社の複数の社員、提携先の丸紅の社員、および外部コンサルタントとのあいだで共謀し、インドネシアのタラハン火力発電所の契約を獲得するために、外国公務員に対し賄賂を支払うことを計画しました。私はこの共犯者たちとともに、この賄賂を手数料と偽りました。私たちはメールで、この計画の詳細を詰めました。その結果、私たちはタラハンの受注に成功したのです」

「ありがとう、ピエルッチ被告。ノヴィック検事、今の中立てに納得していますか？」

「完璧に。裁判長」ノヴィックが答えた。ノヴィックもまた自分の役割を見事に演じている。

「ピエルッチ被告、簡潔に言います。あなたは二つの訴因について罪を認めました。訴因一つにつき、五年の刑に相当します。罰金は、一つ目の訴因に対し最高で一〇万ドル、二つ目の訴因に対し同じく二五万ドルとなる可能性があります。また、あなたは有罪答弁したことにより、今後、わが国に出入国する際にも重大な影響があろうかと思われます。そのことはわかっていますか？」

「はい、裁判長」

「今から言うことをよく聞いてください、ピエルッチ被告。近日中に、保護観察官があなたを面接します。それを元に判決前報告書が作成され、裁判所に送られます。裁判所はその報告書を参考にして、あなたに科すべき刑を決定します。わかりましたか？」

「はい、裁判長」

「この報告書は遅くとも、一〇月一〇日までに提出される予定です。そのあと、検事が一〇月一七日までに意見を述べます。二〇一三年一〇月二五日に裁判を開き、判決を言い渡します」

「はい、裁判長」

「よろしい。それでは閉廷します。みなさん、楽しい午後を。それから、よい休暇を」

裁判長は冗談を言っているわけではない、大真面目にそう言っているのだ。それに、裁判長の告げたスケジュールは、検察がスタンに伝えた六か月の勾留期間におおよそ一致する。そう考えると、少しほっとした。ようやく釈放の見通しが立ったのだ。一〇月二五日だ！

さしあたって、この日、二〇一三年七月二九日から、判事と検事、それに弁護士たちは休暇に入った。コネチカット州は猛暑に襲われていた。ワイアット拘置所に戻る護送車はかまどのなかにいるように暑くなっていた。私の隣には、両手で頭を抱えた若い男がいた。男は刑の言い渡しをされたところだった。麻薬密売の罪で、刑期は八年だという。護送車のなかはますます暑くなってきたが、私はできるだけ男を励まそうとした。「模範囚と認められれば、一五％の減刑も望めるし、三五歳になるころにはきっと出所できる。それでもまだ、君は若いよ。人生はそれからだ。家庭を築く時間もたっぷりある。子どもも生まれるし、いい仕事も見つかるさ……」。私は男に話しかけると同時に自分に言い聞かせていた。あきらめるにはまだ早い。しかし、蒸し風呂のように暑い車内で、私の言葉はうつろに響いた。それだけの刑期を務めたあと、三五歳になった黒人の未熟な男が人生を立てなおす見こみがどれほどあるだろう？　この国がこの男になにをしてくれるだろう？　そして、私にはなにが待ちうけているのか？　護送車のなかは灼熱地獄のようだった。私は気絶寸前だった。

24　クララとの面会

クララが目の前にいる。強化ガラスの向こうに。長く黒い髪、黒みを帯びた瞳をした妻は相変わらず美しかった。はるばる、ワイアット拘置所まで来てくれたのだ。この日まで、父は私の頼みを聞き入れて面会に来るのを思いとどまってくれたが、妻は私の反対を押しきって、私を訪ねてきた。二〇一三年八月五日の夕方のことだった。

その朝、面会人を迎える者がみなそうするように、私もひげを剃り、できるだけ見苦しくないようにしようとした。クララには私の体調は万全だと思ってもらいたい。私は頬を軽くたたいて、少しでも血色をよく見せようとした。だが、青白い顔に血の気は戻らない。睡眠不足に加え、太陽光を浴びられず、ストレスもあって、目の下は大きくたるみ、まぶたは濃い紫色になっていた。クララに嫌われたら、どうしよう？　大丈夫だ、クララはバスク人特有の不屈の精神を持ち、何事にも動じない強い人間なのだ。クララならきっと、なに食わぬ顔をして……にっこり微笑みかけてくれるだろう。この四か月、その笑顔を恋いこがれていたのだ。

一九時、私は面会室に向かった。やっと会えた。だが、厚いガラスに仕切られて、顔は見えても、触れることも、ましてや抱きしめることもできない。このときの私は、クララにキスできるなら、なんだってしただろう。しかし、面会に関するワイアットの規則はいかなる例外も認めない。規則は三四項目以上あって、たとえば、女性の面会人は衣服について多くの制約があり、ショートパンツは禁止、ワンピースやスカートもひざ上一六センチ以上のミニ丈は禁止、胸元が大きく開いたものも禁止だ。逆にブラジャーの着用は必須だが、ノンワイヤーのものに限られる。コートや帽子、手袋、スカーフも禁止。もちろん宝石類も禁止、結婚指輪だけはかろうじて容認される。男性の場合はフード付きの衣類が禁止されている。そのほか、筆記具や紙の持ちこみは厳禁で、メモを取ることは許されない。さらに、すべての会話は録音される。

ここでは秩序と規律がすべてだ。といっても、理論上の話だが。じっさいには、面会室は大混乱を極めていた。透明な壁で二つに仕切られた、だだっ広い部屋を想像してみてほしい。片側には二〇人ほどの囚人が、もう一方にはその家族がいる。双方の会話は受話器を通じて行われ、みなが一斉にしゃべる。スペイン語で話す人も多い。相手に聞こえるようにとガラスに鼻をこすりつけるようにし、知らず識らず大声になる。

さて、クララはシンガポールを発つと、まずフランスに戻って子どもたちを両親に預け、その足でボストンへ飛んできた。目の前のクララは、長旅で疲れきっているように見える。

クララは遠慮がちに、カーキ色の囚人服を着た私を見た。クララは平気そうな顔をしていたが、ショックを受けているのは明らかだったし、目には涙も浮かんでいた。騒々しい面会室で、ごった返す面会人の家族のただ中に放りこまれ、拘置所にいるという現実が改めて迫ってきたのだろう。こうなればもう、その現実から目を背けることはできないし、四か月前から考えずにすまそうとしてきたこと、つまり夫が勾留されているという事実も直視せざるを得ない。クララはこれまで身近に感じたことのない荒くれ男を大勢目にし、拘置所の厚い壁に触れ、その匂いをかいだ。クララはこの先一生、このワイアットのことが忘れられなくなるだろう。私の体調が悪くないことに安心すると、クララは居心地の悪さをごまかすかのようにしゃべりつづけた。話はえんえんと続いた。子どもたちのこと、シンガポールでの自分の仕事や同僚のこと、私の母のこと、姉のこと……。私はほとんど黙って聞いていた。話を聞いていると、とても気分がよくなった。日々の話……普通の日常の話を聞くのは、心安らぐことだった。

しかし、話が事件のことに及ぶと、私の気持ちは萎えていった。私が逮捕されてから一週間は、同僚たち、とくにシンガポールのインターナショナル・ネットワークの責任者ヴァウター・ヴァン・ヴェルシュが定期的にクララに電話してくれたという。ところが、その後すぐ、本社の指示で連絡が断たれ、クララは孤立した。それでもクララは、本社にパトリック・クロンと面会させてくれと訴えた。クロンは、アルストム・パワーの社長フィリップ・

コシェに命じて、クララの相手をさせた。コシェと私のあいだには長年にわたる信頼関係があり、コシェは八月五日に、ルヴァロワ＝ペレの本社でクララに会うことを了承した。クララと私は、その知らせを聞いて安堵した。この面会が実現すれば、アルストム側の思惑がわかり、司法省の課す制約がどうあろうと、アルストムが私や家族をどのように支援してくれるか知ることができ、将来に備えることができると思ったからだ。だが、残念なことにコシェは前日になって、面会の約束をキャンセルした。理由は、私が七月二九日に有罪を認めたからだという。コシェは、今後いっさい連絡はとれないとクララに告げた。ほれ見たことか、私たちはやはり厄介者になってしまったのだ。クララのショックは激しく、落ちこんでいた。私のショックも大きかった。

そのうえ、アルストムに対する圧力も日増しに強くなっていった。私が有罪を認めた翌日の七月三〇日、司法省の捜査は〈新しい展開〉を迎えた。かっこ付きで書いたのは、すべては検察があらかじめ描いていたシナリオどおりに進んでいるのではないかと疑念を抱いたからだ。当初から、検察は自分たちで物語を描き、その全体図を踏まえつつ、話を紡いでいっているような気がする。私の逮捕のあと、アルストムは協力する素振りを見せたが、検察はそれですっかり納得したわけではなかった。そこで、検察は思いきった手段に打って出た。事件当時、私よりはるかに高い地位にあった幹部を新たに起訴したのである。起訴されたのは、インターナショナル・ネットワークのアジア担当本部長ローレンス・ホスキンスだ。ホスキンスはコンサルタント契約に必要なサインをする最後の三人のひとりで、パトリック・クロンの片腕とも言える人物であり、クロンは自分が起訴される日も迫っていると震えあがったに違いない。起訴当日、司法省のウェブサイト上に公開された起訴状によると、ホスキンスは、賄賂のことを承知しており、タラハンの契約のためにコンサルタントを使うことを容認したという嫌疑をかけられていた。社内で高い地位にある者が――ホスキンスはほとんど最高位に近かった――インターナショナル・ネットワークのチームが行った贈賄の仕組みを完全に把握していたとなれば、私の責任は少なくともその分軽くなる。それは同時に、司法省がアルストムの人間のそれぞれの果たした役割と責任をよく理解しているということでもある。

残念ながら、私はデイヴ&ダンこと、ノヴィックとカーン両検事のやり口を知りすぎるくらい知ってしまったので、検察が自分たちのシナリオを一歩進めたのだとすぐわかった。意外だったのは、私のときは捜査対象にしていることを秘密にして逮捕に至ったのに対し、ホスキンスの場合は捜査対象になっていることを公にして、ホスキンスを逮捕できないかもしれないというリスクを冒したことだ。でも、検察の狙いが実のところ、ホスキンスを逮捕することではなく、クロンに圧力をかけることだったら？　検察は階段を一つ一つ上っていっており、間もなくてっぺんに手を掛けようとしている。検察のリストでホスキンスの次に名前があるのは、クロン本人に違いあるまい。アルストム本社では間違いなく、キース・カーが次に備えていろいろ術策を弄しているだろうが、もはや検察に反論する手立てを探るというより、妥協点を見いだそうとしているはずだ。もちろん、アルストムは取引するだろう。私の経験から言って、アルストムには選択の余地はない。いくらアルストムがフランスの大企業だと言っても、FBIや司法省の強引かつ強力な作戦の前ではなんの意味もない。アルストムは巨額の罰金は免れないだろうが、私の上司たちは、私がかかった罠から自分たちが逃れるために、どんな取引をするのだろう？　また誰かを犠牲にするのだろうか？　そんなことは考えたくなかったし、クララにそういうことを話すのも嫌だった。

面会時間は一時間に制限されており、その時間はすぐに過ぎてしまった。クララは二日後にまた来るという。その間はリンダの家に泊めてもらうことになっている。この最初の面会はあまりに短く、名残惜しかった。不安げなクララの様子に胸が締めつけられた。それでも、房へ戻る通路を歩きながら、私は幸せな気持ちになっていた。クララは子どもたちや両親のことは心配ないからと私を安心させてくれたし、また二日後に会えると思うと、気持ちが少し明るくなったのだ。

ワイアット拘置所の看守には親切な人間もいたが、収容者のことなどどうでもよいというのが大半で、なかには品性下劣な者もいた。二〇一三年八月七日午後、クララの二度目の面会の日、私はその手の感じの悪い女性看守にぶち当たってしまった。面会は一三時からの予定だったのに、この看守は電話機にかじりついて、ずっとおしゃべりしている。看守がおしゃべりを止めて受話器を置かなければ、妻が来ても、面会受付からの連絡が受けられない。一度、二度、三度と、私は状況をわからせようとした。だが、看守はおしゃべりに夢中で、ちっともこちらに気づかない。一四時になってようやく、面会室に行く許可が下りた。すると、今度は通路で長時間待たされ、私はかっとした。しかし、かっとしたところで、なにがどうなるわけでもない。そう思い知らされた。かえって、看守という看守を敵に回してしまい、怒鳴られた。「ここは拘置所だ、三時間待てと言われたら待て。決めるのはこっちだ」。それから二〇分ほどかかって、すべての扉を通り、身体検査を受けた。その間二時間半、クララは待合室でじっと待っていてくれた。

幸い、その翌日も最後の面会をする権利があり、特別に二時間が与えられた。このときも面会人の家族は騒々しく、看守は「静かにしろ」と怒鳴っていたし、椅子が床をこする音や扉を開け閉めする音、頭がおかしくなりかけた収容者が泣いたり喚いたりする声もしていたが、私たちはそういう周囲を構うことなく語りあった。初めて出会ったときのこと、ふたりで過ごしたこれまでの年月、それに苦しかったときのことなど、話すことはいくらもあった。まったく思いがけないことだったが、ふたりを隔てるガラスの仕切りがあるにもかかわらず、いや、たぶん、仕切りがあるからこそ、突然、かつてないほど妻を身近に感じた。

そして、クララは帰っていった。夏休みはまだ三週間あり、そのあいだに少しでも骨休めしてもらいたかった。ここまで、私たちは大きな決断をいくつもしなければならなかった。私の有罪答弁、子どもたちのシンガポールの学校の新学期の手続き、来年の子どもたちの学年末までクララの仕事を延長すること……。そのころまでには、私も釈放されるだろう。刑も確定して、今年じゅうにも妻の元に戻れるはずだ。そう、クリスマスの前に。

そのあと、私とアルストムの関係はどうなるのか、そのことはなにもわからない。しかし、経営陣はボイラー部門のアメリカ責任者ティム・カランを私の代理に任命した。私にはそれはいい兆しに思えた。私の席は残されているのだ。それなら、解雇はされないだろう。自由になる日を待ちわびて、時間が長く感じられた。そうこうして八月が過ぎても、まだ二か月以上耐えねばならなかった……。

そのあいだに、A区画の収容者は全員、L2区画に移された。ギャング用の区画だ。ここでは、六平方メートルだった監房が倍の広さに改修されていた。同房者はギリシャ人のヤニスという男で、幸い、馬が合った。困ったのは、L2区画からは、屋外の中庭に出ることができなかったことだ。

九月初めには、父が面会に来てくれた。私に会いにくるくらいなら旅行でもしたらと勧めたのだが、父は私に会うほうを選んだ。私が父の立場でも同じようにしただろうから、責めることはできない。だが、面会室で父の姿を目にしたとき、私はショックを受けた。部屋に入ってきた父は杖をついており、身体をくの字に屈めて、やっとのことで歩いていたのだ。いつもあんなに元気はつらつとしていたのに、いっぺんに一〇歳も年をとったようだ！　父の話では、数週間前からひどい座骨神経痛に見舞われて、座ることもままならず、寝たきりのような状態だったという。そんな体調で、どうやって、パリからボストンまで、エコノミークラスでの七時間ものフライトに耐えられたのだろう？　しかも、それから車を借りて、ここまで三時間がかりで運転してきたのだ。私は申し訳ない気持ちでいっぱいになり、両親や家族にどれほどつらい思いをさせているのかを思い知った。クララと同様に、父も三度、面会に来てくれた。クララの面会と同様、父の面会でも、私の気分はぐっとよくなった。

25　職務放棄を理由に解雇⁉

アッパーカットを食らった。というよりローブローか。汚い反則技だ。つまり、その朝届いた手紙のことである。日付は、二〇一三年九月二〇日付けだ。

〝標題／解雇事前面談への出席命令書
当社においては、貴殿に対し解雇処分を検討せざるを得ないことをお知らせします。むろん、貴殿がアメリカ合衆国にて勾留中であり、標題の事前面談に出席することが困難であるとは承知しております。つきましては、解雇理由を提示した書類を添付いたしましたので、ご参照のうえ、異議があれば、あらかじめ書面にてご提出くださるよう勧告いたします〟

有罪を認めたことで、いろいろな影響が出るであろうことは薄々わかっていた。こうした事態に備えて、家族はマルクス・アショフという弁護士を選任していた。アショフはパリにあるテイラー・ウェッシング法律事務所に所属し、社会法が専門である。アショフは私の代理人としてアルストムに対応し、このあとずっと、きわめて熱心に私を支えてくれた。

アショフは前々からクララに、法的に見れば、アルストムは私が有罪を認めた時点から二か月経てば解雇に踏みきるだろうと警告していた。だから、私は気を揉みながらその期間が過ぎるのを待っていた。そうは言いつつも、経営陣がなにか策を見つけて、私は解雇されないのではないかと高をくくっていた。今となっては、どうしてそう考えたのかはさっぱりわからないが、当時は淡い期待を抱いていたのだ！　だが現実には、逮捕以来、会社は勾留された私を見捨て、私の置かれた状況について尋ねてくることもなく、励ましの言葉一つ寄こさなかった。もっとひどいのは、経営委員会のメンバーが何人か出張でアメリカを訪れたにもかかわらず、誰ひとりとして、私に面会しようと思わなかったのだ。なんたる卑劣な！　連中は私を虚仮《こけ》にし、いまや容赦なく解雇しようとしている。

書面は、アルストム・グループ人事部長ブリュノ・ギュメ名で送られてきたが、まず最初に私の欠勤を咎めている。あまりな仕打ちだ。〝貴殿は、一時的勾留により、雇用契約で定めた職務を遂行できておりません。貴殿の職位を鑑みれば、このような欠勤の場合、雇用関係の維持は困難であると判断せざるを得ません〟　さらにギュメは、私が有罪を認めたことにも紙幅を費やしている。〝貴殿は有罪を認めたため、アメリカ司法当局による実刑判決は避けられない見こみになっております。かかる状況は明らかに、世界じゅうでアルストム・グループの企業イメージを毀損するものであります。すなわち、貴殿の冒した不正行為はアルストム・グループの企業ポリシーや理念にまったく相容れないものです。それにもかかわらず、グループが監督当局に疑念を抱かれ、嫌疑をかけられる事態を招いており、とりわけ世界各地で展開中の当社事業の日常業務にも支障をきたしております〟

私を誹謗中傷するこの文書を私は繰りかえし読んだが、何度読もうと、その内容を受けいれることはできなかった。私が欠勤したから！　それを理由に解雇すると言うのだ……。こんなやり方で、会社側は事実関係をねじ曲げようとしている。私が解雇されるのは、タラハン事件のせいでも、有罪答弁をしたからでもなく、私がシンガポールのオフィスに出勤していないからだと言うのだ！　私が好きこのんで欠勤したと言わんばかりだ！　しかも、そうせざるを得なかったことを重々承知しているくせに、私が有罪を認めたことを非難しているとは、白々しいにもほどがある。ここに書かれていることは極めつけの欺瞞だ。人事部長は自分がなにを書いているのかわかっているのか？　パトリック・クロンが、司法省の圧力に屈して、自ら一〇年以上率いてきた会社の、そして自分自身の有罪を認めざるを得なくなったら、そのときはクロンが解雇されるというのか？　同様に、経営委員会のメンバーが解雇されるのか？　手始めに人事部長から？　そんなことはありっこない。そもそも、どうして、〝グループの企業ポリシーや理念に相容れない〟行為の責任を私に負わせるのだ？　声を大にして言いたいが、アルストムで働いた二二年間、私はアルストム経営陣の定めた行動規範を厳格に守って仕事をしてきた。それ以上でも、それ以下でもない。

誹謗中傷の言葉はまだある。会社側の言い分では、私は〝信義、誠実および公正性の義務に反していた〟ようだ。だが、コンサルタントの採用を決めたのは私だったか？　アルストムの世界じゅうのコンサルタント契約を、露見を恐れてスイスの子会社を経由して決済したのは私だったか？　賄賂の支払いを決めたのは私だったか？　それに、インターナショナル・ネットワークを設立して、コンプライアンス部門、コンサルタント選任の手続きなどを設けたりしたのは私だったか？　いや、もちろん違う。ただ、私は同じような立場の幹部と同様に、上からの命令に忠実に従ってきただけだ。しかも、直近一〇年間、グループあるいは子会社は一〇あまりの国で贈賄の嫌疑をかけられたり、起訴され有罪になったりしている。メキシコ、ブラジル、インド、チュニジアという新興国でのこともあれば、イタリア、イギリス、スイスのヨーロッパ諸国でのこともある。あるいは、ポーランド、リトアニア、ハンガリー、ラトビアのこともある。お望みならもっと国名をあげられる。アルストムの二面性は世界銀行にも目をつけられており、世銀は二〇一二年、ザンビアにおける水力発電所建設をめぐる贈収賄事件で、アルストムをブラックリストに載せている。アルストムが起訴されたり有罪になったりしたこれらの契約のどれ一つにも私はいっさい関与していないのに、アルストムは、私が企業イメージを毀損したと主張しているのだ！　まったくもって破廉恥極まりない！

一つ、例をあげよう。タラハン事件当時のコンプライアンス部長ブリュノ・ケリンは、コンサルタント契約のほとんどを取りまとめているスイスのアルストム・プロム社の法務責任者でもあったのだが、そのケリンも二〇〇八年、スイスの警察に逮捕され、四〇日間勾留された。アルストムは二〇一一年、スイス当局に数千万ユーロの罰金を支払うことに同意し、事件に終止符を打った。

現実はこんなものだ。贈賄の仕組みは会社の中枢で大っぴらに維持され、世界のどこででもアルストムによる贈賄が行われていたのだ。

そうしたことはすべて、誰よりも会社の経営陣がよく知っており、私の有罪答弁を待つまでもなく、アルストムの評判は損なわれていた。ただ、たまたま今回はアメリカに目をつけられて、その罠にかかったということなのだ。そして、アメリカは世界銀行あるいはラトビアやスイスの司法当局より一枚上手だったのだ。

それゆえ、パリの本社はこの危機を脱するために譲歩した。のらりくらりと言いのがれをし、三年にわたってＦＢＩへの協力を拒んだのち、自分たちの〈誠意〉の証拠を司法省に示そうとした。いけにえを捧げる覚悟もあると司法省に伝えようとしているのだ。そして、そのいけにえにされたのが、ほかならぬ私なのである！

クララは、解雇通知の写しを受けとると、直接パトリック・クロンに電話をかけ、面会の約束を取りつけた。だが、クロンは土壇場で約束をキャンセルした。しかたなくクララはクロンに手紙を書き、その写しを私にも送ってよこした。

　クララの手紙では、この数週間で悪化した拘置所の環境にも言及している。〝夫フレデリックの体調や精神状態は悪化しつづけています。フレデリックが目にしているのは、自分の人生で体験するとは想像だにしなかったことです。近くの監房ではレイプが起こり、食事に鋭利なガラス片を隠して実行された殺人未遂もあったそうです。自殺や十分な治療が受けられないことによる死亡も見聞きするそうですし、喧嘩騒ぎは日常茶飯事で、刃物が使われることもよくあるそうです〟当然ながら、クララはアルストムが支援してくれないことを非難している。〝夫と家族の人生は二〇一三年四月一四日で止まってしまいました。この事態に、私は四人の子どもを抱え、ひとりで対処しなければなりません。夫は現在、家族のもとから一万五〇〇〇キロも離れたところに勾留されています。子どもたちは悲しみに暮れていて、慰めようもありません。幼い双子、ガブリエラとラファエラは七歳で、父親がいないという事実に、毎日のように泣いています〟クララは私に届いた解雇通知について、〝いわれのない誹謗中傷であり、痛手をこうむっている。妻である自分も苦しんでいる〟としている。クララはクロンに、私がずっとアルストムに対して忠実だったことを思いださせようとしており、私に隠しごとや秘密はなに一つなく、社内手続きをつねに遵守してきたことを訴え、私の業績はおおいに賞賛され、その証拠に〝逮捕の一週間前に、満額のボーナスを支給された〟と書きつらねている。クララは最後に、解雇手続きを中止するように要求して手紙を締めくくっている。

クロンは美しい筆跡の返信を寄こした。クロンは、〝ご家族が困難に直面されていることに同情申しあげる〟と述べ、私のことを親しげに〝フレッド〟と呼び、〝この状況に個人的にはたいそう心を痛めている〟とまで言いきったが、核心部分では人事部長が先に書いてきた内容を繰りかえしただけだった。〝フレッドは社内手続きのルールに違反し、アルストムの倫理観に背いたことを認めた〟とクロンは書いた。もちろん、これは偽りである。私は社内規則に違反したことは一度もない。それどころか、真面目すぎるくらいに規則を守ってきたのだ！　だが、クロンはこう続けている。〝したがって、社長として、自分にはアルストムと株主、すべての従業員の利益を守る責任がある〟最後には、今後は直接手紙を送ってこないようにクララに求めている。それというのも、弁護士から、私の家族との連絡はいっさい断つように勧められたからだというのだ！

ご立派なことだ。クロンはアルストムの利益を守ると本気で言っているのか？　けっこうだ、そう言い張れるものなら、やってみるがいい！　簡単だ。司法省の検事たちと面会し、今回の計画はすべて、タラハンやその他多くの案件でコンサルタント契約と偽って賄賂を支払ったことを隠蔽するために行われたと認めればいい。そして、自分に責任があることを認め、辞職を申し出ればいい。それこそクロンの協力を示す最善の方法であり、そうすれば、アルストムに科される罰金の額も少なくできるかもしれない。アルストムを危機から救うにはそうするしかないのだ。だが、クロンはそれだけの犠牲を払いたくないのだろう！　だがから、自分のキャリアに終止符を打つことをせず、部下のひとり、つまり私に責任をかぶせることにしたのである。

26　六か月後

「パパ、聞いてもいい？　いつ帰ってくるの？」

双子のガブリエラとラファエラと電話で話すたびにそう聞かれ、その日を答えることができないのがもどかしかった。「アメリカのお仕事が予定より長引いてね……」としか言えなかったのだ。しかし、一〇月になると、こう答えるようになった。「もうじき帰るよ。クリスマスは家族みんなで過ごそう」。だが、これは間違いだった。とんでもない間違いだった。

それというのも、ビル・ポンポーニが抵抗したからだ。ポンポーニは有罪を認めなかった。ポンポーニはアメリカ市民であるためか、すでに保釈されており、落ちついて弁護の準備をすることができたのだ。そのうえ、検事の言うことが本当なら、私が先に司法取引に応じたために、ポンポーニには取引材料がほとんどなくなってしまった。その結果として、ポンポーニには重い刑を受ける可能性が出てきた。少なくとも一〇年の刑だ。高齢で、健康状態がよくない者にとって、それは死刑も同然だ！　それゆえ、裁判を長引かせるほうが得策だと判断したのだろう。それは理解できる。

しかし、ポンポーニのこうした法廷戦術は私にも影響を及ぼした。ポンポーニが圧力に屈しないうちは、検察は私の刑が確定するのを嫌ったのだ。検察の考えていたのは、ポンポーニが司法取引せずに裁判に持ちこんだ場合、ポンポーニに不利な証言を私にさせる必要があるということだ。そのためには私を〈キープ〉しておかねばならない。とくに、フランスには帰すわけにいかないのだ。私は抜けだせそうと思った罠に、またかかってしまったようなものだ。なんとも悪辣なやり口ではないか。弁護士のスタンに解決策がないか尋ねてみたのだが……。

「私が拒否したら、どうなる？　だって、有罪答弁をしたら三か月以内に判決を受ける権利があるんだろう？」

「そのとおりです。決めるのはあなただ。しかし、その日程にこだわっていると、検察は判決の際に司法取引の条件を撤回して、六か月ではなく、一〇年を求刑するでしょう！」

「じゃあ、どうすればいいんだ？　保釈請求をして、シンガポールに戻り、そこで、検察に都合のいい判決日を待つというのはどうだ？」

「検察はあなたをシンガポールに戻らせたくないでしょうね。保釈になっても、アメリカにいることになるでしょう」

思ってもみなかった事態だ！　このままの状態が何か月も続くかもしれないのだ。もはや私にできることはなにもなく、すべてはポンポーニの決断次第なのである。本当に頭に来るが、どうしようもない。判決日を延期することに同意するしかなかった。このことを知らせると、クララはひどくがっかりしたが、保釈になれば、少なくともクリスマス休暇を利用して家族がアメリカに来て、一緒に二週間過ごすことはできるだろう。そのため、クララは私が保釈された際の住居探しを再開した。

二日後、スタンが接見に訪れた。顔を見たとたん、いらついているのがわかった。

「とてもよくないニュースがあります。検察は判決日を延期するだけでなく、保釈請求にも反対しています」

「なんだって？　もう六か月になるんだぞ。ノヴィックと合意したはずじゃないか」

「私だって、怒っていますよ。ふつう、こんなことにはならないんです。ここ、コネチカット州では、この手の口頭の合意は、弁護士と検事の信頼関係に基づいて行われているんですから」

「スタン、コネチカット州でどうとか、こうとか、どうでもいいんだ！」

「ノヴィックによれば、これはワシントンからの、つまりカーンからの指示だとか」

「そうか。だが、こういったことは初めからわかっていたんじゃないのか？」

「おっしゃるとおりだ、申し訳ない。こういう事態に直面するのは私も初めてのことで」

「検察の望みはなんだ？」

「今のところ、ワイアットでの勾留を最大一〇か月に延ばすことです」

「なぜ、一〇か月なんだ？　一〇か月たったら、どうなるんだ？」

「それについてはなにもわかりません。もちろん、ノヴィックやカーンに連絡を取りましたが、詳しいことは教えてくれませんでした。ただ、なにかが起きているんです」

「なにかって、なんだ？」

「アルストムに関連したなにかとしか考えられませんが、なんなのかまではわからないですね」

　トンネルの出口が見えはじめたと思ったら、また新たな罠にはまった。失望は大きく、どうにも耐えがたいものだった。クララや子どもたちにとってはなおさらだろう。私はまだ一〇か月までのあいだに釈放されるかもしれないという希望を捨てきれずにいたが、最悪の事態への心構えもしていた。四か月もよけいにこのワイアット拘置所に閉じこめられるのだ。私はふたたび、FCPAのことを調べることに熱意を傾けた。過去に起訴された企業や個人のすべての事例を見直して、どういう対処法があるか知ろうとした。足りない資料があれば、ジュリエットかクララに送ってもらった。寝ても覚めてもFCPAのことは頭から離れず、しまいには私はFCPA中毒のようになった。

　私は必死になって、検察の手の内を見抜こうとしていた。検察から見れば、私は検察がアルストム相手に始めたチェスのゲームの駒に過ぎないだろう。しかし、そういう視点で私の立場を見てみても、検察の執念はなにか度を超している。検察がアルストムに仕掛けた戦争には、単に企業を刑事事件で追及しようというだけではなく、それ以上のなにかがあるように感じられる。まるで、道徳的義務感、あるいは神から与えられた使命かなにかに突きうごかされていて、この地球上から汚職を撲滅する義務でもあるかのようだ。それとも、まだほかに私の気がついていないなにかがあるのか……。

二〇一三年末のこの時期、ＦＣＰＡの問題以外にも、アルストムは難しい局面に差しかかっていた。私はそのことを、父が差しいれてくれたフィガロ誌を読んで知った。クララも定期的にアルストムに関する新聞や雑誌の切り抜きを送ってくれた。これらの新聞や雑誌は発売日から一〇日前後遅れて届いたが、拘置所ではゆっくり時が流れているせいか、全然気にならなかった。そういうわけで、たっぷり一週間遅れで知ったのだが、二〇一三年一一月六日に、クロンはおもにヨーロッパで一三〇〇名の人員削減を行うと発表した。うち一〇〇名ほどはフランス国内での削減だ。この決定に私はさほど驚かなかった。前年から経営不振を思わせる兆候がいろいろ出ていたからだ。アルストム・グループも世界経済の減速の影響を受けていた。ヨーロッパ諸国はリーマン・ショックに端を発する金融危機から脱しきれておらず、新興国の経済成長も予想を下回っていた。その結果、アルストムの受注は二〇一二年九月に比べ二二％減少している。そのうえ、アルストムはいくつかの契約獲得に失敗していた。たとえば、英仏海峡トンネルを通る国際列車を運行するユーロスター社は、次期車両の製造にドイツのシーメンス社を選んだ。イル＝ド＝フランス地域圏を走るトランシリアンの新型車両製造も、土壇場でカナダのボンバルディア社にかっさらわれた。発注元のフランス国有鉄道（ＳＮＣＦ）がアルストムの提示した価格が高すぎると判断したのだ。さらに、エネルギー分野でも同様で、ガスタービンの受注は減少する一方だった……。いや、たしかに、経営指標は好調を維持していた。アルストム・グループは世界で最も原子力関連の経験を持っており、原発建設とその保守点検では業界一位だったからである。シェアで見れば、世界の原発の約二五％をアルストムが整備している。また、アルストムは水力発電所建設でも、世界のトップである。

しかし、アルストム・グループは二〇〇三年当時ほどは深刻な危機にはないにしても、憂慮される状況が続いており、この四年で三回目となる赤字を計上する見こみになっていた。フィガロ誌によれば、こうした状況を踏まえ、二〇一三年一一月一六日、クロンは経営計画を策定し、鉄道車両製造部門を一部、ロシアに売却するとした。同部門の株式の二〇～三〇％を手放すというのである。売却益は二〇億ユーロを見こみ、これによりエネルギー部門の再活性化に必要な資金を調達できる。これは、複数の分野に展開する企業の強みである。ある部門が不振にあえいでも、他部門で補完でき、全体の収支は黒字になる。しかし、この二〇一三年一一月の発表では、ある疑問は解消されなかった。二〇一一年に公表していたボイラー事業における上海電気集団との提携はどうなったか、ということである。クロンはことあるごとにアナリストたちに提携が実現した場合のメリットを吹聴していたのに、今回の発表では、ひと言も触れていない。おかしい。じつに不可解だ。だが、そのことがこうも気になるのはどうしてだろう?

クララがクロンに送った手紙でも事態は変わらなかった。両親もクロンに手紙を送ったが、やはり意味はなかった。二〇一三年一一月一六日、アルストムは解雇予告期間を経て二〇一四年六月三〇日付けで、私を解雇すると通知してきた。解雇理由は長期にわたる欠勤で、そのため会社が混乱し、私の後任が必要になったためとしている。つまりは、タラハン事件における重大な失策とか、有罪を認めたこととかのせいではないということだ。アルストムはかろうじて、家族が学年末にシンガポールからフランスに帰国する費用を負担することを認めていた。不幸中の幸いだ!

一二月になった。屋外に出られなくなって三か月になる。息が詰まりそうだ。拘置所生活で、私は疲労困憊していた。今、なによりも恐れているのは、次の面会のことだ。何度も来なくていいと言ったが、クララと父に続いて、今度は母と姉が来るという。明日がその日だ。

27　家族の動き

母と姉は、私を見て少なからず驚いたようだった。私がカーキ色のつなぎを着てさまよっている幽霊のように見えたのだろう。ふたりの目を見ればわかる。「こんなに痩せちゃって！」開口一番、母はそう叫んだ。こうも言った。「ちゃんと食べてるの？　本当に、十分な食事は出てるのね？」

そう言うと、母は泣きだした。拘置所に来たショックと私に会えたうれしさ、長旅の疲れが混じりあって涙になったのだろう。それから、言葉を継いだ。

「昨日の午後遅くにボストンに着いて、三時間近く待たされてレンタカーを借り、夜遅くまでかかってプロビデンス（ロードアイランド州の州都）まで来たわ」

母はもうすぐ七六歳で、パーキンソン病を患っている。初めて訪れたプロビデンスは母の目にはうら悲しく映ったようで、驚きを隠さなかった。

「本当に寂しいところね。コーエン兄弟の映画『ファーゴ』の町に来ちゃったかと思ったわ。人っ子ひとりいない感じよ」

それからもう一度、ちゃんと食べているか、私に尋ねた。母親というものは、みな同じだ。姉のジュリエットもやはり動揺していた。しかし、職業柄、フランスの刑務所のシステムをよく知っており、米仏の比較をせずにはいられないようだった。

「ここは、文句のつけようがないわね。職員はプロの仕事をしているし、施設もきれいだし」

私は笑った。たしかに、面会室はワイアットでいちばん見栄えのする場所だろうし、職員も面会の家族には礼儀正しく接する。だが、ジュリエットはすぐに褒め言葉を引っこめた。面会室がいつもどおり騒々しく、会話も満足にできなかったからだ。そこで、ジュリエットは拘置所側と交渉して、翌日の二度目の面会の際に、母の長旅の疲れや体調を考慮して、〈例外的に〉個室で面会できるよう認めさせた。おかげで個室で落ちついて話すことができ、ジュリエットからは、外務省に働きかけてフランスの当局を動かそうとした話を聞いた。

「四月、あなたが逮捕されたときすぐ、私がボストンの領事館に知らせたの。領事館はなにも知らなかったのよ。ニューヨークの領事館は伝えるのを忘れてたんですって。そのあと五月には、パパと一緒に外務省に行って、海外在留者保護局の次長や海外勾留者保護課の課長と会ったんだけど、お役人たちの対応は冷たくて、よそよそしかった。あなたのことなんか知ったことかって感じ」

何か月も前のことなのに、ジュリエットはそのときの怒りがまだ収まっていないようだった。

「世界じゅうで二〇〇〇人ものフランス人が捕まっていて、その全部に対処しなければならないって言うのよ。それで、あなたの事件はたいしたことじゃないからって。だから、パパと私は、あなたの事件はとにかく特殊な事件だと説明した。あなただけじゃなく、フランスの大企業がアメリカの司法省に狙われているんだって話した。そしたら、お役人たちがなんて答えたと思う？　〝とんでもない！　この事件がフランス国家になにか関わりがあるとは考えていません。フレデリック・ピエルッチ氏の事件は、いなかの中小企業の社長が付加価値税を滞納して捕まったのと同じような話です〟……そう言ったのよ、フレッド」

役人の言葉を思いだして怒っているジュリエットを見ていると、心が安らいだ。私はひとりじゃない。姉も役人のばかげた話を聞かされて怒っている。そして、母や姉がどんな苦労もいとわず私を支えてくれていると実感すると、一刻も早く自由の身になるために全力を尽くそうという思いがますます強くなった。

しかし、ワイアットでは、時はなんとゆっくりと流れていくことか。クリスマスが近づいても、保釈が可能になる日付についての検察からの知らせはいっこうに届かない。クリスマスも過ぎた一二月二八日になって、弁護士のリズから至急、電話をするように連絡が来た。勾留されてすでに八か月半、ようやくよいニュースがもたらされるのだろうか？　その期待は無残に裏切られた。「アルストムの弁護士、パットン・ボグス法律事務所のジェイ・ダーデンから電話があり、アルストムがあなたの弁護費用の支払いを停止すると伝えられました。あなたが有罪を認めた七月二九日に遡っての停止だそうです。したがって、八月から一二月までの費用をご自身でお支払いいただかなければなりません」リズは冷たくそう告げた。

私は言葉を失った。どうにか気を取りなおすと、言った。

「家族に頼んでパリの本社に連絡を取って、なんとかならないか掛けあってみる。だが、その指示はどこから出てきたんだろうか？」

「たぶん、アルストムが司法省に取り入ろうとして熱意を示そうとしているんでしょう。あるいは、司法省の圧力が相当強くて、そうせざるを得ないと感じたのかもしれませんね……。まあ、どちらにしても、結論は同じなんですけど」

つまり、こういうことだ。私は厳重警備の拘置所に閉じこめられ、家族とは一万五〇〇〇キロも引きはなされ、二二年間働いてきた会社を首になった。祖国もなにもしようとはしてくれず見捨てられたようなものだし、莫大な弁護費用も支払わなければならない。しかも、自由の身になれる日も、最終的な刑期もわからないままだ。これでは、いくら頑張ろうと思っても、手も足も出ない気分になる。

二〇一四年一月初め、ようやくかすかな希望が見えてきた。ボストンのフランス領事館の副領事ジェローム・アンリが、二月にオランド大統領が訪米すると伝えてきたのだ。その際、私の件が取りあげられるだろうとアンリは請けあった。フランス政府のなかにも、司法省がアルストムを告訴した真の目的はなにかと疑う声が出てきたというのだ。

私としては、あまり期待はしていなかったが、アンリや両親は、オランド大統領がバラク・オバマ大統領との首脳会談の折に私の件に触れることをおおいに期待した。両親は大統領に手紙まで書いたのだ。

〝大統領閣下、私どもの息子は現在、厳重警備の拘置所に勾留されております……。悪夢のような出来事に見舞われた私ども家族の苦しみは容易にご理解いただけましょう。ご存じかと思いますが、この事件では、息子以外のアルストムの元従業員（ロスチャイルドとポンポーニ）も関与を疑われております。ただし、ふたりはアメリカ国籍であり、勾留されておりません。本件では、長年にわたってアルストムが捜査に非協力的だったために、従業員個人が起訴された可能性もあります。もとより私どもは司法とその独立性を尊重しております。それゆえ、アメリカ政府と交渉していただきたくお願い申しあげます。アメリカ大統領に付与された権限の及ぶ範囲で、息子が特別の配慮をもって釈放されるようご尽力ください。大統領閣下、どうかお願い申しあげます。途方にくれた両親の願いをお聞き届けくださいますように。アメリカご訪問の際の首脳会談のなかで、アメリカ大統領にこの件をお伝えくださいますように〟

両親の必死の願いは叶わなかった。訪米したオランド大統領は、大使館から私の勾留についてもブリーフィングを受けたものの、オバマ大統領との会談で言及することはなかった。冷静に考えてみれば、この首脳会談では話しあうべき課題がほかにいくらもあったのだ。シリア危機や核兵器の拡散、テロとの戦い、地球温暖化など問題は山積している。そして、忘れてならないのが、スノーデンの事件である。

会談の数か月前から、エドワード・スノーデンの暴露によって、米仏二国間の関係は冷えきっていた。首脳会談後、オランド大統領が「二国間の信頼は修復された」と声明を発表して事態の沈静化を図ったが、アメリカ国家安全保障局（ＮＳＡ）がネット監視や盗聴などによる防諜活動を広く行っていたという事実が明らかになったことは大きな傷跡を残した。

スノーデンがＮＳＡから持ちだした資料は少なくとも、いろいろ示唆に富んでいる。その資料によって、二〇一二年一二月一〇日から二〇一三年一月八日までの約一か月間に、七〇〇〇万件を超えるフランス人の通話がアメリカの通称〈地獄耳〉によって録音されていたことが明らかになった。一日平均三〇〇万件が盗聴され、いくつかの電話番号についてはとくにターゲットにされ、継続的に通話が録音された。指定されたキーワードを含むショートメッセージ（ＳＭＳ）を自動的に拾いあげ、中身を記録する仕組みもあった。

ウィキリークスによって暴かれたほかの書類を読んだときも私はまったく同様の疑問を抱いた。たとえば、〈フランス：経済開発〉と銘打たれた文書では、いかにしてＮＳＡがフランスの大企業の商取引の情報を収集したかが詳細に述べられている。アメリカのスパイは戦略的分野における二億ドル以上の取引をすべて入念に調べている。ガス、石油、原子力、電力といった分野である。これはほとんど、アルストムが有力な地位を占めている活動分野と重なる。ウィキリークスの暴露は、アメリカの経済スパイが広範に活動していることをも浮き彫りにしたのである。もともと、アメリカでは諜報活動をするということは大昔から当たり前のことなのだ。一九七〇年以降、対外諜報諮問委員会は、〝今後、経済スパイは外交、軍事、テクノロジーの各分野におけるスパイ活動と同等の最重要課題となり、国家安全保障の機能を担うだろう〟と勧告している（注1）。また、一九九三年から一九九五年までビル・クリントン政権下で中央情報局（CIA）の部長を務めたジェームズ・ウーリーは、二〇〇〇年三月二八日付けフィガロ誌のインタビューで、〝アメリカはひそかにヨーロッパ企業の情報を集めている。それは事実であり、まったく当然のことだと思う。われわれの任務は三つある。一つ目は、国連やアメリカの制裁に反する企業を監視すること。二つ目は、民生用、軍事用にかかわらずテクノロジーの進歩を把握すること。三つ目は国際商取引における贈収賄を追及することだ〟と語っている。

長年かけて、アメリカは二段構えのシステムを構築してきた。まず、諜報活動において、持てる力を存分に発揮して外国企業が結んだ膨大な契約の情報を収集する。その後、司法において、じつに巧みな、なおかつ手慣れた手法でアメリカのルールを守らない企業を刑事告訴できる、というわけだ。外国企業を攻撃するこうした手段はほかのどの国も持ちあわせていない。アメリカはこうして、自国のライバルである他国の企業を弱体化したり、排除したり、あるいは吸収合併したりさえもするのだ。〝アメリカの経済に害をなすものは、個人であれ、企業であれ、なんであれ、法のもとに裁かれる〟とアメリカの司法長官エリック・ホルダーは端的に表現している（注2）。狙われるのは製造業だけではない。二〇〇〇年代中ごろから、とくにサブプライムローン問題に端を発した世界金融危機以降、アメリカ政府の定めた規制に違反した金融機関が次々と摘発されている。二〇一四年初めには、BNPパリバ銀行がその罠にかかった。イラン、キューバ、スーダン、リビアというアメリカが敵国とみなす国とドル建てで取引したとして起訴されたのだ。BNPは約三〇人の幹部を解雇あるいは懲戒処分せざるを得なくなり、八九億ドルにのぼる莫大な罰金を支払うことになった（このBNPの事件は私にとってはタイミングが悪かった。というのも、こちらに政治家の関心が集中し、アルストムの事件は注目されなかったからである）。そのほか、ソシエテ・ジェネラルやクレディ・アグリコルといったフランスの金融機関もアメリカ国庫に多額の罰金を収めたのである。

今日でもいまだに理解できないのは、フランス政府がどうして、もっと毅然として、ゆすりたかりも同然のアメリカのやり方に対処しないのかということだ。フランス政府はなにを恐れているのか？　いつまで、フランスの企業は荒らされるのか？（注3）　フランスはこんなにも一方的に他国の言いなりにならなければならないのだろうか？　いや、断じて違う。

私はフランス人がそんなことに唯々諾々として従わなければならない理由を見つけることはできない。だが、フランス人は指をくわえて自国が衰退していくのを見ているしかなかったのだ。

（注1）アメリカの経済に関する諜報活動の情報はフランス情報研究センター（CF2R）の調査報告書から引用。『アメリカのゆすりと国家の責任放棄』（レスリー・ヴァレンヌ、エリック・ドネセ）

（注2）二〇一四年一〇月一九日付けル・モンド紙から引用。

（注3）二〇一七年のサパン法の施行以降、フランスはアメリカと合同で起訴した案件で、罰金の一部を徴収できるようになった。ソシエテ・ジェネラルの事件では、フランスは二億五〇〇〇万ユーロの罰金を徴収した。

28 新しい仕事

ワイアットでは、新たにショーンという男が同房になった。片脚の大男だ。毎週月曜日、ショーンは私の〈化学の授業〉に出席する。というのは、私が〈補助教員〉になったからだ。ワイアットに勾留されてから、もう一年になる。一年だ。こんなことになるなんて、想像だにしなかった。一二か月も厳重警備の拘置所に閉じこめられて、なんの進捗もないなんて……。厳しい状況が続くなか、せめてもの救いというべきか、三月初めから新しい仕事をするようになった。それが〈補助教員〉の仕事だ。私のスケジュール帳はたちまちいっぱいになった。一日三時間まで教えることができるので、月曜日は生物と化学、火曜日と木曜日は英語、水曜日と金曜日は数学の授業をした。

弁護士のスタンとリズとは長時間の接見をした。パットン・ボグス法律事務所から通知があったとおりアルストムが私の弁護費用の支払いを停止してからというもの、ふたりはすっかり慎重になっていた。私は保釈金を払うために持ち金に手をつけることはできず、弁護費用を支払うことができない。ふたりはそのことを知っている。それでも、弁護士の倫理規範によって、私の弁護を続けざるを得ないのだ。それを喜んでいるとも思えないが……。そのことは、そのうちに解決法が見つかるだろう。さしあたっては、そんなことより、ここから出ることが重要だ。逮捕されて以来、時間は遅々として進まず、トンネルの出口は見えたかと思うたびにまた遠ざかる。空港で手錠を掛けられたとき、こんなに長いこと、終わりのないトンネルをさまようことになると言われたら、そんなばかな話があるものかと一笑に付していただろう。しかし……。スタンとリズによれば、再三の要求にもかかわらず、検察はいっこうに妥協する気配がないという。一年が過ぎ、抵抗を続けているポンポーニが裁判になろうと、有罪を認めようと、私の処遇とはもはや関係がなくなっていた。それなら、さっさと釈放してくれてもいいではないか？　五里霧中とはこのことだ。

とりあえず、今できるのは、教えることだ……。正確に言うと、教えるのを補助《ヽヽ》している。教師であるワトソン先生のアシスタントというわけだ。ワトソン先生は六〇歳代の女性で、身長が一メートル五〇センチあるかないか、小太りで、金髪の髪は薄くなってきている。離婚経験があり、子どもは五人。ワイアット拘置所で働いて一五年ほどになる。ここに来る前は、未成年用の拘置施設で教えていたという。エネルギッシュで本当によくしゃべる人だ。ワトソン先生がどうやって、自分のその仕事に対する信念を持ちつづけていられるのか、私にはよくわからない。

数学の授業で、私が面倒をみている二八歳の男は、長年にわたるコカインの過剰摂取のせいで脳がどうしようもないほどやられてしまったように見えた。しかし、勉強する意欲はあり、なんとかしたいと思っているようだった。私もできるだけのことをして、手助けしてやろうと思った。だが、ワトソン先生に四か月以上教わったにもかかわらず、いまだに幼稚園児並みのレベルで、足し算も引き算もできないのである。指を折って数えているのを見るとかわいそうになるが、本人もほかの者に見られないようにこそこそして、恥ずかしそうにもじもじしている。それとは対照的に、べつの若者たちには舌を巻いた。何人かは一二歳で学校に行かなくなったそうだが、あっという間に比例の計算を理解したり、だれでも学生時代に苦労した覚えのある二次方程式を難なく解けるようになったりしたのだ。こういう連中はもし違った星のもとに生まれていたら、間違いなく大学に行っていただろう。ワトソン先生は〈心理学と行動〉という大学レベルの授業もしていたくらいだ。

　ワトソン先生の仕事は言葉では言いつくせないほど大変なものだった。ワイアットの収容者の多くはシングルマザーに育てられた。その母親は父親の異なる子どもを何人も産んだりしている。そして、必ずといっていいほど、子どもたちは親と同じことを繰りかえす。連中は女性を見下していて、二つのカテゴリーに分けている。一つは〈あばずれ《ビッチ》〉、もう一つは〈ビッグママ〉だ。連中は〈ビッグママ〉と思った女に子どもを産ませる。そうなると、四六時中、自分の子どもの自慢をするようになる。子どもの数が多ければ多いほど、男らしいとでも思っているようだ。なかにはもう一九人も子どもがいると言いふらして鼻高々になっている者もいる。まだ三〇歳にもなっていないのに……。女性を見下しているくせに、自分の母親となると話は別で、みな母親のことは崇拝している。母の日ともなれば、色とりどりの派手なカードを送ったりもする。なんといっても、母の日は一年で最も大切な日なのだ。反対に、父の日は完全に忘れさられている。

私は、教えていない時間に調べ物を続けていた。FCPAの判例を集めつくし、さまざまな表やグラフを作っては傾向を探り、徹底的に調べた。間に合わせの紙に鉛筆で書いたそのレポートは何十枚にもなり、スタンとリズにも送った。しかし、どんなにFCPAのことがわかってきても、依然として二つの点が理解できなかった。アルストムが司法省に協力して、すでに一年以上になるのに、どうしてまだ司法取引が成立していないのか？　とくに、ホスキンス以降、どうしてアルストムのほかの従業員は起訴されていないのか？　尋問された際に見せられたのだが、司法省はアルストムの贈賄の証拠をすべて握っているのだ。私が逮捕されたときに検事のノヴィックが口にした唯一の狙いは、アルストム社内の責任の所在を上にたどっていき、トップまで行きつくことだった。だいたい、パトリック・クロンはどうやって、司法省の仕掛けた罠から抜けだすつもりなのか？　クロンが本当に協力しているなら、どうして実刑を免れられるのかよくわからないし、あまり協力していないのなら、それはそれで起訴されるおそれがある。どちらに転んでもろくなことにはならない。無理難題と言ってもいい。そこにクロンにとって都合のいい解決策はない。それは私にとっても同様だ。

一二か月のあいだに私は別世界に転がりおちた。多国籍企業の幹部だったのに、この世の不幸と凶悪犯罪の渦巻く拘置所に放りこまれたのだ。つつがなく過ごしてきた技術者だったのに、冷酷な犯罪者どもの先生に成りはてたのだ。

昨日になって、ショーンが熱心に私の化学の授業を受けている理由を打ち明けた。

「あのな、道端で商売するのはやばいんだよ。だから、出直すんなら、自分で覚せい剤を作れるようになりてえんだ」

幸い、ショーンはあまり頭がいいとは言えず、まず覚せい剤を作れるようにはならないだろう。それに、ショーンは私のことを天才かなにかと思ってくれているようだが、私は化学はそんなに得意ではない。学生時代は化学の実験は苦手だったし、社会に出てからも、爆弾や火薬なんかを見たこともない。化学はともかく、二〇一四年四月二四日に起こることはまったく予想だにしなかったことだった。

29　二〇一四年四月二四日の報道

二〇一四年四月二四日。瞬時にすべてが氷解した。ずっと頭を悩ませてきたいくつかの疑問の答えがわかったのだ。

その朝、私はいつものように共用スペースで朝食をとりながら、CNNを見ていた。一日のうちこの時間だけ、テレビ（白人向けの画面だ）でニュース番組が流されるのだ。

七時半ごろ、キャスターが、アルストムが全事業の七〇％にあたるエネルギー部門を売却する見こみだと伝えた。売価は一三〇億ドル、売却先はライバル中のライバル、アメリカのゼネラル・エレクトリック社（GE）だ。

「これは空前の規模の買収劇です。まさに歴史的と言ってよいでしょう！」キャスターは興奮気味で、アメリカの通信社ブルームバーグのスクープだと続けた。「この売却が実現すれば、GE社の行う買収としては過去最高額のものになります。最終的な合意は数日のうちにまとまる見通しです」

興奮するCNNのキャスター同様、私も椅子からひっくり返りそうになるくらい驚いた。

まさに青天の霹靂だ。つい数か月前、パトリック・クロンは財務状況を改善するため、鉄道車両製造部門の二〇％をロシアに売却し、エネルギー部門では中国と合弁会社を設立しようと考えていたのではないのか？　それなのに、会社の核とも言うべきエネルギー部門をアメリカに売りわたそうとしているのか？　アルストムの状況は、業績が低迷しているとはいえ、そこまでひどくはないはずだ。まったくもって理解できない！

考えられるのは、この売却に表に出せない狙いがあるということだ。おそらく、クロンは検察の手から逃れる方法を見つけたと思っているのだ。つまり、アルストムのエネルギー部門はアメリカが長年、喉から手が出るほど欲しがっていたもので、それを丸ごと売却すれば、司法省が特別扱いしてくれると期待したのだ。のちにクロンは「免責の交渉はしていない」と否定しているが（注1）、どんな形であれ司法取引に合意しないまま、クロンがこれだけの規模の売却（フランス国内からの激しい政治的反発は必至だろう）をするとは考えられない。多くの判例をむさぼり読んだから、そうわかる。

つまり、これが無理難題を解決するクロンなりの答えなのだ。それと同時に、私が六か月を過ぎても釈放されない理由でもあるのだろう。私はアメリカが〈キープ〉しておいた人質なのだ。そして、司法省だけが起訴、不起訴の決定権を持っている以上、こうしたことはすべて完璧に合法的なのである……少なくとも、アメリカ側の見地からはそうだ。では、フランス政府は、この売却の内幕を知っているのだろうか？　甚だ疑わしい。

ＣＮＮのニュースを見て数分で、はたと思い当たった。つまり、こういうことだ……。正直に言うと、ニュースを知って、私はまず混乱した。いろいろなことが頭のなかに浮かんでは消えた。たとえば、フランス政府がこの売却交渉をこのまま続けさせるとは考えづらかった。自国のエネルギー問題に影響することを考慮するだけでも、すんなり売却を認めるはずがない。

アルストムはフランス国内にある五八か所すべての原子炉のタービン発電機の製造、保守点検、改修を手がけており、マンシュ県にあるフラマンヴィル原子力発電所では、アレヴァ社（現オラノ社）が建設する欧州加圧水型炉（ＥＰＲ）の「アラベル」タービンを製造している。つまり、アルストムはフランス国内の電力生産の七五％に関わる主力企業であり、世界じゅうの羨望の的であるテクノロジーを持っているのである。原子力空母シャルル・ド・ゴールの蒸気タービンもアルストム製だ。要するに、アルストムは国家戦略に欠かせない企業なのである。こうした要となる企業をみすみす外国企業に渡してしまうとは狂気の沙汰というほかない。やはり、ありえない！　ことが大きすぎて、この売却計画が最終合意の寸前だとしても、フランス政府がそのまま承認するとは到底思えない。

私がそんなふうに分析しているとき、ワイアットから六〇〇〇キロ離れたフランスでも、政府高官のひとりがまさに私の分析どおりのことを言っていた。アルノー・モントブール、マニュエル・ヴァルス内閣の経済相である。モントブールは、ブルームバーグ通信社のニュースを知らせてくれた同僚に、「信じられない！　それは愚行だ！」と言い放ったのだ（注2）。

モントブールがこの売却話をにわかに信じなかったのは、アルストムの動向に関心を持って注視していたからだ。二〇一三年初めからは、アルストムに関する問題を最重要課題と位置づけてさえいる。モントブールのもとには、気がかりな情報が集まってきていたのだ。つまり、アルストムが難しい状況にあるということだ。世界金融危機が長引いた影響で、エネルギー市場が縮小し、発電所建設の受注は予想を下回っていた。アルストムはフランスでは巨大企業ではあるが、いかんせん、二大ライバル企業、ドイツのシーメンス社とアメリカのGE社と比べれば規模が小さい。それにもまして、フランス政府のいちばんの懸念は、アルストムの主要株主である大手建設・通信会社ブイグ社グループが提携解消を打診したことであった。ブイグ社は情報通信分野、とくに第四世代移動通信システム（4G）に経営資源を集中させるため、アルストムの株式の売却を望んだのである。

そういうわけで、経済省としてもアルストムがこの難局を切りぬける方策を模索していたのだが……。血気にはやるモントブールは、その仕事をヨーロッパで評判の高い経営戦略コンサルティング会社ローランド・ベルガーに託した。ローランド・ベルガー社はドイツに本社があり、現在三六か国に展開して二四〇〇名の社員を抱える。同社の花形コンサルタントであったハキム・エル・カロイがアルストムの監査を任された。カロイは、高等師範学校

（訳注：フランスのエリートを育成するグランゼコールの一つ）を卒業、ジャン＝ピエール・ラファラン元首相、ティエリー・ブルトン元経済相の顧問を務めた経験があり、モントブールの側近でもある。ローランド・ベルガー社はアルストムの財務状況を精査し、次のような結論に達した。アルストムには間違いなく強力な事業部門があるが、提携先を見つけて経営基盤を強化する必要がある、というものだ。報告書のなかで、ローランド・ベルガー社は、まず鉄道車両製造部門でスペインかポーランドに提携先を求めることを勧めたうえで、エネルギー部門では、アレヴァ社と限定的な提携をすることを提言している。しかし、グループの全体にせよ一部にせよ、売却を勧めることはまったくなかった。

二〇一四年二月、このローランド・ベルガー社の報告書の中身がマスコミに漏れた。クロンはモントブールを激しく非難した。「あなたの部下たちはお若くてお利口さんだが、いささかおしゃべりが過ぎる……」（注3）。これは公然の秘密だったが、クロンとモントブールは仲が悪かった。私の元上司であり、徹底した自由主義者であり、ニコラ・サルコジの大親友であるクロンと（クロンは二〇〇七年五月、パリの老舗カフェ〈フーケ〉で催されたサルコジの大統領当選祝賀パーティーの招待客のひとりだ）、社会党の大臣であり、国家資本主義を信奉するモントブールとは相容れるわけもなく、ほとんど互いを認めようとはしなかった。心底嫌いあっていたのだ。それでも、二〇一三年初めから、ふたりはどうしても協力せざるを得なくなり、六回も会合を持った。議論の核心はアルストムの将来である。もちろん、国が株式を所有しているわけではないので、一見、私企業の事業に政府が介入する理由はない。しかし、モントブールの考えでは、アルストムはほかの企業と同じような、単なる私企業ではなかった。第一に、アルストムは一世紀近く、ほとんど官公庁との取引に頼って存続してきた。第二に、二〇〇三年の経営危機の際、政府が介入して救済した貸しがある。第三に、アルストムの原子力事業と、高速鉄道TGVや地下鉄に関わる鉄道車両製造事業は、フランスにとって死活にかかわるほどの重要性を持っている。この三つの理由に加え、きわめて政治的な四つ目の理由がある。保守派のサルコジが経営危機から救ったアルストムを社会党政権が見捨ててもよいのか、社会党の大臣であるモントブールにそれができるのかということである。そんなことはできるはずもない。モントブールは、もし見捨てたら、有権者が〈生産再建〉大臣でもある自分（訳注：当時のヴァルス内閣では経済・財務省を二つに分割、その一方の経済・生産再建・デジタル省の大臣がモントブールだった）を許さないということがわかっていたのだ。だからこそ、一年近くも会合を重ね、モントブールはクロンに再建策を持ってくるように迫ったのであり、だからこそ、モントブールはクロンが自分の信頼を裏切り、隠れてこそこそアメリカに事業を売却するなどとは、夢にも思わなかったのである。

二〇一四年四月二四日、ブルームバーグ通信によるアルストム売却のニュースが流れるやいなや、モントブールは大統領府のエマニュエル・マクロンに電話した。当時のマクロンは大統領府の副事務総長（経済担当）で、自分も寝耳に水だと言い、売却の件はなにも知らないと断言した。だが、本当に寝耳に水だったのか？　私はのちに知ったのだが、マクロンは二〇一二年六月に副事務総長として大統領府に入るとすぐ、ひそかにアメリカの経営コンサルティング会社A・T・カーニー社にアルストムの将来についての分析を依頼し、アルストムが同業の大企業と提携・合併した場合の社会的影響を調べていたのだ。どうしてそんなことを調べていたのか？　当時、マクロンはどんな情報を持っていたのか？　アルストムとアメリカ司法当局とのせめぎあいを承知していたのか？　このことは、本書執筆中の今なお、この事件の謎の部分である（注4）。いずれにせよ、マクロンが独自の調査を進めていたことを知らないモントブールは、急いで情報の確認をとり、クロンに連絡しようとした。ところが、クロンは見つからない。それもそのはず、クロンは、シカゴでGE社の経営陣とエネルギー部門売却の条件について最後の詰めの交渉をし、フランスへ戻る機中だったのだ！

結局、ニュースはニューヨークからもたらされた。その日、GEフランス社長クララ・ゲマールがアメリカへ出張中で、モントブールに対し、アルストムとGE社との交渉はまさに進行中だと認めたのである。

そうなれば、モントブールも現実を認めないわけにいかなくなった。クロンは間違いなく、モントブールに知らせることなく、フランスの宝とも言える会社をアメリカに売ろうとしているのだ。

クロンはモントブールを欺いたのだ。ブルームバーグ通信のスクープによれば、両社の交渉は三日後にはまとまるということだった。パリの財界人にお披露目をするために、レセプション会場〈パビリオン・ガブリエル〉も予約されていた。モントブールの怒りは収まらなかった。このような裏切り行為を認めることは断じてできず、クロンに説明を求めた。そのために車を手配してシカゴから戻るクロンを迎えさせ、空港から直行で自分の執務室に呼びだしたのだ。ふたりの話しあいは大荒れになった。クロンの主張はこうだ。

「アルストムの直面している危機は一時的なものではありません。構造的な課題を抱えているのです。アルストムは市場再編のただ中で競争に耐えられるだけの規模を持っていません。だから、思いきった手を打たなければならないのです。エネルギー部門を売却して財務状況を改善し、鉄道車両製造部門のてこ入れを図ります」

モントブールは聞く耳を持たず、反論した。

「この執務室をよく見ておけ！　もう二度と見られないからな！　あなたが座っているその椅子、フィリップ・ヴァラン（訳注：プジョーシトロエングループの元社長。GE社との提携を推進していたが、二〇一三年に退任した）もそこに座って、悠々自適の隠退生活をふいにしたんだ！　もうあなたがここに来ることはない！　せいぜいそのコーヒーを味わっておくことだ。死刑執行前の最後のコーヒーになるんだからな」

脅迫まがいの言葉でモントブールは怒鳴った。クロンは嵐が通りすぎるのを待った。のちにクロンはこの会談のことを思いだして、モントブールがあまりに下品な言葉を使ったときはさすがにびっくりしたと部下たちに話している。

「あの豪華な執務室で、モントブールはなんて言ったと思う？　〝おまえはわれわれにバックの姿勢をとらせようとしたんだ！〟」

この品のない言葉はなるほど少々度を超しているが、じつのところ、的を射た言葉だと思う。モントブールには怒るだけの理由があったのだ。クロンはそれまでモントブールと話しあってきたことを見事なまでに裏切ったからだ。そして、これもあとになって知ったのだが、クロンはGE社との交渉について徹底的な箝口令をしいていた。経営委員会にも、取締役会にも諮ることをせず、それどころか、いちばんの関係者であるアルストム・パワー社の社長フィリップ・コシェやその部下の財務部長にさえ知らせなかった。アルストム社内で知らされていたのはわずかふたりだけ、司法省との交渉の責任者でもある法務部長のキース・カーとクロンの側近のひとり、アルストム・グリッド（送電設備部門）社長グレゴワール・プー＝ギョームである。

プー＝ギョームの父親は、クロンと同じくペシネー社のOBで、クロンと親密な仲だ。プー＝ギョーム自身はまだ四〇歳代の若さだが、この男こそ、極秘裏にGE社に接触する役割を担っていたのである。私もプー＝ギョームのことはよく知っており、クロンがどうしてこの男に極秘情報を教え、その役割を与えたのかすぐにわかった。二〇〇四年にクロンがアルストムのトップに就任すると間もなく、まだ三〇歳そこそこのプー＝ギョームを環境制御システム（ＥＣＳ）事業のトップに抜擢した。ＥＣＳ事業は火力発電所の汚染防止設備を担当しており、この設備はたいてい、ボイラーに続いて設置されるため、私はほとんどすべてのプロジェクトで、プー＝ギョームの営業チームと一緒に仕事をした。その後、二〇〇七年には、プー＝ギョームはアルストムを去り、ＣＶＣキャピタル・パートナーズに移った。ＣＶＣキャピタル・パートナーズはルクセンブルクに本拠を置く世界的な投資ファンドだ。その一年後、ＣＶＣキャピタル・パートナーズはＧＥ社と手を結んで、アレヴァ社の送電設備部門を買収しようとした。買収は失敗したが、プー＝ギョームはこのときに、ＧＥ社の経営陣と親密な関係を築いたのだ。そして二〇一〇年、プー＝ギョームはＣＶＣキャピタル・パートナーズを離れてアルストムに戻り、クロンの薫陶を受けるようになる。

クロンの〈懐刀〉となったプー＝ギョームは、アルストムがエネルギー部門を売却しようとしていることを、いつＧＥ社の知り合いに知らせたのか？　これは、長いあいだ私の頭のなかにあった疑問だ。〈二〇一四年初頭〉というのがアルストムの一貫した公式見解だ。私はずっと、その交渉はもっと早くに始まったと思っていたが、それはその後、確認することができた。本当のところ、プー＝ギョームは二〇一三年八月に交渉に着手していた。つまり、ブルームバーグ通信のスクープが流れる九か月も前なのだ！（注５）そう考えたら、モントブールが怒りくるったのも無理はない。九か月以上ものあいだ、クロンはモントブールを、ということはフランス政府をも、欺きとおしたのである。

長いあいだ秘密にされていたこの交渉の時期は決定的な意味を持つ。というのは、その時期は、アルストムと司法省との交渉が難航していた時期とぴったりと一致するからだ。それは同時に、私の保釈が暗礁に乗りあげた時期とも重なる。

じっさい、二〇一三年夏、アルストムの経営陣はパニックに襲われていた。二〇一三年七月二九日には私が有罪を認め、翌三〇日には、クロンの片腕とも言えるローレンス・ホスキンスが捜査対象とされた。本社の最高幹部たちは明日はわが身かと震えあがり、日増しに不安を募らせた。司法省がつぎにターゲットにするのは誰か？　捜査は社長にまで及ぶのか？

そういった疑念に頭を悩ませていたのだ。

そして、まさにこの時期に、プー＝ギョームはGE社の経営陣に接触しはじめている。これが単なる偶然の一致であるわけがない。

アルストムが司法省に協力することに合意して交渉せざるを得なくなったのも、この二〇一三年下半期のことだ。その結果、アルストムは私を解雇し、弁護費用の支払いを停止した（私が有罪を認めた七月二九日と、弁護費用の支払い停止を知らされた一二月二八日はかなり離れているが）。

のちにわかったが、二〇一四年二月九日には、パリの高級ホテル〈ル・ブリストル〉で極秘の会合が持たれ、五人の人物が夕食をともにした。出席者は、アルストム側からクロンとプー＝ギョーム、GE社側からは社長のジェフリー・イメルトとM＆Aの責任者、エネルギー部門の部長である。この会合は、アルストム・パワー社の社長コシェや財務部長には知らされなかった。一三〇億ドルにものぼるこれほど複雑な買収劇はフランスの経済界でも未曾有のものだ。それなのに、なぜ当事者であるアルストム・パワーの社長や財務部長を呼ばなかったのか？

ここでもまた、時期が気になる。〈ル・ブリストル〉で会合が開かれたちょうどそのころ、アルストムは、非常に厳しい罰金が科されるかもしれないという可能性を突きつけられていた。当時のワシントン・ポストによれば、野村證券のアナリストの推算で、罰金は一二億ドルから一五億ドルになるだろうとされている。クロンは今日でも、「贈収賄での立件がビジネス上の判断に影響を及ぼしたことは断固としてない」としているが（注6）、私はそんなことは信じていない。ビジネスの世界で、偶然などということはまずありえないのだ。

こうしたことを考えたのは私だけではなかった。フランス政府の中枢でも、モントブールが同じように考えていた。モントブールは事態をはっきり把握しようと、二〇一四年四月、国防省直属の諜報機関、対外治安総局（ＤＧＳＥ）に調査を依頼するに至った。ＤＧＳＥ局長ベルナール・バジョレとは旧知の仲だったが、モントブールの依頼は断られた。慣例として、ＤＧＳＥの諜報活動は〈友好国〉に対しては行われないものであり、ましてアメリカのような強力な同盟国の領分を侵害するようなことはしない、というのだ。

はっきりさせよう。この二〇一四年春、アメリカに本拠を置く多国籍企業がフランス屈指の戦略的企業を手に入れようとしていたのに、フランスの経済諜報活動は手をこまぬいていたのである。経済情報担当の元首相補佐官クロード・ルヴェルは、「気がつくのがどうしようもなく遅かった」と、非公式に認めている（注7）。ルヴェルは、アルストムのエネルギー部門の売却がアメリカがヨーロッパの国々に仕掛けてきた経済戦争のひとつだと気づいたとき、関係各所に幾度となく警戒を呼びかけたが、聞き届けられることはなかった。その後、ルヴェルは二〇一五年六月、職を辞している。

（注1）著者によるインタビューでの発言。
（注2）『アルストム、国家のスキャンダル』（ジャン・ミシェル・キャトルポワン著、二〇一五年、ファイヤール社刊）より引用。
（注3）著者によるインタビューでの発言。
（注4）マクロンが経済大臣のときにインタビューを申しこんだが拒否された。
（注5）この情報は、二〇一八年春、国民議会の調査委員会の聴取の際、クロン自身が認めている。
（注6）著者によるインタビューでの発言。
（注7）著者によるインタビューでの発言。

30　スタンとの真実の瞬間

二〇一四年春、アルストム売却のニュースが流れると、フランスに激震が走った。だが、ワイアット拘置所にはその反響は断片的にしか伝わってこなかった。私がもっぱら気にしたのは、この売却が自分の裁判の状況にどんな影響をもたらすかであった。そこで私は、クララやジュリエット、その夫のフランソワに電話をして話しあった。意見の一致をみたのは、これがクロンの駆けひきであり、クロンはアルストムを売却することによって、司法省の仕掛けた罠から逃れようとしているということだった。私の弁護士であるマルクスも同じ意見だったし、ボストン領事館のジェローム・アンリも同様だ。みなで対応策を検討した。いまなら、外務省もことの重要性をわかってくれるのではないか？　そう考えて、外務省、さらに首相官邸や大統領府にも手紙を送った。そこまでの経過を見ても、パトリック・クロン、すなわちアルストムはまったくなにもしてくれないと骨身に沁みていた。それならば政治的な介入によって外交交渉で私の釈放を実現してもらえないかと思ったのだ。今思えば、無邪気な考えだった。だが、オバマ大統領がノルマンディー上陸作戦七〇周年記念式典出席のため、六月に訪仏する予定になっており、二月のオランド大統領の訪米に続く新たなチャンスになるかもしれないと期待したのだ。

それまでのあいだに、私は弁護士のスタン・トワーディとリズ・ラティフと腹を割って話しあうことにした。もはや愛読書のようになっていたＦＣＰＡの判例を調べていくうちに、ＧＥ社について気になることが出てきたからだ。自分がとったメモを見直すと、真実は一目瞭然だった。アルストムは、司法省に贈収賄容疑で告訴されながら、ＧＥ社に買収される五社目の企業だったのだ！　このことは、のちにジャーナリストたちに伝えたところ、裏づけを取られたうえで、二〇一四年一二月二二日発行のフィガロ誌の記事になった。

私は、ＧＥ社がアルストムが贈賄を恒常的に行っていることを司法省に教えたのではないかと疑ってさえいる。ライバル企業を蹴落とすべく捜査を誘導するようなことは今に始まった話ではない。それとも、ＧＥ社が好機を逃さず、アルストム、とくに起訴されるのを恐れていたクロンの弱みにつけこんだだけなのか？　経済戦争は熾烈だから、なんでもありうる。だが、そんな汚い駆けひきはどうでもよかった。このとき私が望んでいたのは、自分がそういったことをちゃんとわかっているとスタンとリズに伝え、そのうえで、アルストムの売却という新しい局面で自分に有利にことが運べないかと検討することだった。スタンは元検事であり、今でも司法省に強いコネを持っている。その筆頭にあげられるのが司法長官エリック・ホルダーだ。スタンはコネチカット州地方検事だったころ、ホルダーと直接、仕事をしたことがあったのだ。だから、そのコネを活用して、ホルダー本人か、それが無理なら、せめてその部下の誰かにアルストムの件について問いあわせてもらいたかったのだ。

「スタン、クロンがアルストムをGE社に売却して、訴追を免れようとしていることはよくわかっているだろう。だから、アルストムとの取引がどうなっているか、司法省に問いあわせてくれないか」

「そんなことはできませんな」スタンは冷ややかに答えた。

「どうしてだ？　司法省の人間とは知りあいなんだろう」

「それはそうです」リズが認めた。「でも、そんな問い合わせは失礼です。あなたの言い方では、司法省がGE社の片棒を担いでいるみたいに聞こえます！　いったいぜんたい、アメリカの司法の独立性に問題があるとでも言いたいんですか？」

「そうだ、そのとおりだ！」

長らくFCPAについて調べるなかで、私は企業が司法省と行った司法取引を一つ一つ吟味した。そして、政治的圧力があったことが明らかな事例がいくつもある、と確信を持つようになった。その事例を私は事細かにメモしておいた。そして、反応の薄いスタンたちにいらつきながら、そのメモを読みあげて聞かせたのだ。

「BAEシステム社がいい例だ」と私は切りだし、三つの例をあげた。内容をざっとまとめると、以下のようになる。

最初にあげたＢＡＥシステム社はイギリスの軍事関連企業で、サウジアラビアでの兵器販売契約をめぐる贈賄容疑で起訴された。当時のイギリス首相だったトニー・ブレアが介入し、ＢＡＥシステム社は最終的には、単なる〈過失〉しか認めなかった（注1）。贈賄を認めないですんだため、巨額になってもおかしくなかった罰金は、四億ドルに減額できた。そのうえ、この政治的介入のあと、ＢＡＥシステム社の幹部は誰も逮捕されたり起訴されたりしなかった。次の例は、銃器見本市《ショット・ショー》事件だ。アメリカの軍事関連企業の幹部二二人が海外での贈賄容疑で起訴されたのだが、その後、事件はないも同然になった。裁判の最後に、審理が無効になったのだ。そんなことが起きるなんて奇跡のようなものだ……。もう一つ、メルカトル事件の例もあげた。石油会社エクソンモービル社がカザフスタンの油田とガス田の採掘権を獲得するため、ナザルバエフ大統領とその親族に賄賂を支払った事件だ。贈収賄があったことは確実だったのに、エクソンモービル社はまったく罰せられなかった。この事件には、ＣＩＡが深く関与しているのは間違いないのだ……。

「言うまでもなく、ＧＥ社も同じだ。イラクやブラジルでの贈収賄の事実の内部告発があっても、その都度、ＧＥ社は切りぬけて、今まで捜査されたことさえない（付録2参照）。スタン、これはいったい、どういうことだ？　いいか、司法省が厳しく罰した上位一〇社を調べてみろ。一〇社のうち八社が外国企業だ。アメリカの企業はたったの二社だぞ。中国企業は一社も、ＦＣＰＡ違反では訴追されていない。ＦＣＰＡが施行されて四五年になるが、Ｆ

BIは、ジェネラル・ダイナミクス社やシェブロン社などのアメリカの巨大グループに関しては、贈収賄の証拠を掴んだことは一度もない。その一方で、この一〇年のあいだに、ノルウェーのスタトイル（現エクイノール）社、イタリアのエニ社、フランスのトタル社のような外国の企業はつぎつぎと摘発してきた。だから、アメリカの司法に問題があると言っているんだ。アメリカの司法が公正だなんて信じられない、まったく信じられない」

「そういうことは、あなたの件とはまったく関係ありませんよ」リズがつっけんどんに答えた。

その態度に私はカッとして、冷静さを失った。

「ふたりとも、私をばかにするのはいいかげんにしてくれ。アメリカの司法には問題なんかなにもないなんて、よくもまあ言えたもんだ。もう……」

「まあまあ」スタンは私をあしらおうとした。「そんなにいらいらしないで！　おっしゃるとおり、わが国の司法は完璧じゃありません。ですが、一年以上勾留されても、どうやら、まだなにもわかっておられません。あなたの件を担当する判事にとっては、司法省とクロンが司法取引をしたかどうかは、どうでもいいことです。判事が考慮に入れるのは、唯一、検事の言うことだけです」

「ということは、判事はもっと責任の重い者が罰されなくても知ったことではないって言うのか！　下っ端だけを有罪にしているのでも構わないのか！」

「ええ、判事はまったく気にしませんよ、フレデリック」

「だったら、言わせてもらうが、司法省がアルストムのお偉方をかばって、私を有罪にするなら、それを許す判事だって同類ってことじゃないか！」

「いやはや、まだおわかりになりませんかね？　もちろん、司法制度は公平じゃありませんよ！　だが、あなたはそれに従うほかないんです。重要なのは、ご自分が一〇年間刑務所で過ごしたいのか、それとも釈放されたいのか、わきまえることです」

スタンやリズと話していて、これほど緊迫したことはなかった。まるで、壁にぶつかって、それをぶち壊そうと必死にもがいているような気がした。

「スタン、アメリカのくそったれな司法制度なんか、どうでもいい。もううんざりだ。文書にして正式に依頼するから、司法省の上層部に、アルストムと免責の取引をしたかどうか、問いあわせてくれ。それでも、やりたくないなら、好きにしろ。だが、それならそれで、書面で回答してもらいたい。そうすれば、弁護士に依頼を拒否されたという証拠になるだろうからな」

スタンは怒りのあまり顔面蒼白になっていた。優に三〇秒は黙りこんでから、ようやく同意した。

「ご質問は伝えます、フレデリック。ですが、そんなことをしても、どうにもなりませんよ。非常識だし、役に立たないアプローチです」

そこで接見は終わった。一時間もかかっていなかったろう。だが、続けても意味がなかった。雰囲気は険悪だし、話せないことだらけで、会話が続かなかったのだ。それでも、また一週間後に連絡を取りあうことにした。

帰り際に、ふたりは最新情報を伝えてきた。ホスキンスがすでに逮捕されているというのだ。ホスキンスはテキサスに住む息子を訪ねる途中だったというから、アメリカに入国したところで逮捕されたのだろう。ホスキンスの逮捕は二〇一四年四月二三日、つまりアルストムとGE社の交渉がスクープされる前日のことだった。ということは、ホスキンスが逮捕されたとき、クロンはシカゴでGE社と交渉中だったのだ！　クロンは、ホスキンスの逮捕を知って、アメリカにいれば、自分もいつ逮捕されるかわからないと怯えただろう。ホスキンスの逮捕はクロンにそのことを思い知らせるためのメッセージだったのだ。ホスキンスと同じように、私もちょうど一年前、キース・カーがワシントンに来る前日に逮捕された。これが偶然だろうか。いや、社長やその片腕の訪米と部下の逮捕が重なる偶然が二度も起きるなんて、まったくもって信じがたい。これは間違いなく、練りあげられた作戦なのだ。私はそう確信した。

「それでわかったぞ、スタン。だから、検察は方針を変えて、六か月経っても私を釈放しようとしなかったんだ。検察は、アルストムがGE社と交渉中だと知っていたんだ。それで、私がマスコミに情報を漏らしたり、フランス政府になにか伝えたりすることを心配したんじゃないのか?」

「そうかもしれません」スタンがあいまいに答えた。

「今となっては、すべてが公になって、アルストムとGE社との交渉もまとまったのだから、いつになったら私の保釈を認めるつもりなのか聞いてくれ。いつまでも、このままにしておくことなどできないだろう。一九七七年にFCPAが制定されてから、私腹を肥やしていないかぎり、一年以上の刑になった者はひとりもいない。それなのに、私はここに一年以上も勾留されているんだ」

「聞いてみます」スタンは素っ気なく答えた。

（注1）アメリカ合衆国国務省に仲介者についての申告を怠ったという過失。

31　ゼネラル・エレクトリック寓話

アルストムのエネルギー部門の全事業を買収することは、並みの企業ではできない。ゼネラル・エレクトリック（GE）社だったから、可能だったのだ。二二年のキャリアのおかげでわかるのだが、GE社は単なる一企業の域を超えている。GE社は絶対権力を誇るアメリカそのものだ。GE社は二〇一四年、世界第六位の巨大企業であり、電気、ガス、石油、医療機器、航空機など戦略的分野のほとんどすべてで事業を展開している。もちろん、冷蔵庫やオーブン、レンジ、食器洗い機、湯沸かし器といった家庭電化製品も製造している。二〇一三年までは、アメリカの三大テレビ・ネットワークの一つ、NBCも傘下に置いていた。そして、GEキャピタル社という、世界有数の金融機関を保有していた。だが、GEキャピタル社は、二〇〇八年のサブプライム住宅ローン危機の影響をまともに被った。このとき、アメリカ政府の巨額の金融支援（一三九〇億ドル）がなかったら、親会社を道連れに倒産していたに違いない。GE社は、フォード社、ゼネラル・モーターズ社、ウォルマート社（スーパーマーケットチェーン）と同じように、アメリカの家庭に深く根付いており、国の財産ともなっているのである。

二〇一四年春、GE社のトップはワシントンに大きな影響力を持っていた。ジェフ・イメルトである。イメルトがGE社のCEO（最高経営責任者）に就任したのは一三年前の二〇〇一年九月、同時多発テロ事件が起きる四日前だ。イメルトにとっては、GE社は人生そのものだろう。父親も同社のOBで、妻も社員だった。本人もGE社に入社してから三〇年以上になる。イメルトは手強い交渉者である。根っからの共和党支持者だが、オバマ大統領とも非常に親しい関係にあり、二〇一一年には、大統領の経済に関する諮問機関〈雇用・競争力会議〉の議長に就任している。そのとき取り組んだ課題は〈アメリカ経済の再建〉であり、イメルトがその仕事を進めるにあたっての姿勢は終始一貫していた。言葉にすれば、〈商売は商売、私情は挟まない〉ということである。パリを訪れた折に、イメルトはこう漏らしたこともある。「商売をするということは、戦争をするのと同じだ。愛情が欲しいのなら、はっきり言って犬を買ったほうがいい」

商売をするとなれば、値段が問題である。裁判記録を読みすすめるうちに気がついたことがある。GE社は、一九九〇年代初め、イスラエルと交わした防衛にかかわる契約にからんで資金流用の嫌疑をかけられ、六九〇〇万ドルの罰金を科せられたことがある。この制裁は、GE社内部に電気ショックをかけられたような衝撃を与えた。その結果、経営陣はリストラを断行し、以降、（少なくとも理論上は）厳格な倫理規定を設けたのだ。

GE社の経営陣のなかで、この方針を最も熱心に推進したのは、当時、取締役だったベン・W・ハイネマンだ。ハイネマンは二〇〇〇年代半ばまでGE社のコンプライアンス担当であり、法律誌アメリカン・ロイヤーで、アメリカで最も革新的な法律家のひとりに選ばれていた。ハイネマンによる社内改革が進められるなか、GE社は〈ホワイトナイト〉〔訳注：〈白馬の騎士〉とも。敵対的買収を避けるための友好的なパートナーを指す〕であるという評判を獲得するとともに、司法省の腐敗対策チームと密接な関係を結んだ。検事は転職先が見つからないと、GE社のコンプライアンス部門の職をオファーされるようになった。二〇一四年には、一五人あまりの司法省OBがGE社に在籍しているほどだ。二〇〇〇年代になると、GE社は贈収賄事件にどっぷりはまってしまった企業の経営陣が格好の標的になることに気づいた。そうした企業に対して、司法省との取引を手助けする約束をちらつかせて、買収交渉を持ちかけたのだ。スタンに話したとおり、そういうふうにして、GE社はすでに一〇年間で四社を買収している。アルストムはそういう買収先として五社目であり、飛びぬけて規模が大きい。それ以前の例としては、二〇〇四年、アメリカのインビジョン・テクノロジー社がある。同社は、中国、フィリピン、タイの空港に爆発物探知機を設置する契約を獲得するために賄賂を支払ったとして、FCPA違反で起訴されていた。すると、GE社が司法省に働きかけて司法取引を取りまとめて事件は決着し、そのかわりGE社はインビジョン・テクノロジー社を手に入れたのである（注1）。

電力の分野でも、海外のGE社のライバル企業のほとんどすべてが起訴され、多額の罰金を科されている。スイス、スウェーデンのABB社は二〇一〇年、罰金五八〇〇万ドルを科された。ドイツのシーメンス社は二〇〇八年、経営委員会のメンバーを含む八人が捜査対象になり、罰金八億ドルを科されているし、日本の日立も一九〇〇万ドルの罰金を支払っている。そして、今回はアルストムである。一方で、GE社の機器を自社のオファーに組みこんでいるアメリカの大手では、司法省にFCPA違反で狙われた社は一社もない。たとえば、在外アメリカ大使館の建設を手がけているベクテル社がそうだし、エンジニアリング関連で、ブラック・アンド・ベアッチ社、フルア社、ストーン・アンド・ウェブスター社、サージェント・アンド・ランディ社もそうだ。あるいは、ボイラーメイカーのフォスター・ウィーラー社（石油事業にも深く関わっている）、バブコック・アンド・ウィルコックス社もそうだ。しかし、これらのアメリカ企業だって、世界各地の火力あるいは原子力、風力による発電所の建設にかかわる契約をめぐって、熾烈な競争を繰りひろげているのだ。いったいぜんたい、どうやったら、〈コンサルタント〉の力を借りずに、契約を勝ちとれるというのだ？

たしかに、アメリカ企業には強大なアメリカの外交力のバックアップがあるだろう。たとえば、GE社は二〇一〇年、イラク政府に三〇億ドルのガスタービンを販売することに成功したが、この契約は破格の条件の随意契約で、入札も行われなかった。だが、当時のイラクには発電所を建設する力がなく、イラク政府は一〇基のガスタービンを抱えて、途方に暮れるしかなかったのだ。とすれば、GE社のやったことは言語道断であろう。それにもかかわらず、今日に至るまで、この取引に異を唱える者はいない。というのも、GE社は、あるインテリアデザイナーの単なる下請け業者という位置付けになっていたからであり、GE社の役割は発電所の建設を請けおう建設会社にガスタービンを納入することだけだったからである。もちろん、そのインテリアデザイナーがコンサルタントに報酬を支払ったのだろう。このようなアジア地域における、さほど大きくない取引において、GE社は韓国や日本の大手商社を好んでパートナーにしたが、そうした商社もまた司法省から目をつけられたことはないのだ。

二〇一四年春、GE社は、腐敗防止対策において他社に先んじているというだけでなく、交渉上手であることも間違いなかった。GE社の提示した買収案は明らかにバランスを欠くものであったにもかかわらず、イメルトは、クロンの強い支持を得て、その提案は〈アルストムにとっての最善策〉であると関係者に話している。

アルストムにとって最善策であることを示すために、イメルトは二つの論拠を主張した。一つ目は、GE社がフランスと深い縁があることだ。GE社は一九六〇年代からフランスに進出しており、現在ではフランス国内で一万人を雇用している。二つ目は、アルストムとGE社には歴史的なつながりがあるということだ。それは事実だ。だが、その関係性は、イメルトが言うような素晴らしい間柄とはほど遠いものだ。アルストムの多くの社員も私も、ベルフォールの一件をよく覚えている。アルストムはGE社からガスタービンの製造ライセンスを譲渡され、フランス東部の都市ベルフォールの工場で製造していたが、GE社は取引条件を厳しくし、アルストムの持つライセンスが旧式になると、より大型で効率のいい新型のライセンスは譲渡しなかった。その結果、アルストムは一九九九年、ガスタービン事業をGE社に再譲渡せざるを得なくなり、ベルフォールを象徴するほどだった工場もそこで働く従業員ともどもGE社の手に渡ったのである。

だが、いずれにせよ、数十年前からフランスで事業をしているGE社は、フランスのことを熟知していた。フランスの経済や週三五時間労働制、文化についてもよく知っていたし、なにより政界の人脈に通じていた。そう、GE社の幹部連中はロビー活動が大の得意なのである。

二〇〇六年になると、イメルトはクララ・ゲマールという才色兼備の女性をヘッドハンティングしてGEフランス社の社長に任命、次いで二〇〇九年にはGEインターナショナル社の取締役にも抜擢した。ゲマールはパリの多くの有力者の知己を得ており、女性フォーラムの会長を務めたり、二〇一一年にはフォーブス誌の世界で最も影響力を持つ女性三〇位に選ばれたりしている。国立行政学院（訳注：略称ENA。グランゼコールの一つ。とくにエリート色が強い）の卒業生で、品もよく、大臣の前だろうと、テレビのスタジオだろうと伸び伸びと振る舞える人物だ。

二〇一四年春のこの時点では、ゲマールは外交的手腕を発揮して、GE社とフランス政府に広がっていた動揺を鎮めるべく奔走していた。というのは、モントブール経済大臣の怒りが収まっていなかったからだ。モントブールは、大臣執務室にクロンを呼びつけて怒りをぶちまけた直後、二〇一四年四月二九日には、国民議会でまた同様のことをした。モントブールは元弁護士だが、この日は検事さながら、クロンを激しく糾弾する演説をしたのだ。

「アルストムはフランスの宝とも言うべき会社です。私は二月以降、その社長であるパトリック・クロンと話しあいを重ねてきました。私は大臣という立場で、真剣にクロンに尋ねましたが、クロンは他社との提携はいっさい考えていないと言いつづけていたのです！　はたして、経済大臣の執務室に嘘発見器を設置すべきなのでしょうか？」

モントブールは、この演説をする少し前、その日の朝にも、RTLラジオの番組で国の経済を憂う愛国心に訴えた。

「こそこそと交渉を進め、そのことを経済大臣に伝える電話一本寄こさないのに、連日のように援助は要求する。そんなことは、わが国を代表する企業のトップとして、職業倫理にもとる行為です」

モントブールは激しい言葉で攻撃するだけでなく、行動に打って出た。まず手始めに、契約をまとめるためにフランスを訪れたイメルトとの面会を、丁重に、だが断固として拒絶したのだ。情勢からして、近々改めて会うというわけにもいかないだろう。かわりに、モントブールはイメルトに書簡を送った。〝フランスでは、エネルギー分野、とくに原子力関連分野での企業買収計画は、当局の承認を要する〟と念を押したのだ。モントブールはアルストムの経営陣にも警告した。〝この売却は、証券取引法違反となる可能性がある。注意するように〟

　ところが、じっさいには、すべてはったりに過ぎなかった。モントブールはとりあえず時間を稼ごうとしたのだ。そして、稼いだ時間を使って、司法と経済の両面から反撃を仕掛けようとした。司法の面では、モントブールは、アメリカがアルストムに脅しをかけていると考え、手を打とうとした。しかし、オランド大統領のところに持ちこめるだけの明白な証拠はなかった。そのために、対外治安総局（ＤＧＳＥ）の助けを借りようとしたのだが、断られてしまったのだ。だが、モントブールはめげなかった。ＤＧＳＥをあてにせず、自力でどうにかしようとした。そして急遽、省内に特別委員会を設置し、四人のメンバーを選ぶと、アルストムとＧＥ社の提携について徹底的に調べるように命じた。このモントブールの〈四銃士〉はすぐさま、アメリカのやり方を詳しく洗いだし、その過程で、あっという間に私の事件までたどり着いた。その結果、〈四銃士〉は私に連絡をとろうとさえしたのである。

　そういう事情を当時の私はまったく知るよしもなかったが、シンガポールにいるクララのもとに、その〈四銃士〉のひとりから直接、電話がかかってきたのだ。クララは心底驚いた。

一年前に私が逮捕されてから初めて、フランス当局からアプローチしてきたからだ。だが、クララは二つ返事で飛びつくようなことはせず、慎重に対応した。というのも、相手がとても若いように思えて、一瞬、詐欺かなにかかもしれないとまで考えたからだそうだ。そこで、クララは本物かどうか確かめようと、経済省のアドレスからのメールを送るように要求した。メールはすぐに送られてきたが、内容は説得力に欠けていた。私はどうすべきか迷った。ワイアットでは、電話や面会室での会話はすべて録音され、検察に送られる。監視されることなく自由に話ができるのは、弁護士と接見するときだけだ。しかし、スタンのことはあまり信頼できなくなっていて、腹を割って話をするのが難しかった。

運よく、雇用問題を任せている弁護士マルクス・アショフが一週間の予定でアメリカに出張中で、私に会うためにロードアイランド州まで足を運んでくれた。アショフが来てくれたことはとてもありがたかった。逮捕から一年以上経って初めて、他人に聞かれる心配なしに、誰かとざっくばらんに話ができたからだ。アショフと私は六時間以上話しこんだ。アショフはジュリエットから詳しく説明を受けてきて、それを私に伝えてくれた。それでようやく、これまでの家族との電話では聞かされていなかったこと、あいまいにしか語られなかったことを理解することができた。

モントブールの委員会のメンバーが接触してきたことについては、考えあぐねていた。もちろん、心の奥底では、モントブールを助けて真実を明るみに出したいという気持ちだった。

しかし、家族も、アショフも、やめておいたほうがいいという意見だった。今の私は、一年以上厳重警備の拘置所に閉じこめられ、司法省に利用されて、アルストムに協力させるための人質のように扱われている。しかも、一〇年の刑を受けるかもしれないのだ。こんな状況で、私がモントブールに間接的にせよ手を貸して、GE社の計画を失敗させようとしていると司法省が知ったら、さらに長い年月をアメリカの刑務所で過ごすはめになりかねない。それに、司法省はすぐにそんなことは掴むだろう。というのは、アショフがにらんでいるように、家族もアショフも盗聴対象になっているだろうからだ。やむを得なかった。私はしぶしぶ、モントブール側からのアプローチには応じず、距離を置くようにクララに頼むしかなかった。

いずれにせよ、モントブールが反撃の主戦場にしたのはもう一方の側面、すなわち経済の分野だった。モントブールは、GE社による買収を阻止するために、アルストムの別のライバル企業に目をつけた。ドイツの企業グループ、シーメンス社である。シーメンス社はすぐにモントブールの要請に応じた。

シーメンス社の社長ジョー・ケーザーは、フランス経済省で交わした意向表明書《レター・オブ・インテント》のなかで、アルストムのエネルギー事業を取得すること、そのかわり、シーメンス社の鉄道事業の大部分をアルストム側に譲渡することを提案している。その鉄道事業には、高速列車ICE（五四億ユーロの受注が決まっている）や機関車の製造が含まれており、それを差しだしたのだ。ケーザーによれば、この提案は、〝ヨーロッパに二つの巨大企業をつくりあげるまたとないチャンスである。一つは、鉄道車両製造部門のフランス企業、もう一つはエネルギー部門のドイツ企業だ〟ということだった。そのうえ、ケーザーは三年間は人員解雇はいっさい行わないと約束したうえ、〝フランスの国益を守る〟ために必要な場合は、アルストムの原子力事業を再譲渡する用意があるとも述べた。このオファーに力を得て、モントブールはアルストムの取締役会から、GE社への売却の決定を延期する同意を取りつけた。こうして、モントブールは最初の戦いに勝った。クロンは三日間で契約をまとめるつもりだったが、ここへ来て戦略を修正せざるを得なくなったのである。

しかし、その勝利の一方で、モントブールは政治の世界で、力を失いつつあった。オランド大統領がアルストムの件の主導権を取りあげたのだ。オランドは、ヴァルス首相と関係閣僚だけが出席する緊急会議を招集した。オランド自身、時間稼ぎがしたかったのだが、やたら声高なモントブールのことも信用していなかった。モントブールがしばしば大企業の社長を敵に回して、物議を醸していたからだ。とくに、オランドが許せなかったのは、インド発祥の世界的鉄鋼メーカー、ミッタル社についての発言だった。モントブールは二〇一二年一一月、「フランスにはもはや、ミッタルなんかいらない」と堂々と言い放ったのだ。こうした才気走ったモントブールの物言いは社会党左派には歓迎されたが、大統領府はいらだった。

そんなわけで、大統領府は、新しく交渉役を選ぶことにしたのである。そして、選ばれたのが、国家出資局の局長、ダヴィッド・アゼマである。もちろん、国はもうアルストムの株主ではないものの、戦略的に重要な企業が危ういとなれば、そんなことはたいした問題ではなかった。それに、アゼマは適任だった。上級官僚であり、左派と目されていたが、民間企業のこともよく知っていた。アゼマの仕事はモントブールの所管であったが、アルストムの件を扱うにあたっては、モントブールと同時にエマニュエル・マクロンにも報告をあげることとされた。

そのころ、つまり二〇一四年四月の終わりから五月の初めにかけて、ワイアットにいた私は、毎朝、CNNニュースを見てはアルストムの買収という信じがたい話の続報を注視していた。しかし、フランスではこの件は大きな関心を呼んでいたが、アメリカではさほど注目されていなかったようで、テレビニュースから得られる情報は多くはなかった。そのため、詳しい情報を知るには、クララから毎日のように送られてくる新聞の切り抜きを待つしかなかった。

五月初め、私はリズに電話して、スタンが私との約束を守って、司法省に連絡を取ったか確かめた。リズによれば、スタンは一応、検察のかつての知りあいのひとりに口頭で尋ねたそうだ。だが、その人物の話では、司法省とクロンのあいだではいかなる取引も成立していないという。しかも、この非公式な〈おしゃべり〉は当然、記録に残すこともできなかった……。要するに、スタンは私をずっと虚仮《こけ》にしているのだ。しかし、二〇一三年七月にホスキンスが捜査対象になってから、すでに一〇か月近く経っていることから考えて、さらに上位への捜査を打ち切り、クロンを狙うことを断念したことは明らかだった。それに間違いないはずだ。だが、すべて私の思い過ごしだと言われかねない。そこで、私はリズに、検察に書面で質問し、クロンとはいかなる種類のいかなる合意もしていないと書面で回答してもらうようにと再度要求した。検察には最初から嘘ばかり言われてきたので、物的証拠を手に入れたかったのだ。

「率直に言って、それはお勧めしかねます」リズは言いはった。「検察があなたを釈放してもいいと考えだしたところなんですから。ホスキンスだって、保釈を認められたんですよ」

「ホスキンスにとっては、結構なことだ。だが、私とは扱いが大違いで、びっくりだ」

「ホスキンスはイギリス人で、イギリスは自国民の引き渡しに同意しているので、弁護士が判事を説得できたんです」

ホスキンスの弁護を担当しているのは、クリフォード・チャンス法律事務所だった。ここは世界でも最大クラスの法律事務所で、訴訟に関するあらゆる分野に対応しており、とくにFCPAを専門とする弁護士も抱えていた。FCPAに関してはほとんどなにも知らないスタンとは雲泥の差だ。私はリズに尋ねた。

「ホスキンスの保釈の条件は?」

「一五〇万ドル、すなわち、ホスキンスがイギリスに所有する家の大部分です。ホスキンスはテキサスに住む息子の家に滞在するようですね。アメリカを離れたいときは、判事の許可が必要です」

「一五〇万ドルだって！　すごい額じゃないか」

「それが自由の値段なんです！　それに、保釈されるには、あなたもそれくらいの保釈金を納めなければならないんですよ」

「なんだって！　一五〇万ドル払えと！　いったいどうして、そんな金額になるんだ？　最初から、四〇万ドル、それにリンダの家という話だったじゃないか」

「そうなんですが、検察はホスキンスと同等の保釈金を要求しているんです」

「そんなばかな。ホスキンスはそんな大金でも出せるのかもしれないが、私には無理だ」

「わかっていますが、しかたないんです。それに、それだけじゃないんです。家を担保に入れることを承諾してくれるアメリカ人をもうひとり見つけてください。ご友人のリンダさんのような方です。ふたりのアメリカ人にあなたの〈連帯保証人〉になってもらう必要がありそうなんです。つまり、あなたが保釈されたあと、フランスに逃亡したら、そのおふた方の家が差し押さえられるというわけです」

まったくもってひどいやり方だ。検察はどんどん要求をつりあげる。明らかに、どんな手を使ってでも、私を勾留しつづけるつもりなのだ。この話を聞いた瞬間、絶望的な思いにとらわれた。もうおしまいだ、そんな条件を満たせるはずがない、このまま一生ワイアットにいるしかないのだ、と。

だが、家族は八方手を尽くして、助けてくれる人を探し、金をかき集めてくれた。父は、古くからの知人のマイケルに頼みこんだ。そして、マイケル夫妻が持ち家を担保に入れることに同意してくれたのだ。リンダと同じだ。この人たちにはいくら感謝してもしきれない。クララは、家じゅうの金をかき集め、預金や積立年金を解約し、自宅の土地の一部を売却して、ほぼ検察の要求する金額を調達してくれた。やれることはすべてやった。これ以上は、もうなにもできない。

これで足りるだろうか？　私の釈放は、アルストムとGE社とフランス政府のあいだで行われているポーカーゲームのような駆け引きの結果次第なのではないだろうか？　ところが、パリでは、この売却の契約はまだ成立していなかった。モントブールが巻きかえして優勢に立とうとしていたのである。

二〇一四年五月一五日、モントブールはGE社の計画を阻止するのに適した政令を採択させることに成功した。株式公開買付を規制する手段を手に入れたのだ。その政令では、外国企業が、エネルギー、水、運輸、通信、保健衛生の各分野のフランス企業の支配権を獲得しようとするなら、フランス政府の承認を得なければならないことになっている。モントブールは勝利に酔いしれ、「もう好き勝手にはさせない。フランスは、好ましからざる企業買収から国を守るのだ！」と気炎をあげた。これで経済を憂うフランス人の愛国心に火がついた。調査会社BVAの世論調査によると、この時のモントブールの行動は、七〇％という圧倒的支持を得た。では、おおかたの予想に反して、モントブールはこのままクロンとアメリカを諦めさせることができたのだろうか？

このように、アルストムの買収話は政界を巻きこんで大混乱していたのだが、そのなかで異様なほどの沈黙を守っている勢力があることが腑に落ちなかった。保守政党、国民運動連合（UMP）、とくに前大統領ニコラ・サルコジの沈黙だ。二〇〇三年にはアルストムに救いの手を差し伸べたサルコジが、これほどの政治的な案件で、左派の大統領の消極的な姿勢を非難できる絶好の機会に飛びつかないのは、いったいどうしてなのか？　目の前にチャンスが転がってきたのに、なにもしない。声明一つ出さないのだ。自分の党を分裂させたくないのか？　自党の有力な政治家ヴァレリー・ペクレスのためだろうか？　ペクレスの夫は二〇一〇年、アルストムの再生可能エネルギー事業のトップに指名されており、この後、アルストムとGE社の統合の責任者になり、さらに統合後にはGE社再生可能エネルギー部門の社長に就いて、イメルトの直属の部下になる。あるいは、やはり自党の政治家エルヴェ・ゲマールと仲違いしたくないのか？　ゲマールの妻クララ・ゲマールはGEフランス社の社長だ。それとも、ほかになにか事情があるのか？　サルコジはクロンの友人でもある。クロンが法的に苦しい立場を切りぬけるには、自分は黙っているほうがいいと思っているのか？いずれにせよ、サルコジがなんの反応も示さないのは不可解だった。

マスコミにもやる気は感じられなかった。モントブールとクロンの激しいやりとりを報道するにしても、当たり障りのない内容にとどまった。ただし、一部の例外はある。たとえば、デジタル新聞メディアパールは二〇一四年五月二七日、マルティーヌ・オランジュとファブリス・アルフィの執筆した、これまでにない調査記事を掲載した（注２）。〈アルストム売却――贈収賄に隠された問題点〉と題されたその記事のなかで、ふたりのジャーナリストは、〝アメリカによる訴追は、アルストムの解体を取り巻く慌ただしさと不透明さに関係がないとは言えない〟と分析していた。ふたりも私と同じく、日付の一致に引っかかっており、とくに二〇一四年四月二三日に注目していた。その日は、ホスキンスがカリブ海のアメリカ領ヴァージン諸島で逮捕された日であり、同時にクロンとイメルトが交渉の真っ最中だった日だ。ジャーナリストたちの言葉を借りれば、〝この逮捕には重要な意味があった〟のである。部下を逮捕するという切り札を使って、アルストムの経営陣に圧力をかけて、GE社との交渉に合意させようとしたかもしれないのだ。

ようやく、真実が少しずつ見えてきた。当時、私はこの記事が大きな反響を呼ぶものと思っていた。だが、私は見誤っていた。記事はまったく注目されなかった。ほかの新聞の記事はそれにもまして注目されなかった。一例をあげれば、二〇一四年五月のカナール・アンシエネ紙の記事だ。この記事では、見事なまでの利益相反が指摘されているのである。なんと、極秘裏にGE社と交渉するにあたって、アルストムが助言を受けていた法律事務所を経営するのはスティーブ・イメルト……そう、GE社社長ジェフ・イメルトの実の兄だったのだ！家族ほど頼りになるものはないということだ……。二〇一四年五月一五日付の週刊誌ル・ポワンのコラムには、一つだけ意義のある疑問が提起されていた。〝パトリック・クロンは、法的に苦しい立場を切りぬけるために、アルストムをアメリカに売りわたすつもりなのか？〟しかし、その疑問は、それ以上の反響を巻き起こすことはなかった。

（注1）二〇〇四年一二月三日に、司法省、GE社、インビジョン・テクノロジー社のあいだで結ばれた合意文書による。
（注2）メディアパールの記事の執筆者ファブリス・アルフィはクララに接触してきたが、クララは私の立場を悪くすることを恐れて答えなかった。

32 苦い勝利

一か月後の二〇一四年六月初め、ことは決した。アルノー・モントブールは負けを認めざるを得なくなったのである。じっさいには、モントブールはカメラの前で勝ち誇ったように笑顔を見せた。そして、自分がアルストムを救ったと主張して、現状では最善の策であるとして合意に達した内容を発表した。しかし、私はだまされない。モントブールはまがうかたなき敗北を喫していたのだ。勝利を収めたのはモントブールでなく、フランソワ・オランドだ。そう、フランス大統領がアメリカのGE社の提案を認める決断を下したのだ。

GE社が交渉に全力を尽くしたことは認めざるを得ない。しかも、GE社は見事な手腕を発揮して交渉を進めた。ジェフ・イメルトはこの買収が自分のキャリアにおいて最大の勝負となることを自覚しており、進んでパリに住居を構えた。そして、経済や金融の面だけでなく、政治やメディアの面での戦いも重要であるとすぐさま理解した。そこで、イメルトは大手広告代理店を雇うことにし、ハバス社を選んだ。その取締役、ステファン・フークスはマニュエル・ヴァルス首相の親友だ。

ハバスはGE社のアルストム買収を助けるために非常に大がかりな策を講じ、三人のシニア・アドバイザーを起用した。〈フランス企業運動（訳注：経団連のようなフランスの団体）〉の元部長補佐アントン・モリナ、ピュブリシス・コンシュルタン社元部長ステファニー・エルバス、政治家グザヴィエ・ベルトランの事務所の元代表ミシェル・ベタンの三人だ。アルストム側にも、三つ星級のふたりのエキスパートがついていた。サルコジの元広報責任者フランク・ルーヴリエとピュブリシス・グループ社長のモーリス・レヴィ（GEフランス社社長のゲマールと非常に親しい）だ。この広報宣伝のドリームチームが買収を妨げる障害となるものをつぎつぎと取り除いていくのである。そして、最初に乗りこえた障害物は世論だった。つまり、この買収の必要性を世論に納得させるべく動いたのだ。

二〇一四年春の時点では、イメルトやクロンがなにを言おうと、アルストムはけっして経営不振というわけではなかった。構造的な欠陥を補ってあまりあるテクノロジーを保有しており、直面している危機は主として財政上の問題だった。そのため、グループの七〇％を売却する必要性をフランス人に理解させるのは難しかったのである。そこで、イメルトとクロンはテレビ番組に出演させて、買収のよい面をひたすらアピールする作戦に出た。イメルトはフランス2の二〇時のニュースに、クロンもTF1のニュース番組に出演した。クロンがテレビで繰りかえし主張していたのは、たった一つ、〝アルストムの規模では、同業の二大巨頭GE社とシーメンス社と戦いながら、危機を乗りこえられない〟ということだ。しかし、数字を詳しく見てみると、事実はまるで違うとわかる。アルストムのエネルギー部門（一五〇億ユーロ）は規模的には問題ではなく、エネルギー分野では世界第三位の地位にある。GE社と全体的な比較をすると、アルストムの総売上高は、たしかにGE社の八分の一だ。だが、エネルギー部門を売却すれば、もっとひどい数字になる。アルストムが鉄道車両製造部門に特化した場合、売上高はGE社の三〇分の一になってしまうのだ！　十分な体力がないから売却する必要があると言いながら、売却後はさらに弱体化する。そんなのはまったくばかげている。

そもそもクロンは、社長に就任してからのこの一〇年、市場の周期的な変動を吸収していくために、アルストムは三つの分野（エネルギー、送電設備、鉄道車両製造）で同時に事業を行うことが必要だと主張してきたのだ。それが今や、まったく正反対のことを言っている。クロンによれば、鉄道車両製造部門に特化すれば、アルストムには輝かしい未来が待っているそうだ。だが、専門家たちは口をそろえて、そうなった新生アルストムは規模が小さくなりすぎて、競合他社のなすがままになってしまうだろうと指摘した。じっさい、三年後にはそれは現実のものとなる（注1）。しかし、そういう声はドリームチームの繰りだす広告宣伝のマジックでかき消され、イメルトやクロンの甘い言葉が歓迎され、記事に取りあげられたり、インタビューが流されたりし、ついには、ふたりの主張がメディアのなかでは真実となったのだ。

二つ目の障害物は雇用の問題である。オランド大統領にとっては、これが最も重要な問題であり、フランス政府の承認を得るには、この課題をクリアしなければならなかった。なぜなら、オランドは大統領に選出されてからというもの、前例のない失業率の上昇に直面しており、リストラなどで失業問題のさらなる悪化を招くような買収を認めるわけにいかないからだ。この課題に対しては、イメルトが早速、フランスで一〇〇〇人の雇用を創出すると公に約束してみせた。結果から言えば、それは空約束だった。しかし、わかりきったことだが、約束というものは、果たすつもりがあって初めて意味を持つ。はなから、その気がなければ……。（「エピローグ」参照）

三つ目の、そして最後に残された障害物は、おそらく最も厄介な問題だった。ほかでもない、モントブールを黙らせることである。

二〇一四年五月半ば、モントブールはもちろん、ドイツのシーメンス社の提案を引きつづき支持していた。シーメンス社が提案内容を練りあげて改善してきたので、なおさら支持を強めていた。シーメンス社はエネルギー分野のもう一社、日本の三菱重工業に声を掛けた。そして、この二社がこれまでにない提案をしてきたのである。二社はアルストムの買収は望まなかった。三社のあいだで、永続的な提携関係を築くことを提案したのだ。三菱は、水力、送電網、原子力の各事業で、アルストムと三つのジョイント・ベンチャーを設立することを約束した。しかも、アルストムが六〇％、三菱が四〇％の株式を所有、アルストムが多数株主になるという条件である。シーメンス社のほうは、アルストムのガス事業を買収するが、そのかわり、シーメンス社の鉄道の信号システム事業をアルストムに売却するという内容だ。モントブールはこの提案を熱烈に支持した。モントブールの見解では、この提案には二重のメリットがあった。この提案ならば、フランスは面目を保つことができるうえ、経済の見地からも筋の通った話である、という二点である。

シーメンス社と三菱の攻勢に対し、GE社側は早急に戦略全体を見直すことを迫られた。その結果、先行したシーメンス社・三菱案を意識した新しい提案をした。まず、その提案では、〈売却〉とか〈買収〉とかの言葉が使われなくなっている。そして、原子力、再生可能エネルギー、送電網の各分野で、三つの〈ジョイント・ベンチャー〉を設立することを提案している。この三社は、アルストムとGE社の五〇対五〇の同等の持ち株比率で設立、保有される。新しい提案がなされるとすぐ、広告代理店はこの提携のメリットを礼賛するCMビデオを制作した。それはじつに感動的な映像だった。ベルフォールの工場で、アルストムとGE社の従業員が一緒に働いていて、社員食堂で食事をともにしている姿が描かれているのだから。このCMはテレビのすべてのチャンネルで、プライムタイムに流された。表だって見えないところでも、政府やマスコミの裏側でGE社のアドバイザーたちが暗躍し、シーメンス社と三菱の提案の評判をおとしめようとしていた。つまり、シーメンス社と三菱の提案は複雑すぎる、実行は困難、提携先が複数なのは問題……という具合だ。週を追うごとに、この秘密工作は功を奏していき、シーメンス社・三菱案の評価は下がり、GE社案の評価が上がった。政府側のアゼマもGE社側を支持する方向に傾きつつあった。ただし、最終的な決定権は大統領府にあった。

二〇一四年六月初め、マクロン、ヴァルス、モントブール、それにオランド大統領が集まった。そこでモントブールはシーメンス社・三菱案のため論陣を張り、GE社のオファーを阻止するために、新たな武器である制定されたばかりの株式公開買付を制限する政令を適用するよう、大統領に求めた。そのとき、マクロンが口を挟んだ。

「シーメンス社と組むと、よけいに難しいことになって、社会的な影響がより大きくなります。それに、アルストムの経営陣が頑として反対しています」

それから、マクロンはこうとどめを刺した。

「民間企業に合意を強要するなんて、ありえませんよ、ベネズエラじゃないんですから！」

アメリカは二〇〇八年の世界金融危機のあと、GE社を救済した。それにひきかえ、フランスの社会党政府は、自由貿易の名のもとに、自国の戦略的企業がアメリカの懐に飛びこむのを指をくわえて見ているばかりなのだ。さいは投げられた。アルストムはアメリカの企業になるのだ……。交渉が長引くにつれ、マクロンとモントブールの対立は深まった。このような対立構図のなかでモントブールがどういう反応を示すか？　黙って引きさがるわけはない。モントブールは社会党左派の支持を得ており、ヴァルスとしてはこの時点で、自らの内閣から去らせるつもりはなかった。そのためには譲歩が必要なことを重々承知していた。そこで、ヴァルスは国がアルストムの株主に戻ることを提案した。国が、ブイグ社の保有するアルストム社の株式の三〇％を買いとり、アルストムの鉄道車両製造部門の将来に責任を持てばよい、ということだ。これならば、モントブールの面目も保たれる。すべてを失うよりははるかにましだ。モントブールは、フランス政府はアルストムを見捨てなかった、自分が粘り強く交渉したからこそ、GE社から大きな譲歩を引きだせた、と主張できるのだ。そして、じっさい数日後に国民議会でこう主張したのである。「国が株主となることで、GE社との永続的な提携が保証されるだろう」

だが、いくらごまかしても、モントブールはGE社に屈したのだ。ただ、モントブールだけがフランスの戦略的利益を守るために戦ったことは認めよう。とはいえ、モントブールが勝つ見こみが少しでもあっただろうか？　アメリカの大企業にノックアウトされたのは、たまたまなどではない。GE社はアメリカ実業界の絶対的な力をフランスで見せつけたのだ。私が自分のキャリアを通じて目にしていたように、アメリカはフランスの行政や経済界、政界のなかに、相当の影響力を持っている。フランスのエリートたち（社会党の者も含まれる）には、親米派が親独派よりはるかに多いのだ。フランスから見れば、アメリカは魅力ある国でありつづけているし、その傾向はますます強くなってさえいる。アメリカは〈ソフト・パワー〉においては世界一なのである。この〈ソフト・パワー〉というのは、自国の価値観や思想、文化などの魅力で相手国に影響を及ぼすことなのだが、アメリカがそのために行っている活動の一例をあげよう。一九四五年以降、在仏アメリカ大使館は毎年、フランスの将来のエリートとなる数名を選び、数週間のワシントン研修に招待している。〈若きリーダーたち〉と名づけられたこのプログラムに選ばれるのは、もっぱら政界の若い野心家や国立行政学院卒業のエリート官僚たちである。そして、〈若きリーダーたち〉にはオランドやサルコジなどそうそうたる顔ぶれが名を連ねており、マクロンもまたそのひとりなのである。

アメリカの影響はそれにとどまらない。現在、パリにある大手の法律事務所や監査法人、投資銀行の大半はアメリカ法人なのである。アルストムとGE社の取引は、これらの法人にも、べらぼうな利益をもたらすだろう。なぜなら、取引にかかわる仕事で、何億ユーロもの請求ができるからだ！（49章参照）。こうした法人は、効果的なロビー活動を行うために、エリート官僚のなかから人材を引き抜く。運よく選ばれた者にとっては、給料が一〇倍になる絶好の機会だ。利益相反のおそれが明らかでも問題にならない。それにしても、国家出資局の局長、ダヴィッド・アゼマの辞職は衝撃的だった。アゼマは、アルストムの件で政府の交渉役だったが、職を辞し、アメリカの大手投資銀行に転職したのだ。この引き抜きは二〇一四年七月に行われた。オランドがアルストムの問題に裁定を下したわずか数日後のことだ。アゼマが転職先に選んだのは、よりにもよって、バンク・オブ・アメリカだった。交渉のあいだずっとアルストムにアドバイスをしていた銀行が、政府側の交渉責任者に素晴らしいポストを用意したのだ！　このときばかりは、公務員省に属する職業倫理委員会も見過ごすことができず、アゼマに再考を促した。するとたちまち、アゼマは別の金融機関に転じた。ロンドンのメリルリンチだ。しかし、メリルリンチとバンク・オブ・アメリカは二〇〇八年に統合され、同じ一つの組織なのである！　アゼマはそこにポストを得、なんの迷いもないようだった。ル・モンド紙に辞職の理由を尋ねられ、こう答えている。「なぜ、官僚を辞めるのかって？　金を稼ぐためだよ」

二〇一四年春にアルストムの支配権をめぐって繰りひろげられていた戦いでは、ある最後の要素も重要だった。シーメンス社は戦いの核心に踏みこんでいくのを逡巡しているかに見えた。二〇一四年五月二〇日、最終的な提携の条件を提出しなければならなかったにもかかわらず、シーメンス社は新たに詳細な情報を要求しただけだった。シーメンス社が知りたがったのは、司法省を相手にしている訴訟についてのより詳しい情報だった。罰金が一〇億ドルを超え、買収しようとしているアルストムの会計を圧迫するのではないかと恐れていたのだ。それというのも、シーメンス社もかつてこの手の訴訟で痛い目にあった経験があるからだった。

シーメンス社は二〇〇六年、贈賄容疑でアメリカで起訴されていた。アルゼンチン、ベネズエラ、中国、ベトナム、そしてイラクで賄賂を支払った容疑だった。賄賂を送る仕組みは、今回、アルストムが摘発された件とまったく同様のものだった。二〇〇八年になると、シーメンス社は司法省とアメリカ証券取引委員会と取引した。有罪を認めて、過去最高となる八億ドルの罰金を支払ったのだ。長らくシーメンス社を率いてきた社長、ハインリッヒ・フォン・ピーラーは辞任したうえ、経営の責任を追及されるのを避けるため、同社に五〇〇万ユーロを支払った。この事件はそれで終わりとはならず、二〇一一年、アメリカ司法当局はシーメンス社の元幹部八名を起訴して、国際手配したのだ。シーメンス社は、この事件でドイツでも罰金が課されており、罰金総額は一五億ユーロ以上にもなったのである。そういうわけで、事件から一〇年が過ぎた今でも、シーメンス社はこの不祥事を重荷として引きずっている。それを考えれば、シーメンス社がアルストムと手を組むことで、また同じような悪夢を見るのをためらうのも無理からぬことだ。

それとは対照的に、GE社は司法省をまったく恐れていないようだった。それどころか、GE社はアルストムに〈救いの手〉を差し伸べようと申し出ている。GE社が示した合意案のなかには、買収が成立した場合、GE社が罰金を全額肩代わりすると明記した条項があったのだ。アルストムが司法省に支払うべき罰金をGE社が支払うとはっきり約束しているわけで、そもそも、こういう規定を交渉できることが驚きである。たとえば、会社は、従業員に課せられた罰金を支払うことはできない。この最も基本的な論理からすれば、企業が別の企業の代わりに罰金を支払うこともできないことになる。だから、この条項が公になって、司法省が異議を唱えなかったのにもびっくりする。それは二〇一四年六月のことだった。

いずれにせよ、ＧＥ社がアルストムの罰金を肩代わりするというこの約束が決定的な論拠となった。シーメンス社は同様の策を提示することはできなかったのだ。どうしようもあるまい。この二〇一四年六月初めの時点では、罰金が最終的にいくらになるのか、誰にも見当すらつかないのだ。アルストムが有罪を認めるのは、それより六か月も後の二〇一四年一二月二二日なのだから。そんなときに、どんな企業が、一〇億ドル以上になるかもしれない罰金の、いわば白紙の小切手にサインをするだろうか？　そんな提案に、取締役会や株主の承認を取りつけることのできる経営者など、世界のどこにもいるはずがない！　そんなことは言うまでもない。しかし、ＧＥ社はその約束をした。しかも、経済専門紙も、エリート政治家も、この約束が非常識なものだとは指摘しなかった。ＧＥ社とアルストムの広報チームに言いくるめられていたのだろう。しかし、じつは、ここには非常に重要な問題が潜んでいる。どうして、ＧＥ社は白紙の小切手にサインできるのか、ということだ。その額たるや、買収総額の一〇％にも及ぶかもしれないのに……。答えは簡単だ。ＧＥ社がシーメンス社の知らない情報を持っていたからだ。つまり、ＧＥ社はすでに数か月前から、アルストムと司法省の交渉にひそかに関わっていたのだ！　議論を主導していたのは、ＧＥ社のカティ・チューである。チューは同社の〈贈収賄対策・調査〉部門の責任者で、元連邦検事、専門は金融犯罪だ。この時点で、すべてが検察――司法省の現役と出身者――の手の内にあったことになる。

二〇一四年六月初めのころ、私はパリから六〇〇〇キロ離れた地から、アルストムの売却のどたばた劇の顛末を見ていた。私は無力感に苛まれていた。喉もとに苦いものがこみあげてくるような気がした。私はかつてないほど強く、罠に掛けられたという気持ちを感じるとともに、フランスと自分を一体化させていた。このとき、私は沈黙を破り、家族に頼んでマスコミに事情を伝え、フランス国民、そして政府に、なにが起きているのか知らせるべきだったのだろうか？　たぶん、そうすべきだったのだろう。じっさい、私はよほどそうしようかと考えた。クララに接触してきたジャーナリストに伝えることもできたろうし、モントブールの寄こした人間に答えることもできたろう。しかし、そんなことをして、なにになったろう？　司法省、GE社、アルストム、広報担当のハバス社やピュブリシス社、それに、クロンやオランド大統領、アゼマ……みなを敵に回して、どうやって戦えばいいのだ？　戦う前から負けると決まっている。それに、私にとって、また、妻や四人の子どもたち、父、母、姉にとっても、最も重要なのは、私がこの忌まわしい拘置所から出ることなのだ。だから、身勝手かもしれないが、私は口をつぐんでいることにした。勾留されてから、まもなく一四か月になる。最近になってようやく、解決の糸口が見えてきたのだ。それならば、よけいな真似はしたくなかった。

（注1）二〇一七年九月、シーメンス社がアルストムの鉄道車両製造部門の買収に着手する。（訳注：二〇一九年二月、欧州委員会が統合計画を却下した）。

33　自由に向かって

パリでは、事態が決着した。GE社が勝利を収め、アルストムとの合意は一週間後に締結されるという。時を同じくして、検事のノヴィックが私の保釈請求を認める旨をスタンに伝えてきた。二〇一四年六月一一日、勾留されて四二四日目。私が拘置所で過ごす最後の日だ。明日は出られる。

ワイアットでの最後の時間はいつもと変わらなかった。六時五〇分、起床、朝食。そのあと一時間、アレックスと一緒に、食堂の隅の床にタオルを一枚敷いて体操。さらに一時間、中庭代わりにしている場所を大股で歩く運動。ここは数十平方メートルのスペースで、身体を動かす中庭の代わりに使っているが、じっさいは刑務所のなかの刑務所と言ってもいい場所で、四方を壁で囲まれ、天井もあって、空はまったく見えない。つまり、これで二五〇日、私は常時点灯されている蛍光灯の青白い光の下で過ごすことになる。しかし、私はこれほどの罰を受けるようなことは、なにもしていない。ただ運悪く空の見えない区画に割りあてられただけだ。つまり、ほかの収容者と同じように扱われただけで、それ以上でも以下でもない。ほかの収容者と同様、ひどい扱いをされたということだ。どんな罪を犯そうとも、きれいな空気を吸ったり、日の光を浴びたりすることは許されるべきだ。犬以下の扱いを受けるいわれはない。そんなことをされれば、怒りが生まれ、乱暴にもなる。本物の中庭に出るのが禁じられているのは、〈予算削減〉が理由だというのだから、あきれる。刑務所のこの資本主義、つまり、最も基本的な人権を犠牲にした利益の追求は、あまりに浅ましく下劣だ。しかし、問題は、そんなことをする理由が単に収容者の数を増やし、利益を最大にして、刑務所でもうけるためだけではない、ということだ。べつの目的があるのだ。それは、収容者を心身ともに追いつめて、できるだけ早く有罪を認めさせることだ。そうすることで、司法省の訴訟費用を節約し、スターリン政権下のソ連並みに高い有罪率九八・五%をさらに引き上げようとしているのだ。

釈放まであと数時間。その朝、私は、大股で歩きまわりながら、ワイアットとアメリカの司法制度に対する怒りや憎しみを振りはらおうとしていた。私はくたくたに疲れきっていた。身体が早くも、待ちうける新しい生活に順応しようとしてよけいに消耗しているみたいだった。そこに、拘置所仲間のひとりがやってきた。テカというアルバニア人で、ロードアイランド州の州都プロビデンスにある病院に四日間入院して、戻ってきたところだった。のどぼとけのあたりにできた七・五センチもの大きな嚢腫を切除する手術を受けてきたのだ。手術はもっと早く受けるべきだったのだが、テカは三か月も待たされて、ようやく入院が許可されたのだ。その三か月のあいだ、テカは日増しに衰弱していた。嚢腫はどんどん大きくなって食道をふさいだ。窒息のおそれがあるので、固形物を摂取することができなくなり、二月からはスープを飲むことしかできなくなった。普通に呼吸ができないので、夜、眠ることもできなくなった。拘置所の外で診てもらうために、テカは膨大な量の煩雑な書類を書かねばならなかった。今、目の前にいるテカは、首に大きな手術の傷跡がある。フランケンシュタインみたいだ。しばらくは頭の向きを変えることもできないだろうが、テカは手術が無事に終わって満足そうだった。担当医は〝血入りソーセージくらい大きい〟瘤を喉から取ったと言って、テカの治療が遅れていたことに憤慨していたそうだ。私自身も潰瘍を患っているが、これもワイアット当局の怠慢のせいだ。こういう怠慢は、命にもかかわるし、じつに問題があることだ。ワイアットに来てわかったのだが、拘置所の内と外では命の重みが違う。それにしてもひどい。荷物をまとめながら、私は、不運だった何人かのことを考えた。インディアはインド出身で六五歳。テカほどの運に恵まれず、治療を受けるのが遅すぎて、一か月前に死亡した。キッドは精神的なプレッシャーに耐えきれなかった。検事から麻薬密売で一五年の刑という取引に応じるよう言われると、ベッドで首をつった。まだ二四歳で、初めての逮捕だったのだ。七か月間、私と同房だったマークは判決前の五年間、ワイアットに勾留されていた。判決は去年の一二月で、マークはクリスマスを家族と過ごすつもりだった。しかし、判決言い渡しの二週間前になって、当初考えられていたより罪が重いと検事に言われ、結局、二五年の刑を言い渡されたのだ！　ボブは結婚して四〇年になる妻を二か月前に亡くした。当局は、ボストンで執りおこなわれる葬式にボブを連れだすことを嫌い、霊柩車をワイアットの中庭に入れることをボブに提案した。そうすれば、そこで黙祷できるだろうというのだが、当然のことながら、ボブはその提案を断った。

　そういう連中のことを考えると、私は心のどこかで自分は運がいいのかもしれないと思った。ワイアットで死なずにすみ、近いうちに普通の生活を取りもどせそうなのだから……。

　まもなく、ずっとよくしてくれた〈運び屋〉ことピーターとアレックス、ジャックともお別れだ。一年間、この三人と多くの時間を過ごした。私たちはここでは数の少ない〈ホワイトカラーの軽犯罪者〉だった。収容者七〇〇名のうち一〇名もいなかったろう。

　ピーターはワイアットに勾留されて三年以上が経っていて、釈放が見えはじめていた。外の世界では、マフィアの〈運び屋〉をやっていて、多額の現金の詰まったスーツケースを運んで、ニューヨークとラスベガスを往復していた。

　ジャックも近々、保釈になる見こみだった。ジャックはアメリカの新聞の一面を飾ったこともあって、ジャーナリストには〈小マドフ〉とあだ名をつけられているほどの犯罪者だ。六二歳のジャックは、マドフと同じく（訳注：バーナード・マドフは巨額詐欺事件を起こし、一五〇年の刑で服役中）、ポンジ・スキームと呼ばれる手法の金融詐欺を企て、アメリカの投資家たちをだましたのだが、司法省と上手に取引して、最終的にわずか七年六か月の刑になったのだ。

対照的なのがアレックスの場合だ。アレックスはジャックとともに起訴されたが、主犯はジャックなのである。アレックスは有罪を認めることを拒み、司法制度に抗うかのように、裁判に進むことを望んだ。しかし、これは命取りになるかもしれなかった。というのも、裁判になれば、ジャックより重い刑を科されるおそれがあるからだ。こういう事例を知ると、改めて、アメリカの刑罰の制度はロシアン・ルーレットも同然と思わざるを得ない。そんなわけで、アレックスは非常に不安な気持ちで判決を待っているのだ。

勾留されているあいだ、いちばん親しくしていたのがアレックスだった。ギリシャ人のアレックスはアメリカに来る前に、マルセイユの商業学校で学んだりした経歴があり、完璧なフランス語を話した。五〇代の陽気な男で、信仰心が篤く、たとえ獄中にあっても、生きる喜びを持ちつづけていられる人間だ。私がワイアットで過ごした一四か月間、アレックスはずっと励ましてくれた。アレックスは、私の生涯の友となるだろう。

34 自由！

最後の最後まで気が抜けなかった。ワイアットの看守に朝四時に起こされたときには、朝早くに釈放されるとばかり思った。だが、それから護送車に乗せられてコネチカット州の州都ハートフォードの裁判所に送られ、到着すると、裁判所内の独房に入れられた。それっきり、なにも起こらない。そのまま、その独房でじりじり待たされて、もうじき八時間だ！手続きはすべて終わり、保釈金にも問題はないはずなのに、どうしたことか。なにかトラブルが起こっているのか？　ワイアットではその手の話はたくさん聞いたので、私はなにも信用できなくなっていた。

待ちくたびれていたのは私だけではなかった。七五歳を超える父も、朝からずっと、裁判所のベンチに座って待ってくれていたのだ。友人のリンダも父に付き添ってくれていた。そうとは知らなかったが、父がいた通路は、私が入れられていた独房からほんの数メートル、話そうと思えば話せるくらいの距離だったのだ！

一六時ごろ、ようやく動きがあった。ワイアットに着いたときに取りあげられた私服を渡されたのだ。着替えてみると、その服は、拘置所暮らしで痩せてしまった身体にはぶかぶかになっていて、自分の姿が滑稽に思えた。そして、ようやく扉が開いた。通路の先に、父とリンダがいた。ふたりは私を認めると、ベンチから立ちあがり、両手を広げて迎えてくれた。

自由だ。釈放されたのだ。

私はふたりを抱きしめた。これ以上ないくらい幸せだ。父の体調はいいようだった。少なくとも数か月前よりははるかに元気そうだ。あのときは、私の反対を押しきって、ワイアットまで会いにきてくれたのだった。そのときの父はとても弱々しく見えた。痛みで背中をこわばらせ、腰を屈めて杖を頼って歩き、息をするのも苦しそうだった。父の衰えた姿に心が痛んだ。そんなに辛そうなのに、ガラス越しに息子の顔をたった二時間見るために、意思を曲げずに大西洋を越えてきてくれたのだ。そして、今回もまた、はるばるやってきて、釈放される私を出迎えてくれた。

クララはシンガポールを離れることができなかった。子どもたちの学校の年度末の手続きを済ませ、フランスへの引っ越しの準備をしなければならないからだ。でも、それが終われば、すぐにアメリカに来てくれる。レア、ピエール、ガブリエラ、ラファエラも一緒だ。一か月後には家族が全員揃い、数週間のバカンスを一緒に過ごすことになっている。

さしあたっては、釈放された喜びを噛みしめていたい。だが、いくつか制約があることもわかっている。とりあえず保釈が認められたのは二か月だ。アメリカから出ることは許されていないので、コネチカット州にある友人のトムの家に住まわせてもらうことになった。アメリカ国内でも、旅行してよいのは、マサチューセッツ、ニューヨーク、フロリダの三州に限られている。フロリダには、一か月後にクララと子どもたちを連れていく予定にしている。トムの家では、トムが自分の子どもを泊める時期だったので、父と私は折り畳みベッドをレンタルしなければならなかった。ともあれ、私たちはトムの家の居間に落ちついた。

釈放された当初の記憶は、今思いだそうとすると、あいまいになっている。というより、感覚的なことだけ断片的に記憶にとどめていると言ったほうがいいかもしれない。たとえば、一四か月ぶりの熱い風呂の気持ちよさだ。それから、草の匂い、木々の匂い、風の音……。そして、スカイプの画面で見る子どもたちの顔。子どもたちは起き抜けで、クララもいた。子どもたちを見るのも一四か月ぶりだった。四人ともずいぶんと成長していた！　子どもたちはすぐに学校に出かけたので、短い時間だったが、声が聞けて、何より動く姿が見られて嬉しかった。トムの家の庭で長いこと寝そべっていたことも覚えている。見あげた空は限りなく広がっていて、目がくらみそうだった。拘置所の壁のなかに閉じこめられていたせいで、視野が狭くなってしまったような気がした。数日かかって慣れると、また、遠くを眺めて地平線をはっきり見わけることができるようになった。拘置所にいるうちに、あらゆる感覚が衰えてしまったみたいだった。一年以上、同じものばかり感じたり、見たり、触れたり、食べたり、聞いたりしていたせいだろう。

最初の数日間、私は長い時間を森のなかを散歩して過ごした。ときおり、体調が許せば、父も付きあってくれた。両親はかなり若いときに離婚していた。それ以来、私は母と過ごした時間のほうが長く、父とは疎遠になりがちだった。だから、二〇一四年六月のこの日々に、私は父の人となりを改めて知ることができた。父は自分の人生のこと、設立した会社のこと、ロシアで商売したときのあれこれなどを語ってくれ、私は、そういう話は孫たちのためにもビデオに残しておいてよ、と勧めたりした。

散歩の時間以外は、インターネットにかじりついていた。拘置所ではもちろん禁止されていたことだ。私はできるだけ多くの資料を集めて、アルストムのGE社への売却に関して報道された記事のすべてに目を通すと、その資料を分類、整理してまとめた。自分自身で事件のことを再検証しようと考えたのだ。

二〇一四年七月半ば、ついにクララと子どもたちがやって来た。ジョン・F・ケネディ空港へまた足を踏みいれると思うと胃が痛くなりそうだったが、私は迎えに行った。やっと私と会えて、子どもたちは大喜びしたが、びっくりもしていた。父親が二〇キロ近く痩せてしまっていたからだ。スリムになって若返ったと言いたいところだが、顔色の悪さは相変わらずで、釈放されて三週間経っても回復していなかった。要するに、冴えない顔つきで、どうみても悪者顔だったのだ。

ピエールはレアより頭一つ分背が高くなっていた。下の子たち、ラファエラとガブリエラは嬉しさのあまり、私の手を放そうとせず、うっかり放そうものなら泣いたりわめいたりした。ただし、夜になると、私は保釈の条件を守るために家族と別れて、トムの家に戻らねばならなかった。家族はリンダの家に泊めてもらった。幸い、数日後には、家族揃ってフロリダに向かうことになっている。三週間ほどフロリダに滞在する許可を判事から得ていたのだ。そして、そのときが来て、ようやく私たちは本当に幸福を感じた。私たちは、海辺のアパートメントホテルに滞在した。レアは、水泳のチャンピオンを目指していて、毎朝、マイアミの水泳コーチと一緒に五キロ泳いだ。その間、妹たちは砂浜でおしゃべりに興じ、ピエールは水陸両用の観光用ボートに乗ろうと私たちを急きたてた。このボートは砂の上を走ったあと、そのまま全速力で海に入っていくのだ。浜辺、太陽、波……つまり、ごくありふれたバカンスだ。だが、私にとっては、特別に感慨深いものだった。

三週間が過ぎれば、クララと子どもたちはフランスへ帰らねばならない。家族のもとに帰れるように、私は新たな司法上の戦いを始めた。バカンスの直前に、ひとつニュースが飛びこんできたからだ。一年以上抵抗していたビル・ポンポーニがついに有罪を認めることに同意したのだ。七月一八日、私がワイアットを出た一か月後のことだ。これで、はっきりした。私が勾留されたのはポンポーニの法的な立場とはなんの関係もなく、すべてアルストムとGE社との交渉のためだったのだ。

ポンポーニの弁護士たちはうまくことを進めた（スタンよりもずっと）。というのは、私とは違って、ポンポーニは起訴された訴因の一つについて有罪を認めただけだからだ。ポンポーニにとっては結構なことだ。私はこのニュースを聞いて、ポンポーニの裁判を待つ必要がなくなったのだから、検察も態度を軟化させ、私をフランスに帰してくれるのではないかと期待した。しかし、そう思って、ほっとして家族とのバカンスを楽しもうとしたとたん、希望は打ち砕かれた。スタンによれば、検察は、今度はホスキンスに対して、私を使って取引をさせようとしているというのだ。ポンポーニのときと同じ手だ！　自分の今後をはっきりさせてもらうには、ホスキンスが有罪を認めるか、裁判になるのかを待たねばならないというわけだ。こんなことをしていたら、司法省がほかの一〇人を捜査すれば、また同じことの繰りかえしで、いつまでたっても終わりはしない。このまま何か月も、いや何年も判決が確定するのを待たされるかもしれず、その間、保釈の担保にした私たちの財産も、友人の財産も凍結されたままになる。そうなったら、どうやって生きていけばいいのだ？　つねに刃を突きつけられているような状況で、どうして人生を立てなおせるのか？　就職しようにも、すぐに刑務所に入れられるかもしれないのに、どうして自分を雇ってくれと言えるのか？　私はま無理だ。しかし、私はどうしても再就職する手立てを見つけなければならなかった。私はまだ四六歳なのだから。

　ホスキンスが司法省を手こずらせる可能性があるだけに、よけいに私の立場は不安定だった。ホスキンスは、アルストムでは三年間しか働いておらず、タラハンの契約が締結された直後の二〇〇四年八月三一日に退社している。その三年間は、インターナショナル・ネットワークのアジア副社長を務め、アメリカには一歩も足を踏みいれていなかった。そういう状況だったので、ホスキンスの弁護士たちは多くの法的な問題を提起したのである。まず、アメリカの裁判所はいかなる権限があって、インドネシアでの贈収賄事件に関して、イギリス国民を裁けるのか？　このイギリス人は何年も前に引退していて、しかもその仕事をしていたのはフランスでの三年間だけで、その間、アメリカには来たこともないのだ。それに、この件は時効が成立していないのか？　このほかにも、もっと専門的な指摘もあった。私は基本的には、このアプローチに異議はなく、むしろ全面的に賛成だ。ワイアットに勾留されずに自分の弁護ができたなら、まったく同じようにしていただろう。そうは言っても、私はまたもや身動きがとれない状態なのだ。私は例によって、自分の弁護士に向かって、恨みがましく、いらつくに任せて文句をぶつけた。スタンのほうも例によって、顔をしかめて、むっとしてみせる。そして、こう言うのだ。

「私たちの助言を聞かずに、ただちに判決が下されるよう要求したら、ノヴィック検事は一〇年の刑になるように仕向けますよ！」

いつも同じ脅し文句だ！　私がこうして手も足も出ない状態でもがいている一方で、クロンは自由の身だ。クロンが保身のために当局とどういう交渉をしたのかは私にはわからない。スタンはあらゆる手を使って私を説きふせようとし、たとえクロンと司法省のあいだに取引があったとしても、私の件とはまったく関係ないと言いはった。スタンの態度に誠意が感じられず、埒があかないので、私は自分でメールを作成し、八月一八日、それをスタンから検察に送らせた。とにかく、事情をはっきりさせたかったのだ。

司法省はなにも返事を寄こさなかった。私の問いあわせは完全に合法的なもので、アメリカで〈証拠開示《ディスカバリー》〉という手続きに含まれている。これは訴訟中の者は自分に有利になる証拠を収集できるというものだ。だから、私は司法省の対応に、いや、対応がないことに驚いて、スタンを問いただした。

「おっしゃるような取引はあったかも知れません。ですが」スタンははっきり言った。「その内容を入手することはできませんよ。司法省はそれをあなたに提供する義務はありませんし、その取引が機密扱いならなおさらです。取引したと認めさえしないでしょうね」

「わかった。でも、少なくとも、取引していないなら、はっきりそう言えばいいじゃないか。司法省だって、それくらいできるだろう？」

「司法省は返事を寄こさなかったし、書面で嘘いつわりを述べることもできません。ですから、そこからどんな結論を引きだそうとご自由に……」

そんなことをしても、どうにもならない……。もう八月も終わりに近づいていた。クララと子どもたちはフランスに帰る。家族と離れるのはとてもつらかった。今度いつ会えるのか、わからないのだから。

35　フランスへの帰国

働くこともできずに、アメリカにとどまるなんてことはできない。家族もいないのに。ひとりぼっちだ。いつまでこの状態が続くのかもわからない。だめだ。どうしたって無理だ。ホスキンスが裁判をしようがしまいがどうでもいい。私は家に帰りたい！　今度ばかりは、弁護士の言うことを聞くつもりはなかった。そこで、できるだけ早く、保釈の条件を緩めてもらうように弁護士をせっついた。

しつこく要求を続けて、やっと希望が通った。検察が条件緩和に同意したのだ。この交渉がまとまったのも、例のごとくアメリカ流……金次第というやつだ。私がフランスに帰るのを認める条件として、検察は保釈金の額をさらに引きあげたのだ。すでに自分の家を担保に提供してくれた父の友人マイケルが、追加の二〇万ドルを出してくれて、それは解決できた。ただし、ヨーロッパの外に旅行するのは禁止、パリに戻ったら、週に一度、アメリカの保護観察官にメールを出すこと、という条件がついた。もちろん私はその条件に同意した。どのみち選択の余地はなかった。

出発の予定は九月一六日だったが、その前に果たさなくてはならない約束があった。ワイアットでの仲間アレックスの判決公判が、月の初めにボストンで開かれるのだ。法廷にアレックスの味方になる人間は多くはないだろうし、私がそこにいればアレックスも喜ぶだろう。行ってみると、やはり傍聴人は三人だけだった。ギリシャの領事、アテネからやって来たアレックスのいとこ、それに私だ。手錠をかけられて入廷したアレックスは、私を見て、にっこりした。公判はせいぜい三〇分で終わるだろう。アレックスは検察に屈せず、裁判に持ちこんだのだが、検事は心底楽しそうだった。アレックスは被告人がみなするように、用意した文章を読みあげて全面的に謝罪した。だが、謝罪があろうがなかろうが、判決は決まっていた。懲役一〇二か月、つまり八年半の刑だ。主犯だったジャックより一年も長い。アレックスは打ちひしがれていた。模範囚なら一年につき五四日減刑される。それを勘定に入れれば、二〇一九年に出所することが期待できる。アレックスは最後にこちらを一瞥して手を振ると連れていかれた。一週間後には、私はフランスに帰れるが、アレックスはずっと塀のなかだ。

　だが、私もすんなり出発できたわけでもなかった。最後まで、アメリカ当局にははらはらさせられた。司法省が問題を抱えたのだ。アメリカ国土安全保障省ともめて、私が判決を受けるためにアメリカに戻る際、どんなビザを発給するのか決まらなかったのだ。そんなことは私にはどうしようもないではないか?

「ことはそう簡単ではありません」スタンが説明した。「検察は、あなたの責任にしたいんです」

「いったい、なんの責任の話だ？」

「あなたを合法的にアメリカに戻らせる方法がなくなった場合の責任です。行政的に解決できなければ、保釈保証金は没収されて、あなたは司法省から逃亡者とみなされることになります」

「まったくひどい話だ！　私になにができるっていうんだ？」

「予定どおり九月一六日に出発したいのなら、書類にサインしてください。司法省が問題を解決できなくても、それは司法省の落ち度ではなく、あなたの責任だと認めるんです」

私のまわりはますますカフカの描く不条理の世界のようになっていた。サインする前に、リンダとマイケルの了承を得る必要があった。担保が差し押さえられた場合、ふたりは直接影響を受けるからだ。私が今度はこういう厄介な状況になってしまったと説明すると、ふたりは驚いていた。ボストン領事館の副領事ジェローム・アンリにも意見を求めたが、アンリもびっくりしていた。それでも、みなが私に出発するよう背中を押してくれた。アンリは、「大使館に口をきいてもらいましょう」と約束してくれた。

こうして私の帰国は決まった。出国管理を通って、飛行機に乗ることを考えると、私は非常に神経質になった。最後の瞬間に、また逮捕されるのではないかと心配になったのだ……。

飛行機が離陸して、私はようやく肩の力が抜けるのを感じた。

二〇一四年九月一七日、私はパリに到着した。逮捕されてから、四九三日が過ぎていた。父が迎えに来てくれ、すぐに自宅へ直行した。ぎりぎり間に合う時間だったので、下の娘たちを学校まで迎えに行った。ふたりが校門にいる私に気がついて、びっくりして大きく目を見開いた顔はずっと忘れないだろう。

それからの毎日、私は普通の生活を取りもどそうとした。まあまあ取りもどせたかもしれないが、すっかり元通りというわけにはいかなかった。以前の生活は自然で、単純で、明快だったのに、すっかり変わってしまったのだ。私は自分をプログラムし直し、家族のルールを学びなおし、父として、夫としての地位を取りもどさなくてはならなかった。それは思ったよりずっと難しいことだと徐々にわかってきた。拘置所暮らしは消せない傷跡を残していた。そして、父であり夫である私は失業中の身だった。

二〇一四年一〇月二日、私は生まれて初めて、職業安定所に登録しに行った。

36 マチュー・アロンとの出会い

その人物は、何日か前に留守番電話にメッセージを残していた。私に起こったことを知りたいと言い、アルストムのGE社への売却についての情報を手に入れたがっていた。私は非常に疑り深くなっていたので、会うことに同意する前に、その人物のことを調べた。姉のジュリエットも調べてくれた。姉の話では、ラジオに出て話しているのを何度も聞いたし、著書も読んだことがあり、信頼できるジャーナリストだと思うとのことだった。それでも、私は不安だった。私は依然として保釈中の身で、まだ判決を受けておらず、いつ再収監されるかとびくびくしていたのだ。私がマスコミに話をしたとアメリカの検察が知ったら、どんな意趣返しをされるかわかったものじゃない。すでにアメリカから戻って三週間が経っており、ほっとして幸せを感じてもいいはずなのに、気持ちの落ちつくことはほとんどなかった。ずっと脅えて警戒しながら暮らしていたのだ。

このジャーナリストに会うべきか……。ワイアットに勾留されていたとき、私は暗号を考えて、親しい人たちとやりとりしようとしたことがある。本を一冊選んで、五〇人ほどの登場人物に文字や数字を割りあてた。そうして暗号化すれば、安全に手紙のやりとりができると考えたのだ。うまく考えたつもりだったが、じっさいには人物と文字の対応を覚えることがなかなかできなくて、一度も使えなかった。

ジャーナリストに会うべきかと考えると、そのときと同じようなストレスを感じた。会うことで、私にどんなメリットがあるのか？　なにかの罠ではないのか？　私やクララにコンタクトを取ろうとしたジャーナリストは何人かいたが、これまでは、すべて対応を断っていた。しかし、後悔することになるかもしれないと思いながらも、結局、私はこのジャーナリストと二〇一四年一〇月九日に会うことを約束した。

会う場所を決めたのは私で、ヴェルサイユの旧市街の中心にある市場の広場を指定した。よく知った場所なので、こっそりカメラマンを連れてきていないか確かめられる。

大丈夫だった。明らかに相手はひとりだった。それでも、私はまだ警戒していた。そのため、運転しながら近づいて声を掛けると、素早く相手を車に乗せ、挨拶もせずに車を発進させた。それから、中心街をぐるぐる回って、誰も追ってこないことを確認してから、全速力でヴェルサイユ宮殿に向かった。宮殿のル・ノートル設計の広大な庭園を一緒に歩くつもりだったのだ。それなら、万が一監視されていたら、すぐに見破れる。

後になって考えれば、ちょっと滑稽なほどの用心だったが、こんな具合にして、私はマチュー・アロンと出会った。マチューは当時、ラジオ局フランス・アンテルの記者だった。マチューはこの変わった滑りだしに怒る様子もなく、むしろ面白がっているようだった。私たちは午後いっぱい宮殿の庭園を歩きまわった。ワイアットを出て以来、私は毎日、長い時間、一定のリズムで歩いて散歩するのが習慣になっていた。そうすると、心が落ちついた。それに運動をした気分にもなれる……。ともかく、私たちは歩きまわり、私は話をした。最初はぽつりぽつりと、それから堰を切ったようにしゃべりまくった。言ってみれば、マチューと出会って、私は解放されたのだ。マチューがいくつか質問を投げかけてくれ、話しやすい雰囲気を作ってくれたおかげで、私はすべてを語りつくした。拘置所のこと、手錠や足枷のこと、屈辱的な扱いのこと、拘置所にいたごろつき連中や日夜聞かされたわめき声や悲鳴のこと、気持ちが落ちこんだこと、不安に襲われたこと、家族も苦しんだこと、そして……アルストムのことを語った。海外取引で賄賂を使って契約を獲得する仕組みはどうなっているか、会社のトップがどのようにその仕組みを隠す社内手続きを作ったのか、そして、どのように私を切り捨てたか。そういったことを説明し、とくに事件の核心について詳しく話した。つまり、アメリカが私たちを罠にかけたのだということを。アメリカがクロンを裏で操り、クロンは自分が重い刑を逃れるために会社を売ったのだということを。

話してみてすぐにわかったのだが、マチューはこの時すでに、部分的にしろ私の事件のことを知っていたし、アルストムが強いられたGE社への売却についても全貌を掴んでいた。しかし、この件に関して、マスコミの報道はあきれるほど少なかった。

　私を取りあげた記事はただ一つ、しかも短いものだった。見出しは〈断罪されたアルストム元幹部〉、二〇一四年七月の日曜紙ジュルナル・デュ・ディマンシュに掲載されたブルーナ・バシニ記者による記事だ。内容は、〝一兵卒に過ぎないピエルッチがいかにして罠にはまったか〟というものだ。しかし、その記事に注目したのは私の家族と友人くらいで、世間一般の関心をひくことはなかった。

　マチューの話では、アルストム内部の情報源からも話を聞いているということだった。アルストム経営陣のひとりがマチューに会いたいと言ってきて、一連の動きのなかの司法面での内情を打ち明けたのだ。この幹部から見れば、クロンがアメリカの脅しに屈してアルストムを売らざるを得なくなったのは明らかで、ほかの多くの幹部もそう思っているはずだという。マチューは何人かの有力政治家にもインタビューした。政治家はみな、フランス企業の宝であるアルストムがこのような横紙破りの方法で売却されることに憤りを見せたという。だったら、どうして、これまでこの売却の危険性が大々的に報じられなかったのか？　残念なことだが、きわめて単純な理由だとマチューは説明した。インタビュー相手がみな、会話を録音することを拒んだうえ、発言を引用されることも断ったからだ。

　私はマチューに、申し訳ないが自分も同じだと告げた。自分が置かれている法的な立場を考えると、表に出るのはあまりに危険過ぎるだろう。マチューには、私と会ったことも口外しないよう、その秘密を絶対に守るように頼んだ。マチューは約束し、その約束を守った。

このようにして、私たちの協力関係は生まれた。それから、私たちは何度も会った。それぞれの立場で証拠を探し、この事態が、アメリカがアルストムに対して仕掛けた経済戦争であることを明らかにしようとした。それには長い時間がかかった。それに根気が要った。私たちはひたすら辛抱強く調べつづけた。

二〇一四年一〇月初めのこのとき、マチューと私は長いこと散歩しながら話をしてから別れた。そして、このときから私たちは協力して調査を進めることになった。マチューはさらに証言を集める。私も私なりに内部情報や証拠を探して、情報を共有することにしたのだ。

その三週間後、私はアメリカに戻る予定になっていた。フランスに滞在する許可は八週間に限られており、その期限が迫っていたのだ。ところがその直前、出発の九日前になって、スタンからメッセージが届いた。

〝二〇一五年一月二六日まで、フランスに滞在可能になりました〟

ホスキンスに対する訴訟手続きが遅れていたのだ。そのおかげで、私は三か月の猶予を与えられた。

37　話すか、沈黙するか

「あなたの前職の地位や職務、報酬に相当する仕事をご紹介することは難しいですね。ですから、ご自身で探していただくほかありません」

職業安定所の職員はまあまあ親切だったが、現実的だった。それに、私は自分が保釈中だということやこの先何年も服役するかもしれないことを話していなかったのだ！　要するに、私は四六歳で失業中の身だ。保釈中なので、本気で求職することもできない。仕事をするにも前歴を隠すことができない。私を採用しようとか、一緒に仕事をしようとか思う人物が私の名前を入力してインターネットで検索すれば、たちまち裁判記録が見つけられるのだ。しかも、蓄えはすべて保釈金に当てていたから、預金や利息で生活することもできない。そして、私には四人の子どもがいる。幸い、クララがシンガポールから戻った直後の九月に、新しい仕事を見つけて、当座の生活を支えてくれている。

だからといって、ただぼんやりしているのも嫌なので、自分の経験を生かすことにした。どんなに悪夢のようなものだったとしても、経験は経験なのだから……。

私は拘置所にいた何か月ものあいだ、ＦＣＰＡの判例を何度も何度も読みかえして詳しく分析し、保釈後にアメリカにとどまっているあいだには、集めた多くの資料をデータベース化した。フランスやドイツ、スイス、スペイン、イタリア各国の腐敗防止対策法についても調べてみた。一方、ざっと全体を見わたしてみると、フランス国内のコンプライアンス（企業倫理）に関するコンサルタント市場は、ほぼアメリカ系事務所に独占されていることがわかった。監査事務所にしろ、大手弁護士事務所にしろ、ビジネス・コンサルタントにしろ、ほとんど全部と言っていいくらい、アングロサクソン系なのである。とは言え、そのこと自体は意外でもなんでもない。コンプライアンスのコンサルタント市場はアメリカで生まれ、世界的なビジネスに成長した。よくあるパターンだ。ただし、この分野には、国家の安全保障と経済的な主権の問題が絡んでいる。その裏づけには、司法省に起訴された企業のリストを見れば事足りる。アルカテル社は情報通信分野、トタル社とテクニップ社は石油分野、アルストムはエネルギー分野の企業である。そして、これは始まりに過ぎないのかもしれない。〈ＦＣＰＡブログ〉というアメリカのサイトが二〇一四年九月、摘発される可能性のあるフランス企業をリストアップしている。航空機メーカーのエアバス、製薬会社サノフィ、メディア・通信事業のヴィヴェンディ、メガバンクのソシエテ・ジェネラルなどである。ＣＡＣ40（訳注：ユーロネクスト・パリ上場の上位四〇社のこと）の企業の多くが、時には知らないうちに、ＦＢＩの捜査対象になっているかもしれないのだ。それにもかかわらず、二〇一四年現在、フランスの大手弁護士事務所には、贈収賄対策のコンプライアンス部門を設けているところは一つもなかった。コンプライアンスに関して存在するのは二つの団体だけで、その二つの団体〈ビジネス倫理の会〉と〈コンプライアンスの会〉が企業に対して啓蒙活動をしているくらいだったのだ。

そこで、私は経験を生かして、自分にできるごく小さな規模で新しい事業をやってみようと思ったのである。つまり、企業対象のコンサルタント組織を立ちあげたのだ。その目的は二つある。一つ目は、企業の幹部に注意喚起すること、二つ目は、いくつかのサービスを提案することだ。サービスというのは、コンプライアンス面から見た業務プロセスのアップグレードやリスクの検証、関係先（販売業者、仲介業者、納入業者、顧客など）に問題がないことの調査などだ。時間をかけて、この独自のサービスを考え、競争に勝てるよう取り組み、二〇一四年末、コンサルタントの仕事をスタートさせた。ただ、このとき、いくつかのルールを決めた。公の場では発言しないことと、ジャーナリストたちにはオフレコでしか話さないということだ。というのは、フランスに帰国してから、たびたびジャーナリストたちから接触されていたからだ。そのほか、新しい仕事についての宣伝もしないことにした。ホームページもなし、売りこみもなしだ。もちろん、そういう条件では、顧客にアプローチするのは難しくなるが、身を守るにはしかたがなかった。

もう一つ、政治家に注意喚起することも目的に据えた。フランス独自の反腐敗法の法整備を進めるためだ。私は、フランス企業がアメリカ国庫に罰金を納めてすっからかんになるのを黙って見ていることはできない。それに、ヨーロッパのほかの国々は、フランスより先にそのことを理解しはじめている。たとえば、イギリスでは、BAEシステムズ社の贈収賄事件が取り沙汰されたあと、二〇一〇年に独自の反腐敗法〈英国贈収賄法《UKBA》〉を制定している。では、アルストム事件のあと、フランスで同じことができないのはどうしてなのか？　この点について、私は有力な味方を得た。まず、弁護士のポール＝アルベール・イワンスだ。イワンスは元パリ弁護士会会長かつ元全国弁護士会会長で、マルクス・アショフと同じテイラー・ウェッシング法律事務所の所属だ。イワンスは二年間にわたって、とても熱心にロビー活動を行い、フランスの法規を変えるよう働きかけた。その結果、二〇一六年一二月に新しい反腐敗法である通称〈サパンⅡ法〉が制定されたのである。そして、私の親友のひとりディディエ・ジェナンがエリック・ドネセを紹介してくれた。ドネセは元情報士官で、民間に転じて経済情報を分析、研究し、フランス情報研究センター（CF2R）の長となっている人物だ。

　ドネセは二〇一四年一二月、ジャーナリストのレスリー・ヴァレンヌとの共著で、重みのある七〇ページの報告書を出版した。タイトルは『アルストム事件　アメリカの脅しと政府の責任放棄』。このなかで、ドネセたちは、パトリック・クロンの言葉の欺瞞を暴き、フランス政府の無能ぶりを告発し、とりわけ、フランスの独立性が脅かされるリスクを懸念している。ドネセはこう述べている。

〝フランス海軍の原子力空母や原子力潜水艦のタービンの分野では、GE社がアルストムのエネルギー部門を吸収し、今後、納入業者としてはほとんど独占的な地位を占める。すなわち、わが国の海軍力がGE社の供給に大きく依存することになるのだ。宇宙監視の分野では、アルストムの子会社、アルストム・サテライト・トラッキング・システムズ社も売却される。同社は、同盟国あるいは敵対国の人工衛星を常時監視することにより、軍、とくに国防省の軍事偵察局（DRM）に情報を供給し、わが国の核抑止力の実効性に寄与しているのにもかかわらずだ〟（注1）

二〇一四年末、ドネセは私の事件についてアドバイスをしてくれたのだが、私が帰国してからも、経済省の経済情報分析室からコンタクトがないと知り、驚いていた。そこでドネセは、私が同意すると、そこの責任者に連絡を取ってくれた。なんと、相手は、私がまだアメリカにいると思っていたのである！　情報収集のプロのわりには、反応が鈍いというか、能力がないというか……。なにはともあれ、私は即刻、経済省に呼ばれ、徹底的に事情を聞かれた。対応してくれたのは経済情報統括局の局長で、ほかにこの分野の調査研究室長クロード・ロシェと将官、法律の専門家が同席した。経済省側の話では、司法省がアルストムに揺さぶりをかけて駆け引きしていることは認識しているとのことだった。しかし、経済省は決め手となる情報を持っておらず、私の話で補うことになり、その後の数週間のあいだに三回、会合を持った。相手は大臣に報告をあげて注意を促すと言っていたものの、私自身は、それはたいした役には立たないだろうと感じていた。とはいえ、少なくとも、戦いを続けているなかで励みにはなったし、国家ぐるみと言っていい大きな企て（私はその犠牲者だ）があることを政府の高官も理解していたとわかって興奮した。つまり、私は頭がおかしいわけでもないし、陰謀論者でもないという証しだ。このころ、私は信用できる紹介がある場合に限り、真実を暴こうという意欲のある人たちに会うようになっていた。そのひとり、マリー＝ジャンヌ・パスケットは、大企業の少数株主の利益を守ることを目的にした情報サイトの編集長で、パスケットもこの後、アルストムについて詳細な調査を進めた。

さらに、この時期以降にわかったことだが、多くの情報分析のエキスパートや経済アナリストがアルストム売却の問題点を完全に理解していた。しかし、政府は事態を放置したのである。二〇一四年一一月四日、アルストムの取締役会は満場一致で、ＧＥ社との基本合意を承認した。その翌日には、新しい経済大臣エマニュエル・マクロンがその取引に同意した。前任のアルノー・モントブールは方針の対立から政権を去っており、代わってその職に就いたのがマクロンだった。マクロンは政府による拒否権の行使を放棄した。拒否権を発動すれば、この買収を阻止できたかもしれないにもかかわらず、そうしなかったのだ。しかも、この拒否権は、前任者であるモントブールが必死になって手に入れたものだったのだが……。ところが、この数週間後にマクロンは、動画共有サービスを提供する〈デイリーモーション〉がフランスの宝だとして、香港の大物、李嘉誠の率いるＰＣＣＷ社への売却に反対し、〈ヨーロッパ流の解決〉を奨励したのである。マクロンのこの二つの対応から、少なくとも言えることは、マクロンと私では、〈戦略的企業〉についての解釈がまるで異なっているということだ！

アルストムのエネルギー部門の売却の流れは決定的になり、あとはアルストムの臨時株主総会での承認を残すだけだった。その臨時株主総会は二〇一四年一二月一九日に開催される予定だった。そして、まさに総会当日の朝、ラジオ局フランス・アンテルが〈アルストム売却の内幕〉という特集番組を初めて放送したのである。数時間後には、アルストムの株主総会がパリのポルト・マイヨにあるホテル・メリディアン・エトワールで開かれるというタイミングだ。マチュー・アロンがとうとう経営陣のひとりを説得し、匿名を絶対の条件にすべてを告白させたのだ。証言の内容は衝撃的だった。

「アルストムの幹部は全員よくわかっていることだが、アルストムに対するアメリカ司法当局の訴追が決定的な役割を果たして、エネルギー部門の売却に至った。訴追がすべての原因であり、これは公然の秘密だ」

特集では、ダニエル・ファスケルの声明も取りあげていた。ファスケルは国民運動連合（ＵＭＰ）所属の国民議会議員で、国民議会の経済委員会の前副委員長である。アルストムの一件の裏に隠された問題点を意識している数少ない議員のひとりだ。

「アルストムの売却をめぐる話は信じがたい欺瞞だ。フランス国民は欺かれたのだし、アルストムも救済されていない。ただ、それにしても、アルストムのアメリカでの苦境、進行中の訴訟についても考えねばならない。アルストムがアメリカによって仕掛けられた罠から抜けだすには、ＧＥ社の買収に応じるのがいちばんの方法なのだ」

私はこのラジオ放送を聞いたときのことを鮮明に覚えている。二〇一四年一二月一九日の午前七時過ぎ、私は車でポルト・マイヨに向かっているところだった。アルストムの株主総会に出席しようとしていたのである。

（注1）二〇一四年七月一九日付リュマニテ紙掲載のエリック・ドネセのインタビューより引用。

38　荒れる株主総会

賢いやり方ではないことはよくわかっていたが、なんとしてもこの総会には出席したかった。出席を断念させようとする動きがあったので、なおさら意地になった。

そもそも私はできるだけ目立たないようにしようとし、出席の届け出も、総会の三日前、締め切りのわずか数時間前に行ったのだ。だが、そんな用心は意味がなく、まったく無駄だった。私が総会に出ることはあっという間に知れわたったようだった。

総会前日の二〇時五〇分、弁護士のリズ・ラティフからEメールが届いた。

〝こんにちは、フレッド。明日、GE社の件で、アルストムの株主総会が開かれると聞きました。出席なさるおつもりなら、以下のアドバイスをお忘れになりませんように。公の場で発言しないことです。なにか発言すれば、司法省にあなたに不利な材料として利用されるかもしれません〟

私はこのメッセージを見て唖然とした。いったい誰が私の弁護士に知らせたのだ？　私は、驚いたとリズに返信した。

〝アドバイスをありがとう。しかし、この警告は誰の指示なのか？　検事か？〟

リズは瞬時に返信してきた。

〝私どもが独自の判断でお伝えしたまでです〟

信じられない！　スタンも、リズも、一八か月のあいだ私を守るために、独自の判断をしたことなど一度もなかったのに……。それに、この数週間は連絡すら寄こさなかった。それが突然、独自の判断で連絡してきたというのだ！　だいたい、誰の指図でもないというなら、どうやって私が出席を届け出たことがわかったのか？

〝リズ、私はたいへん驚いている。アルストムの株主総会は、アメリカでは大きなニュースにはなっていないだろう。誰に聞いた？　アルストムの代理人のパットン・ボグス法律事務所か？　司法省か？〟

そして、皮肉を込めて締めくくった。

〝心配ご無用。GE社の邪魔をするようなことをするつもりは、まったくないから。よろしく。フレッド〟

リズから返信はなく、Eメールのやりとりは終わった。時刻は午前二時四八分になっており、株主総会開会まで八時間を切っていた。

そして、総会当日、私は念のため開会時刻よりかなり早く会場のホテルに入った。弁護士に忠告されても、出席を取りやめようとは思わなかった。むしろ、絶対に出てやろうと考えた。とは言っても、そこで発言するつもりはさらさらなかった。私もそこまでばかではないから、発言したらどうなるか考える。それに、取りたてて発言したいわけではなく、パトリック・クロンとキース・カーの顔を見てみたかっただけだ。ふたりの目をまっすぐ見て、なにも言わずに、私はひるんだりしていないと示したかったのだ。だから、私は前から二列目に席を取った。今さら目立たなくしても意味はないのだ。前の列にはアルストムの幹部たちが座っており、壇上のクロンからは嫌でも目に入るだろう。

私の横にはアルストムの多数株主の代理人がいた。ブイグ社とアムンディ社（資産運用会社）だ。大手投資ファンドの代理人もいる。とくに多数詰めかけていたのは、数株しか持っていないような個人株主や株主総会の常連で、大半が年配者だった。そして、株主総会が始まったとたん、ポケットのなかの携帯が振動した。今度はスタンからのショートメッセージだった。

〝あなたの身を危うくするようなことは、なにもしないように〟

このとき、パリは一〇時三二分、つまりニューヨークでは四時三二分だ。真夜中にもかかわらず、スタンはピリピリと警戒モードなのだ。スタン自身にもひどい圧力がかかっているに違いない。さしあたってはスタンに返信しないことにすると、私はクロンの第一声に神経を集中させた。

壇上のクロンは、ダークブルーのスーツに真珠色と藤色のヘリンボーン柄のネクタイを締め、白い革張りの座り心地のよさそうな椅子に座っていた。両脇には、秘書役のカリーン・サントルと法務部長で取締役のキース・カーを従えている。キースはすぐに私に気づき、総会のあいだじゅう、私から目を離さなかった。私が立ちあがって発言するのを恐れているかのようだった。その様子から察するに、キースは、スタンから送られてきたショートメッセージと無関係ではないのだ。

今日の株主総会では、クロンはGE社への売却の全容を詳しく説明しなければならない。たしかに取締役会はすでに承認し、多数株主の賛同で、総会で採決されることもあらかじめ決まっている。ほかの多くの株主もクロンの説明を聞くことなく、すでに前もってインターネット上で態度を表明している。しかし、今日のクロンは、マスコミのインタビューのときのように、大ざっぱな数字や基本方針を語ってごまかすわけにはいかない。来場者に渡された説明資料には詳細な記載があった。これを読んで、多くの小口株主あるいは従業員代表はびっくりしたに違いない。これまでアルストムやGE社がメディアで広報宣伝していた話とはまるで違って、まさしくフランス側がアメリカに会社を渡したことが明白だからだ。フランスの政治家があれほど褒めそやした〈提携〉とやらはまったくの幻想だったのだ。これまでの説明は世論を欺くための目くらましに過ぎなかった。締結された合意は、五〇対五〇の対等なパートナーシップではなかった。というのは、二つの合弁会社（送電網、水力発電の各分野）では、アルストムは五〇％マイナス一株を保有することになっているのだ。明らかに主導権はGE社にあるうえ、経理部長を任命するのもGE社だ。三つ目の合弁会社、すなわち原子力部門の合弁会社は、もっと複雑な仕組みだった。この合弁会社は戦略的な利益にかかわっていることを考慮して、フランス政府は経営に参加して拒否権を持とうとした。だが、GE社が、出資比率（八〇％）でも、議決権割合でも、多数株主になっており、結局、どうにもならなかった。要するに、三つの合弁会社とも、GE社が全権――組織面も、戦略面も、財務面も――を掌握しているのである。そのうえ、二〇一八年九月から二〇一九年九月のあいだに、アルストムは合弁会社の株をあらかじめ定められた価格で再譲渡できるとされている（注1）。エネルギー分野からのアルストムの撤退が前もって決まっていたかのように、すべての物事が進んでいる。これこそが、フランス政府があれほど褒めそやした〈提携〉の実態なのである。

株主総会で、クロンは司法省との交渉が合意に達しつつあることも報告した。最終的にアルストムは有罪を認め、罰金を支払うという内容で、司法省が設定した罰金額は約七億ユーロだ。しかし、ここでもまた、予想していなかった事態が起きていた。司法省は、この巨額の罰金をGE社が清算することを認めなかったのである。したがって、この罰金はアルストム（もしくは、その残骸）が支払わねばならなくなった。そのこと自体は驚くにあたらない。私はかねてから、GE社がアルストムの罰金を支払うという合意そのものが合法的ではないと考えていた。むしろ驚くべきは、アメリカ当局がもっと早い段階で、それは認められないと表明しなかったことだ。アメリカ当局は口をとざすことでGE社とアルストムの悪巧みの片棒を担いだのか。とすれば、目的は一つしかない。シーメンス社を排除することだ。

しかし、これですべてではなかった。アルストムが七億ユーロを支払わなければならないのだとしたら、七月に決めた一二三億五〇〇〇万ユーロの売却価格にその分を上乗せして然るべきだろう。GE社が罰金を肩代わりするという条件を守るなら、当然そうなる。ところがである。おおかたの予想に反して、クロンは譲渡価格は変わらないと説明したのである。そして、それを正当化するため、五歳の子どもでもだまされない理屈を持ちだしてきた。つまり、GE社が約三億ユーロ相当のアルストムの資産を買い足す、残り四億ユーロは無視してよいというのだ。クロンは、「この規模の取引でよくある三%程度の調整幅に含まれる」と言いはなった。この発言で会場はざわついた。情報サイトの編集長、パケットがかみついた。「問題をすり替えている。いかさま以外のなにものでもない」

あっという間に、小口株主たちはアルストムがどれだけのものをじっさいに失ったのか悟った。七億ユーロの罰金。GE社からの補填はない……。そして、この総会のハイライトは……クロンへの四〇〇万ユーロの特別ボーナスだった！　取締役会は、この交渉を首尾よくまとめたとして、クロンに特別ボーナスを支給する提案をしたのだ。アメリカ人が聞いたら、間違いなく吹きだしただろう。

私はもう我慢できなかった。立ちあがって、怒りをぶつけたかった。フランス産業の宝を売りわたして、四〇〇万ユーロのボーナスだなんて！　一〇年以上も贈賄のシステムを推進すらしてきたのに四〇〇万ユーロのボーナスだなんて！　いったいぜんたい、フランス以外のどこの国で、こんなとんでもない言い分がまかり通るだろうか？　だが、フランスでは、取締役会はこんなふうになれあっていて、誰もなにも言わない。たとえば、ドイツではまったく違う。前述のように、シーメンス社は二〇〇八年、容赦なく功績ある社長の首を切った。さらに、アメリカ当局に八億ドルの罰金を支払うと、その前社長を訴えた。それに引きかえ、ここフランスでは、クロンにボーナスを与えるのだ。そして、そのことに誰も驚きも、騒ぎもしない。マスコミも触れないし、経済省や政府、金融市場庁（ＡＭＦ）もなにも反応しないし、多数株主や主要株主のブイグ社もなにも言わない。わずかに声をあげたのは、数人の小口株主だ。

口火を切ったのは、ブリドンという人物で、一〇年来の株主総会の常連だった。ブリドンは手加減しなかった。

「こんなのは許せませんよ。この決議案には反対します。だって、資産の三分の二を売却するってことでしょう」ブリドンはヒートアップし、ついにはとどめを刺した。「社長はつねづね、アルストムを切り売りするようなことはしないと約束していましたよね。だけど、今日、提案されているのは切り売りそのものじゃないですか。〈素晴らしい取引〉とやらに対して、取締役会は社長に四〇〇万ユーロのボーナスを支払うと言っています。クロン社長、職業的良心があるなら、このボーナスは辞退して、辞職しなさい！」

答えるかわりに、クロンは薄笑いを浮かべた。アルストムのトップに一〇年以上君臨してきたクロンは、このくらいではびくともしないのだ。それでも、ブリドンの発言を全否定することはできず、いらだちも見えた。

「合弁会社は合弁会社です。配布資料に書いてあるとおりです。要するに、そういうことです。合弁会社は事実上、GE社が運営管理に当たりますが、それはやむを得ないことで……。当たり前のことです」

クロンは会社を売りわたしたことをあっさり認め、買い手が買ったものを管理するのは〈当たり前〉と言いきったのだ。当然と言えば当然だ。しかし、もしそうなら、どうしてこの総会までその事実をうやむやにしていたのか？　つぎにマイクを握ったのは、個人投資家のルネ・ペルノレだ。

「今朝、ラジオで聞きましたが（フランス・アンテルで放送したマチュー・アロンのレポートのことだ）、アメリカ司法当局の訴追が売却話に影響したとか。それは本当ですか？」

クロンはつぶやくように答えた。

「わかった、わかった。ご批判はいつでも甘んじて受ける。だが、GE社との取引に関しては、嵐を避けるために必要な策です」そこで、愛想笑いを浮かべると続けた。「ありもしない理由を探して、頭を悩まさないでください。これは、よい取引なのです。それにしても、こんな被害妄想みたいな話をされても困りますな」

誰に言っているのか？　至極当然な質問をしただけのこの投資家にか？　おかしな話をしているのはクロン自身だろうに……。クロンは、圧倒的に収益性のあるエネルギー部門を切り売りしてアルストムに損害を与えようとしているのに、それをいいことだと言いくるめようとしているのだ。つぎに発言をしたのはクロード・マンダールだった。マンダールはアルストムの社員持株会の代表として出席しており、私から数メートルのところにいた。マンダールは持ち前の冷静さで、理路整然とクロンを非難した。

「これはフランス産業界の巨大な損失です。そのうえ、あなたは秘密裏に交渉を進めた。マスコミがすっぱ抜かなかったら、既成事実になるまでわからなかったでしょうね」

痛いところを突かれたのだろう、クロンが切れた。

「まず言いたいのは、マスコミに漏れて、面倒なことになったんだ！　まったく、とんでもなかった！　こそこそと会社の財産を盗みだすようなことを企てていたなどと考えないでいただきたい！」

クロンがかんしゃくを起こしたところで、小口株主の怒りは収まらなかった。つぎつぎと質問が飛び、糾弾する声が多くなっていく。クロンは電卓を取りだして説明を始めた。

「アルストムの売却で、一二三億五〇〇〇万ユーロの収入になります。そこから、差し引かねばならないのは、合弁会社への投資と株式の買い戻し費用、予想されるアメリカ司法当局に対する罰金の支払い……」

クロンの説明を遮って、質問が飛んできた。

「数字を並べてごまかすな！　アルストムの金庫にはいくら残るのか、さっさと結論を言え！」

私も同じことを聞きたかった。そして、その答えには、ただただ驚くしかなかった。なぜなら、結論は……ゼロなのだ！　フランス産業界の宝を売りわたし、こちらの手元にはほとんどなにも残らないのだ。きちんと理解するためには、各項目を一つずつ検証する必要がある。売却価格はたしかに一二三億五〇〇〇万ユーロである。しかし、ここから、流動資産一九億ユーロ、合弁会社への投資二四億ユーロ、株主への割増配当三二億ユーロを差し引かねばならない。三〇億ユーロの負債を返済することも忘れてはならないし、GE社の鉄道信号システム部門の取得費用七億ユーロもある。そして、司法省へ罰金七億ユーロを支払うと、合計一一九億ユーロに達する。最終的に、たしかにアルストムに負債はなくなるが、差引残高はほとんどゼロ、価値あるものはなにも残らないのだ！（注2）

価値がない……この取引を表現するのに、これ以上ぴったりの言葉があるだろうか。この取引は近年、ビジネスの世界で起こった最も不合理な取引の一つだろう。価値がなく、しかも破廉恥な取引だ。なぜなら、クロンがいくら否定し、〝荒唐無稽な陰謀論だ〟と言い張ろうと、アメリカで訴追されたことがアルストムの崩壊の原因なのだから。クロンは総会のあいだ、ずっとこの問題について質問を浴びせられた。私のアメリカでの長期間の勾留についても質問された。クロンは用心深く、守秘義務を盾にして逃れた。

「アメリカの訴訟はまだ決着していません。したがって、いかなるコメントも出すことはできません。厳しく禁じられています」

このとき、取締役会のメンバーのひとり、ジャン＝マルタン・フォルツがクロンに助け船を出すつもりなのか、発言した。フォルツとクロンは、ともにペシネー社で仕事をしていたときに知りあい、今ではフォルツはクロンの側近だ。そのうえ、フォルツは二〇一一年から、アルストムの倫理委員会の長でもあった。フォルツは憤慨した様子を見せ、重々しい口調で、司法省は根拠のない起訴をしたと言いだしたのだ。

「アメリカ司法省によって摘発された取引は、昔の、それも大昔のもので、現在の取締役会は関わっていません。パトリック・クロンは、アルストムのトップに就任以来、会社がきわめて適正な行動をとるべく、あらゆる方策をとりました。この一〇年、クロンはその趣旨に沿って、本当に手を尽くしました」

三日後、フォルツのこの主張は真っ向から否定されることになる。

（注1）じっさいアルストムは二〇一八年一〇月に合弁会社の株を売却した。
（注2）この計算は、二〇一五年六月の株主総会で、パトリック・クロン自身が明言した。

39　司法省の会見

アルストムの臨時株主総会の三日後の二〇一四年一二月二二日、アメリカ司法省が大々的に記者会見を開いた。株主総会と同様、こちらも見逃すわけにはいかない。録画で見たのだが、衝撃的な会見だった。何十人ものジャーナリストが集まり、アメリカのテレビ局も来ていた。映像はその後、ソーシャルメディアを介して世界じゅうに流された。カメラは、会見場に入る司法省副長官のジェームズ・コールと司法省刑事局長のレスリー・コールドウェルの姿を捉えていた。コールドウェルは六〇〇名の検事を束ねるトップだ。ふたりとも真面目くさった顔をし、自信満々に見える。ふたりは、今から歴史的瞬間が始まるとでも言いたげな様子で、演壇に立った。背後には大きな星条旗が飾られている。アメリカ合衆国の絶対的な権力の象徴だ。コールが口を開いた。

「お集まりいただいたのは、一〇年間にわたる国際的贈収賄事件に終止符を打つ重要な決定をお知らせするためです。この事件は、フランスの多国籍企業が贈収賄のシステムを構築し、さらに、それを隠蔽したものです。その企業とはアルストムです」

コールは短く息をついた。これから発表しようとする事実の重大さに奮いたっているようにも見える。コールは続けた。

「本日、アルストムは、二〇〇〇年から二〇一一年にかけて、世界各地の工業プロジェクトの契約を獲得する目的で各国の政府高官を買収し、会計書類を改ざんしたことを認めました。アルストムとその子会社は、インドネシア、エジプト、サウジアラビア、台湾、バハマで契約を得るために賄賂を使いました。合計すると、七五〇〇万ドルの賄賂を支払って、四〇億ドルのプロジェクトを請け負い、三億ドルの利益を得ていたのです」

コールの口調が説教じみてくる。

「このように常態化し、あからさまな過ちは、法によって厳しく罰せられるべきです。本日、司法省はアルストムを刑事告訴いたしました。容疑は、会計簿の改ざんによる、ＦＣＰＡの反腐敗条項違反です」（注1）

そして、ようやく決定されたことが発表された。

「みずからの訴訟を終わらせるため、アルストムはこの容疑について有罪を認めることに同意しました。アルストムはその犯罪行為を認め、七億七二〇〇万ドルの罰金の支払いに応じました。この金額は、贈収賄事件における罰金額としてはアメリカ合衆国史上最高額となります」

たったこれだけの発表で、クロンやアルストムの取締役会の自己弁護は木っ端みじんに論破されてしまった。司法省は、古い事件を掘りおこしていたのではなかった。捜査の対象にしていたのは、ほんの三日前の臨時株主総会でフォルッが言ったような〈昔の、それも大昔のもの〉ではなかった。司法省が捜査していたのは、二〇〇〇年から二〇一一年という約一〇年間についてであり、クロンがアルストムの舵取りをするようになったのは、二〇〇三年初めからである。したがって、クロンは十分に責任がある。捜査対象の事件ではほとんど、スイスの子会社アルストム・プロムが仲介人への支払いを担当していた。FBIは銀行振替の明細を入手し、起訴状に逐一、列挙している。動かぬ証拠を突きつけられて、アルストム・プロムは親会社のアルストムと同様、有罪を認めるよりほかになくなり、巨額の罰金の支払いにも応じた。グループの二つの会社、アルストム・グリッドとアルストム・パワーはもうちょっとうまく切りぬけた。両社は訴追延期合意（DPA）という司法取引をすることができたのだ。それによると、両社は向こう三年間で組織を再編し、実効性のある反腐敗対策を講じることを誓約した。その三年間の猶予期間ののち、目標が達成されたと司法省が判断すれば、両社は最終的に刑事罰を免除される。

この会見で、コールは何度もこの事件の根本的な問題点を指摘した。クロンが終始一貫して頑ななまでに主張してきたこととは正反対のことである。

「アルストムでは適切な内部統制がなされていなかったのです」

はっきり言えば、アルストムは、表向きは、非の打ちどころのない方針を掲げながら、裏では、贈賄という最悪の慣習を延々と続け、闇に葬ってきたのである。アルストムのコンプライアンスのシステムは目くらましでしかなかった。そして、こうした贈賄の構造は、これもコールの言であるが、単なる怠慢、あるいは誰か個人の過ちの産物ではなく、しっかり組織ぐるみで計画され、体系化されて実行されていたのである。

「アルストムの贈賄の構造は、その世界的な規模と影響を考えると驚くばかりです。アルストム内部では、一〇年以上もこの贈賄のシステムが温存され、いくつもの大陸で実行されていたのです」

最後に、コールはより包括的な警告を発してコメントを締めくくった。

「はっきり申しあげておきたい。世界の市場に贈収賄の入りこむ余地はありません。今回のアルストムへの処罰は、世界じゅうの企業にとって間違えようのない警告になると考えています」

つまり、こういうことだ。アメリカは贈収賄撲滅のために世界の警察の役割を引きうけ全うする、と宣言したのだ。さらに、コールはＦＢＩの捜査に協力してくれたとして、スイスやサウジアラビア、イタリア、インドネシア、イギリス、キプロス、台湾の当局への謝意も表明した。コールは抜け落ちがないように気を配っているようだったが、一か国だけ名前を呼ばれなかった。フランスだ。しかし、パリでも二〇〇七年一一月七日から、外国公務員に対する贈収賄についての捜査は開始されていた（ウォール・ストリート・ジャーナルの報道)。ただし、理由はわからないが、立件化されることはなかった。二〇一三年にも検察によって新たな捜査が始まった。アルストムのハンガリー、ポーランド、チュニジアでの贈収賄も捜査対象になっていたのだが、これもまた頓挫した。

ところが、ワシントンの司法当局はこの案件に目をつけた。好機を逃さず、アルストムを追及しはじめる。トタル社、アルカテル社、テクニップ社に続く、フランスの多国籍企業のターゲットを見つけたのである。

その結果、どうなったかと言えば、このフランスの大企業四社に課せられた罰金は一六億ドルに達する見こみだ。それだけの大金がアメリカの国庫を潤すのである。さらに、二〇一四年にBNPパリバ銀行に送金規制違反で課された八九億ドル、二〇一五年、クレディ・アグリコルの七億八七〇〇万ドル、二〇一八年、ソシエテ・ジェネラルの一三億ドルを加算すると、合計金額は一二〇億ドルを上回る。これはフランスの司法にかかる年間予算より多い額だ。一二〇億ドルあれば、国はなにができるだろう? 一例をあげる。マクロンが二〇一八年九月に打ち出した〈貧困撲滅対策〉、この費用が八〇億ユーロである……。

記者会見に話を戻す。この会見は派手に演出され、検事たちがつぎつぎと演壇に立った。コールのつぎは捜査を指揮したコールドウェルの番で、捜査の詳細が報告された。そこで明かされた概要は以下のとおりである。

まず、サウジアラビアでは、紅海沿岸に火力発電所を建設するシュアイバ・プロジェクト

（二期工事が開始されたのが二〇〇四年で、クロンの社長就任後である）において、アルストムは四九〇〇万ドルの賄賂を支払って、巧妙に組織された外部コンサルタントのネットワークの力を借りた。コンサルタントにはコードネームが割りあてられ、〈パリ〉〈ジュネーブ〉〈ロンドン〉〈静かな男〉〈古い友人〉などと呼ばれていた。このコンサルタントたちの仕事は、サウジ電力会社のお偉方に気前よく手数料を支払うことだった。アルストムはためらうことなく、イスラム教育基金にすら賄賂を贈った。

エジプトでは、二〇〇三年から二〇一一年にかけて、エジプト電力持株会社の契約を獲得するために賄賂を支払っていた。同社がアメリカのベクテル社と設立した合弁会社の社長アセム・エルガワリを買収していたのだ（ただし、ベクテル社のほうはまったく捜査されていない……）。さらに、バハマでは、契約獲得を目論んで、アルストムに雇われたコンサルタントがバハマ電力の取締役たちを買収した。台湾でも、二〇〇一年から二〇〇八年のあいだに、台北の地下鉄に関する契約を得るため、高官に賄賂を贈っていた。

コールドウェルは会見のなかで、アルストムに科された記録的な罰金の額についても、妥当なものであると説明した。

「アルストムはその犯罪行為により前例のない金額の罰金を支払います。アルストムは過ちをみずから進んで明らかにしなかったばかりでなく、当初数年間、捜査に真摯に協力しようとしなかったのです」

そして、つぎにコールドウェルが発した言葉を、私は絶対に忘れないだろう。

「ようやくアルストムが協力したのは、ほかでもない、幹部たちを起訴したときからです」

もはや疑問の余地はない。司法省の責任ある立場の人間が公に認めたのである。やはり私はアルストムに圧力をかける道具にされたのだ。私は頭がおかしくもなかったし、偏執狂でもなかった。たしかに私は利用されたのだ。アルストムの経営陣を震えあがらせ、ＦＢＩに協力させるための脅しの道具の一つに過ぎなかったのだ。より大きな司法取引を引きだすために、個々の人間を単なる駒として扱って利用するなんて、この司法制度は批判されて然るべきだ。しかし、それよりもっと破廉恥なのは、アルストムの対応である。コールドウェルによれば、経営陣は、主張していたこととは裏腹に、〝捜査に真摯に協力しようとしなかった〟のだ。それなら、どうして、二〇一三年四月に私がアメリカに発つ前に、そこに待ちうけるリスクについて教えてくれなかったのか？　どうして、キース・カーは私をみすみす危険にさらしたのか？　私は、出発の数日前に聞いたカーのこの言葉をよく覚えている。

「きみは心配することはなにひとつない。すべて掌握している」

シンガポールのあの夜のカーの態度は、どう解釈するべきなのか？　私が犠牲になるとわかっていて、司法省に差しだしたのか？　それとも、カーがとんでもなく無能で、司法省をだましおおせたと信じていたのか？　私はこの疑問をずっと考えてきた。率直に言って、今では後者のほうではないかと思っている。経営陣を含めて、悪辣というより無能なのだと思うからだ。だが、私が間違っているのかもしれない……。

コールドウェルの会見を聞きながら、もう一つ考えたことがある。もし、アルストムが司法省に対して違う戦略をとっていたら、どうなったのだろうか？　もし、アルストムが二〇一〇年に過ちを認めていたら、司法省はどうしただろうか？　歴史に〈もし〉はないことはわかっているが、三つの可能性を推測することはできる。その一、罰金は間違いなく、もっと少なかった。その二、アルストムはこれほど揺らぐことはなかった。その三、司法省は私を逮捕する必要がなかった。なぜなら、丸紅、トタル社、テクニップ社、ＢＡＥシステムズ社などなど、アルストムと同種の多くのほかの事件で、司法省は誰も逮捕していないのだ。

そうなのだ、まったく違った筋書きも書けたのだ。


この時点では、まだわかっていなかったのだが、マチュー・アロンは独自の取材で新事実を暴いていった。アルストムの元法務部長、フレッド・アインバインダーの独占インタビューに成功したのだ。アインバインダーはアメリカ人の弁護士で、三〇年来、フランスに居を構えており、フランスの建設会社ヴァンシ社の法務部長を務めたのち、アルストムの法務部長に就いた。二〇一〇年末までその職にあったが、キース・カーに取って代わられた。

アインバインダーによると、アルストムが法的な問題を抱えたのは、じっさいには二〇〇〇年代半ばに遡る。きっかけは、スイスのまったく別の事件だった。それは二〇〇四年に始まった。監査事務所KPMG社がスイス連邦銀行委員会から委託されて、小規模のプライベートバンク、テンパス・プライベートバンクAGの監査を実施した。社長のオスカー・ホレンウェガーは逮捕され、南米の麻薬カルテルのためにマネー・ローンダリングをした容疑をかけられていた。秘書の自宅の家宅捜索のさい、ホレンウェガーがアルストムの資金を、リヒテンシュタインやシンガポール、バーレーン、台湾に送金していたことが判明したのだ。この取引は、コンピュータに痕跡を残さないように、すべて手書きされていた。

スイス当局はその後何年もかけて内偵し、アルストムのスイス子会社を調べあげた。情報は友好国であるフランス、イギリス、アメリカにも伝えられた。このうちフランスでは、二〇〇七年に捜査が始まったが、進展しなかった。だが、ほかの国ではまったく違う様相を見せた。まずスイスで、連邦検察局と連邦司法警察の捜査官五〇人がチューリッヒ地方のバーデンと中央スイスで一斉に家宅捜索を行った。スイス当局は証人を求めるため専用ダイヤルを設置し、アルストムに対する証言を受けつけた。イギリスでは、二〇一〇年三月二四日、重大不正捜査局の腐敗対策チームが一挙に行動に出た。この作戦のコードネームは〈ルテニウム〉という。ルテニウムは白金族の元素で、硬いがもろい金属だ。捜査局はアルストムのいい、もろさを突くため、大規模な作戦を展開し、一五〇人の捜査官を投入して、アルストムのイギリスの子会社の幹部三名の自宅を家宅捜索した。社長と財務部長、法務部長の自宅で、この法務部長は監視下に置かれた翌日、心臓発作で亡くなった。そして、これと同じころ、アメリカでは司法省がやはり関係書類を入手していた。

　二〇〇〇年代末、アメリカとスイス、イギリスの当局は捜査協力を決め、スイスがラトビア、チュニジア、マレーシアの、イギリスがインド、ポーランド、リトアニアの案件を担当する。アメリカは、ＦＣＰＡの適用範囲が広く、望めばどこでも捜査可能なため、ほかの国々を一手に引きうけた。その後には、ブラジルやイタリアもアルストムに対する捜査を開始、ついには、世界銀行もザンビアでの契約を巡ってアルストムに贈賄の疑いをかけた。アルストムの法務部長だったアインバインダーは、当時のアルストム本社の雰囲気を回想して、こう語った。

「各国から包囲されている感じだった。私は法務部長として、スイスの資料を入手できたので、契約書を全部調べた。毎日六時間から八時間かけて何度も読み、一〇〇から一五〇の契約を詳しく調べたのだ。私の考えでは、契約はすべて、大なり小なり賄賂の力によるものだった」

　アインバインダーは、これはたいへんなことになると考えて、法律コンサルタントや弁護士からなるプロジェクトチームを編成した。しかし、参加メンバーが多くて、誰がなにをするか理解し、チームを円滑に機能させるために、フローチャートを作ることから始めねばならなかった。二〇一〇年一一月二六日付の書類には、イギリス、スイス、ブラジル、アメリカ、フランス、ポーランド、イタリアの弁護士が名前を連ねており、合計で三九名がアルストムの贈収賄事件に対処すべく動いていた。しかし、当時、私のような管理職のほとんどはそんな事実は知らされていなかった。アインバインダーの回想は続く。

「フランスでは、事情はかなり微妙だった。顧問弁護士は何人かいたが、すぐにそのうちのひとり、大物弁護士だったオリヴィエ・メッツネ（故人）がイニシアティブを取ったのだ。ミーティングもメッツネの事務所で開かれた。そうした状況に、私は困惑していた。というのは、メッツネは内々にはクロン個人の弁護士でもあって、私から見れば、利益相反のおそれが強かったからだ」

だが、アインバインダーにはほかにもっと気がかりなことがあった。とくにある強迫観念がつきまとって、頭から離れなかった。それは、アメリカ当局に捜査されるという心配だった。アインバインダーはもともと、コンプライアンス分野を専門にするアメリカの法律事務所でキャリアを積んでおり、司法省の絶大な力とその手法を知り尽くしていたのだ。

「司法省は二〇一〇年の第1四半期にコンタクトを取ってきた。メッセージは単純、〝アルストムはターゲットになっている〟というものだ。要するに、捜査対象になっていることを知らせて、協力するように促したのだ」

まさにアメリカ流だ。ともかく大企業に働きかけて、取引に即刻応じるように迫るのだ。アインバインダーの言葉を借りるとこうだ。

「全面的に協力し、時効の成立などはあきらめ、自主的に内部調査を行い、みずから罪を認めて、従業員を告発するか。あるいは、取引することを拒否するか。だが、拒否すれば、FBIにつけ回されることになる」

　この司法制度はフランスの司法の原則とはかけ離れている。フランスでは、検察に証拠を提出するようにクライアントに助言する弁護士はいない。反対に、むしろ隠すように勧める。しかし、アインバインダーはアメリカで法を学び、アメリカの司法制度をよく理解していたので、二〇一〇年初めから、何度もクロンと差し向かいで話しあい、司法省の提案を受けいれるように勧めた。

「クロンは怒りっぽい男で、最初は聞く耳を持たなかった。自分たちの責任を認めることを拒み、検察を訴えようとさえ言った。まったく正気の沙汰じゃない。私は粘り強く、何度も説得して、〝一緒にワシントンに行きましょう〟と言ったのだ」

　ようやく二〇一〇年四月、クロンはアインバインダーとともにアメリカに赴き、ウィンストン・ストローン法律事務所を訪ねた。同事務所はシカゴを本拠地として、贈収賄事件を専門に扱っている。会談はうまくいき、クロンは事件の処理を任せることに同意した。同事務所は通常どおり仕事を進めた。早速、アルストムの内部調査に取りかかったのだ。このとき、クロンは、大企業で定期的に行われるような監査を認めただけと考えていたようだ。数か月後、詳細な調査が行われているのを知り、クロンはいらだちを露わにした。とくに、多くの管理職が質問を受け、不正事実を明かすことになっていたのが気に障ったらしい。

二〇一〇年一二月一〇日、ウィンストン・ストローン法律事務所はアインバインダーとクロンに宛てて書簡を届けた。内容はただ一つ、〝一刻も早く、司法省に協力するように!〟という勧告だった。調査の結果、サウジアラビアで賄賂を支払ったことが明らかであり、FBIが捜査すれば、たちまち露見するのは確実だと判断されたのだ。だが、これを受けて、クロンは過激な選択をする。積極的にアルストム内部に踏みこんできたこの事務所を、独断で切ってしまい、アインバインダーを法務部長から解任したのだ。アインバインダーは単なる顧問のポストを与えられ、一年後には勇退した。そして、クロンは、アインバインダーの後任にキース・カーを指名した。

その後、アルストムがどのようにこの件に対処したのか? それはまったくわからない。カーは秘密主義に徹していて、情報が漏れることはほとんどなかった。(注2)

アルストムはおそらく、そんなにひどいことにはならないと踏んでいたのだろう。たしかに長いあいだ、ヨーロッパでの捜査は、たいした成果をあげていない。スイスでは、二〇一一年、アルストムは略式命令を受けて罰金二五〇万スイスフランと賠償金三六四〇万スイスフランが科されたが、要するに刑罰としては軽いものだ。一年後の二〇一二年、世界銀行がアルストムの子会社二社(うち一社はアルストム・スイス)を三年間の期限でブラックリストに載せ、アルストムに九五〇万ドルの罰金を科した。ノルウェー政府年金基金(世界最大の投資ファンド)は二〇一一年から、アルストムの株式の保有を取りやめた。理由は〝アルストムの抱える慢性的な贈収賄の問題〟だ。こうした制裁は、たしかにアルストムの評判に傷をつけたが、存続が脅かされることはまったくなかったのである。だから、クロンはアメリカの追及からも逃れられると思ったのだろうか？　クロンのこのひどい判断ミスのせいで、私はとんでもない目にあわされた。そして、クロンの判断ミスの被害者は私だけではない。アルストムの従業員やフランスの国民もそうだ。クロンのせいで、フランスは戦略的分野の数少ない多国籍企業の一つを失ったのだ。

（注1）形式上、司法省の捜査開始日はアルストムが有罪を認めた日になる。それに伴い、起訴事実はアルストムが有罪を認めた事実と完全に一致する。このようにして司法省は勝訴率一〇〇％を誇っているのだ。

（注2）著者たちはキース・カーに取材を申しこんだが、回答は拒否された。

40　アルストム、有罪を認める

アメリカの司法制度は、きわめて不公正なものだとしても、少なくとも一つ優れた点がある。比較的、透明性が高いのである。司法省のウェブサイトでは、多くの訴訟資料が閲覧可能だ。私自身、そこでＦＣＰＡに関する多くの判例を集めることができた。当然、アルストムの有罪答弁も入手できるし、そこには目をひく情報が山のように記されているのだが、フランスのジャーナリストでそこまで調べた者はごくわずかだ。

アルストムの有罪答弁を調べてまず目につくのは、その書類がサインされた日付、二〇一四年一二月二二日である。さらに留意すべきは、最も重要な条項にサインされたのが、二〇一四年一二月一九日、すなわちＧＥ社への売却を承認したアルストムの臨時株主総会の日だということだ。どうして、もっと早くにサインされなかったのか？　不思議だ。というのも、アルストムと司法省の交渉は、その六か月前、二〇一四年六月には終わっていた、あるいは終わろうとしていたのだ。だからこそ、ＧＥ社はアルストムの罰金の概算を知っていたのであり、アルストムの買収総額を決められたのだ。であれば、どうして司法省は取引成立をこんなに長いこと待ったのか？

考えるに、納得のいく説明は一つしかない。クロンを社長の地位に留めて、売却に関する株主決議を支障なく行わせるためだ。というのも、株主総会の前に、アルストムが有罪を認めることが明らかになっていれば、大騒ぎになって、クロンは辞任に追いこまれていたかもしれないのだ。一方、司法省の考えでは、この取引の成立で本当に個人的な利益を得るのはクロンただひとりだという。だが、合意内容にもう一度目を向けてみよう。すると、検察が、五か国の案件のみに絞って起訴していることに気づく。しかし、私はよく知っているが、司法省は、アルストムが一〇年以上にわたって世界各地で結んできたコンサルタント契約を相当な数、把握していた。したがって、刑事罰はもっとずっと重いものになっていてもおかしくなかった。ここにもまた、GE社の影響が感じられる。GE社は、そこに不正があったとしても、アルストムの商売相手がことごとく世間の批判にさらされる事態を嫌ったのだろう。アルストムを買収すれば、その商売相手、顧客は、GE社の顧客になるのだから！

もう一つ指摘したいのは、七五〇〇万ドルの賄賂の大部分が二〇〇三年にクロンがトップに立ったのち支払われたということだ。週刊誌ロブスのカロリーヌ・ミシェルが取りあげたように、最後の支払いは二〇一一年なのだ。このことから、クロンが起訴されていたなら、どんなリスクがあったか考えられる。検察が私の刑期を算出するのに使用した〈量刑ガイドライン〉では、インドネシアでの一件だけで刑期は一五年から一九年とされた。それと同じ適用をしたら、すべての事件に関与していたクロンの刑期はどれほどになるのか想像すらできない！　そうなれば、クロンも私のように有罪を認めるだろうが、どんなにうまくしても一〇年以下の刑では済まないだろう。しかし、司法省はクロンを見逃すことにしたのである。

さらに、起訴された四名のうち三名（ロスチャイルド、ポンポーニ、私）はタラハン・プロジェクト一件にかかる容疑だったが、タラハン・プロジェクトに関係するのは、総額七五〇〇万ドルの賄賂のうち六〇〇万ドル以下なのである。もうひとりのホスキンスが起訴されたのもインドネシアのべつのプロジェクトに関してだ。最終的に、検察は残りの七二〇〇万ドルの賄賂については誰も起訴しなかったのだ！　これを見れば明らかなように、アメリカ当局の目的は、罪ある者を罰することではなく、アルストムの経営陣を屈服させることだったのである。少なくとも、クロンは重い罪に問われることなく逃げおおせたし、取り巻き連中もそのおこぼれにあずかって罪を免れたのだろう。そのうち何人かはGE社との合意が成立して、けっこうな額のボーナスも受けとったのだ。

アルストムの有罪答弁を読むと、経営陣のもう一つの嘘が露見する。クロンは、アメリカから社内を監視する〈モニター〉を派遣されなかったことを自賛し、それはクロンが事前に導入したとされている贈収賄対策に非の打ちどころがないからだとしていたが、それは真っ赤な嘘だったのだ。もちろん、一般的に、有罪を認めた企業は三年間、〈モニター〉を受けいれる条件を認める。〈モニター〉とは外部の監視役で、通常はアメリカの弁護士がその任に当たり、その企業が買収などをしないという誓約を守っていることを監視するものだ。だが、アルストムの場合、その措置は単純に意味がないのである。なぜなら、二〇一四年一二月の時点で、アルストムはすでに世界銀行からそれと同様のモニタリングを受けていたからだ。これはザンビアでの贈収賄事件でアルストムが非を認めた結果である。

最後に、アルストムがこれだけの大失態を冒したなかで、監査役の役割と責任についても考えてみたい。つまり、監査役はどうして、七五〇〇万ドルもの賄賂を見過ごすことができたのか！　とくに疑問なのは、アルストムが払うことになる罰金額を引当金として計上するように要求しなかったのか、ということだ。約一〇億ドルの罰金が見こまれていたのに、どうして数千万ユーロの引当金しかない決算を承認できたのか？　明らかに、金融市場庁は疑義を抱いておらず、七億七二〇〇万ドルものリスクの隠蔽について調査をしていない。少なくとも、私の知るかぎりではそうだ。要するに、クロンは今日まで、フランスではいかなる捜査の対象にもなっていないのだ。一方では、アルストムの有罪答弁にサインし、世界規模の巨額贈収賄事件を引き起こしたことを認めているのに……。ほかの例を見れば、国家金融検事局はもっと機敏に捜査を開始するのだ。たとえば、二〇一八年初めのボロレ事件で問題になったのは、アルストムの事件よりはるかに少ない金額だったのだ。

41 パトリック・クロン、国民議会に召喚

私は、二〇一四年一二月のアメリカ司法省の発表は、衝撃的なニュースとしてフランスでも大々的に報道されると思っていた。ところが……ほとんど見向きもされなかった。全然、と言ってもいい。私はまったく見誤っていた。もちろん、いくつかの記事が出るには出たが、内容は簡単な事実確認のみである。つまり、〝アルストムはアメリカに制裁金を支払った〟というだけだ。以上、あとは前進あるのみ、という感じだ。だが、ほかに書いたり、説明したりすることはなかったのだろうか？

こうなると、私が黙っていたことは正しかった。なにか話していれば、自分の身を無駄に危険にさらすところだった。というのも、アメリカでの私の司法手続きが膠着状態にあったからだ。判決が下りない状態では、まったく先が見えず、なんの計画も立てられなかった。私は完全に行き詰まっていた。ときおり、自分が、けっしてやって来ない飛行機を待ちつづけるトランジットの乗客であるような気分に襲われたりもした。

当面は目立たないように行動するほうがいい。それが身のためだ。そういうわけで、二〇

一五年初め、私は〈チャタムハウス・ルール〉（参加者の名前が秘匿される）を適用する夕食会に何度か出席した。そのうちの一つはフランス情報研究センターの所長エリック・ドネセが開いたもので、私は特別ゲストとして招かれた。出席者は二〇人ほどで、国会議員ふたり、高級官僚数名のほか、ジャーナリストふたり、BNPパリバ銀行の幹部や情報分野に転じた元警視、いくつもの多国籍企業のトップだった元社長もいた。違う機会には、数名のCAC40の大企業の幹部に招かれたこともある。いずれの場合にも、私は自分の経験を詳しく語り、真剣に聞いてくれることを期待して注意を促した。

幸い、何人かの政治家はよくわかっていて、〈まやかしの企業売買〉を問題視した。数は多くはなかったが、四〇人弱の、おもに右派の議員が結束し、二〇一四年六月と一二月の二回にわたり、国民議会に〝アルストム売却に関する調査委員会〟の設置を要求したのだ。主導権を握っていたのは、アンリ・ゲイノ、ジャック・ミヤール、フィリップ・ウイヨン（いずれも国民運動連合UMP所属）らだが、なかでも精力的だったのは、間違いなくダニエル・ファスケルだった。ファスケルはUMP所属の国民議会議員で、党の財務担当、法学者の顔を持つ。カユザック事件（訳注：二〇一二年当時、ジェローム・カユザック予算相が資産を外国に隠匿したとされる事件）の調査委員会のメンバーでもあった。

しかし、ファスケルらの働きかけは壁にぶつかった。政権が反対し、与党社会党は動かず、UMPもだんまりを決めこんだのだ。それでも、四〇人の反乱議員たちにもわずかばかりの収穫があった。調査委員会に比べれば権限は限定されるが、経済委員会がアルストムに関する聴聞会を開くことを承認したのだ。一回目の審議は二〇一五年三月一〇日に決まった。

正直に言うと、私は、そんな聴聞会はどうでもいいような質問や不毛な議論に終始する茶番劇になるのではと危ぶんでいた。政治家がややこしい経済問題を扱えるとはまったく思っていなかったからだ。だが、私は間違っていた。政治的計算が働いていたにしても、聴聞会は白熱したのだ。

最初に、ファスケルが口火を切った。

「われわれの調査要求が受けいれられず、誠に遺憾です。なぜなら、その場合の証人は宣誓が義務付けられますが、残念ながら、この委員会ではそうではないからです」

すぐに、委員長である社会党のフランソワ・ブロットがファスケルの所属政党の矛盾を指摘した。

「どの党派も、調査委員会の設置を要求する権利を有している。UMPが望むなら、その権利を行使すればよかったのだ」

「たしかに」ファスケルは言いかえした。「だが、だからこそ貴党はこの聴聞会を提案なさったんでしょう。当事者の言い分を分け隔てなく聞かなければ、正しい判断はできない、そう思われたのではないですか？」

ファスケルはそう言いおえると、パトリック・クロンに向かって、鋭い質問を浴びせかけた。クロンは腹心の部下プー＝ギョームを伴っていた。二〇一三年夏のGE社と接触を始めた人物だ。

「クロンさん、なぜ、こんなに売却を急いだのですか？　アルストムの財務状況を拝察すると、向こう二年半の受注量が五一〇億ユーロ、売上高が二〇〇億ユーロ、エネルギー部門の利益率が七％、純利益が五億五六〇〇万ユーロで、そのどれをとっても、これほど性急に売却を進める理由にはなりませんね」

さらにファスケルは、贈収賄事件について説明を求めた。

「アルストムに対するアメリカ司法省の圧力はどんなものだったのですか？　今回のGE社による買収は、過去に司法省の捜査対象になった企業が買収されたケースと類似点があるように思えます。司法省の捜査で弱体化した企業をGE社というアメリカの巨大企業が買収できるように、なんらかの誘導がなかったのでしょうか？　これはアルストムだけの問題ではありません。ほかのフランス企業にも関係する重大な問題です」

そう考えていたのはファスケルだけではなかった。左派、とくに共産党にも同様の分析をしている国会議員がいた。そのひとり、共産党のアンドレ・シャセイニュもクロンを糾弾した。

「クロンさん、これはゆゆしき事態だ。まさにわが国の産業界の宝が解体されようとしている。この取引はアメリカの経済戦略の一部ではないのか。とすれば、きわめて深刻で、わが国の独立性に関わる」

　クロンは株主総会と同じく、どんなに責めたてられようとも動じなかった。

「宣誓ができず残念に思っておりますが、宣誓をしようとしまいと、真摯に、包み隠さずお答えします」

　そう述べてから、クロンはえんえんと自己弁護した。

「アルストムとGE社の合併プロジェクトは、アルストムのためにも、社員の雇用のためにも、またフランスのためにも、適切な判断であると思います。それに同意されなくてもかまいませんが、私がこのプロジェクトを進めるに至るには、すべての要素が子細に検討された結果であると明確に申しあげます。ファスケルさん、したがって、この売却は性急に行われたものではないのです。まったく逆です。企業トップとしての私の職務は将来を予測し備えることであり、私は何年も前から、アルストムが経営難などに陥らないように構造的な問題への解決策を模索してきました。もちろん言うまでもなく、当初は売却せずにフランス国内で解決する道を探しました。しかし、その道はなかったのです。率先してGE社と接触したのは、それが理由です。熟慮の結果であり、最初に公表しなかったのは、この業界では、少しでも経営難を疑われれば顧客が離れていくおそれがあるからです」

　そして、クロンは改めて、司法省の捜査と売却を決定したことにはなんの関係もないと言いきり、そういう見方は陰謀論の類いと切って捨てた。

「司法省がこの売却に影響を及ぼしたという陰謀論めいた説については、こう申しあげます。アルストムに対する捜査がたしかにありましたが、それはわれわれがGE社と接触する以前のことです。したがって、なんらかの共謀があったように思われるのは甚だ不本意でありま
す。事実無根です」

この説明にはほとんど説得力がないように思われる。はっきり言えば、ばかばかしい言いぐさだ。司法省の捜査は二〇一〇年に始まっており、GE社と接触する以前のことなのはわかりきったことだ！　なぜなら、アルストム、そしてクロン自身に法的リスクが迫ってきたせいで、クロンはGE社に接近したのだから。もとより、議員たちもこの無意味な説明にはまったく納得していないようだった。リオネル・ジョスパン首相当時顧問を務めたこともある社会党議員、クロティルド・ヴァルテルが質問に立った。

「あなたは贈収賄の質問をはぐらかそうとして陰謀論を持ちだしているんじゃないですか？　それはあまりに安直です！　まず最初に、このアメリカの司法の動きに関して、フランス側が出遅れた理由はなんなのか考えなければなりません。あなたのお考えでは、アルストムに対するこの疑問が解消されないのはどうしてですか？」

クロンは主張を繰りかえした。

「何度も言っているとおり、司法省の件は、事業の譲渡とはまったく関係ありません！」

そして、わずかにいらだった様子で、GE社が一二三億五〇〇〇万ユーロを支払うことに

触れ、それにより〝アルストム・トランスポールは負債を清算できる〟と念押しした。最後に、クロンは議員たちを前に、愛国心に訴えた。

「私はフランスの実力主義のおかげでここまで来ました。かねてから言っているように両親は移民です。私はアルストムに着任して以来、フランスで一万五〇〇〇人近くの雇用を生みだしたことを誇りに思っています。誰もがフランスの雇用に貢献していますが、私も、ささやかながら貢献しようと努めています」

そして、もったいぶって発言を締めくくった。

「繰りかえしますが、私は今回の取引に誇りを持っています。どうぞ世界じゅうのジャーナリストに聞いてみてください。お望みの調査を誰にでもさせてください。このプロジェクトを進めた決定にかかわることで、隠された要素は一つもありません。それ以外のいいかげんな話は単に情報が不正確なのであり、私に対する侮辱であり、中傷であります。以上が私が申しあげたいことで、宣誓はしておりませんが、正直にお話ししました」

そう言うと、クロンは議場を退出した。

議員たちがクロンの正直な言い分に納得したかどうかはわからない。だが、クロンの芝居がかった弁明だけでは収まらないことも多々あったようだ。クロンに続いて経済大臣のエマニュエル・マクロンが委員会に召喚され、マクロンはクロンが裏切ったとして正面切って非難した。

「政府がアルストムの将来について、戦略的に考え、経営陣や株主と協力する意向を示したにもかかわらず、アルストムは政府のあずかり知らぬところで、取引を進めましたが、その取引は、戦略的価値という観点からは最善とは言えません。繰りかえしますが、政府や国民は既成事実を突きつけられたのです」

マクロンによれば、クロンの裏切り行為はもはや取り返しがつかないという。「それだけの時間がない。これ以上時間を費やせば、ますます取り返しがつかない過ちになる」とマクロンは主張した。そんな限られた時間では、モントブールが強く勧めていたシーメンス社のようなヨーロッパの大企業と提携を結ぶというのも実現性が薄い。だから、GE社のオファーに反対することができなくなった、というわけだ。要するに、フランス政府は恥知らずな企業トップに出し抜かれたあげく、後戻りすることができなくなった、ということだ。この説明が正しいなら、事態は深刻だ。世界第五の大国フランスの政府がひとりの社長の二枚舌に翻弄されてしまったことになるからだ。これだけでも憂慮すべきことだ。だが、そのあと、ファスケルから贈収賄事件について聞かれたときのマクロンの発言にはもっとびっくりした。うまく言い逃れるかと思っていたが、マクロンの口からはとんでもない答えが飛びだしたのである。

「アメリカ司法省の捜査については、クロン氏に単刀直入に聞きました。というのも、個人的には、その捜査とクロン氏の決断のあいだには因果関係があると確信していたからです。

しかし、証拠はなにもありませんでした。それで直接問いただしたわけですが、クロン氏は捜査はなんの影響も及ぼさなかったと断言しました。ファスケルさん、ご質問のいくつかについては、私の個人的見解はあなたのものと同じと言えるかもしれませんが、申しあげたとおり、それを証明する術がないのです」

これを聞いて、私は唖然とした。マクロンの〈個人的見解〉では、司法省の捜査が間違いなく売却の原因だというのだ。ただ、単にマクロンはそれを証明できないだけだと。だが、経済大臣が証明できないのなら、いったい誰が証明できるのだろうか？　少なくとも経済省は、二〇一四年末には事情に通じていた。私自身が何度が経済省に赴いて、経済情報分析室による事情聴取を受けたころだから、そう判断できるのだ。経済情報担当の首相補佐官クロード・ルヴェルも事態を把握し、政府に警告しようとしたが、聞き届けられなかった。では、政府がこの売却の内幕を知っていたのなら、どうしてやめさせなかったのか？　あるいは、せめて時間稼ぎをして、その内幕を明らかにしなかったのか？　アルノー・モントブールはこのフランス産業界の自殺行為にただひとり反対したが、マクロンはどうして、そのモントブールを見限ったのか？　フランスの政治家がそろいもそろって、このように責任を放棄したことをどう説明するのか？　マチュー・アロンが取材を試みたが、エマニュエル・マクロンの事務所からは回答がなく、当時の財務大臣ミシェル・サパンはいっさいのコメントを差し控えた。ただひとり、モントブールだけが取材に応じ、どちらかと言えば不面目な当時の話をしてくれた。二〇一六年六月、マチューのインタビューに応じたモントブールの説明は単純だった。単純すぎるくらいだった。

「フランスの政治家がアメリカを恐れているからだ。アメリカがとてつもなく強大だと思っているんだ」

経済委員会につぎに登場したのは労働組合だった。アルストムの売却について、労働組合としての見解を述べたのである。このときまで、労働組合はあまり意見表明をしてこなかった。それをいいことに、クロンは労働組合の支持を得ていると主張していた。しかし、この二〇一五年三月一〇日、このもう一つの作り話も粉々に砕け散った。アルストムの労働組合を代表して、ローラン・デジョルジュ（フランス民主労働総同盟）が売却の社会的影響を不安視して意見を述べた。

「このプロジェクトは、提携などではなく、まぎれもなく単なる買収だと考えられます。GE社はたしかに一〇〇〇人の雇用の創出を約束しましたが、今後六年間のポスト削減を埋めあわせるには、明らかに不十分です」

同じくクリスチャン・ガルニエ（労働総同盟）も同調した。

「GE社へのエネルギー部門の売却は、投げ売りと言うべきものであって、そこには産業的な戦略はいっさいありません。これは、政治的かつ財務的な取引でしかありません。そして、私はこれでも穏やかに話しているんです」

もうひとり、ヴァンサン・ジョズウィアック（労働総同盟労働者の力）はこう疑問を投げかけた。

「当然、思いうかぶ疑問は、アルストムの何人かの幹部に対する捜査や起訴が売却の決定に影響を及ぼしたのかどうかです。それというのも、エネルギー部門のGE社への売却は、経営陣のごく一部によって極秘裏に進められて決められたのです」

集中砲火のような非難が続き、経済委員会は全員一致でクロンの再召喚を決めた。きわめて異例のことだ。そして、二回目の聴聞会が二〇一五年四月一日に開かれたが、そこではとくに目新しい情報は出てこなかった。ただ一点、取締役会からクロンに与えられた破格のボーナスについて言及があった。またしても真正面から斬りこんだのはファスケルだ。

「前回の聴聞会で、あなたは、取締役会がGE社との売却の合意はボーナスに値すると評価し、あなたに四〇〇万ユーロの特別ボーナスを与える決定をしたと証言しましたね。しかし、私はアルストムの取締役会の判断には賛成しかねる。経済大臣のマクロン氏も、このボーナスを評して、〝大企業がみずからに課すべき倫理規定とは相容れないもので、違った対処が求められる〟と言っていますよ。あなたもほかの企業トップにならって、大臣が不当だと判断したこのボーナスを返上しませんか？」

私はクロンの回答を忘れることはないだろう。それほど恥知らずな、信じがたい答えだったのである。

「四〇〇万ユーロのボーナスを辞退するつもりは毛頭ありません。なぜならば、そんなことをしたら、フランスにとってよろしくない話だからです。ボーナスを受けとれば、相当な額を納税することになるんです。ですから、議員のみなさんも国民の利益を代表する立場として喜んでいただきたい」

じっさいには、クロンは二〇一五年末にアルストムを去ったが、四〇〇万ユーロをはるかに上回る報酬を受けとっていた。つまり、取締役会はクロンの在任最後の年（二〇一五〜二〇一六年度）に二二六万ユーロ（基本報酬プラス業績変動分）の報酬を与え、それだけでもかなり高額なのに、ボーナス四四五万ユーロと退職年金も支払っている。アルストムはそのために保険会社アクサに引当金五四〇万ユーロを預け入れ、毎年二八万五〇〇〇ユーロの年金が支払われるようにした。結局、クロンは退任に伴い、一二〇〇万ユーロ以上を受けとったと見られる（注1）。厚かましいにもほどがある。クロンは二年近く、司法省に協力することを拒んだ。その方針をとったことで、クロンは間違いなくアルストム解体の責任をいちばんに背負うべき人間だ。そのうえ、クロンは上級幹部数人を危険にさらした。そのひとりが私だ。

アルストムに比べれば、ほかの企業は社員を守った。タラハン・プロジェクトでのパートナー企業、丸紅も起訴されて、有罪を認め、八八〇〇万ドルの罰金を科されたが、社員は誰ひとり逮捕されていないし、まして勾留されてもいない。しかし、丸紅にかけられた容疑は、アルストムにかけられた容疑とまったく同一のものである。なぜなら、丸紅とアルストムは五〇：五〇の出資比率でコンソーシアムを設立し、雇ったふたりのコンサルタントも同じならば、支払った金額も同額だったからだ。ただ、丸紅はすぐに事実を認めて有罪答弁にサインした。丸紅のやったことをまとめるとこうだ。〝自分たちは現行犯逮捕された。わかった、罪を認めよう、罰金も払おう。でも、世界じゅうでのほかの事業に捜査の手が入るのは御免こうむるので、起訴しないでくれよ〟この戦略をとることによって、丸紅はたちまち経済的にも人的にも損失を最小限に食い止めた。クロンがとった破滅的な戦略とは好対照だ。それにしても、司法省の丸紅に対する寛大さには驚かされる。おそらく司法省のほうも丸紅に対する捜査をあまり拡大したくなかったのだろう。丸紅は多くのアメリカ企業のパートナーでもあり、そうした企業は汚職の多発するアジアやアフリカの国々で事業展開しているからだ。さらに言えば、丸紅が発電所や医療設備の市場でしばしば協力関係を結んでいるのは……GE社だ。

（注1）二〇一六年七月、アルストムの株主総会で、このクロンの報酬に対して厳しい非難が浴びせられた。六〇％以上の株主が反対し、取締役会はクロンの報酬の問題は再検討すると表明した。しかし、二〇一六年一一月、取締役会はボーナスの支払いを認めた。

42　アルストム売却へ最後の障壁

パトリック・クロンはフランスの議会では追いつめられたが、二〇一五年春になると、アメリカの司法から特別扱いを受けた。どういうわけか、アルストムに科せられた七億七二〇〇万ドルの罰金に関して、支払いの猶予期間が認められたのだ。司法省の非常に厳格な規定によれば、アルストムは有罪を認めてから一〇日以内、つまり二〇一四年一二月末までに罰金を支払わなければならないはずだった。ところが、ジャネット・ボンド・アータートン判事は六か月の期間延長を認めたのだ。これにはアメリカのマスコミさえ驚きを隠さなかった。二〇一五年二月一日付ウォール・ストリート・ジャーナル紙は、〝アルストムはほかの企業より優遇されている〟と報じた。アータートン判事への聞きとりでは、判事はあっさり〝余裕のある日程を設定した〟と認めている。さらに、三日後の二〇一五年二月四日付ウォール・ストリート・ジャーナル紙は追跡調査の結果を報じ、アルストムの有罪答弁の記録をもとに、ＧＥ社の弁護団がアルストムを支援し、司法省との交渉に非常に密接に関わっていたことを暴いた。記事のなかで、アルストムの弁護士であるロバート・ラスキンは、〝ＧＥ社が、準備から交渉までのすべての段階で、司法省とのやりとりにかかわる書類を精査した〟と不承不承認めている。

これには、まったく呆然とした。つまり、GE社は、まだアルストムを買っていないのに、過去一〇年間に交わしたすべてのコンサルタント契約を入手できたのだ。企業買収の場合、こうしたとくに扱いに慎重を要する情報は、買収が確定するまでは提供されないのが普通だ。だが、司法省を後ろ盾にして、GE社は買収が確定する前に情報を入手できた。アルストムは、広く行っていた贈収賄の仕組みの動かぬ証拠と関与した従業員の名前を、競合相手だったGE社に明かしたのだ。それに、この間、多くの従業員が解雇された。司法省はラスキンの発言で窮地に追いこまれ、弁明に走った。〝GE社の買収は、政策のなかではとくに重要なものではなかった〟と司法省のレスリー・コールドウェルは反論した（注1）。それはそのとおりかもしれない。だが、〝とくに重要なものではなかった〟としても、こう言及したことがとどのつまり、この買収話が事件に影響を与えたことを物語っているのだ！　この発言は重大だった。この言葉で、アータートン判事が不思議なほど寛大に、アルストムの罰金支払いを猶予することを認めたわけが理解できた。なぜなら、この案件では、日程がすべての鍵になっているからだ。

この問題をしっかり理解するには、ブリュッセルに目を向けねばならない。というのは、そこにアルストムの売却を成立させるために乗りこえなければならない最後の障壁があったのだ。ＥＵの承認を得ることだ。ＧＥ社は、二〇〇一年にハネウェル社との合併をＥＵに阻止されたことがある。今回、またもや拒否されるのは論外だった。だから、なに一つ、ないがしろにしなかった。ＥＵの承認を得るという最終決戦でＧＥ社が勝利するためには、まず最初に、いまや忠実なクロンが下手なことをしないように、クロンとフランス政府に圧力をかけて、しっかり協力させることが必要だった。そのためには、ＥＵの欧州委員会の承認を得るまでＦＣＰＡの件に最終的な決着をつけずに、アルストム、そしてクロンに法的な脅しをちらつかせているのがいちばんだったのだ。まさにこれがアータートン判事のしたことで、司法省の同意のもと、ＥＵが買収にゴーサインを出すまで、アルストムの罰金の支払いを猶予して事件の決着を先延ばしにしたのだ。クロンは事件と売却に関係はないと主張したが、こうなれば、二つの問題のあいだに関わりがあることに議論の余地はないだろう。関係がないなどというのはたわ言だ。

ＧＥ社はじっさいに後押しを必要としていた。欧州委員会の承認を絶対得られるとは言えない状況だったからだ。じっさいＥＵ側はためらっていた。二〇一五年二月二八日、欧州委員会は本格的な調査に乗りだした。ＥＵの専門家が懸念していたのは、ヨーロッパのエネルギー市場、とりわけ大型ガスタービンの分野への影響だった。買収の前からすでに、ＧＥ社はこの分野で世界第一位であり、アルストムは第三位だった。アルストムが吸収されてしまうと、ＧＥ社はヨーロッパ市場をほぼ独占できる状態になり、まともな競合相手はシーメンス社だけになる。

〝これほどの企業集中はイノベーションに悪影響を及ぼし、気候変動対策に不可欠なテクノロジーの市場で価格高騰を招くおそれがある〟欧州委員会はそう懸念を表明した。EU側をなだめようと、GE社の社長ジェフ・イメルトは譲歩した。比較的小規模のイタリア企業アンサルド社に、発電所の保守点検契約などのアルストムの事業の一部を譲渡することに同意したのだ。この譲渡によって、買収後のGE社の市場への影響力は若干弱まることになり、EUの承認が得られると思われた。しかし、水面下では激しい攻防が続いていた。二〇一五年五月五日、イメルトはみずから欧州委員会に赴き、承認の手続きを加速させようとした。しかし、それは無駄足になった。欧州委員会は必要な情報をすべて受けとっていないと考え、二〇一五年五月一二日、決定を二〇一五年八月二一日まで延期すると発表した。シーメンス社がまったくめげずに、過度の企業集中の危険性を訴えるロビー活動を展開していたので、EUの承認が得られない可能性も高まった。最後に助け船を出したのはフランスだった。二〇一五年五月二八日、エマニュエル・マクロンがフランス・ベルフォールのGE社の工場を訪問、GE社によるアルストム買収を公に擁護して、EUに強力なメッセージを送った。フランス政府としては、この不面目な案件にさっさとけりをつけたかったのだ。このうえ、買収が頓挫して、司法省が裁判を蒸しかえしでもしたら、もっとひどいことになる。フランスの大企業の社長が起訴されるようなことになれば、その影響は目も当てられないだろう。それでマクロンは、欧州委員会に対し、フランス産業界の宝をアメリカ企業へ売却することを認めるように迫ったのだ……。フランスの大臣がアメリカ企業の代弁をするなんて、こんなとんでもない話があろうか。まぎれもないフランスの大惨敗だ。

二〇一五年九月八日、ついにGE社は、待望のゴーサインを手に入れた。この交渉過程でもまた、アルストムは利用されていた。アンサルド社へ事業の一部を譲渡する分、GE社への売却金額を三億ユーロ引き下げることに同意したのだ。その額だけアルストムに入る現金は少なくなる。そして、アンサルド社への譲渡が決まると、売却の障壁となるものはなにもなくなった。そして、二〇一五年一一月二日、売却が成立した。経済紙レゼコーのなかで、イメルトは、戦略的な買収だと述べて、〝人生で一度しかないような幸運〟とまで自画自賛している。かたやフランスは、なすすべもなく国の宝を失ったのである。

二〇一五年一一月一三日、アータートン判事がようやく、アメリカ司法省とアルストムの司法取引を承認した。両者のあいだで合意したのは、一一か月も前だ。こんなに時間がかかるのは前代未聞のことだった。クロンはほっとしただろう。命拾いしたのだ。そして、とうとうGE社が舵を取ったのだ。

GE社が権力を掌握したことによる最初の目に見える影響は、組合に対する大規模なリストラ計画の通告という形で現れた。アルストムのエネルギー部門が世界じゅうで抱える従業員六万五〇〇〇名のうち、一万名が職を失うことになる。ことにヨーロッパには厳しい影響があり、六五〇〇名の雇用削減が予告された。最も大きな打撃を受けるのはドイツで、一七〇〇名が削減される。そのつぎがスイスの一二〇〇名、そして、フランスの八〇〇名が続く。二〇一六年四月には、ヨーロッパで働くアルストムの従業員が二〇〇〇名から三〇〇〇名、パリで集会を開催して、怒りを表明した。横断幕には、英語、ドイツ語、イタリア語、スペイン語で書かれたものもあった。元アルストムの従業員たちは裏切られたと感じていた。ひとりの社員はこう訴えた。

「リストラ計画の通告は不意打ちだった。こんな大規模のリストラがあるなんて、思ってもいなかった。自分たちはだまされたんだ」

それでも、フランスはましなほうだった。イメルトが、フランス国内で削減される雇用については埋めあわせをすると請けあったからだ。イメルトは、パリにソフトウェアのデジタル研究センターを開設すると発表し、若い大卒者向けのリーダーシップ・プログラムを通じて、財務や人事などの部門で、二五〇名の雇用を創出するとした。また、ベルフォール工場にシェアードサービスセンターを設け、バイリンガルやトリリンガルの従業員を雇うとした。だが、いずれも曖昧模糊とした話であり、二〇一八年春になっても、GE社は、オランド大統領との約束に反して、一〇〇〇名の雇用の創出は実質的には果たせていなかった。私はそのことにはあまり驚いてはいない。なぜなら、アルストムとGE社の合併で社内が大混乱をきたしたことは明らかで、とくに情報処理は大問題で、会計処理や給料の支払いまでが影響を受けた。

両社の蜜月も長くは続かなかった。二〇一六年五月一三日、アルストム・トランスポール（つまりアルストムに残ったほう）がアメリカで訴訟を起こした。訴えた相手はGE社だ。そのわけは……。アルストム側はだまされたと感じたのである。アルストムのエネルギー部門の売却にあたって、GE社はその見返りとして、鉄道信号システム事業の譲渡に同意していたのだが、それを渋るようになり、売却価格で折りあわなくなったのだ。しかも、合意文書では、最終価格を決定するにはフランスの弁護士事務所に支援を仰ぐと想定してあったにもかかわらず、GE社は新たな手立てとして、国際商業会議所に仲裁を求めようとした。アルストム・トランスポールに残された道は、アメリカの裁判所に訴えて、正当な権利を取り戻すことだったのである。これが両社の提携関係に入った最初のひびだ。

GE社は、フランスでもべつの重要な対立問題を抱えていた。フランス電力公社（EDF）との争いだ。対立の原因は根が深かった。フランスの原子力発電所の保守にかかわる問題だったからだ！　アルストムの支配権を握って以来、GE社は当然、フランス国内に五八基ある原子力発電のタービンの保守点検契約を引き継いでいた。ところが、GE社は契約条件を見直して、とくに事故が起きた場合の金銭上の責任を限定することを目論んだ。同時に、交換部品の値上げも要求した。GE社は二〇一六年二月には数日間、サービスを停止までして、フランス側に圧力をかけた。EDFの社長、ジャン＝ベルナール・レヴィはイメルトに書簡を送り、怒りを表明した。

〝ＥＤＦは通常の応急措置を超える緊急措置を実施せざるを得なかった。長い関係があるパートナーであるにもかかわらず、このようなやり方をするのは容認できない〟

イメルトはこの書簡にもほとんど動じることなく、二〇一六年六月一五日までに条件を飲むようにＥＤＦに強く迫った。すると、今度はＥＤＦが怒って強硬手段に訴え、報復としてＧＥ社との取引を全面的に停止すると脅しをかけた。結局、両社とも矛を収め、争いはそれ以上エスカレートしなかったようだが、それもいつまで続くだろうか？　事実上、フランスの原子力発電所すべての支配権を握ったことで、ＧＥ社、そしてアメリカ政府は、将来にわたって絶大な影響力を行使できることになったのだ。こういう事態を予想しておくべきだったのだ。もし、この先、フランスが国際政治の重要な問題でアメリカと対立するようなことになったら、なにが起こるのだろうか？　同じような状況はすでに起こっている。二〇〇三年にフランスがイラク戦争への参戦を拒否したときだ。アルストムの事件を扱った〈幻の戦争〉というドキュメンタリー番組のなかで、元フランス統合参謀総長（二〇〇二年～二〇〇六年）のアンリ・ベンテジャ将軍は、当時、アメリカがフランス軍に交換部品を供給しないとした状況を語っている。

「その事態が長引いていたら、フランスの空母〈シャルル・ド・ゴール〉は機能しなくなっていたかもしれない」

この二〇一六年の中ごろ、私自身の法的な立場は相変わらず宙ぶらりんなままだった。アメリカでの判決言い渡しの日程はずっと延期されつづけていた。そんな状況では、気持ちを立て直すのも難しかった。そして、労働裁判所にアルストムを訴えることにした。

私は、〈職務放棄〉を理由に解雇されたことに異議を申したてた。加えて、アルストムは私に対してまったく容赦ない扱いをし、給料の未払い分の約九万ユーロの支払いを怠っていた。そういうわけで、私は訴えを起こしたのだ。

（注1）二〇一五年二月四日付ウォール・ストリート・ジャーナル。

43　労働裁判所での闘い

私は耳を疑った。初めて、裁判官が私に同情してくれたのだ。私が訴えたアルストムの給料の未払いは、ヴェルサイユ控訴院の社会事件担当部の裁判官が裁定することになり、その裁判官はアルストムの私に対する扱いに憤慨してくれたのだ。それでも、裁判官は審問の最後に、裁定を出す前に調停を受けいれる気があるか尋ねた。私は「はい」と答え、二日後にはアルストム側も同意した。

そのため、調停の場が設けられた。出席者は、調停人、私の弁護士であるマルクス・アショフ、アルストムの弁護士、私、そしてブリュッセルからやって来た弁護士がひとり……GE社の代理人だ。この日はまさに、GE社がアルストムの支配権を握った日だった。

「ピエルッチさん、あなたの身に起きたことには同情しており、示談で解決したいと思っています」その弁護士は最初にこう言った。

示談でと、簡単に言われても……。私がどんなにひどい目にあったか、わかっているのだろうか？

「ご存じかと思いますが、私は厳重警備の拘置所で一四か月も過ごし、フランス政府がGE社のアルストム・パワーとアルストム・グリッドの買収を承認するまで釈放されなかったんですよ」

「貴国の政府があれほど反対しなければ、あなたはもっと早く釈放されていたでしょうね」

弁護士はすぐにこう言いかえした。

私はびっくり仰天した。こんな正直な答えはまったく予想外だった。このひと言で、この弁護士は、弁護士ふたりを含む四人の人間の前で、私の勾留とGE社のアルストム買収のあいだに関係があるのは間違いないと認めたのだ。言い換えれば、私が〈経済戦争の人質〉として利用されたと認めたということだ。

少なくとも、この弁護士は隠しごとはないと言いたいのだろう。だが、金の話になると、口調が一変した。その主張は一貫して、アルストムは私に対する支払い義務はいっさいない、というものだ。それから、まるで当たり前のことのように、GE社はこの調停の結果を司法省に報告しなければならないと告げたのだ。これには本当に驚いた。いったい、司法省はなんの権利があって、一介のフランス人社員が申したてた民事訴訟に首を突っこんでくるのか？　ことは、フランスの労働法に規定されたフランスの契約をもとに、フランスの裁判所で起こした民事訴訟なのだ。GE社の弁護士は、それがとんでもないことだとはみじんも思っていないようだった。「いずれにしても、GE社は司法省の同意がなければ、なにもいたしません」と弁護士は言い、じっさい、その後何回か顔を合わせても、この弁護士はGE社にいちいちお伺いを立てていたし、弁護士によれば、GE社はGE社で、いちいち司法省に相談する必要があるのだそうだ。

三回目の調停の終わりに、GE社の弁護士は三万ユーロの支払いを提案してきた。気前がいいと言いたいところだが、給料の未払い分の請求は九万ユーロだ。おまけに、これは、まぎれもなく会社の〈厚意〉であり、GE社側としては、一銭たりとも支払う義務はないと考えていると言うのだ。GE社の施しなどはいらない。私はこの申し出を拒否した。

結果としてはそれでよかった。というのも、一か月後、ヴェルサイユ控訴院で私の主張が認められたのだ。裁判官はアルストムの過失を認め、四万五〇〇〇ユーロの支払いを命じた。そして、残り四万五〇〇〇ユーロについても、最終的に訴訟が確定した時点で確実に支払われるだろうと裁定した。ただし、二〇一八年秋現在、訴訟はいまだにかたがついていない。

アルストムに訴訟を起こす前には、私の弁護士たちはもちろんアルストムに連絡をとり、和解の道を探ろうとした。何度か話し合いの場も持った。初回は二〇一五年春のことで、アルストムの人事部長が弁護士を連れて、みずから出向いてきた。私のほうは、ふたりの弁護士、ポール＝アルベール・イワンスとマルクス・アショフとともに赴いた。最初に、私はすべてをぶちまけた。アメリカ出張前に、キース・カーから心配ないと言われたこと、逮捕されたあとになんの支援も受けられなかったこと、妻が会社を訪ねるのを拒否されたこと、職務放棄を理由に解雇されたこと、弁護士費用の支払いを停止されたこと、給与の未払い分の支払いを渋られたこと……。いろいろとしゃべったのは、人事部長を介して、クロンに私のメッセージがはっきり伝わることを願ったからだ。クロンが窮地を乗りきるためにどんな汚い手を使ったか、私がよくわかっており、やられっぱなしでいるつもりはないということをクロンにわからせたかったのだ。言いたいことを言ってしまうと、私はその場を後にし、交渉は弁護士に任せた。

問題は深刻だった。私は取りかえしのつかない損害をこうむっていた。まだ四七歳だというのに、アルストムのときと同じような地位には二度と就けそうもなかった。それどころか、裁判の経過を考えると、単に雇ってくれる会社を見つけられるかどうかも定かではなかった。

意外なことに、アルストムは当時、こちらの要求を受けいれそうだった。何回かの話し合いのあと、補償金のおよその額まで合意に達して、あとは第三者の調停に委ねることを取り決めていたのだ。私にとっては、早くけりをつけたほうがよさそうだった。数週間後、あるいは数か月後には、GE社が買収を完了し、そうなれば、今アルストムにいて、良心の問題から私に損害補償をしようとしてくれる何人かの人間もその職から離れているかもしれない。そこで、二〇一五年六月末から七月初めには最終的な取り決めをするつもりで準備していた。そして……なにも起こらなかった。なんの連絡もないまま放っておかれたのだ。ようやく連絡があったのは九月半ばのことで、人事部長はアルストムを辞めることを伝えると、もう和解の話はなくなった、数万ユーロなら払えると言ってきた。それを受けいれるかどうかは私の自由だが、すぐに決めろという話だった。提示されたのは無視できない金額ではあったが、先に合意していた補償金の下限をかなり下回る額だった。その金額は、税金を払うと、アメリカとフランスでの弁護士費用とアメリカへの移動費用、それに司法省に支払うであろう罰金をちょうどカバーする額だった。人事部長はよくわかっていたのだ。

どうして、人事部長は態度を豹変させたのだろうか？　考えられる理由は一つしかない。人事部長が連絡を寄こす直前、二〇一五年九月初めに欧州委員会がGE社の買収を了承したのだ。取引が成立してなんの障害もなくなり、GE社は強い立場になったことが明らかだったので、もはや誰に対しても気を遣う必要がなくなったというわけだ。そういう内情が読めたので、私はこの提案を拒否した。人事部長は二〇一五年一〇月末にアルストムを去り、その数週間後にクロンもアルストムを去った。結局、アルストムとの話し合いはうまくいかなかった。

要するに、アルストムは私にそれ相応の償いをすることを拒んだのだ。私を裏切ったにもかかわらずだ。それも一度ならず、二度までも。まず、なにが待ちうけているか知らせずに、私を危険な場所に送りこんだ。つぎに、私が逮捕されると、守ってくれなかった。言ってみれば、負傷した兵士を戦場に置き去りにしたようなものだ。だが、最もおかしなことは、アルストムには違う対処法があったかもしれないということだ。もっとも、私がそれに気づくには少し時間がかかった。きっかけは、ホスキンスが起訴されたことだった。そのあと、ホスキンスが裁判に大金を使うのを目にしたのだ。私は驚き、多くの疑問を抱きはじめた。ホスキンスはすでに保釈金として一五〇万ドル支払っているはずだったし、引退して数年経っていたのだ。裕福だとは思っていたが、それにしても金額が大きい。そして、知ったのは、ホスキンスの支払った費用は、じっさいには保険で賄われていたということだった。真相がわかって、私は驚き、憤慨した。それならば、私だって役員だったのだから、ホスキンスと同じように弁護士費用を保険でカバーしてもらえたはずなのだ。

アルストムはじっさい、幹部全員を守るための特別な保険に加入していた。ところが、不可解なことに、私が逮捕されたとき、会社はこの保険を使わなかった。言語道断の判断だ。そもそも、この種の保険は、従業員と雇用主とのあいだの利益相反を避けることを目的としている。それによって、従業員は、雇用主の圧力や影響を受けない、独立した弁護士を依頼できる。時をおいてみれば、私の件でこの保険を使うことはきわめて当然のことのように思えるが、逮捕された二〇一三年四月一四日、あるいはその後の数週間、数か月間は、この保険のことは考えもしなかったし、いずれにせよ、保険を動かせるのはアルストムだけだった。では、キース・カーはどうして私にこの保険を適用しなかったのか？　どうして、アルストムを代理するパットン・ボグス法律事務所に私の弁護士の選定と費用の支払いを依頼したのか？　そんなことをすれば、重大な利益相反が起きるだろう。アルストムは、私を監視下に置いておきたかったのだろうか？

　さらに、この保険には、アメリカで起訴された場合の特別条項が含まれていた。アメリカで起訴された者はほとんど全員、有罪を認めざるを得なくなることを保険会社はよくわかっている。そのため、有罪を認めたあとでも、その費用は保険会社が負担する仕組みだ。

　二〇一七年二月、私は情報を求めて、フランス・ドーヴィルで開催された保険会社の世界大会に赴いた。そこでは、アルストムの保険会社、リバティ社の責任者と会うことができた。相手は、状況をよく把握していた。当たり前と言えば当たり前だ。その人物の話では、ホスキンスの件では、裁判費用がすでに三〇〇万ドルかかっているという。そして、私はたしかに保険の対象になっていたが、アルストムは私に関して保険を適用するように請求したことはないという。しかも、アルストムが請求すれば、まだ保険がおりる可能性があるというのだ。私はパリに戻るとすぐに、新しくアルストムの社長になったアンリ・プパール＝ラファルジュに正式に手紙を書き、私に保険を適用するように求めた。アルストムの法務部長とGE社にも同様の手紙を送った。だが、どこからもなんの返事もなかった。

44　耐えがたい脅し

二〇一六年の夏も終わろうとしていた。フランスに戻って、じき二年になる。その間ずっと、私は存在しないも同然だった。できるだけ長く私の口を封じておきたい人たちがいるのだ。そういう連中はこの先も、私の判決言い渡しを延ばせるものなら、何年でも延ばすだろう。そうすれば、判決後にアルストム事件について私がなにを暴露しようと、誰も関心を持たないだろうから。だから、私は宙ぶらりんの状態で二年間も放っておかれたのだ。二年のあいだには、四回ほど渡米し、判決の日程を決めようとしたのだが、その旅は毎回、徒労に終わった。ローレンス・ホスキンスの裁判が延期されたせいだった。

ホスキンスの裁判は、アータートン判事がホスキンス側の主張を認めて、訴因の一部を却下したため、最高裁までいく可能性が強くなっていた。それは私にとって最悪の事態だった。そうなれば、二、三年、いや、もしかしたら五年、待たされることになるからだ。無理だ！なんとかしなければ、これ以上は耐えきれない。そう思って、解決策を探してみたが、できることは一つしかなかった。判決の言い渡しを請求することだ。そして、担当する裁判官が、私がどれほどつらい立場にあるかを理解してくれることを期待するしかなかった。それは大きな賭けで、刑務所に長期間逆戻りするリスクもあった。だが、そんなことはどうでもよく、私は行動に出た。最後の切り札を切ったのだ。そういうわけで、二〇一六年九月一日、私は判決言い渡しの請求をするようにスタンに依頼した。

三か月後、私はノックアウト寸前だった。三か月のあいだに検察がスタンに圧力をかけ、スタンは、私に黙って、請求を取りさげていたのだ。二〇一六年一二月半ばまで、私はその事実を知らなかった。スタンはしゃあしゃあと依頼人である私を裏切ったのだ。私は深く落ちこんだ。スタンに対する信頼は完全に失われたが、相変わらず一文無し同様だったので、ほかの弁護士を頼むこともできなかった。結局、トンネルの出口はまったく見えず、もはや出口があるかどうかさえもわからなくなっていた。クララとの夫婦関係においても、緊張が極度に高まっていた。悪夢のような状況が続いたせいで、お互いの気持ちにズレが生じて、言い争いばかりするようになった。私たちはあらゆることで衝突した。破綻しそうな生活の表面を取り繕うかのように、私は仕事にのめりこみ、いろいろな会議や仕事を兼ねた夕食会に出席した。

二〇一五年一一月には、エコノミストのクロード・ロシェが国民議会で半日のシンポジウムを開くのを手伝った。シンポジウムの題名はこれ以上ないというくらい明快で、〝アルストムのつぎはどこだ？〟というものだった。私はそれだけでなく、企業を助けるべく講演活動にあちこち飛びまわっていた。依頼はフランス国内はもちろん、外国からも殺到していた。私が出席するのは通常、内輪の集まりだったが、スペイン、イギリス、ポーランド、ドイツ、ベルギー、スロバキア、スウェーデン、スイス、オランダなどに呼ばれて話をした。幸い評判がよかったので、私は贈収賄対策を専門とするコンサルタント組織を立ちあげた。ささやかな活動で、それですぐに食べていけるものではなかったが、まずまず順調だった。それというのも、フランスでようやく贈収賄対策の必要性が認識されはじめて、私の特異な経験談がまさにうってつけだったのである。

二〇一六年一二月、通称〈サパンⅡ法〉（財務大臣ミシェル・サパンの名前からとった）という新しい腐敗防止法が官報に掲載された。この法律では、総売上高一億ユーロ以上、従業員数五〇〇名以上のフランス企業に対して、腐敗防止対策を実施することを課している。腐敗防止対策はイギリスやアメリカにならったもので、とくに、訴追延期合意（ＤＰＡ）をそっくり真似たような〈公益司法合意（ＣＪＩＰ）〉が導入されている。これによって、企業が贈収賄対策の事実を認めても、有罪を認めないことが可能になる。このＣＪＩＰはフランスの刑事訴訟手続に小さな変革をもたらした。〈フランス腐敗対策機関〉も創設された。この法律は不完全なものではあっても、アメリカ、あるいはイギリスからの不当な介入からフランス企業を守る第一歩となった。ただ残念だったのは、サパン財務大臣がこの法律を専門家たちに発表する場として、パリにあるアメリカ系大手弁護士事務所とフランス・アメリカの財団が共催したシンポジウムしか思いつかなかったことだ。それより、フランスの弁護士事務所に真っ先に知らせることはできなかったのか？　親米路線きわまれり……。

アルストム側にはとくに新しい動きはなかったが、GE社の強引な買収は政治の分野に波紋を投げかけていた。大統領選の候補者たちが最初のテレビ討論会でそれに言及したのだ。いくつかの陣営からは連絡をもらったが、放っておいた。道具として利用されるのはまっぴらごめんだ。それに、この問題は右派とか左派とか中道とか、まして極右、極左とかには関係ないと考えていた。これは国家の主権と安全保障にかかわる問題であり、超党派で考えるべきことだ。もちろん、それには明敏な頭脳と少しばかりの熱意がなければならないが。

アメリカでは、事態はますます悪くなっていた。ようやく検察が提案してきた判決言い渡しの期日は……二〇一七年秋だったのだ。なぜ、そんなに長く待たなくてはならないのか？選挙期間中、私の口を封じておきたいのか？

決選投票を前にした討論会では、マリーヌ・ル・ペンがアルストムの問題を取りあげて、エマニュエル・マクロンを攻撃しようとした。だが、ル・ペンは事情をまるで理解していなかったうえに、ろくな助言も受けなかったようで、しどろもどろになって返り討ちにあった。そして、二〇一七年五月、マクロンが大統領に選ばれた。続く二〇一七年六月の国民議会選挙でも、マクロンが率いる〈共和国前進〉がゆうゆうと勝利を収めた。そして、二〇一七年七月、ついに召喚状が私のもとに届いた。判決言い渡しが二〇一七年九月二五日に決まったのだ。

判決日が決まった以上、それに向けて準備をし、できるだけのことをしてその日に臨みたい。それにはまず、〈判決前報告書〉に専念する必要があった。〈判決前報告書〉は保護観察官が作成するもので、保護観察官は、被告人と面談して、裁判官に刑罰を勧告するための報告書をまとめる。そこには、適用される量刑ガイドラインや再犯のおそれ、それに被告人の個人的な事情が勘案される。そういったことはすべてもっともらしく聞こえるし、アメリカの司法が公平なものであるという神話に一役買っている。だが、すぐにそんなものは幻想に過ぎないと悟った！　私は、この機会にやっと、自分のアルストムでの正確な職務、とくに社内での地位のランクについて説明できるものと期待したのだが、スタンに止められたのだ。

「そんなことをしたら、検察を敵に回すことになります。保護観察官が聞きたいのは、あなたがよき父親であり、よき夫であり、地域社会で尊敬されていて、毎週日曜日には教会に行くといったことだけです」

アーメン！　保護観察官との面接は、電話でわずか二〇分で終わり、タラハンのことも、アルストムのこともなに一つ聞かれなかった。

私が意見を言えるのは、あとは弁論側の申立書だけだった。私としては、未決勾留期間、つまり、すでにワイアット拘置所で過ごした一四か月を算入することを求めるつもりだった。これにはスタンも同意した。スタンは私が刑務所に逆戻りする可能性は、「ごくわずか」だと言った。万事順調だと思われたが、数日後、またしても事態は思わぬ形で暗転した。

二〇一七年八月末、スタンから不穏なメッセージが届いた。

〝まずいことになりました。検察の申立書を受けとったところですが、できるだけ早く相談する必要があります〟

その申立書を読んで、私は激しい怒りを感じた。パニックも起こした。検察が新たな容疑を加えてきたのだ。第一に、検察は、私がこの事件で個人的な利益を得たとみなした。もちろん、検察は、私がどんな形であれ、賄賂のたぐいはいっさい受けとっていないことを知っている。だが、タラハンの契約が締結された年に会社から支払われたボーナスを勘定に入れたのだ。たしかに私は年俸の最大三五％に相当するボーナスを受けとっていたが、これはほかの管理職と同じ条件である。しかも、確認してみたところ、タラハンの契約の報酬分は、その年の私のボーナスのうちの七〇〇ドルでしかなかったのだ。そんなわずかな金額が報酬に含まれているからといって起訴されるのは、まったく正気の沙汰とは思えなかった。

だが、それだけではなかった。最悪なのは、そのつぎだ。申立書では刑期についても見なおしていた。検察は、〈四点〉を追加して、刑期の計算をやり直しており、その理由として、私を事件の〈主犯〉だとしていた。そんな容疑は、起訴されて四年のあいだに一度も言われたことはなかったし、ほのめかされたことさえなかった。それどころか、最初からノヴィックは私のことを〈鎖の環〉に過ぎないと言っていたではないか。それなのに、今になってどうして、私を主犯だと言いだしたのか？　「検察には主犯が必要だからです」スタンが説明した。アルストムは汚職事件でアメリカ史上最高額の罰金を支払った。それだけの大事件なら、検察からすれば、主犯を罰せずに終わらせることなど考えられないのだ。だが、主犯として誰を名指しできるだろう？　ロスチャイルドか？　「あり得ません。おそらく司法省に協力したんでしょう。大赦に近い扱いを得ています」スタンの説明だ。では、ポンポーニは？　ポンポーニは亡くなっていた。死者を名指しても検察の面目は立たない。ホスキンスはどうだろうか？　ホスキンスの裁判は混沌としていて、判決が下るかどうかさえ定かではない。それなら、クロンがいるではないか？　だが、クロンは司法省の制裁からまんまと逃げおおせたのだ。ただひとり残ったのがピエルッチだ。ピエルッチこそ、格好のスケープゴートというわけだ。そうなれば、検事たちは主犯を挙げたと豪語できるし、条件のいい昇進も要求できるのだろう。それで、検察がべつの事件でも私に責任を負わせようとした理由がわかった。インドのバル火力発電所建設の二期工事の契約に関してだ。しかし、その契約が結ばれたのは、私が担当を離れて一〇年たってからだ。それに、アルストムはその件では有罪を認めてもいないのだ！　破廉恥極まりないことだ。ほかに言いようがない。これのどこに倫理があるのだ？

　だが、このように不当な仕打ちを受けても、私になにかできることがあるだろうか？　なにもないと言っていい。私にできることと言えば、司法省に降伏して裁判がうまくいくように祈ることくらいで、さもなくば、出廷せずに逃亡を図るしかなかった。だが、逃亡したりすれば大変なことになる。私のために家を担保に入れてくれたアメリカのふたりの友人は家を失うはめになり、私自身は国際手配されるだろう。私にはほかに道がなく、この司法省のいんちきなやり口に従うしかなかった。だから、私はアメリカに向かい、九月末の判決言い渡しの日を迎えた。

45　判決のとき

二〇一七年九月二五日、判決の公判が始まる少し前、私は裁判所の控え室で待機していた。目の前の壁に掛けられた巨大な絵を見て、私は呆然としていた。それは高さが一メートル五〇センチ以上もある肖像画で、モデルは連邦判事ジャネット・ボンド・アータートンその人だ。そこに描かれているのは、背が高く、すらりとしていて、金髪の七〇歳過ぎの女性だ。上品そうだが、その瞳から真意はうかがえず、典型的なアメリカ東海岸の裕福な家系の出身という様子に見える。アータートンは、二〇一五年に二度にわたってアルストムに罰金の支払いを猶予した判事で、四年以上前から私の件も担当していたが、この日まで会ったことはなかった。だが、この女性が、私の人生がどうなるのか決めるのだ。調べたかぎりでわかったのは、アータートンは労働法を専門とする元弁護士で、ビル・クリントンによって連邦判事に任命されたことと、アルストムに対してはやに物わかりがよかったけれども、ふだんは手厳しい判事だと思われているということだ。

だから、私は心配だった。刑務所に戻らねばならなくなるのが本当に恐ろしかったのだ。

スタンは、ノヴィック検事は弁護側の申立書に満足していると請けあったが、心配は消えなかった。当たり前だ。あんな申立書に意味はない。自分が思うことはなに一つ書かず、なにからなにまで検察の言いなりなのだ。

ちょうど一〇時に、アータートン判事が開廷を告げた。

「おはようございます。どうぞ、座って。ピエルッチさん、保護観察官の報告書は読みましたか？」

「はい」

「内容は理解していますか？」

「はい、裁判長」

「内容について意見を言う機会はありましたか？」

言いたいことはやまほどあった。その報告書は検察側申立書のコピー＆ペーストに過ぎなくて、内容のほとんどすべてに異議があると言いたかったし、事件の主犯であるとか、なんの関係もないインドの案件に関与しているとかも認めたくなかった。そうした案件のなかで、一度たりとも私腹を肥やしたことなどないとも主張したかった。だが、手遅れだった。この期に及んでそんな危険を冒したら、一〇年の刑が待っている。こんなふうだから、司法省の仕掛けた罠から抜けだすことはできないのだ。私は言葉を飲みこみ、胃を締めつけられる思いをしながら、小声でこう答えただけだった。

「はい、裁判長」

「けっこう。それでは、刑期を検討しましょう」

アータートン判事は量刑ガイドラインの点数を一つ一つ並べたてていった。まるで、食料品店の店主が一日の終わりに売上を勘定しているみたいだ。

「贈賄容疑が一二点。それから、賄賂の支払いが複数回あったので、二点。インドネシアのタラハンとインドのバル二期の案件から得たマージンに関して二〇点。さらに、国会議員の買収で四点、事件の主犯として四点が加算されます。最後に、個人的な責任を認めているので、そこから二点を引きます。さらに一点引くことに検察側は同意しますか？」

「しかるべく」ノヴィックが答えた。

「よろしい。それでは二九点になりますね」

「三九点です」ノヴィックが訂正した。

「そうそう、三九点でしたね。ピエルッチさんには犯罪歴がないので、カテゴリーⅠに入ります。したがって、刑期は二六二か月から三二七か月になります」

私はまたしても怒りだしたくなるのをこらえた。スタンの助言に従って、検察の要求する条件をすべて受けいれた結果、理論上の私の刑期は自動的に膨れあがった。最長で二七年もの刑期になるかもしれないのだ。

司法省には逆らうなとずっと言いつづけてきたスタンが弁論を始めようとしていた。私は不安だった。スタンがなにかやらかすのではないか。案の定だ。スタンは自信なさげに弁論を行い、しどろもどろになった。そして、事件の本質にはいっさい触れず、もっぱらワイアットに勾留されていたときの私の極限状態について述べただけだ。スタンの弁論は六分間で終わった。たったの六分だ！　そんな短い時間ですませるなんて、ひどいではないか。つぎはノヴィックの番だったが、こちらも同じくらいの短さだった。

「ピエルッチ氏はもちろん、アルストムの不正行為すべてに関与していたわけではありません。そして、アルストムの有罪答弁で明らかにされているように、この企業には腐敗行為の文化があるのも確かです」

少なくとも、ノヴィックは私だけが悪いのではないと認めた。それはそのとおりだ。しかし、だからといって、ノヴィックが寛大になるかと言えば、そうではなかった。

「しかしながら、フレデリック・ピエルッチの不正行為が深刻なものであることにかわりはありません。すでに明らかにしているように、アルストムの腐敗行為の文化は幹部たちの行動に反映されております。アルストムの幹部たちは、道徳的、倫理的、法的な義務を軽視したのです」

最後に私自身が発言の機会を与えられ、私はあらかじめ用意しておいた原稿を読みあげた。そのなかで、私は自分の過ちを告白し、自分の行いについて家族や友人に許しを請うた。審理はわずか三八分で終了し、そのあいだに私自身が意見を述べたのは、この反省の弁を読みあげたことだけだった。アータートン判事は私になにも尋ねることなく退廷した。ひとりで考えて、私の刑期を決めるためだ。そして、三〇分が経過してもアータートン判事は戻らなかった。いつ果てるとも知れぬ待ち時間に、私はスタンとひと言も口をきかなかった。スタンは見通しがよくない、それもかなり悪いとわかっていて、検察にけっして楯突かないという自分の戦略が自殺行為に等しかったと自覚していたのだろう。

私は父のほうを振りかえった。どうしてもと言って、ついてきてくれたのだ。父は英語をあまり解さないので、審理の内容もたいしてわからなかったはずだ。もっとも、本当のところ、理解すべきことなどあったろうか？　父の隣には友人のトムがいて、二言三言訳して伝えようとしてくれていたが、その言葉を聞いて、父は青ざめていた。

四〇分後、アータートン判事が戻り、全員に着席を促した。判決の言い渡しだ。その瞬間、私は刑務所に戻らねばなるまいと覚悟した。しかし、刑期の見当はつかなかった。アータートン判事は判決文を読みあげはじめた。

「ピエルッチ被告が、妻や子ども、家族を愛している、しかし、自分の行動がその家族にどんな影響をもたらすか考えなかった、と語るのを聞くのは残念なことです」判事はまずは道徳のお説教をし、すぐに続けた。「賄賂を受けとった者は自国の乏しい資産を横領したことになります。こうした国々では、民主主義を根付かせようという努力が国際ビジネスに携わる者たちの行為によって台なしにされています。先ほどのピエルッチ被告の弁論には、この点について許しを請う言葉がまったくなく、家族への思いに終始していたことは、率直に言って、たいへん遺憾であります」

ということは、アータートン判事によれば、発展途上国には腐敗が横行している、それに関して私が謝罪するべきだった、ということになる。あまりと言えばあまりだ。たとえばインドネシアはスハルトが何十年も支配してきたが、それを支持したのはアメリカ政府である。アメリカ政府は、軍備面での協力関係やアメリカの大企業が天然資源を獲得することと引き換えに独裁政権を支援したのであり、それによって、インドネシアは世界でも有数の腐敗の進んだ国になったのだ！　アータートン判事の言いぐさはまさしく、アメリカの欺瞞そのものだ。

だが、腹を立てているときではなかった。判決が言い渡された。

「刑罰には一罰百戒の意味もあり、被告本人を罰するだけでなく、みずからのプロジェクトや利益のために発展途上国の金を入手しようとする者たちを戒めるものでもあります。ピエルッチ被告、起立してください。私が言及したすべての理由によって、懲役三〇か月の刑に処します。きたる一〇月二六日正午に、連邦刑務所局の指定する拘置所に出頭するように」

私の気持ちはすさんでいた。昨日までスタンがあんなに自信ありげに、刑務所に戻ることはないだろうと言うので、私もその気になっていた。スタンを信じるとはなんて愚かだったのか。判決が言い渡されてみると、ワイアットでの未決勾留期間と模範的態度による減刑を差し引いても、これからまだ一二か月服役しなければならないのだ！　私は呪われているのだろうか？　そして、私の家族はこんな罰を受けるようなことをなにかしたのだろうか？私は父のほうを振りかえった。友人のトムとリンダがすでに父に判決の内容を説明しているところだった。私はなんとかして父を励まそうとした。

「心配しないで。がんばるから。そうしたら、少なくとも一二か月後には、新しい生活を始められるさ」

父はなにも言わなかった。ただ悲しげに私を見つめ、すっかり落胆しているようだった。私自身は非常に腹が立っていた。あらゆるものに怒りを感じていた。スタンに、検察に、裁判長に、司法制度に、アルストムに、クロンに、そしてなにより自分自身に。どうしてアメリカの司法を信用できたのか？　どうしてうまく切りぬけられると思えたのか？　そして、このことをどうクララに告げたらいいのか……。

スタンは、私がいったんフランスに帰国し、一か月後にアメリカに戻って服役できるように検察と交渉していた。そのあいだに、私はひとりになってクララに電話した。クララは気丈な女性だが、今度ばかりはがっくりしていた。

私の判決は例のないほど厳しいものだった。コネチカット州ではこれまでＦＣＰＡの判例がなく、アータートン判事は見せしめにしたかったのだ。私はその犠牲となった。そして、逃げおおせたアルストムのほかの人間すべての身代わりになったのだ。唯一のプラス面（あえて探すとすればだが）は、もう宙ぶらりんの状態ではないということだ。この四年半で初めて、自分がどうなるかわかっていた。もちろん、ふたたび収監されることは恐かったが、一二か月後にはこの悪夢も終わるのだ。がんばりぬくしかない……自分のために、クララのために、レアやピエール、ガブリエラ、ラファエラのために、そして、私を支えてくれるすべての人のために。そう、私はひとりではない。それはこのうえなく恵まれたことだ。

私の判決と同じ日、運命のいたずらか、アルストム・トランスポールがシーメンス社との和解を発表した。ＧＥ社がエネルギー部門を獲得したのに続き、このドイツの大企業が鉄道車両製造部門を握るのだ。私は驚かなかった。有能なアナリストがみな予測していたことだ。鉄道車両製造部門に特化すれば、アルストムにも将来が開けると信じこんでいたのはパトリック・クロンだけだ。そもそも、クロンだって本当にそう思っていたのかどうか？　だが、それも三年前のことで、すでに過去の話だった。

46　新たな別れ

すべてが急ピッチで進んだ。フランスへの帰国は許可されたが、収監の二週間前、一〇月一二日までにアメリカに戻らなくてはならなかった。つまり、ほんの数日で、長く留守にする準備をしなければならないのだ。もっとも、アメリカでの服役はもしかすると、思ったより短くなるかもしれない。そう思えるのは、パリに発つ直前、ジェローム・アンリと話をすることができたからだ。ボストン領事館にいたときにワイアットに面会に来てくれたアンリは、ニューヨークの副領事に異動になっていた。アンリは私とふたたび会うことになって、とても驚いていた。私の事件はとうの昔に終わっていると思っていたのだという。

「有罪を認めてから四年も経って判決が出るなんて、初めて聞きました。とても信じられません」

そう言うと、アンリは一刻も早く移送の申請書を書くように勧めた。それは、アメリカではなくフランスで服役するようにするもので、アンリは自分のオフィスで、私に必要書類に記入させるると、すぐにパリの司法省に送ってくれた。

「フランス側の承認はすぐに下りるでしょう。ただし、アメリカ司法省の許可を得るのに、少し時間がかかるかもしれません」

しかし、アンリは問題はないという顔をしていた。移送が認められるのに必要な条件を私がすべて満たしていたからだ。つまり、判決は確定し（有罪を認めた時点で控訴の権利を放棄している）、アメリカに親類縁者はいないということだ。

「それなら、原則的にはアメリカ側が拒否する理由は一つもありません」そうアンリは請けあってくれた。私は、アンリの言うとおりになることを願うばかりだった。

もしフランスで服役できるなら、当然、仮釈放を請求することになるだろう。私の弁護士、マルクス・アショフとポール＝アルベール・イワンスによれば、電子ブレスレット着用が条件になるにしても、速やかに釈放される見こみは十分あるとのことだった。そうなれば、私は家族と離れないですむ。

だが、子どもたちには、どのように状況を説明したらいいのだろうか。とくにガブリエラとラファエラはまだ一二歳だ。それについては、クララと長いこと話しあった。最終的には、私はアメリカに戻らなければならないと話すことで話がついた。パパは半年くらい、〈キャンプ〉のようなところに行く、子どもたちは会いに来られない、と説明し、〈刑務所〉という言葉は使わないことにした。私たちは、年長のピエールとレアのいるところで、ふたりに話をすることにした。そうすれば、年上のふたりが妹たちを慰めて、深刻にならないようにしてくれるだろうと思ったのだ。しかし、じっさいに話をする段になると、つらくて堪らなかった。私の話し方はぎこちなく、言葉に詰まり、声は震えた。感情を抑え、涙をこらえようとしても、ほとんど泣きそうだった。ガブリエラは泣きじゃくり、おとなしいラファエラはすっかり黙りこんでしまった。ガブリエラは矢継ぎ早に質問を浴びせてきた。

「クリスマスにも帰ってこないの？　一月の私たちの誕生日にも帰ってこない？　じゃあ、誰が学校に送ってくれるの？〈キャンプ〉ってなに？　いろんなことをする林間学校みたいなもの？　スカイプはできる？　なぜ、会いにいけないの？　そこで友だちはできる？　パパのお仕事はなに？　アメリカに戻るのはもっと先じゃだめ？　私はアメリカ人が大好き。ハリウッドで女優になったら、ちゃんと会いにきてくれる？」

年長のピエールとレアはすでに一九歳で、当然のことながら、ふたりに対しては下のふたりとは違う対処をしてきた。すでに二〇一五年に、このふたりには、私の身に起こったことを詳しく説明していた。ふたりとも賢く、思っていた以上によく理解してくれていた。下の双子との話が終わってふたりが寝てしまうと、上のふたりと一緒にドキュメンタリー〈幻の戦争〉を見ることにした。この番組はアルストムの売却を題材にしており、国民議会チャンネルのＬＣＰで放送されたばかりだったのだが、もっと多くの視聴者のいるチャンネルで放送されなかったのはじつに残念だった。制作者は見事な調査をしていた。アメリカ司法省がアルストムの売却に及ぼした影響について徹底的に分析したのだ。そして、パトリック・クロンとフランスの多くの政治家、ヴァルス、マクロン、オランド、さらにはサルコジを痛烈に非難していた。番組では、サルコジの〈クロード&サルコジ〉法律事務所がGE社のために活動したことも暴かれた。なにより、私が〈経済戦争の人質〉とされたことを明らかにしてくれていた。ピエールとレア、あるいはクララやジュリエット、この番組を見た友人たちはみな事情を知っていたが、それでも、この番組は新たな発見をもたらすものだった。

仕事面では、自分の設立した小さな会社に関して、私がいないあいだも事業が続けられるように段取りをした。仕事仲間もわかってくれた。アメリカ出発前の二週間のあいだに、CAC40の大企業の幹部一〇〇人との会議にも出席した。経済界では、しだいに多くの人がアルストム事件に隠された問題点を理解するようになっていた。政界でも同じだ。数か月前、国民議会議員のカリーヌ・ベルジェ（社会党）とピエール・ルルーシュ（共和党）が率いる新たな調査団が訪米、アメリカ法制における域外適用の問題を調べたのだ。調査団は司法省やFBIの責任者と面会し、事の重大性に衝撃を受けて帰国した。

「企業がほんのわずかでもアメリカに接点があれば、アメリカは、その企業はアメリカの司法に従うものとみなしているのです」と、ベルジュは嘆いた。さらに憂慮すべきなのは、アメリカ当局が調査団に〝捜査のためには、通信傍受やネット監視をしているアメリカ国家安全保障局（NSA）の持つあらゆる手段を行使することを厭わない〟とあっさり明言したことだ。ともあれ、調査団は、FCPA違反で有罪になった企業のリストに加えて、輸出禁止規制や反マネー・ローンダリング法に違反したかどで重い制裁を受けた企業のリストを作成した。すると、一五社のうち一四社がヨーロッパ企業だったのだ！（付録1参照）。アメリカ企業で制裁を受けたのは、ＪＰモルガン社ただ一社だった。

私はふたりの元大臣とも個別に会った。ふたりとも、私の身の安全に対する懸念を口にし、アメリカに戻らないほうがいいとまで言った。刑務所でなにかあるのではないかと心配していたのだ。ジェームズ・ボンドの映画の世界にいるわけでもあるまいし、大げさなことを言うものだと思ったが、元大臣たちからそんな警告を受ければ心配にもなる。杞憂に終わるよう願うのみだ。いずれにせよ、元大臣たちは外務省に注意を喚起して私の移送を急がせると約束してくれ、うちひとりは、私に関する詳細な報告書をマクロンの外交顧問を務めるフィリップ・エティエンヌに渡すと言ってくれた。

出発の日が近づき、私は家族はもちろん、この数年間、私を支えてくれた友人たちにも別れの挨拶をした。アントワーヌは何度も私に会いに来てくれた。長年の友レイラもそうだ。ディディエと妻のアレクサンドラは会うたびに元気づけてくれた。デニスは多言語を操る法務翻訳者で、私の裁判の過程で終始一貫手助けしてくれた。そのほかにも、レスリー、アレクサンドル、ピエール、エリック、クロード、クレール……多くの友人に助けられた。

飛行機の搭乗前、最後の最後にまた問題が起きた。私の特別ビザと添付書類が係官の目に留まったのだ。係官はアメリカの特別な番号に電話をかけるように指示されていた。だが、アメリカは朝の五時で、何度かけてもつながらず、ほかの乗客が全員搭乗しても、私は引き止められていた。結局、係官の上司が呼ばれ、一時間近くかかって問題を解決してくれた。

JFK空港到着は二三時。翌日には、ハートフォードの裁判所で保護観察官に会い、収監される刑務所を教えてもらうことになっていた。そして、二〇一七年一〇月二三日、これから入る刑務所がわかった。モシャノンバレー矯正センター（MVCC）だ。

私はすぐにインターネットで調べてみた。安心できるようなことはあまりなかった。パソコンの画面に現れたMVCCは、周囲をぐるりと鉄条網で囲まれている、ペンシルベニア州の真ん中にある標高一〇〇〇メートルを超える砂漠のような高原にある刑務所だった。だが、たまたま、ワイアット拘置所での仲間のひとり〈運び屋〉がMVCCをよく知っていた。そこで、刑務所の最後の二年間を過ごしたからだ。〈運び屋〉は私がもうすぐ入所することを昔の仲間たちに知らせてくれた。そのおかげで私は一目置かれることになり、身の安全は心配なくなった。刑務所のなかでは、外の世界よりもはるかに評判がものをいうのだ。

入所前日にはハートフォードからステート・カレッジに移動した。そして、二〇一七年一〇月二六日の朝、私はタクシーに乗って、MVCCへ向かった。タクシーは広大な森のなかを走り、運転手は道に迷ってしまった。GPSを使ってもなかなか刑務所を見つけることができない。なんとかMVCCの駐車場にたどり着くと、運転手は愛想よく、何時に迎えに来ましょうかと尋ねてきた。私は運転手の電話番号を聞き、終わったら電話すると答えた……。

47　モシャノンバレー――新たな入所先

幸か不幸か、目新しいものはなかった。同じような壁の色や同じような机や椅子を見、同じような金属探知機をくぐり、同じような隠語を聞き、同じような臭いをかぐ。そして、同じように屈辱的な身体検査を受け……。四年半前に後戻りしたようだ！　入所手続きのあと、私は素っ裸になり、ワイアット拘置所のときと同じような支給品を受けとった。カーキ色のズボン三本、トランクス三枚、Tシャツ三枚……。

モシャノンバレー矯正センター（MVCC）は一八〇〇名を収容、全員が外国人で、残りの刑期が一〇年以下の者ばかりだ。国籍の分布は、この手の刑務所の典型的なパターンで、概数でメキシコ人九〇〇名、ドミニカ人五〇〇名、ついで黒人（おもにナイジェリア人、ガーナ人、コートジボワール人、ハイチ人）二〇〇名、アジア系（中国人、インド人、パキスタン人など）五〇名、そのほかのヒスパニック系（コロンビア人、キューバ人、ホンジュラス人など）が一〇〇名となっている。残り約一〇〇名は、カナダ人やヨーロッパ、マグレブ、中東の諸国出身者で、〈インターナショナル〉というやたら大きなカテゴリーにくくられている。この刑務所はGEOグループという民間業者が運営していた。GEOはアメリカ国内外に同様の施設を多数所有しており、すべての企業がそうであるように利益の最大化を目指している。だから、食事や暖房、建物の保守、医療サービスなどの経費はギリギリまで削減されているし、反対に、収容者が売店で購入できる物品の価格はつり上げていた。利益を増やすには、収容期間をできるだけ引き延ばすよう仕向け、そのためには、囚人を懲罰房送りにして模範囚としての減刑の日数を減らすこともあった。

このように、MVCCにはMVCCのルールがあるが、収容者にも収容者のルールがある。そして、それはワイアット拘置所のものとも違っていて、私にもすぐにそれが飲みこめた。まず、ここでは、メキシコ人とドミニカ人、黒人、そして〈インターナショナル〉に属する者だけに権利がある。ほかの者には、いっさいの権利がない。なかでも力のあるのはメキシコ人とドミニカ人で、この二グループが実質的なボスであり、刑務所内を仕切っていた。

この日、手続きがすむと、私はC6区画に収監された。この区画は大部屋で、収容定員は四九名だったが、七二名が詰めこまれていた。ベッドがところ構わず追加されて、テーブルを置くスペースもないくらいだった。そのテーブルを使う権利は、やはり国籍や人種のグループごとにあり、〈インターナショナル〉は一台を使っており、あとは黒人が二台、ドミニカ人が四台、メキシコ人が六台を占めていた。それ以外のグループには座る場所はなく、なんとかやりくりするしかなかった。心の広いところを見せようとして席につけない者を自分のグループのテーブルに招くなどというのは問題外のことで、そんなことをすれば、この区画にはいられなくなるだろう。

入所早々、私は〈ムエタイ〉と呼ばれる男から熱烈な歓迎を受けた。ワイアット拘置所の仲間〈運び屋〉からメッセージが送られていたおかげだ。ムエタイはスロバキア人で、外人部隊で五年間過ごし、その後、傭兵になったという。そして、武力紛争の起こったイラク、シエラレオネ、コンゴ、ユーゴスラビアに赴いて戦闘に参加したのち、タイに落ちつき、現地の女性と結婚した。そこでタイ式ボクシング――ムエタイ――の学校を開き、総合格闘技（ＭＭＡ）のチャンピオンを何人も育成した。ところが、ＦＢＩの仕掛けたおとり捜査によって逮捕されて、アメリカに引き渡され、麻薬密売容疑で一〇年の刑を科せられたのだ。Ｃ棟の〈インターナショナル〉には、〈ハリウッド〉というあだ名のドイツ人もいた。〈インターナショナル〉のリーダーをもって任じており、歓迎のしるしとして、コーヒーや砂糖、石けん、パウダーミルク、サバ缶など、売店に注文した品物が届くまでの必需品をプレゼントしてくれた。さらに、私にベッドを見つけてくれ、居場所もつくってくれた。ハリウッドも元傭兵で、アメリカの麻薬取締官の暗殺を企てた容疑（これもＦＢＩのおとり捜査だった）で、一〇年の刑を受けていた。ムエタイとハリウッドはふたりとも、有名なビクトル・ボウトの事件に付随する件で起訴されたのだった。ビクトル・ボウトはロシア人の武器商人で、映画『ロード・オブ・ウォー』でニコラス・ケイジが演じた役のモデルと言われ、死の商人と呼ばれる人物だ。ふたりがそんな悪名高い男の仲間とは！　ここでは私によくしてくれる気のいい連中なのに！　なんにせよ、ふたりはとても礼儀正しく、テーブルの席まで私に提供してくれた。これは、けっこう幸運なことで、たとえば隣のC5区画では、〈インターナショナル〉はテーブルを使えなくなっていた。そこのリーダーはブルガリア人で、メキシコ人からの借金がかさみ、テーブルの席一つにつき一〇〇ドル、計四〇〇ドルで、黒人に売りはらっていた。ともあれ、できるだけ早く、この新しい刑務所のルールを覚えたほうがよさそうだった。私はワイアット拘置所で地獄を味わったと思っていたので、MVCCはそれほどひどくはないかもしれないと考えはじめていた。

そのかわり、どの刑務所でも変わらぬ、どうしようもない現実があった。外の世界と比べて、時の流れが二倍、あるいは三倍長く感じられるのだ。クリスマスに間に合うように、二か月以内にフランスに戻りたいなら、移送の申請を急いだほうがいい。そこで、私はできるだけ急いで、刑務所のソーシャルワーカーで私を担当するH夫人にコンタクトを取った。というのは、母国に送還してもらうには、まずMVCC当局の承認を得、それから、司法省の許可を求めねばならないからだ。紙の上では簡単な話だったが、実行するとなるとはるかに面倒であることが、このあとしだいにわかってきた。手続きが動きだしたかと思ったら、またしても行く手を阻まれたのだ。

二〇一七年一〇月二八日、私はH夫人に呼びだされた。

「残念だけど、あなたの移送の申請は通せないわ。フランスとの二国間協定では、申請の時点で、刑期が少なくとも一二か月なければいけないと決められているから」

「それは知っています。でも、私は三〇か月の刑で、未決勾留期間の一四か月を引いても一六か月残っています」

「いいえ、模範囚としての減刑分を差し引けば、もっと少なくなるのよ」

「そんな計算方法はおかしいです。私はまだ模範囚として減刑されたわけじゃありません。机上の空論だ」

「それでも、そうやって計算するものなんです。決められた手順《プロセス》に反して、事を進めるわけにはいきません！」

ほら、やっぱり、プロセスときた！　お決まりの言葉だ。この言葉を聞いた瞬間、なにを言っても無駄だと悟った。幸い、ワシントン駐在のフランス大使館のマリー＝ローレンス・ナヴァッリに連絡をとることができた。ナヴァッリはフランス司法省から出向している司法担当官で、私のために働きかけると約束してくれた。じっさい見事な手腕を発揮してくれたようで、二〇一七年一一月八日、私はまたH夫人に呼ばれた。今回は、その上司であるJ氏が同席し、J氏が話を始めた。

「あなたが正しかった。われわれの最初の計算には間違いがあった。あなたの出所日は、模範囚だったとしても、二〇一八年一〇月三一日だ」

「それでは、私の移送の申請は通してもらえるんですね」

「いや、それは無理だ。今日は一一月八日だから、あなたの刑期は残り一年を切っている」

「ですが、私が申請した時点では、まだ一年あったんですよ。違うと言われても、それはそちらのミスのせいだ！」

「そうかもしれないが、どうにもなりませんよ」

話がまるでかみあわない。このまま続けても、反抗的だとして懲罰房送りになるだけだろう。なすすべがなかった。私はこのあとすぐ、ナヴァッリに電話した。ナヴァッリは非常に驚いて、私と話しおえるやいなや司法省の責任者に電話をかけ、こちらの主張が正しいことを認めさせた。ＭＶＣＣの当局は非難を受けて激怒し、なんだかんだと申請を通すのを長引かせたが、ようやく一二月六日に司法省に書類を送った。私がＭＶＣＣに収監されて一か月半以上が経っていた。そのせいで、二か月以内に帰国するという目論見は崩れ、クリスマスはペンシルベニア州の刑務所で過ごすことになってしまった。


ただ、この経験を通して、少なくとも、ナヴァッリは親切に助けてくれて頼りになるとわかった。ナヴァッリはすぐに面会にも来てくれた。ナヴァッリによれば、駐米フランス大使がみずから、アメリカの司法長官ジェフ・セッションズに書簡を送り、私を早期帰国させたいというフランス政府の意向を伝えてくれたという。しかし、ナヴァッリは油断してはいけないと言って、そのわけを説明してくれた。

「まだまだ喜んではだめです。司法省が、フランスの大企業が関与しているＦＣＰＡ違反のべつの事件を捜査中なのです。そのため、仏米の関係は緊張が高まっています。それに、委員会の件もあります」

「なんの委員会ですか？」

「国民議会が、アルストムの問題について、それから、もっと包括的にアメリカの不当介入について、調査を始めたのです。委員長のオリヴィエ・マルレクス（共和党）は、今回は、すべての証人に宣誓のうえで証言させるつもりで、そこにはパトリック・クロンも含まれます」

ついにそのときが来た！　私は三年前から、こうなるように全力を尽くしてきたのだ。だが同時に、私にとっては最悪のタイミングだということもはっきり自覚していた。そういう状況では、司法省が私のフランス帰国をすぐに認めるとは思えなかった。

48　暴力と密売

第一印象は悪くなかった。モシャノンバレー矯正センター（ＭＶＣＣ）はワイアットより危険は少なかったのだ。しかし、受刑者の人間関係はＭＶＣＣのほうが殺伐としていた。たしかに、ワイアットは凶悪犯だらけだったのに対して、ＭＶＣＣにいるのは、刑期が終われば国外追放になる外国人受刑者だけで、理屈のうえでは、こちらのほうがおとなしいはずだ。だが、警備が緩やかなせいで、メキシコ人とドミニカ人がのさばっていた。裏でマフィアのような組織を作って仕切っているのだ。

言うまでもないが、ＭＶＣＣでは、なんでも買えるし、なんでも借りられる。物でも、サービスでも、なんなら人でも。言いかえれば、麻薬も闇取引で入手できるし、運動ルームを使うにも〈場所代〉がかかる。ちなみに、この場所代は一日一時間で、週に五ドルいる。ほかにも、一回二ドルの散髪屋や刺青師がいたし、食料を売る者もいた。とくに、あるメキシコ人は厨房から盗みだされた食品を大量に集めて、通常の値段の二割増しで売っていた。壊れたラジオを修理する電気屋や区画の掃除を下請けする掃除人もいた。しまいには男娼もいた。生き延びるために体を売るのだ。ポルノ雑誌の売買もいい商売だった。その手のものは持ちこみが難しいので、高額で売られていた。いくら禁止されていても、賭けやポーカーはさかんで、バスケットボールやアメリカンフットボールの試合結果を賭けて、かなりの金額が動いた。なかには借金が払えなくて、懲罰房に逃げこむ者さえいた。電話の通話時間でさえ、金に困った者から買えるのだ。所内での通貨は〈サバ〉、つまりサバ缶一個が一ドル相当ということだ。

ＭＶＣＣ当局は闇商売に目をつぶっていた。というより、うまく利用していた。文字どおり、受刑者を利用していたのである。食事の調理と配膳、厨房の掃除、塗装や配管などの建物のメンテナンス、ゴミ収集、緑地の手入れ、所内講座や図書の運営管理……あらゆる仕事を受刑者が担っていた。受刑者は一日当たり一時間から五時間働くことが義務付けられていて、収監された最初の三か月は、否応なく厨房の仕事に回される。

賃金は仕事と資格によって異なるが、時給にして一二セントから四〇セントだ！　そういうわけで、最初の一か月、私は厨房で皿洗いの仕事を与えられ、週三日、一日につき五時間働いて、一一ドル二六セントを稼ぎだしたのである！　そして、このシステムから逃れることはできないのだ。まさに現代の奴隷制度だ。じっさい、民間業者がこういう刑務所のなかで、〈メイド・イン・アメリカ〉の製品を作らせている。同業者に比べて格安のコストでできるからだ。しかし、もっとひどい偽善がある。ＭＶＣＣの受刑者のほとんどは、アメリカに居住していないため、アメリカ政府の見解では〈不法移民〉だ。そのうえ、多くは、最初に国外追放処分を受けたあと、セカンドチャンスを掴もうと、再入国禁止を破ってアメリカに来て逮捕され、有罪になっている。ということは、当然、アメリカ国内で就労する権利はないのに、塀のなかではわずかな賃金でこき使われているのだ。そして、こういったことはすべて、どこからどこまでも合法的だというのだ。というのは、刑務所当局は、合衆国憲法修正第一三条を拠り所にしているのである。修正第一三条は奴隷制度廃止をうたった有名な条文だが、犯罪者に対する罰だけは例外だとしているのだ。つまり、私たち受刑者はみな法的には奴隷も同然ということなのである！　この規律に逆らおうとすれば報いを受ける。反抗したとたん懲罰房に送られ、そのあとGEOグループの運営するべつの刑務所に移される。それでも言うことを聞かない者には特別プログラムが課される。〈ディーゼル・セラピー〉というもので、二、三日ごとに刑務所を移動させ、ひっきりなしに護送車に乗せて国の端から端まで連れまわす。そうすれば、おとなしくなるというわけだ！　最近、テキサスにあるGEOグループの刑務所で、受刑者がこのシステムに対して反乱を起こした。その暴動のさいの火事で施設の一部が破壊されて、その刑務所は閉鎖された。

MVCCで、受刑者が不満を表明する方法としていちばん目立ったのは、点呼のストライキだ。受刑者は一日に五回、人数を確認される。そのときは、ベッドのそばに黙って起立する。看守はふたりがかりで、それぞれ人数を数えあげ、結果を書類に記入する。ふたりの数字が一致すれば、笑顔になって「やった！」とばかりに書類を振って満足するわけだが、数字が合わなければ、やり直しになる。だから、ストライキというのは、区画のなかを絶えず動きまわって数が合わないようにすることだ。もちろん、区画の全員が参加することが必須で、全員が連係プレーで動く。ここで参加しなければ、密告者とみなされかねない。

私は、このような刑務所の世界をなんとか耐えぬかねばならなかった。そのためにも、入所前から書きはじめていた本書の執筆を再開した。原稿は書きあげたところからマチュー・アロンに送って、まとめてもらった。家族や友人からは多くの手紙をもらい、その返事も必ず書いた。それから、私はまたチェスを始めた。受刑者のなかにはけっこう強いプレーヤーがいて、ゲームはレベルが高かった。なかでも、チャックという男が無敵だった。チャックはヘルズ・エンジェルスの元メンバーで、二四年の刑を受けていたが、翌年に出所の予定だった。一一月の終わりに、もうひとり強いプレーヤーが入所してきた。イギリス人で、フィファと呼ばれるその男は、二〇一五年五月、ＦＩＦＡ（国際サッカー連盟）の総会の直前にチューリッヒで逮捕され、一年近くスイスで勾留されたのち、アメリカに引き渡された。フィファと私はすぐに意気投合し、お互いの事件の類似点を見つけて話しあった。フィファによれば、ＦＩＦＡの汚職事件はアメリカの報復に過ぎないという。二〇二二年のワールドカップ開催でカタールに先を越されて面白くないアメリカの意趣返しだというのだ。フィファは詳しいことは語らなかったが、アメリカは綺麗事を言っているが、やっていることはほかの国と同じ、つまり、アメリカだって、ほかのさまざまなスポーツ連盟に対してはせっせとロビー活動をしていると断言していた。

ここでの毎日は、とにかくがんばって、耐えぬくことだった。とくに、模範囚として減刑されるためにも懲罰を受けないことだった。そういう意味で、チャレンジの連続だった。たとえば、厨房で働いていれば、食料を盗んで、区画へ持ちかえらなければならない。それが義務だ。もし、やらなければ、ほかの受刑者に袋だたきにされる。だが、捕まれば懲罰房に送られ、電話する権利を取りあげられ、模範囚としての二七日の減刑も消えてなくなる。これは最近、あるメキシコ人が鶏もも肉一本を盗みだそうとして捕まったとき、じっさいに受けた罰だ。

私はつねに用心しつづけていた。どのように行動するか考えぬいてチェックリストのようなものを作り、それをきっちり守ろうとした。私がみずからに課したのはこんなことだ――日課をこなす。健康を保つ。問題があっても目をつぶる。賭け事はしない。借金を作らない。目立たないようにする。文句はぜったい言わない。自慢をしない。自分のことでは今のことでも過去のことでも嘘をつかない。誰かが規則を破っても密告したりしない。けっして声を荒らげない。イライラしない。ほかの受刑者には指一本触れない。密告者と見られている者や小児性愛者と目される者とは関わらず、口もきかない。ほかの人種グループとは同じテーブルにつかない、ほかの受刑者を助けるために自分の知識を役立てる。ただし、やり過ぎない。仲間を作る。借りをつくるようなプレゼントは受けとらない。他人の問題には首を突っこまない。テレビのチャンネルを替えるよう頼まない（これでよく喧嘩になる）。誰であろうとじっと見ない。他人に同情しない……。ざっとこんなものだが、とくに心がけたのは、とにかく我慢することだ。

二〇一八年一月六日、双子のピエールとレアの二〇歳の誕生日だ。私は、ふたりのそばにいてやれないことで自分を激しく責めた。一月一四日、今度は自分の誕生日だった。刑務所で五〇歳になったのだ。フィリッポがケーキを二切れ調達してくれた。ギリシャ人のフィリッポはワイアット拘置所で最後に同房だった男で、ここでまた会ったのだ。私はそのケーキをC棟の〈インターナショナル〉の連中と分かちあった。ムエタイやハリウッド、ブラッドという男、フィファ、それにロシア人ふたり、ジョージア人ふたり、ルーマニア人ひとりという顔ぶれだった。

一月一五日、知らせが飛びこんできた。非常によくない知らせだった。フランス大使館のマリー＝ローレンス・ナヴァッリから姉のジュリエットに、司法省が私の移送を拒否したと連絡があったのだ。しかし、ナヴァッリは手を引いたりしなかったし、大統領府もようやく私に救いの手を差し伸べる気になったようだった。ナヴァッリは大統領府と協議のうえ、エマニュエル・マクロンからドナルド・トランプに送る親書の草案を作成していた。それで私の恩赦を求めるのだ。私にはそんなことが実現するとは思えなかったが、わらにもすがる思いだった。

　一月二二日、下の双子、ガブリエラとラファエラの誕生日だ。ふたりと少しだけ電話で話ができた。

「パパなの？　いつ帰ってくるの？」

　ずっと前にも、同じ質問をされた。嫌な思い出がつぎつぎと思いうかんだ。

「わからないけど、ガブリエラ、もうすぐだよ」

「パパの返事はいつも同じ。クリスマスの前にもそう言ったじゃない！　ママとマクロン大統領の話をしてたでしょ。大統領が決めてくれるの？」

「そういうわけじゃないけど、でも、そうかな。もうちょっと我慢してくれるかな、おちびちゃん」

「パパが帰ってこないなら、あたし、大統領に手紙を書く。パパを帰してって。そして、お友だちと一緒に、学校でストライキをする！」


　電話を切ると、私は急に落ちこんだ。これほど落ちこんだのは久しぶりだった。ワイアットで、アルストムに解雇されたと聞いたとき以来だ。刑務所では、こんなときでも、誰にも打ち明けられないし、打ち明けてはいけないのだ。誰かに知れたら、弱虫、腰抜け、おかまと思われてしまうだろう……。だから、歯を食いしばって、黙っているしかない。万事順調だというふうに、ずっと行動しつづけなければいけないのだ。だが、それはなんとも難しい。

無理だ！

49　議会の調査

三月半ばになった。この数日間、私はひどく現実感をなくしていて、時間の感覚さえないほどだった。雪が降りつづき、標高一〇〇〇メートルにあるMVCCは寒くて、凍えた。刑務所のなかでは、セーターやスウェットシャツはどんな劣悪品でも高値で取引された。だが、めげている場合ではなかった。まもなく、大切な面会があるのだ。

三年以上前から、この瞬間を待ち望んでいた。ようやく念願がかない、会いにきてくれるのだ。もちろん、刑務所の面会室などでない場所で話したかった。言いたいことがやまのようにあるのだ。だが、そんなことはどうでもいい。重要なのは、会えることだ。国民議会のアルストム調査委員会の委員長と副委員長であるオリヴィエ・マルレクス（共和党）とナタリア・プージレフ（共和国前進）が六〇〇〇キロの旅をして、会いに来てくれたのだ。これは異例なことだ。それはよくわかっていた。顔を合わせると、マルレクスが言った。

「いやはや、アメリカ側は協力的とは言えませんね。この面会の許可を得るのに一か月以上かかりましたよ」

話しはじめるとすぐ、両議員がすでにアルストム事件が起こった原因についてよく理解しているとわかった。ヨーロッパの大企業の事件の裏にはアメリカの不当な介入があると説明するまでもなかった。ふたりはとっくに承知していた。そもそも、マルレクスはすでに二年半前、国民議会で開催されたシンポジウム〝アルストムのつぎはどこだ？〟に関わっていた。しかし、議員たちはまだ、詳細な情報は入手していなかった。たとえば、アメリカ側の捜査はいつ始まったのかとか、アルストムはどうして罰金の支払いを猶予されたのかとか、そういうことである。私は数時間にわたり質問に答えつづけ、ふたりの持つ情報の穴を埋めた。そして、事件の経過をたどり、気になる日付の一致を指摘した。

ふたりのほうは、前日、ワシントンで司法省の海外関係局長とダン・カーン検事と会ったときの話をした。私の、そしてアルストムの事件を仕切ったカーンは、今ではＦＣＰＡ部門の長に昇進していた。マルレクスたちは私の移送を拒否したわけを問いただしたという。海外関係局長ははぐらかして、私の件については関知していないと言いはった。明らかに嘘だ。司法省に対しては、フランスの駐米大使と司法大臣から直接、収監中の私の身の安全を図るように要請していたからだ。だが、そんな嘘はどうでもよかった。それより私が関心を持ったのは、司法省がパトリック・クロンに対して示した寛大さについて、マルレクスたちが質問したことだ。

「ダン・カーンの答えは、起訴するに足る十分な証拠がなかったというものでしたよ」マルレクスが言った。これも嘘だ。アルストムの有罪答弁を読めば、まったく違うことが書いてある。しかし、マルレクスとプージレフはクロンを追いつめてやると覚悟を固めていた。国民議会の委員会に召喚して、宣誓のうえ証言させるというのだ。そして、ふたりはその約束を守った。

もちろん、私はこの調査の進展を注目していたが、入ってくる情報は断片的だった。MVCCではインターネットにアクセスすることもできないので、家族が送ってくれる新聞や雑誌の記事だけが頼りだったからだ。しかし、記事は明快だった。二〇一八年四月五日付ル・モンド紙の見出しは国民感情をよく表していた。〝GE社によるアルストム買収：パトリック・クロンの説明に議会が紛糾！〟　これでも控えめな表現だ。マルレクスは、調査委員会の最終報告書の序文で、クロンの主張をばっさり切って捨てた。

〝パトリック・クロンの自己弁護は明らかに嘘である。二〇一五年三月一一日と四月一日の過去二回の国民議会経済委員会で、クロンは、エネルギー部門の売却と司法省との取引のあいだにはなんの関係もないと証言した。しかるに、現実はそうではなかった。それは本委員会がとくに解明しようとしたことである〟

そして、マルレクスはこうとどめを刺している。

〝クロンが売却を決断するに当たって、罰金を科すという脅しが影響したのか？　この問いに、本調査委員会は「そうだ」と答える〟

つまり、国民議会の見解では、パトリック・クロンは嘘つきということだ。クロンは気にしているだろうか？　明らかに否である。クロンは宣誓をしてもなお、アメリカ司法省からも、ほかの司法当局からも、いかなる圧力も脅しも受けたことはない、という証言を翻すことはなかったのだ。そして、私の法的な立場に質問が及ぶと、公の場では初めて、「この事件では、ピエルッチはいっさい私腹を肥やすことはしていない」と認めた。それならば、なぜ解雇したのか、どうして金銭的補償をしてやらなかったのか、と問われ、クロンは判で押したような回答をした。「あえてそうするだけの理由がなかった」と冷徹に言いはなったのだ。せめて、「ピエルッチを助けるためにできることはすべてした」くらいのことを言えばまだしも……。臆面のないこと、このうえない。なんという厚かましさだろう。クロンによれば、GE社との正当な取引についてあれこれ言うことは、根拠のない無礼な噂話を広めることにしかならないというのだ。

しかし、調査委員会には数人の証人が呼ばれ、クロンの主張に真っ向から反論した。元経済大臣のアルノー・モントブールも宣誓したうえで、「逮捕すると脅され、クロン氏は圧力をかけられた」と確信していると証言した。アルストムの元幹部も同様の証言をした。アルストムの送電部門であるアルストム・グリッドの元法務部長ピエール・ラポルトである。ラポルトは心に引っかかっている記憶について話した。

「二〇一三年、クロン氏とカー氏は司法省側と会いました。その翌日、カー氏に会うと、氏は空港からふたりの息子に電話したと言っていました。今度の出張から戻れないかもしれない、司法省にクロン氏ともども逮捕すると脅されたから、と連絡したそうです」

マルレクスは調査の過程で、アルストムとGE社の事件の知られざる一面をも暴いた。両社が広報、財務、および法務において使われた常軌を逸した金額についてである。アルストムは売却を成立させるために、一〇の弁護士事務所のほか、投資銀行二社（ロスチャイルド&カンパニー、バンクオブアメリカ・メリルリンチ）、広告代理店二社（DGM社、ピュブリシス社）の力を借りた。GE社側は、投資銀行三社（ラザード、クレディ・スイス、バンク・オブ・アメリカ）、広告代理店（ハバス）、そして、多くの法律事務所を使った。結局、アルストムは天文学的な金額を支払ったのである。総額にして二億六二〇〇万ユーロだ！GE社も同程度の支払いをしたであろうことは想像に難くない。

〝このような過剰とも言える金額が使われたら、政府や株主は真っ当な判断を下せるだろうか？〟マルレクスは最終報告書の序文にこう書き、さらに歯に衣着せずに続けている。〝それでもなお反対を唱える者が誰かいるだろうか？ この巨額の金は、果たすべき使命やなされた仕事に対する報酬ではなく、大きな影響力をもってその判断自体を動かすことに対して支払われたのではないか？〟

これ以上的確な指摘があろうか。これで、どうして売却が決まったとき、反対意見がほとんどなかったのかわかった。沈黙は金である。

委員会は最後に、この事件でエマニュエル・マクロンが果たした怪しげな役割についても指摘している。マクロンは二〇一二年一〇月、大統領府副事務総長に任命された直後、アルストムと関係ある投資銀行ロスチャイルド&カンパニーを訪ね、緊急に極秘の調査を依頼した。その依頼に基づき作成されたレポートは、〝株主変更により、企業、フランス産業、および雇用に生じるメリット・デメリットの評価〟というタイトルのものである。委員会の報告書によれば、このレポートには、参考とする株主変更について、きわめて正確な情報が記載されていたという。たとえばブイグ社の場合、アルストムの株式の三〇％を保有し、その持ち分を売却したがっている、という具合だ。それで、マルレクスは報告書をこう締めくくっている。

〝悔やまれるのは、政府当局が二九万九〇〇〇ユーロの費用をかけて調査させ、十分に正確な情報を得ていたのにもかかわらず、アルストムの将来に関心を持ちつづけることが有益だと考えなかったことである。ただし、当局は、ＧＥ社の軍門にくだるシナリオを認めることは考えたのかもしれない〟

はっきり言ってしまえば、マルレクスは、マクロンがいち早く、なにが画策されているか知っていたと確信しているのだ。

もちろん、私にはマルレクスの分析が的確かどうかはわからない。刑務所にいる私が願うのは、今やフランス大統領となったマクロンがドナルド・トランプに親書を送り、私の恩赦を求めてくれることだった。というのも、その件に関しては情報が錯綜していたからだ。ナヴァッリが恩赦が決まったと言ったかと思えば、一方では動きが止まったかのようになるのだ。

マルレクスは面会の終わりに、私の移送の問題については、在米フランス大使と大統領の外交顧問フィリップ・エティエンヌに確認すると約束してくれた。マクロンは翌四月二四日に訪米の予定だった。トランプ大統領が初めて国賓として迎える国家元首だ。どちらの大統領も、異例の道のりで大統領まで上りつめており、お互いを認めあっているようだ。だからといって、それが私に有利に働くかどうかなど見当もつかない。私は夢みたいなことを考えはじめた。もし、マクロンが私の恩赦を認めさせることができたら、どうしよう？　マクロンと一緒に帰国できたら？　こんな期待をするのも、囚われの身からすればごく自然なことだろう。

50　マクロンの訪米

期待は空振りに終わった。エマニュエル・マクロンは私のことでドナルド・トランプに親書を送ることはなかった。それでも、大統領府は動いてくれた。みなが働きかけてくれたからだ。家族は二度、大統領に手紙を書いた。私の弁護士、ポール＝アルベール・イワンスはコネを総動員してくれたし、多くの有力政治家が世論に訴えた。マチュー・アロンはラジオ・フランスからロブス誌に移籍していたが、その誌面では何人かの元閣僚が声をあげてくれた。ミッテラン、シラクのもとで産業大臣、教育大臣、国防大臣、内務大臣を歴任したジャン＝ピエール・シュヴェーヌマンはこう発言した。

「アメリカの司法はフレデリック・ピエルッチを不当なほど厳しく吊しあげた。私はピエルッチの移送に賛成する。ピエルッチは釈放されるべきだし、この事件では、われわれは我慢の限界に達している。いや、限界を越えたとも言える」

ヨーロッパ担当大臣、対外貿易大臣を務めたピエール・ルルーシュは私の身を案じてさえくれた。

「ピエルッチは自分の仕事をしただけだ。いわば下っ端に過ぎないのに、この事件に関与した全員の身代わりになって、全責任をかぶせられたのだ。ピエルッチの身になにか起こるのではないかと心配している。アメリカの司法はパワーバランスでのみ動くうえ、日々変化があり、制御不能だ」

アルノー・モントブールも厳しく指摘した。

「刑務所にいるべきなのはフレデリック・ピエルッチではなく、社長だったパトリック・クロンだ。クロンこそ、この大失策をしでかした張本人だ」

ダニエル・ファスケル議員はもっと容赦がなかった。

「アルストムの経営陣はピエルッチを見捨てた。かたやクロンは逃げおおせたうえに巨額のボーナスを受けとった。ピエルッチは刑務所にいるのに、クロンは大金を手にしたわけで、じつに胸糞が悪い。沈みかけた船から逃げ、乗組員を見捨てる船長と同じだ」

今回、私は初めて、リスクを承知で、大々的に自分の事件をマスコミに取りあげてもらった。その見返りはあった。たしかにマクロンが私の恩赦を頼むことはなかったが、ワシントンに随行した司法大臣ニコル・ベルベがアメリカの司法長官ジェフ・セッションズと直接面会した。その場には、マリー＝ローレンス・ナヴァッリが同席しており、私のために論陣を張ってくれた。

「どうして、フレデリック・ピエルッチの移送を拒否なさるのでしょう？　ピエルッチは必要とされる条件をすべて満たしています。暴力事件でも、麻薬密売でもありません。アメリカ合衆国と職業上のつながりはなく、フランスには低年齢の子どもがいます。控訴はしていませんし、罰金二万ドルは支払い済みです。服役した刑期の半分以上は厳重警備の施設で過ごし……」

ナヴァッリによれば、これでセッションズは私が移送を再申請することに同意し、善処すると約束したという。持ってまわった言い方だが、要は、今度はゴーサインを出すということだ。奇跡的だ！　しかし、釈放までにはまだいくつも超えなければならない厳しい障害があるのだ。ナヴァッリがその説明をしてくれた。

「まずは司法省の正式な合意が必要です。それから、移民審査官との面接があり、それに数週間かかるでしょう。そのあと、ブルックリンかマンハッタンの拘置所に移されます。そこでまた数週間かかり、ようやくフランスに送還されます」

それでパリに着いても、終わりではない。飛行機から降りたらすぐ検察官に引き渡され、フランスの拘置所に勾留される。その後、仮釈放を申請するのだ。そう、まだ何か月もかかるのだ。だが、もし一日しか自由が与えられないとしても、私はなにがなんでもそうするだろう。たとえ一日でも地獄のようなこの場所から出られるなら、それでいい。

ＭＶＣＣでは、厳しい冬のあいだに張りつめていた緊張感が春の訪れとともに和らぐのではないかと期待していたのだが、なにも変わったりはしなかった。昨日もまた、〈インターナショナル〉に属するジョージア人がメキシコ人たちに衛生観念がないと罵られて、リンチを受けそうになった。元傭兵のムエタイでさえ安穏とはしていられない。朝三時に起きて、ひとり静かに総合格闘技UFCの試合をテレビで見ようとしたら、メキシコ人たちがチャンネルを固定していて果たせなかったのだ。そんな時間に、ほかに見るべき番組などなにもないのに……。

そうなのだ。この二〇一八年四月、私にはなにもかもがますます暗く、ますます暴力的に感じられた。あるいは周囲がどうのより、私自身が辛抱しきれなくなっているだけかもしれなかった。日々、恐怖に脅え、毎晩、悪夢にうなされた。見る夢はいつも同じ……例の恐ろしいトンネルを歩いているのだが、いつまで経っても出口が見えないという夢だ。そして、なにより懲罰房送りになることを恐れていた。

刑務所ではなんでも知れわたる。私がまもなく移送されるらしいと噂が流れ、ねたみを買った。刑務所には、そういう話はいくらでもある。よくあるとされているのは、出所をねたんだ受刑者が金のない者を雇って、出所の近い者を殴らせるケースだ。殴りあったふたりは懲罰房送りになり、〈調査〉が始まる。この〈調査〉は普通三か月かかるので、おのずと移送も延期になる。だから、多くの受刑者は出所の日を隠して、ほかの受刑者から攻撃されるのを避けようとする。

そのうえ、少し前からMVCC当局の私に対する扱いが厳しくなっていた。フランス政府が介入したことが気に入らないのだろうか？　私が自国の支援を受けた代償を払わせようというのだろうか？

いずれにしても、二週間前から、家族や友人が送ってくれる新聞を渡してもらえなくなった。そのかわり、司法省と連邦刑務所局の連名の警告書が四通届き、〝郵便の内容物は不許可〟と通知された。通常、こういう通知をされるのは、封筒の中身がどうみても性的な写真であるとか、切手の裏にドラッグのキャンディが貼りつけられているとかの場合である。

そこで、私は刑務所の管理室に行った。応対したのは、ささいなことで受刑者をいじめるのが好きなばかな看守だった。その看守は、新聞を破りすてるか、私の費用負担で送りかえすか、どちらかを選べと言った。なんとか説得しようとしたが、看守はすぐに声を荒らげた。しかも、それで終わりではなかった。看守は、ガブリエラとラファエラの写真を見せた。バカンスのときに撮影し、友人のレイラが送ってくれたものだ。ところが、看守はこれも渡せないと言う。理由は、その写真がアメリカの写真プリントの五×七インチのサイズではないからだ。持ちこめるのは、そのサイズだけだと言うのだ。ヨーロッパでは写真のプリントのサイズが違うといくら説明しても、頑として聞きいれてもらえなかった。あまりにばかげているし、悪意が見え見えで、私もカッとなった。幸い、ほかの看守が中に入ってくれたからよかったが、そうでなければ懲罰房に送られていたかもしれない。

これだけこと細かに受刑者にルールを課しているのだから、ＭＶＣＣを運営するＧＥＯグループは従業員の管理ももっとうまくやってもいいはずだ。ところが、あるとき急に職員のひとりが姿を見せなくなり、刑務所内に〝納入業者から賄賂を取ったらしい〟という噂が広まった（賄賂の問題があるのはアルストムだけではないということか……）。私にはその噂が本当かどうかはわからないが、話を聞いて笑ってしまったことは認めよう！　べつの情報も入ってきたが、こちらはずっと深刻な話だった。四月半ば、ＭＶＣＣと同じようなサウスカロライナ州の刑務所で受刑者同士の抗争があり、死者七名、重傷者一七名が出たというのだ。刑務所側は当初七時間も介入せず、事態を放置した……。その状況でも、ヘンリー・マクマスター州知事はさして心を痛めることもなかったようだ。ワシントン・ポスト紙にこう語っただけだ。

「周知のように、刑務所は素行の悪い人間を収容する場所だ。したがって、暴力事件が起こっても驚くには当たらない」

ぬけぬけとよく言うものだ！　どんなにつまらない人間であろうと、人の命はそんなに軽いのか？　そして、この言葉は、世界で最も勾留者数の多い国で語られているのである。二〇一二年、アメリカでは二二〇万人が勾留されており、世界の囚人の二五％に当たる。中国やインド、サウジアラビアより多いのだ。この数字に私はめまいを覚える。フランスでは、その一〇分の一ほどだ。アメリカでは、黒人の三人に一人は、一生に一度は刑務所に入る。

そして、ＭＶＣＣでもワイアット同様、多くの受刑者は読み書きがほとんどできない。だから、私はそういう連中を手伝って申請書を代筆したり、出所後のビジネス・プランを考えてやったりした。じっさい、何人かの受刑者は故国に土地を買ってあって、アメリカから国外追放されて帰国したら、合法的な仕事を始めようと考えていた。たとえば、あるメキシコ人はカナダにマンゴーを輸出しようと考えていたし、あるドミニカ人は自分のカカオ農園の販路を探していた。また、逮捕前に有機市場をつくっていたガーナ人もいた。こうした未来の起業家たちの小グループと図書室で集まる習慣ができた。そうすることで私は気が紛れたし、少しは役に立っている気分になれた。といっても、自分自身のビジネス・プランはあまり考えられなかったのだが！

夏が来た。私は相も変わらず、司法省が司法大臣ニコル・ベルベと交わした約束を正式に認め、移送が許可されるのを待ちつづけていた。まだはっきりとした決定が出ないのだ。そのうえ、私は弁護士を失った。スタン・トワーディが契約の終了を伝えてきたのである。私の刑が確定した時点で、私には費用の支払い能力がなかったので（そもそも私は弁護費用はアルストムに請求するように求めていた）、スタンはそれ以上私を弁護する義務はないと判断したのだ。その点については議論の余地があると思うが、スタンの仕事ぶりを考えれば、スタンがいなくてもまったくかまわなかった。

51　自由への長い旅

ＭＶＣＣの一八〇〇名の受刑者のうち、フランス人はたったひとり、私だけだった。だから、二〇一八年七月一五日、サッカーのワールドカップの決勝の日はちょっとばかり時の人扱いされた。この日に限ってはチャンネル争いはなく、全員がテレビの前に群がっていた。対戦カードはフランス対クロアチア。アフリカ勢とロシア人、カナダ人、ルーマニア人たちがフランスを応援してくれ、クロアチア側にはメキシコ人がついた。フランス側の興奮は後半、ポグバとエムバペのゴールで最高潮に達し、ゴールキーパーのロリスのミスで一瞬どきっとしたが、結局、フランスが四対二で勝利、優勝に輝いた。場の雰囲気はまずまず和やかで、私は一九九八年の優勝のときを思いだした。当時、私は北京駐在で、午前三時の放送を現地のフランス人たちと一緒に見守ったのだった。気持ちが軽くなったのはフランス優勝の影響ばかりではなかった。この月の初めに、司法省が私のフランス移送を正式に認めたと知らされていたからでもあったのだ。ただ、気持ちは軽くなっていたが、警戒を怠ってはいなかった。最後の瞬間に、なにか言いがかりをつけられて足止めされるのではないかと心配だったのだ。もしかしたら、〈保護観察〉の名目で、アメリカ国内にもう一年居住させられることだって考えられる。私のようなケースで、そういう前例はなかったけれど、どんな手を使ってくるかわかったものではない。

わたしがいちばん気をつけていたのは、たれこみ屋だ。ＭＶＣＣにもＦＢＩのためにこそこそかぎ回る輩が大勢いた。私はこの二週間で二度、危険を察知した。最初は、ニューヨークの大きな麻薬事件で逮捕されたジョージア人がこの区画に入ってきたときだ。このジョージア人が私の書類をあさっているところを同房者ふたりが見つけた。近ごろＣ５区画で数を増したロシア人がすぐに塀の外の仲間に調べさせたところ、このジョージア人は間違いなく密告屋だと確認できた。〈インターナショナル〉の代表がＭＶＣＣ当局に伝えると、ジョージア人はすぐにほかの区画に移された。二度目はその一週間後、やはり私にまとわりついていた男がたれ込み屋だとばれた。今度は、その男は保護名目で、懲罰房に入れられた。それだけではない。つい最近、私は不審な郵便物を受けとった。差出人はワイアットにいる受刑者で、そこにいるときに見知っていた男だ。当然、受刑者同士の手紙のやりとりは固く禁じられていることを知らないはずがない。その手紙で私が罰せられるかもしれないのに、どうして、私をそんな立場に追いこもうとしたのか？　なぜ、こんなことをする気になったのか？　この男も密告屋なのか？　だめだ、止めよう。なんでもかんでも陰謀だと考えてはいけない……。偏執的になってはいけない……。パラノイアになるな……。でも、すでにその気があるとしたら？　とにかくここを出るまでの辛抱だ。

きたる七月二五日には、テレビ電話で移民審査官との面接が予定されていた。移送の希望を確認するためだ。それさえすめば、あとは三～六週間後の出発日を待つだけになる。だが、最後になって、私はふと迷った。アメリカ当局の対応の遅さ（故意にそうしていると私は確信しているが）を考えると、結局は、刑期満了まで待ったほうがいいのではないか？　一〇月末か一一月初めには出られるだろうから、少なくともそうすれば、フランスで勾留されないですむし、フランスでの留置記録も残らないだろう。そんなことを考えたが、気を取りなおした。ばかなことを考えるものではない。ここを出るんだ。国に帰るのだ。それもできるだけ早く……。そうしなければ、どうにかなってしまいそうだ！

二〇一八年九月九日。この日の午後、祈るような気持ちで、廊下に貼りだされた出所者のリストに自分の名前があるか確かめた。たしかに私の名前があった。心の底からほっとした。だが、まだ終わりではない。アメリカの刑務所当局はあの手この手で、私の移送をできるだけ先延ばしにしようとするだろう。しかし、なにごとにも終わりはある。どんな悪夢であろうとも終わるのだ。出発は翌朝八時だ。

夜が明け、看守たちに素っ裸になるように命じられた。元傭兵のムエタイも一緒だった。ムエタイはスロバキアに送還される。私たちは移送用の囚人服に着替えた。半袖のTシャツとカーキ色のズボン、布製のサンダルだ。それから、どしゃ降りの雨のなか、ほかの五人と一緒に護送用バスに乗せられた。手錠、足枷をかけられていたが、せめてもの救いは、手首に食いこむ鋼鉄製の手枷をはめられなかったことだ。ニューヨークまでの行程はとても長そうだった。予定ではだいたい八時間だ。バスはエアコンががんがん効いていて、私たちは寒くて震えた。だが、防水ジャケットを着た看守たちには快適なようで、温度を上げるように何度も頼んでもはねつけられた。正午少し前、ペンシルベニア州にあるハリスバーグ空港の貨物ゾーンに停車した。いつもは軍が使っているエリアだ。滑走路のあたりには、同じようなバスが一五台ほど、それに多くのＳＵＶ車と数台の小型の護送車が飛行機の到着を待っていた。ハリスバーグ空港は週に一度、アメリカ国内を移動する受刑者たちの中継地になるのだ。飛行機が停まると、手に短機関銃を持ち、防弾ベストを着用した完全武装の警官数十人がタラップを取り囲んだ。

滝のような雨が降りつづけ、あたりは暗くなりはじめていたが、私は看守に怒鳴られ、鎖につながれたまま、サンダル履きでつるつる滑る滑走路を歩かされた。歩けば歩くほど悲惨な状況で、ほとんどホラー映画のなかにいるような気分だった。あるいは地獄に落とされ、うめいているような気分というか……。小股でよたよたと飛行機に向かっていると、最後の最後に看守に列から引き離され、バスのほうに押しやられた。予想に反して、ニューヨーク行きの飛行機には乗せられなかったのだ。私は護送車に乗せられて、そのまますぐ出発した。

同乗していた受刑者のひとりが前にも同じ経験をしたとかで、行先を教えてくれた。ペンシルベニア州の北東部の町カナーンにある厳重警備の刑務所だ。到着したときは夜になっていた。要を得ない入所手続きはだらだら続き、四時間近くかかった。朝から飲まず食わずのままで、ようやく監房に入れられたときにはぶっ倒れそうだった。翌朝、ここで二四時間待機してから、ニューヨークに向かうと知らされた。カナーンで覚えていることはただ一つ、食事がひどすぎて、なにも食べられなかったことだけだ。それというのも、受刑者たちのなかで、食べ物には気をつけろとささやかれていたからだ。数年前の二〇一一年、この施設で三〇〇名以上の受刑者と看守が鶏もも肉を食べて、サルモネラ食中毒にかかったのだという。これは食中毒としてアメリカ史上最悪の感染例となっている。

二二時ごろ、ニューヨークに向けて出発した。途中、午前一時から五時までは停車して休憩をとったが、その間、私たち受刑者は家畜のように一つの監房に詰めこまれた。ムエタイと私のほかに三六名いたが、四名がヒスパニック、残り三二名は黒人で、白人は私たちふたりだけだった。そして、驚くことばかりの長い旅がようやく終わった。三日がかり……四〇〇キロ足らずの行程に三日もかかったのである。

二〇一八年九月一二日、私は手錠、足枷のまま、マンハッタンの南にあるメトロポリタン矯正センターに入った。そこに入るとわかって、私は激しいショックを受けた。この拘置所こそ、二〇一三年四月一四日に逮捕され、ＦＢＩで初めて尋問されたあと、地獄のような最初の一夜を過ごした場所だったからだ。あれからもう五年半が経っていた。

メトロポリタン矯正センターは、ワイアットと同様に厳重警備の拘置所だ。アメリカのマスコミからは、〈ニューヨークのグアンタナモ〉と呼ばれている。ここで、凶悪犯が裁判、あるいは母国へ引き渡されるのを待つのである。私が入れられたとき、正面の監房には、三人を殺した殺人犯が収容されていたし、左の監房には爆発物所持で数か月前に逮捕されたベンガル人がいた。この男は爆発物を体に巻きつけ、ニューヨークの地下鉄を爆破しようとしたのだ。下の階には、メキシコの麻薬王エルチャポことホアキン・グスマンの手下ふたりが収容されていた。ひとりは〈ヒットマン〉と呼ばれる殺し屋で、一五八人を殺した容疑がかけられていた。もうひとりは〈銀行家〉といい、麻薬取引の金をマネー・ローンダリングした容疑だった。そして、エルチャポ本人も、上のどこかの階に隔離して収容されていた。

思いがけないことに、メトロポリタン矯正センターに着いたとたんに面会があった。ニューヨークのフランス副領事ジェローム・アンリが駆けつけてくれたのだ。アンリは福祉厚生課長のエレーヌ・ランゴを伴っていた。私は二晩眠れず、体も洗えず、よれよれの状態だったが、それはもうどうでもよく、アンリたちの顔を見て安心した。私たちはフランスへの移送の詳細について打ちあわせた。入国管理官が私のパスポートを紛失したため、臨時の通行許可証が必要だった。衣類については、クララがオンラインで買って領事館に届けさせ、アンリが持ってきてくれることになった。ばかばかしく思えるだろうが、私には、三日前から着たきりの垢まみれのTシャツと、早くも破れた布製のサンダルしかなかった。つまりほとんど裸足同然だったのだ。

フランスへの移送は九月二一日の予定だった。ということは、まだ一週間以上、この拘置所で待つしかないのだ。凶悪な殺人犯やテロリストの卵に囲まれて、この掃きだめのような場所で生きのびなければならない。掃きだめというのはある意味文字どおりだった。衛生状態が最悪だったからだ。湿気がひどく、水道管はあちこちで水漏れしている。反対に、シャワーは大半が故障したままで、トイレも詰まりっぱなしだ。私のいた階の監房の一つは、ドアが閉まらなくなって放置され、いつの間にかゴミ捨て場になってしまい、ものすごい悪臭を放っていた。なにより最悪なのは、夜中にネズミがうじゃうじゃ出てくることだ。ここのネズミはとても凶暴で、こちらが寝ているあいだに頭だろうと顔だろうとかじりかねなかった。だから、みな頭から毛布をかぶって寝ていた。それから、私は一文無しだった。MVCの専用口座に預けた金はメトロポリタン矯正センターには送金されておらず、なにも購入することができなかった。椀もコップもスプーンもなし、新しいサンダルさえ手に入らなかった。ほかの収容者も似たり寄ったりなので、あるもので間に合わせるしかなかった。しまいには、なんとか見つけた一足のサンダルを四人でかわりばんこに履いたりもした。時間が経つのが果てしなく長く感じられた。暇つぶしに、数学の問題を解いたりしたくらいだ。あとは若いハイチ人の勉強を見てやったりもした。この青年はアメリカの高校卒業認定試験G

EDの合格を目指していた。

そして、ついに九月二一日になった。フランス刑事局の係官がメトロポリタン矯正センターまで私を迎えにきてJFK空港まで護送し、シャルル・ド・ゴール空港行きの飛行機に乗せるという手はずだった。しかし、最後まで私は移送が取り消されるのではないかと不安だった。というのも、その日は、麻薬王エルチャポが裁判のために裁判所に護送されることになっていたからだ。そのため、多数の警官が出動して、拘置所の近辺とブルックリン橋を通行止めにする厳戒態勢が取られていた。ようやく、飛行機の出発三時間前になって、私は監房から出され、手錠、足枷で鎖につながれて護送用のパトカーに放りこまれた。護送車の隊列はサイレンを鳴らして、全速力でニューヨークの街を駆けぬけ、どうにか時間までに空港に到着した。そして、タラップの前で、私の身柄は正式にフランス当局に引き渡された。

こうして、私はエア・フランス機に乗りこんだ。私の護送には刑事局の係官三名がついた。係官には私の事件の内容が事前に知らされており、私が凶悪犯ではないとわかっていたので、すぐに手錠を外してくれた。座席は最後列で、係官と雑談をしていると、護送されている身だということを忘れそうになった。

午前五時三〇分、飛行機はシャルル・ド・ゴール空港に到着した。私はフランスの大地にキスをしたい気持ちだった。飛行機を降りると、パリの北東にあるボビニーの裁判所に連行され、受刑者を移送する場合の手続きの定めるとおり、検察官に引き渡された。それから監房に収容されて、仮釈放の決定権を持つ刑罰適用裁判官（ＪＡＰ）を待った。この時点では、その日のうちに釈放されるのではないかと期待した。だが、あいにく週末で、当直の裁判官はひとりも手が空いていなかったため、二〇時間待たされたあと、近くのヴィルパント拘置所に移され、週明けの月曜日の審査を待つことになった。そこではとても行き届いた扱いをしてくれ、隔離用の監房でいいかと聞いてくれた。もちろん、私はすぐに飛びついた。ようやくひとりになれるのだ！　一年間大部屋で過ごしてきたので、少しでもひとりになれてありがたかったし、ひと息つける気がした。監房は広くて、テレビもあり、トイレには仕切りがあった。食事はまずまずだったし、看守も礼儀正しかった。明らかに、私は〈特別待遇〉を受けていた。もちろんいい意味でだ。さらに、私が到着した夜、アルストム調査委員会の委員長オリヴィエ・マルレクス議員がヴィルパント拘置所まで面会に来てくれたことも知った。ただ、そのとき私はまだボビニーの裁判所にいたので、会えなかったのだ。

そして、月曜日の朝が来た。フランスに到着してから七二時間後、つまり司法手続きとしてはかなり短い時間で、刑罰適用裁判官が私の案件を審査してくれた。その裁判官は即座に私の仮釈放を決定した。

二〇一八年九月二五日火曜日の一八時、私は釈放された。ＪＦＫ空港で逮捕されてから五年半が過ぎていた。その間、二五か月はアメリカで服役、しかも一四か月は厳重警備の施設に勾留された。だが、ついに私は自由を取りもどした。

エピローグ

自由の身となってから五週間が過ぎ、私はマチュー・アロンとの共同執筆による本書を書きおえようとしている。家族や仕事仲間、友人は、休みをとって、旅にでも行き、息抜きをするように勧めてくれる。だが、まだその時ではない。私は、刑務所暮らしで耳にしたような、獄中生活に疲れはてて、立ちなおれない人間にはなりたくなかった。元受刑者のなかには、元気を回復するまで自分の殻に閉じこもり、ぼーっと座っているだけという者もいれば、突然目の前に開けた新しい世界に浮かれて、これまでとまったく違うことをして過去を忘れてしまおうとする者もいた。しかし、私はまだ新しいことをするつもりはない。戦いつづけたいのだ。それが私の役目だと思うのだ。なぜなら、これは戦争だからだ。

フランソワ・ミッテランはその任期を終えるころ、ジャーナリストのジョルジュ＝マルク・ブナムにつぎのような予言めいた言葉を告げており、その見通しは正しかった。

「フランスはその自覚はないが、われわれはアメリカと戦争状態にある。そうだ。終わることのない戦争、生きるか死ぬかの戦争、経済戦争だ。一見、死者のない戦争に思えるが、じつは命がけの戦争だ」

この戦争は、私だけの戦争ではない。私たち全員にかかわる戦争だ。この戦争は、通常の戦争より高度に複雑であり、産業の戦争のように華々しくもなく、世間に知られることもない。これは〈法律の戦争〉なのである。テロリズム分析センターの専門家はこの新しいタイプの紛争を〈ロー・フェア〉と命名し、きっちり説明している。それによると、法律制度を敵、あるいは敵とみなした相手に適用し、相手を違法状態に陥らせ、最大限のダメージを与え、強制的に従わせるのがその戦争の概念となる。こうした手法は、二〇〇一年九月一一日の同時多発テロ事件の直後、アメリカ空軍大佐チャールズ・ダンラップによって形づくられた。以来、アメリカのネオコン（新保守主義）に属する研究者によってたびたび取りあげられ、適用範囲を拡大することを推奨されたのである。そして、じっさいそのとおりに、アメリカは、コンセンサスの得られている問題について、一連の規範を同盟国やその企業に強要するに至った。つまり、反テロリズムや核拡散防止、反汚職、マネー・ローンダリング禁止などの戦いである。これらの戦いはどれも適正かつ必要なものであるが、だからといって誰がアメリカに〈世界の警察官〉を名乗ってよいと許したのか。商取引に使われるドルの威力か？　アメリカのインターネット・サーバを経由して世界じゅうのデータ伝達ができるというテクノロジーの賜物か？　なんにせよ、そういう力を背景に、アメリカだけが域外適用される法律を制定し、それを他国にまで適用しているのだ。こうして、われわれは罠にはまったのだ。一九九〇年代の終わりころから、ヨーロッパ諸国は唯々諾々と〈アメリカの法〉に従った。そして、今日に至るまで、それに匹敵する武器を持ち自己防衛したり報復したりすることができずにいる。そもそも、そうする気概すらあったのかどうか？

この二〇年近く、ヨーロッパは金《かね》を不当に奪われるに任せてきた。ドイツ、フランス、イタリア、スウェーデン、オランダ、ベルギー、イギリス各国の大企業がつぎつぎと、贈賄や不正送金、輸出規制違反で有罪判決を受け、罰金として数一〇〇億ドルもの金がアメリカ国庫に転がりこんだ。フランス企業だけでも、一三〇億ドル以上が徴収されているのである。今も、フランスの戦略に強く関わる二大多国籍企業、エアバス社とオラノ社（旧アレヴァ社）が贈収賄事件での立件を狙われている。

こうしたことは脅し以外のなにものでもなく、ますます広がりを見せている。

二〇一九年初めの今、アルストムとその従業員に起こったことを見て、私は怒りを禁じえない。GE社のトップ、ジェフ・イメルトが買収時に約束したことは、なに一つ守られていない。一つもだ。フランス政府があれほど賞賛したエセ合弁会社は化けの皮がはがれ、ただの絵空事だとばれた。さらに、GE社が約束したフランス国内での一〇〇〇人の雇用創出も果たされていない。それどころか、グルノーブルに八〇〇あるポストのうち三五四の削減を発表しているし、ベルフォールでは、下請け業者に約束どおりの仕事が回ってきていないことが明らかになっている。また、まもなく二〇一九年からは、これまでリストラ対象外とされた元アルストム従業員も、GE社が決定したヨーロッパでの大規模リストラ（総従業員の一八％にあたる四五〇〇名の解雇）の対象となる。そのうえ、たぶんこれは始まりに過ぎないだろう。二〇一八年一〇月三〇日、一か月前に就任したGE社の新社長、ラリー・カルプは、第3四半期での二〇〇億ユーロの損失とエネルギー部門のリストラを発表した。どう見ても、パトリック・クロンがテレビやラジオで〝素晴らしい産業プロジェクト〟と自画自賛し、〝雇用の確保〟と〝エネルギー部門の著しい発展による輝かしい未来〟を約束したのとはかけ離れた結果となったようである。しかし、歴史を書きかえようとする者たちもいる。GE社の味わった失敗を見れば、アルストムの売却は正しかったという逆説的なコメントが散見されるのである。この説をとれば、クロンは驚くべき予知能力者であったということになろう。クロンは誰よりも早く、この先なにが起こるか予見し、アルストムの先行きが暗いことを知りつつ、GE社を手玉に取ったというわけだ。

冗談も休み休み言え！　まず第一に、業績の悪化した企業を立て直すために新しい経営者が呼ばれ、その新社長が着任早々、前任者の失策による巨額の損失を発表して声高に非難し、早期に業績回復してみせるというのは、じつによくあることだ。つぎに、この業界の人間だったら誰もがよく知っていることだが、エネルギー市場の発展はもともと周期的であり、総合的に見れば長期にわたって拡大しているのである。したがって、GE社が危機に直面しているとかいう説は少なくとも、ことを単純化しすぎている。とんでもない、話はもっと複雑なのだ。GE社の危機はアルストム・パワーを買収した日に始まったわけではないのである。そのはるか以前から危機に瀕していたのだ!

GE社の株価は二〇〇〇年九月から七五%以上下落している。二〇〇八年の世界金融危機では、子会社GEキャピタルが大打撃を受け、GE社も破産寸前まで追いこまれた。GEキャピタルが崩壊寸前になったせいでGE社は巨額の負債を抱え、いまだ完済できずにいるのだ。

そして、二〇〇億ユーロの損失の件に注目してみると、これは単に会計処理上の問題で、もっぱらGEパワーの資産を減損処理した結果であって、キャッシュに影響はないことがわかる。つまり、二〇一四年のアルストム・パワー買収だけが損失の原因ではないのである!それとはべつに、注目すべきは、GEパワーは、今後二年半あまりのあいだに九九〇億ドルにも上る受注を確保していることである。つまり、元アルストムであるGEパワーの事業の状況は壊滅的などではなく、むしろ、そうなのはGE社のほうなのである。そして、損失の本当の原因はほかに求めるべきであって、とくにテクノロジーの領域への懸念にあると見るべきだろう。GE社は二〇一八年九月、新型のガスタービン五五基について、酸化問題が発生するおそれがあると発表した。その五五基は引き渡し済みだったのにである……。

私が人生の二二年を捧げたアルストムの崩壊は、けっして例外的な事例ではない。イランの情勢を見るがいい。フランスの大企業が、この国で開拓してきた大きな市場からの撤退を余儀なくされようとしている。それというのも、ひとえにドナルド・トランプが突如としてイラン核合意からの離脱を決め、世界各国の反対をよそに、イランへの経済禁輸措置を課したからである。トタル社は世界最大のガス田の五〇％を開発することになっていたし、PSAグループは年間二〇万台の自動車を製造する予定であったが、両社ともすでにその事業を放棄せざるを得なくなっている。イランとの商取引を続ければ、アメリカ司法省から追及されることを危惧したのである。どんなご立派な主義主張をかざせば、億万長者で傲慢な大統領がこんな無理強いを押しとおせるのか？　だが、ほかの国々も抵抗しようとしている。たとえば、ドイツからは外務大臣ハイコ・マースがヨーロッパ諸国に対し、FBIの追及を避けるために、ドル以外の通貨での支払いを呼びかけている。また、フランスの経済大臣ブリュノ・ル・メールもついに、トランプ流の強権的な物言いに抗議の声を上げた。

「われわれは、ひたすら従順に命令に従うアメリカの家来にはならない」

二〇一八年五月、イランの件に関してこう表明したのだ。だが、言葉だけでは不十分だ。今こそ、言葉を行動に移すべきときだ。

脅威がいっそう強まっているだけになおさらである。アメリカでは〈クラウド法〉が成立した。この法律は、アメリカの諜報機関がアメリカ国外に保存されている個人情報データに容易にアクセスすることを可能にしている。Eメールやインターネット上の会話、写真、ビデオ、それに企業の機密書類も含まれるのだ。そうして集められたデータはアメリカ当局の資料としてストックされ、政治的あるいは経済的戦略にいいように利用される可能性があるのである。だからこそ、ル・メール大臣言うところの〈家来〉になりたくないのなら、今後、フランスの政治家には国のリーダーとしての気概を示してもらわねばならない。考えてみてほしい。もし、フランス、あるいはヨーロッパのどこかの国が脱税容疑でグーグルの経営者を拘束したら、アメリカはどのような反応をするだろうか？　そこまですれば、アメリカもわれわれに敬意を払うのだろうか？　警戒すべきはアメリカだけではない。他国に対して消極的でありつづければ、たとえば中国のようなアメリカ以外の国も、自国の域外適用できる法律を押しつけてくるだろう。

だから、一刻も早く、それもヨーロッパ全体で、動きださなければいけない。一例を挙げれば、元首相で弁護士のベルナール・カズヌーヴが提唱する〈ヨーロッパ反腐敗検事局〉の創設である。強い権限を持った捜査機関をつくって、アメリカ司法省と同じレベルで対抗するのである。

アメリカを甘く見てはいけない。大統領が民主党だろうと共和党だろうと、あるいはカリスマだろうと極悪人だろうと、さしたる変わりはない。ワシントンの政府はつねに産業界の限られたグループの利益のために動いている。つまり、アメリカの大企業――ボーイング社、ロッキード・マーティン社、レイセオン社、エクソンモービル社、ハリバートン社、ノースロップ・グラマン社、ジェネラル・ダイナミクス社、GE社、ベクテル社、ユナイテッド・テクノロジーズ社など――のためだ。しかし、われわれは、単純に大統領の個性によっては、〈アメリカの法〉も悪いものではないと思いかねないし、世界じゅうに道徳を説いて回っているアメリカが、じつはサウジアラビアとかイラクとか、みずからの影響下にある多くの国々で、最初に不正まみれの商取引をしたということを忘れたり、見ないふりをしたりもする。しかし、今日、状況はいくらか変化し、目覚めるべきときが来た。ドナルド・トランプの出現で、アメリカはいっそう手段を選ばず、その帝国主義はますます露わになっている。この機を逃してはならない。ヨーロッパのために、フランスのために立ちあがろう。そして、尊厳を取りもどそう。今こそ千載一遇の機会なのだ。

あとがき

アラン・ジュイエ
経済情報アカデミー会長
元　対外治安総局情報局長
元　フランス政府経済情報担当上級顧問

アルストムが、ＢＮＰパリバ銀行とトタル社の事件に続いて、アメリカで裁判沙汰になったことは、多くの憶測や疑惑を生んだ。国民議会と元老院にそれぞれ調査委員会が設けられ、いかにしてフランスが産業界の宝を手放してしまったのか解明しようとした。しかし、召喚されたアルストムの社長はすべて自分に対する陰謀だと繰りかえすばかりで、その意味のない証言で煙に巻かれて、真相の解明にはほど遠いのが実情である。なぜなら、アルストムやＧＥ社の幹部にしても、自社の取締役会においても、国会においても、すべてを語ろうとはしないからである。悲しいことに、アルストムは過ちを犯し、そして、本書を読めばわかるように、数々の警告にもかかわらず、アルストムはそれを改めなかった、というのが現実である。

本書を読むと、企業の幹部が恥ずべきことを認めるのがいかに難しいか、じつによくわかる。外国公務員に対する贈賄容疑で起訴されるおそれがあると知り、他人を犠牲にして保身を図ったのである。

それにしても、この一〇年ほど、ヨーロッパの企業がアメリカ司法の攻撃対象になりつづけているのは事実である。そして、巨額の罰金を科されるのみならず、〈監視下〉に置かれているのである。アメリカは相当額の罰金を徴収するに飽きたらず、これらの企業に数年間にわたって〈監視役〉を置くことを強制するのである。

これらの〈監視役〉はアメリカ側が任命するが、その費用は企業が負担する。この〈監視役〉はコンプライアンスの規範が遵守されているか確認するとされているが、この規範はアメリカで作られた基準に基づいて定められたもので、われわれの考える企業倫理とは必ずしも一致しない。もっと言えば、企業倫理というだけでなく、われわれの考える、ごくごく一般的な倫理にもそぐわないのである……。願わくば、〈サパンⅡ法〉の制定により、反腐敗の戦いがより有効に進められるとともに、フランスの産業が守られ、この状況が好転するように。

アメリカが戦いに勝ち、目的を達するためにどのような方法や手段を用いるか。本書は、フランスの公企業私企業の幹部がそれをはっきり理解できる材料を提供している。アメリカはつぎつぎに法律を制定し、反腐敗の戦いの範囲と解釈を徐々に拡大してきた。諜報機関の力を借り、自分たちが一方的に決めたルールを守らないものすべてを追及する武器も手にした。アメリカ国家安全保障局の盗聴能力に頼れるならば、たしかに、〈世界の警察官〉たるのはごく簡単だろう。

もちろん、〈法は不知を許さず〉である。しかし、反腐敗の戦いに関するアメリカ法の域外適用については議論の余地がある。この域外適用が相互的ではないから、なおさらである。これについては、世界の多くの法律家が恣意的であり、力による強要であると考えている。そして、海外腐敗行為防止法（ＦＣＰＡ）で行われていることは、ほかの法律においても行われている。超大国であるアメリカは、ライバルであるロシアや中国から武器を購入する国々、あるいはアメリカが経済封鎖した国と商取引する国々に躊躇なく制裁を加えるのである。

超大国アメリカのこの論理は、強大な軍事力と優れた情報処理能力を背景にあくまでも合法的であり、突きつけられたら、どうすることもできない。降参して協力するか、消え去るのみである。じっさいにそういう状況に陥ったら、現実を直視し、逃げられるなどとは夢にも思ってはならないのだ。かつてチャーチルがいみじくも言ったように、われわれには友は存在しない。敵か、ライバルか、パートナーしかいないのだ。ブッシュ大統領の〈ハード・

パワー〉、クリントン大統領の〈スマート・パワー〉、オバマ大統領の〈ソフト・パワー〉の時代は去り、今は〈タフ・パワー〉の時代になった。そして、これはまだ始まったばかりなのだ。だとすれば、フランスやヨーロッパ諸国が対抗する手段を持たないのはしかたのないことだろうか？　名誉なき退却しか残された道がないほど、われわれは非力になってしまったのか？

フレデリック・ピエルッチ氏がみずからの体験を優れた筆致でつづった本書は、小説にも勝る読みごたえがある。それは、本書が二一世紀の真実の物語であるからだろう。今、著者個人の悪夢は終わったかもしれない。しかし、ほかのフランス企業が過酷な国際競争やいくつかの国のやりように無頓着でいれば、その企業は安泰ではいられまい。そうした企業関係者が本書を読んで、目を覚まし、じっくり考えてくれることを願おう。そうなれば、著者の艱難辛苦も無駄ではなくなるのだから。

謝辞

母とローラン、父とアンヌ・マリー、そして姉と義兄に。みな、この五年という長い年月のあいだ、自分たちの生活そっちのけで私を助け、妻や子どもたちを支えてくれた。とくにリンダとポール、マイケルとシャラに感謝したい。彼らがいなければ、二〇一四年六月の保釈はなかった。持ち家を保釈の担保に入れるという、考えられない頼みを聞きとどけてくれたのだ。この恩は一生かかっても返せないだろう。この場を借りて、改めて彼らの寛大さ、私を信じてくれたことに感謝申しあげる。

この試練のあいだ私を支えてくれた友人たちにも感謝する。

タミールは変わらぬ友情を保ち、二〇一四年には温かく迎えてくれた。アントワーヌとクレール、レイラとスタニー、ディディエとアレクサンドラは、どんなときでも、ずっと私の家族に寄り添ってくれた。ポール＝アルベールは私のために動き、持てる力を発揮してくれた。マルクスは、高い職業意識で、私のために戦い、献身的に支えてくれた。ピエールは、自由闊達で思いやりにあふれ、なによりＭＶＣＣへ〈歩いて〉会いに来てくれた。レスリー、エリック、ロイク、クロードは、この事件を最初に公にしてくれ、精神的にサポートしてくれた。デニスは、その楽観主義で私の気持ちを明るくしてくれたうえ、私に対して辛抱強く寛大でいてくれた。ジャン＝ミシェルは、私の状況に絶えず気を配り、手紙を送ってくれ、アルストムの元従業員たちとの関係を維持してくれた。フィリップは、アルストムの経営委員会のメンバーでただひとり、私を見捨てなかった。フランソワとエミーは、ほとんど誰も動いてくれなかった時期に無条件で助けてくれた。ジルとテイラー・ウェッシング法律事務所のチームは、私を信頼し、二年間、オフィス内に私の事務所を置かせてくれた。

ローラン・ラフォンが信じてくれたことに、ポール・ペルルが熱心に原稿を読んでくれたことにも感謝する。

オリヴィエ・マルレクスにも感謝したい。事件についての深い知識を持ち、国民議会の調査委員会の委員長として素晴らしいリーダーシップで粘り強く取り組んでくれた。副委員長のナタリア・プージレフにも。ふたりは私から話を聞くためにはるばるＭＶＣＣまで来てくれた。

アルノー・モントブール、ピエール・ルルーシュ、ジャン＝ピエール・シュヴェーヌマンの各元大臣、ダニエル・ファスケル、ジャック・ミヤールの各議員が支援してくださったことにもお礼申しあげる。

ご自分の仕事のなかで、私の状況を知ることになり、支援してくださったすべての方々にも感謝したい。その支援は得がたいものだった。

とくに、マリー＝ローレンス・ナヴァッリは粘り強く、また絶えず動いてくれ、その仕事ぶりは素晴らしかった。

セリーヌ・トリピアナも私の事件に尽力してくれた。

ジェローム・アンリは、長きにわたって支えてくれたうえ、私の状況を即座に理解し、有効な手立てを打ってくれた。エレーヌ・ランゴとシモン・チコレッラは素晴らしい領事館職員だった。

経済情報担当の首相補佐官クロード・ルヴェルにも感謝する。

マルグリット・デプレ＝オードベールとステファニー・ケルバッハ両議員にも。

そして、手紙を送ってくれたり、ワイアットやＭＶＣＣまで面会に来てくれたり、妻や子どもたちを支えてくれたりしたすべての方々に感謝する。シスター・ミシェル、おばのジュヌヴィエーヴ、マリーヴォンヌ、マリー＝ルース、フランソワーズ、それからフィリップ、キャロル、フランソワ、アレクサンドル、ピエール＝エマニュエルとローランス、ジャン＝リュックとキャシー、セシル、ジャン＝フィリップ、フィリップ、アランとダーシー、ローラン、名前を書ききれないが、ほかにも多くの方々に助けられた。

また、〈イカリアン〉の顧客の皆様にも謝意を表する。皆様が私を信頼してくださり、仕事を再開するのを助けてくださったおかげで、私は現在、情熱をもってこの仕事をしつづけていられる。

最後に、不幸をともにした仲間たちに大きな感謝を捧げたい。彼らに助けられ、その寛大さや深い人間性に触れたおかげで、二五か月の勾留生活を能うかぎり最善の条件で過ごすことができた。ジョージ、ニコ、グレッグ、ジミー、〈ハービー〉、レナート、〈ムエタイ〉、フィリッポ、サンチェス、ウラジミール、アンドレイズ、サーシャ、〈フィファ〉、サム、ティム、ケイ、ほかのみんなも。私はあなたたちをけっして忘れない。

訳者あとがき

ある日、突然、海外出張で降りたった空港で逮捕される！　そんな衝撃的な状況から本書は始まる。それから著者ピエルッチ氏が体験したのは、映画やテレビで見ていたのとはまるで違うアメリカの司法の世界だ。正義の味方などは現れず、過酷な経験を強いられるのである。本書は、その経験をつぶさに語った、いわば獄中記である。ピエルッチ氏はもちろん凶悪犯などではなく、それどころか、二〇年あまり、真面目に仕事をしてきたビジネスマンである。つまり、本書は、世界で事業を展開する日本のビジネスパーソンにとっても、けっして他人事とは言い切れない話であり（じっさい本文には日本の会社の名前も出てくる）、会社に忠誠を尽くしてきたあげく異国で囚われた氏の胸中は読者の共感を呼ぶものと思う。

本書の特長は、単なる体験記にとどまらないことだ。ジャーナリストである共著者を得たこともあり、データや証拠に基づいて客観的な分析をし、自分が巻きこまれた事件の真実に鋭く迫ったルポルタージュになっているのだ。そして、著者たちが暴きだそうとした真実は、まさに本書のタイトルになっているAmerican Trapである。著者は、経済活動が企業間の競争から、国家ぐるみの経済戦争になっていることを身をもって知り、その怖ろしさを伝えようとしている。今、ビジネスの世界でなにが起きているのか、その実態を暴き、ビジネスにかかわる人たちに警鐘を鳴らそうとしているのだ。

ここでポイントとなるのは、著者のフランス人の視点である。フランス人である(アメリカ人ではない)からこそ、アメリカの振る舞いに異議を唱え、国の安全保障の問題に踏みこんでいけたのだろう。こういうものの見方は日本人にとってもおおいに参考になるところだ。また、本筋とは関係ないが、本書に描かれているフランス政財界の動向は、日産のゴーン元会長にかかわる事件でのフランス本国での反応を理解する一助になろう。

本稿を書いているあいだに、ゴーン元会長〝逃亡〟のニュースが飛びこんできた。もとよりピエルッチ氏とは事件も立場も異なるが、「人質にされた」という言葉には共通するところもあり、興味深い。

さて、ピエルッチ氏は現在、本文で触れられているように、コンサルティング組織イカリアンを立ち上げ、精力的に活動している。

なお、翻訳については、まず浦崎、小金、宮嶋が分担して訳出、荷見がまとめた。文責は荷見にある。

最後になったが、本書を訳すにあたっては、ビジネス教育出版社エディトリアル・プロデューサー・山下日出之氏、企画管理部主任・落合美由紀氏にたいへんお世話になった。深く感謝したい。また、本書翻訳の機会を与え、終始アドバイスくださった翻訳家・高野優先生、本書出版にお力添えいただいた多くのみなさまにも感謝申しあげる。

二〇二〇年一月

荷見　明子

付　録

1　アメリカ合衆国によりヨーロッパの銀行に科せられた罰金

この10年、アメリカ合衆国が決めた国際的経済制裁に違反したことによる罰金は、主としてヨーロッパの銀行に科されてきた。

アメリカの銀行で輸出禁止違反で罰金を――たいした額ではないが――科されたのは、JPモルガン・チェースただ1行のようである。

2009年以降、ヨーロッパの銀行がアメリカ政府に支払ったさまざまな罰金は160億ドルになる。

次の一覧表には、ソシエテ・ジェネラルを加えねばならない。ソシエテ・ジェネラルは2018年6月、司法省と米商品先物取引委員会に対して10億ドルを超える罰金を支払った。ロンドン銀行間取引の不正操作事件とリビアにおける贈収賄事件という2つの係争を解決するためである。さらに、2018年11月には、司法省と連邦制度準備理事会に対し、キューバに対する経済制裁に違反したとして13億ドルを支払った。

アメリカの国際的制裁違反、あるいはマネー・ローンダリング防止法違反により科された罰金額の多い事例は以下のとおり（2016年10月5日付、アメリカ法の域外適用に関する国民議会の外交委員会および財務委員会の情報報告書から抜粋）。

企業名	国（事件当時の本社所在地による）	アメリカに支払った罰金総額（単位：100万ドル）	合意した年
BNPパリバ銀行	フランス	8,974	2014年
HSBCホールディングス	イギリス	1,931	2012年
コメルツ銀行	ドイツ	1,452	2015年
クレディ・アグリコル	フランス	787	2015年
スタンダードチャタード	イギリス	667	2012年
ING	オランダ	619	2012年
クレディ・スイス	スイス	536	2009年
ABNアムロ銀行／ロイヤルバンク・オブ・スコットランド	オランダ	500	2010年
ロイズ	イギリス	350	2009年
バークレイズ	イギリス	298	2010年
ドイツ銀行	ドイツ	258	2015年
シュルンベルジェ	フランス／アメリカ／オランダ	233	2015年
UBS	スイス	100	2004年
JPモルガン・チェース	アメリカ	88	2011年

2　いかにしてゼネラル・エレクトリックは自社の贈収賄事件を葬り去ったか

2008年、GEコンシューマー＆インダストリアル社の弁護士のアンドレア・ケックは、上司に注意を喚起した。ケックは内部に付加価値税に関する不正行為のシステムがあることを発見し、ブラジルで結ばれた契約のなかに疑わしい慣行（賄賂）があるのも発見したと主張した。それに対する上層部の反応はどうだったか？　ケックを解雇したのである！　さらに、マスコミがスキャンダルを掴むと、GE社は〈反腐敗の戦いの旗手〉のごとく振る舞い、金を支払ってケックと和解し、ケックを黙らせたのである。

類似の事件にイラクGE社の社長名にちなんだアサディ事件がある。2010年夏、ハーリド・アサディはイラクの電力副大臣とごく親しい女性の雇用に反対した。GE社が2億5,000万ドルの契約を得る見返りに、この女性を情実採用することを拒否したのである。しかし、上層部にこのことを報告するとすぐ、アサディはケック同様、退職に追いこまれ、辞任を余儀なくされた。

アサディは訴訟を起こし、アメリカで内部告発者を保護するドッド・フランク法の恩恵を求めた。だが、アメリカ司法はその請求を却下した。その論拠は、告発された事実は海外で起きた、ドッド・フランク法は適用されない、というものであった。つまり、アメリカは企業を起訴する国際的管轄権はあるが、内部告発者を保護する国際的管轄権はないと考えているのである。

3　FCPA 違反でアメリカ当局に支払われた罰金の分析

No.	企業名	国	年	罰金額（単位：100 万ドル）	起訴された従業員数
1	シーメンス	ドイツ	2008	800	8
2	アルストム	フランス	2014	772	4
3	テリア	スウェーデン	2017	691.6	0
4	ケロッグ・ブラウン&ルート／ハリバートン	アメリカ	2009	579	2
5	テバ・ファーマシューティカル	イスラエル	2016	519	0
6	オク＝ジフ・キャピタル・マネジメント	アメリカ	2016	412	0
7	BAE システムズ	イギリス	2010	400	0
8	トタル	フランス	2013	398.2	0
9	ビンペルコム	オランダ	2016	397.5	0
10	アルコア	アメリカ	2014	384	0
11	エニ／スナムプロジェッティ	イタリア	2010	365	0
12	テクニップ	フランス	2010	338	0
13	ソシエテ・ジェネラル	フランス	2018	293	0
14	パナソニック	日本	2018	280	0
15	JP モルガン・チェース	アメリカ	2016	264	0
16	オデブレヒト／ブラスケム	ブラジル	2017	260	0
17	SBM オフショア	オランダ	2017	238	2
18	日揮	日本	2011	218.8	0
19	エンブラエル	ブラジル	2016	205.5	1

20	ダイムラー	ドイツ	2010	185	0
21	ペトロブラス	ブラジル	2018	170.6	0
22	ロールス・ロイス	イギリス	2017	170	3
23	ウェザーフォード	スイス	2013	152.6	0
24	アルカテル	フランス	2010	138	2
25	エイボン・プロダクツ	アメリカ	2014	135	0
26	ケッペル・オフショア&マリン	シンガポール	2017	105	1

※　ヨーロッパ　小計53億3,900万ドル
　アメリカ　小計17億7,400万ドル
　その他　小計17億5,900万ドル
　合計　88億7,200万ドル

引用元：イカリアンによる分析

4　ダウ工業株30社とCAC40社のFCPA違反における摘発の差異

ダウ工業株30社	CAC40社
司法省：3社 ジョンソン・エンド・ジョンソン　2011年 ファイザー　2012年 JPモルガン　2016年	司法省：5社 テクニップ　2010年 アルカテル　2010年 トタル　2013年 アルストム　2014年 ソシエテ・ジェネラル　2018年
証券取引委員会：2社 IBM　2000年、2011年 ダウ・ケミカル　2007年	証券取引委員会：1社 サノフィ　2018年
起訴された従業員　なし	起訴された従業員　6名
罰金　3億4,300万ドル	罰金　19億6,500万ドル

引用元：イカリアンによる分析

訳者略歴

【監訳】

荷見明子（ハスミ　アキコ）

フランス語翻訳家。早稲田大学第一文学部卒。訳書にカッレントフト／ルッテマン『刑事ザック　夜の顎』（ハヤカワ文庫）、パンコール『カメのスローワルツ』（早川書房）、クリストフ・アンドレ『精神科医がこころの病になったとき』（共訳・紀伊國屋書店）など。

【翻訳】

浦崎直樹（ウラサキ　ナオキ）

フランス語翻訳家。1960年、東京都生まれ。早稲田大学商学部卒。1984年から新聞社勤務。地方部、経済部、シンガポール支局などで勤務。

小金輝彦（コガネ　テルヒコ）

英語・フランス語翻訳者。早稲田大学政治経済学部卒。ラトガース・ニュージャージー州立大学MBA。

宮嶋　聡（ミヤジマ　サトシ）

フランス語翻訳家。京都市生まれ。同志社大学経済学部卒。民間企業に勤務、経理畑を歩む。退職を機に、仏語翻訳者を目指す。G. シムノン、J.P. マンシェット等のフランスミステリーを愛読。

【翻訳コーディネート】

高野　優（タカノ　ユウ）

早稲田大学政治経済学部卒業。高野優フランス語翻訳教室主宰。主な訳書に、ゴーン＋リエス『カルロス・ゴーン　経営を語る』（日本経済新聞社）、イルゴイエンヌ『モラル・ハラスメント　人を傷つけずにはいられない』、『モラル・ハラスメントが人も会社もダメにする』（ともに紀伊國屋書店）などがある。

The American Trap《アメリカン・トラップ》―アメリカが仕掛ける巧妙な経済戦争を暴く

2020年2月28日　初版第1刷発行

著者　フレデリック・ピエルッチ　マチュー・アロン
監訳　荷見明子
翻訳　浦崎直樹　小金輝彦　宮嶋聡
翻訳コーディネート　高野優

発行者　中野進介

発行所　株式会社ビジネス教育出版社

〒102-0074　東京都千代田区九段南4-7-13
TEL　03(3221)5361(代表)／FAX　03(3222)7878
E-mail▶info@bks.co.jp　URL▶https://www.bks.co.jp

Japanese translation rights arranged with
Editions Jean-Claude Lattes
through Japan UNI Agency,Inc., Tokyo

落丁・乱丁はお取り替えします。　印刷・製本／萩原印刷株式会社

ISBN978-4-8283-0769-5　C0034